CW01215891

Die Reisenden I

Der Erbe Agratars

Alexander Nikolei Horycki

Der Erbe Agratars

Buch Eins

von

„Die Reisenden"

Copyright 2022 © Alexander Horycki

Alle Rechte vorbehalten.

Von Alexander Horycki auf Amazon veröffentlicht

Covergrafik von: Jennifer S. Lange

ISBN: 9798721812675

Lizenzhinweise

Dieses Buch ist ein fiktionales Werk. Namen, Charaktere, Orte und Ereignisse sind entweder Produkte der Fantasie des Autors oder wurden fiktiv eingesetzt. Jegliche Ähnlichkeit mit tatsächlichen lebenden oder toten Personen, Firmen, Ereignissen oder Orten ist rein zufällig.

**Für meinen kleinen Bruder, Florian,
dessen Hilfe unabkömmlich war.**

Inhaltsverzeichnis

αlpha ... 1
Erwachen ... 3
Tag 0 ... 7
Tag 1 ... 11
Tag 2 ... 24
Tag 5 ... 31
Tag 7 ... 48
Tag 8 ... 58
Tag 15 ... 84
Tag 16 ... 115
Tag 16-2 ... 132
Tag 16-3 ... 155
Tag 16-4 ... 182
Tag 20 ... 214
Tag 35 ... 232
Tag 36 ... 243
Tag 36-2 ... 258
Tag 37 ... 263
Tag 37-2 ... 279
Tag 37-3 ... 289
Tag 38 ... 298
Tag 38-2 ... 313
Tag 38-3 ... 329
Erwachen 2.0 ... 343
Glossar ... 348

alpha

Ein leises mechanisches Surren ist alles, was die Menschen im Steuerungsraum davon mitbekommen, dass der enorme unterirdische Komplex hochfährt. Das System, dass die Anlage steuert erwacht langsam, aber stetig. Die Forscher, die in weißen Laborkitteln bis gerade hektisch in dem hermetisch-abgeriegelten Raum hin- und hereilten verstummen. Die großen Bildschirme an langen Roboterarmen senken sich gleichzeitig und umschließen den Raum fast komplett und geben ihm das Gefühl einer Science-Fiction Raumschiffbrücke. Die Lichter die den Raum bis gerade erhellten verdunkeln sich automatisch. Ein Mann steht auf der leicht erhöhten Plattform in der Mitte des Raumes und beobachtet, wie sich die Bildschirme langsam anschalten. Erst eine einzige Zeile, dann zwei, dann zehn. Schließlich flackern Hunderttausende Codezeilen und Algorithmen für eine halbe Minute über die Bildschirme. Dann nichts mehr. Die Displays bleiben schwarz.

Der Mann runzelt die Stirn und legt einem der Forscher, der anders als die anderen in legerer Alltagskleidung gekleidet vor ihm sitzt, eine Hand auf die Schulter und sieht ihn fragend an. Etwas unsicher tippt der junge, zerzaust wirkende Mann einige Befehle in das vor ihm liegende Bedienfeld. Keine Reaktion auf den Bildschirmen.

Minuten vergehen. Nichts geschieht. „Ein Fehlschlag." Sagt der Mann langsam, nicht zornig, eher enttäuscht und nimmt langsam die Hand von der Schulter seines

Projektleiters. „Erneut". Die Lichter nehmen wieder den weiß-bläulichen Ton an, als ein anderer sie anschaltet.

Der Projektleiter vor ihm flucht erst leise, dann laut. „Verdammt!" Spuckt der junge Mann fluchend aus und schlägt mit der flachen Handfläche auf den Projektionstisch vor ihm.

Ein erneutes Surren. Der Bildschirm vor ihm aktiviert sich. Ungläubiges Raunen geht durch den Raum. Zuerst sieht man einzelne Codezeilen über den Bildschirm huschen, dann werden es immer mehr, dutzende, tausende, hunderttausende, bis sie sogar die Bedienoberfläche des Programmes selbst überdecken. Nur ein großes Wort flackert klar leserlich erst über seinen, dann über alle Bildschirme im Raum. Nur ein Wort ist klar leserlich für alle zu erkennen:

‚Initialisiere…'

Erwachen

Tristan schlug mit einem Ruck die Augen auf und sog die Luft ein wie ein Ertrinkender. Verwirrt sah er sich um. „Was zum Teufel? Wo... bin ich?" Brachte er erschrocken hervor und ließ seinen Blick durch den Raum schweifen. Er war definitiv nicht bei sich zuhause, das verriet ihm das weiße Linoleum das den Großtcil des Raumes ausmachte. Verwirrt stütze er sich mit seinen Unterarmen vom Bett ab. *Ein einfaches Krankenhausbett ohne Laken oder Kissen, okay?* Er setzte sich auf und schwang die Beine nach links aus dem Bett. Als er mit einem kleinen Hopser auf dem Boden landete, der anders als erwartet angenehm warm war stellte er fest: *Keine Fenster.* Dann: *Keine Klamotten.* Jetzt wurde es erst richtig seltsam. *Keine Tür. Okay. Keine Panik. Was ist hier los?* Der gesamte Raum war ein geschlossener Würfel aus weißem Plastik. *Was ist das bitte für ein Horrorfilm in dem ich hier gelandet bin?* Er legte die Finger an die Schläfen, als plötzliche Kopfschmerzen aufzogen.

Ruhig bleiben. Er holte tief Luft. *Was ist das Letzte an das ich mich erinnern kann? Woran kann ich mich überhaupt erinnern? Mein Name ist... Tristan. Wie alt bin ich? 25? Etwas älter? Jünger? Arbeitslos? Nein. Student? Nein. Lehrer?* Er schüttelte widerwillig den Kopf. Ihm wollte beim besten Willen nicht einfallen, was sein Beruf war. Er überlegte, während er jetzt von einer Wand zur nächsten marschiert, dann stockte er kurz. *Ein Unfall?* Bilder erschienen vor seinem geistigen Auge. *Er war unterwegs gewesen... zu jemandem? Nach Hause?* Eine Szene zog an seinem geistigen Auge vorbei. Nacht hatte geherrscht und ein dichter Schneesturm hatte getobt. Er sah über das Lenkrad in die Dunkelheit, die nur von den Scheinwerfern seines Wagens erhellt wurde. *Eine Brücke? Das Meer?* Plötzlich Schwärze. *Verdammt. Warum kann ich mich nicht erinnern? Okay, unwichtig.* Erstmal musste er jetzt dafür sorgen, dass jemand zu ihm kam. *Irgendwer muss ja wissen was passiert ist.* Suchend ließ er seinen Blick durch den Raum wandern, aber außer seinem Bett und den weißen Wänden konnte er nichts entdecken. Seufzend lief er zu seinem Bett und ließ sich darauf fallen. Irgendwas war hier definitiv nicht so wie es sein sollte. Was war das für ein Krankenhaus, in dem es nur Wände und Betten gab? *Ist das eine Art neuartiger Quarantäne?*

Tristan blieb nichts Anderes übrig, als zu warten. Fünf Minuten, Zehn Minuten, vielleicht eine Stunde… Das Fehlen einer Uhr machte es nicht gerade leicht, die Zeit einzuschätzen. Er hatte mal ein Video im Internet gesehen, bei dem ein Mann mehrere Tage lang in einen weißen Raum eingesperrt war, und der Gedanke daran gefiel ihm so gar nicht. *Piep.* Er meinte sich daran zu erinnern, wie der Mann zuerst jedes Zeitgefühl verloren hatte und je länger er alleine war, mehr an seinem Verstand zweifelte. *Piep.* Irgendwann hatten dann Halluzinationen dazu geführt, dass das Experiment abgebrochen wurde. *Piep.* „Piep?", fragte er verwirrt in die Stille hinein.

Tristan setzte sich auf. *Heilige Scheiße. Was zum Teufel ist hier am Piepen?*

Verwirrt sah er sich um. Erst entdeckte er nichts, blickte von links nach rechts, legte sich auf den Boden und schaute unter seinem Bett nach. *Nichts.* Er wollte sich gerade schon denn Bettbezug in die Ohren stopfen, als er unten rechts in seinem Blickfeld eine kleine gläserne Glocke wahrnahm, die ein kleines Ausrufezeichen zierte, das sich mit seinem Blickfeld drehte. Der junge Mann schluckte. So was hatte er schon gesehen. Sogar schon öfters. Ein UI-Element, ein Symbol des ‚User Interface', der Benutzeroberfläche aus den

VR-MMORPG's, Virtual Reality Massively Multiplayer Online Role-Playing Games, also in Online-Rollenspielen die in der Virtuellen Realität abliefen, die er so gerne spielte. *Warum kann ich mich daran erinnern, aber an das meiste andere nicht? Ist das hier... nicht echt?* Er sah auf seine Hände. So etwas Fortschrittliches war unmöglich, so viel wusste er zumindest noch. Tristan fühlte die Echtheit seiner Hände, jedes kleine Härchen, jede Pore, Wärme und Kälte, sogar die kleinen Linien seines Fingerabdrucks waren zu sehen.
Okay, nicht gut. Werde ich langsam wahnsinnig? Tristan musste sich eingestehen, dass er jetzt doch langsam panisch wurde. Er blinzelte und atmete tief ein. Einmal. Zweimal. Langsam konzentrierte er sich auf das Symbol. Er erschreckte sich und wäre fast hintenüber vom Bett gefallen sich die Systemnachricht öffnete und der Schriftzug schwebend vor ihm erschien.

[Eine Person verlangt Einlass in ihr privates Domizil. Einlass gewähren?]

Verwirrt und erschrocken sah Tristan die Buchstaben an, während er sich langsam aufrappelte. Er sog die Luft ein und biss die Zähne zusammen. *Was habe ich zu verlieren?* Er konzentrierte sich ohne weiter zu zögern auf das Textfeld vor ihm, bis das [Ja] aufleuchtete. Die Nachricht verschwand sofort und sein Sichtfeld war wieder klar.
Er hielt den Atem an, als in dem weißen Raum, keine drei Meter vor ihm, plötzlich ein blaues Licht zu leuchten begann und langsam die Gestalt einer Person annahm.
Eine kleinere, streng wirkende Frau, vielleicht Mitte Vierzig, materialisierte sich vor ihm. Als das Licht aufhörte ihn zu blenden sah er die Person vor sich kurz tief ein- und ausatmen: Wie sie sich zufrieden und aufmerksam umsah. Ihr scharfer Blick fiel erst links auf die Wand, dann nach rechts, dann blieb ihr Blick auf ihm haften. Unwillkürlich wurde ihm bewusst, dass er nackt war und er setzte sich etwas

vorteilhafter hin, in dem er ein Bein über das andere schwang und den Rücken etwas durchstreckte. Die Frau lächelte ihn kurz an und setzte sich ihm gegenüber auf einen Stuhl, der bis gerade nicht hier gewesen war. Tristan atmete aus, ihm war erst jetzt klar, dass er den Atem angehalten hatte. Er war erleichtert, als die streng wirkende Frau ihn freundlich anlächelte.

„Freut mich dich kennenzulernen, Tristan" sagte die Frau und legte die dicke Mappe auf ihren Schoß, die wie er erkannte, seinen Namen trug.

Tag 0

„Moment, sie sagen mir also, dass ich mich nicht mehr in der echten Welt befinde und das hier", er breitete die Hände aus, „nur in meinem Kopf existiert?" Die Frau bestätigte erneut. Das waren sie bereits mehrfach durchgegangen. „Wie habt ihr es geschafft eine so detaillierte Illusion zu erschaffen?" Tristan war fasziniert, hob die Hand, pustete hinauf, spürte den Atem auf seiner Haut und sah wie die feinen Härchen sich bewegten. „Unglaublich." Die Frau lächelte. „Fulcrum Systems ist die führende Firma in allen Dingen Virtueller Realität. Wir bevorzugen jedoch einen anderen Ausdruck, wir nennen es ‚AVR' für ‚Alternate Virtual Reality' also, eine andere Realität, nur eben virtuell." Tristan schüttelte noch immer ungläubig mit dem Kopf. „Faszinierend." Er holte Luft und ließ sich ihre Worte erneut durch den Kopf gehen, dann sah er ihr wieder in die Augen. „Okay, wenn es stimmt, was sie erzählen, mit meinem Unfall. Was ist dann mit meinem echten Körper? Wo bin ich?" Fragte der zweifelnde Tristan die Dame vor ihm.

Janette wurde schnell ernst. „Aus Sicherheitsgründen kann ich ihnen leider nichts zu ihrem aktuellen Aufenthaltsort sagen, Tristan." Sie seufzte. „Sie waren zu sehr... verletzt, wir mussten sie verlegen."

Der schüttelte ungläubig den Kopf. Die Frau vor ihm hatte verraten, dass sein Unfall jetzt über drei Jahre her war, sein echter Körper sich in einem tiefen Koma befand, und er wahrscheinlich nie wieder aufwachen würde. Soweit so schlecht, aber dass sie ihm das überhaupt sagen konnte, bedeutete, dass er noch am Leben war, mehr oder weniger. So weit so gut. *Immerhin.*

„Wenn das stimmt, zeigen sie ihn... mich", korrigierte er sich, „mir." Tristans Stimme begann etwas zu zittern, aber er holte tief Luft und versuchte sich zu beruhigen. Er musste seinen Körper sehen um seine Zweifel zu zerstreuen.

Die Frau, Janette, eine Angestellte von Fulcrum Systems wie sie sich vorgestellt hatte, nickte langsam und hob die rechte Hand, mit einem Fingerzeig ließ sie ein virtuelles Bild vor sich erscheinen. Mit einem Schwung ihrer Hand bewegte sich das Bild zu ihm und Tristan sah, was sie ihm zeigen wollte, und er wurde bleich. „Das ist... Live?" Keuchte er, während er auf das Bild starrte und sich selbst sah. Oder eher, dass was von ihm übrig war. Ein trauriges Abbild seines zerschundenen Körpers schwebte in einer weißen, oben durchsichtigen Kapsel: Sein Kopf mit dutzenden, hunderten, Kabeln an die Maschine angeschlossen. Die linke Gesichtshälfte quasi nicht mehr vorhanden. Der Großteil seines Körpers in hellgrüner Flüssigkeit liegend. Mit Schrecken erkannte er weder seinen linken Arm, noch seinen rechten Unterarm. Schläuche die in seinen Körper liefen, Maschinen die dutzende Vitalwerte anzeigten. Das war... schockierend. Er schluckte.

Mit einem Wisch seiner Hand stieß er den virtuellen Schirm zurück zu Janette. „Nein, danke." Er wurde blass. Abscheu und eine ihm unbekannte Wut stiegen langsam in ihm auf. Die Frau sah, was er fühlen musste und lächelte ihm schmerzlich zu. „Ich weiß, dass muss für sie ein Schock sein." begann die Frau wieder und reichte ihm jetzt endlich ein Handtuch, mit dem er sich bedecken konnte. „Das ist ja wohl etwas untertrieben", meinte Tristan, nahm das Handtuch, legte es sich um die Hüfte und seufzte. „Was ist mit meiner...", er stolperte über den Gedanken, „...Familie?" Jannette sah ihn jetzt mitleidig an. „Sie haben keine nahen Verwandten, Tristan. Zumindest keine die wir ermitteln konnten. Sie leben alleine und", sie schlug die Mappe auf und blätterte kurz darin, „haben keine unmittelbaren Lebenspartner."

Tristan schluckte. Vielleicht erklärte das, warum er sich an so viel nicht erinnern konnte. Er versuchte es mehrmals, doch in seinem Kopf war nur dicker, undurchdringlicher Nebel. Er konnte sich an Dinge erinnern. Er wusste, dass er mal als Kind einen Feuerwehrhelm besessen hatte. Er erinnerte sich an sein Lieblingsparfüm, seine Marke für Duschgel. Verdammt, er wusste wie man einen Ölwechsel durchführt oder einen Computer zusammenbaut, aber die Gesichter seiner Familie oder seiner Freunde fielen ihm nicht mehr ein, egal wie sehr er sich anstrengte und konzentrierte.

Stille. Die Frau wieder ein paar Blätter weiter in ihren Aufzeichnungen. Dann räusperte sie sich.

„Ich bin hier, Tristan, weil ich Sie vor eine Wahl stellen möchte. Sie befinden sich in der Obhut von Fulcrum Systems. Wir können Sie hierlassen, in diesem Raum. Wir werden Ihnen beibringen wie sie ihre mentalen Kapazitäten verbessern können, und mit der Zeit werden sie interessantere Orte besuchen können. Wir können ihnen aktuelle Unterhaltungsmedien hierhin streamen, sobald wir die benötigten Kanäle schaffen können. Wir werden ihnen Psychologische Hilfe zukommen lassen und das Beste für Sie tun, was wir können. Es kann Jahre dauern, vielleicht Jahrzehnte bis ihr Körper soweit geheilt ist, dass wir ihn aus dem Koma holen können. Aber ich will ehrlich zu ihnen sein, es wird ein harter Heilungsprozess. Ihre Verletzungen sind schwer und etwaige Prothesen können nicht für sie angepasst werden, solange sie bewusstlos sind. Ich denke das wäre ein ziemlich trauriges Leben für sie."

Er schluckte. Er war immerhin nicht tot. Aber wie lange würde er es hier aushalten? Alleine, in seiner Gedankenwelt, die anscheinend genauso zerbrechlich war wie sein reales Ich? Irgendetwas tief in seinem Inneren meldete sich. Ein leises protestieren zuerst, dass immer lauter wurde und schließlich in einem lauten ankämpfen gegen sein Schicksal endete. *Nein, das ist kein Leben. Besuche durch Psychologen als einzigen menschlichen Kontakt... Nein.*

Die Antwort kam schnell. „Nein", sagte er nur, während er der Frau gegenüber in die Augen sah.

Die Frau runzelte die Stirn. „Sind Sie sicher, Tristan?" Der zuckte nur mit den Schultern. Er war sich sicher. Wovor musste er Angst haben? Er hatte nichts zu verlieren. „Schalten Sie die Geräte ab." Die Frau, Janette, sah ihn lange still und eindringlich an, als würde sie etwas in seinen Augen suchen. Und anscheinend fand sie es, denn jetzt begann die Frau verschmitzt zu lächeln. „Ich habe ihnen noch gar nichts von ihrer Alternative erzählt."

Tag 1

Ping. Tristan blinzelte und leichte Kopfschmerzen meldeten sich pochend. *Oh Mann. Was war das?* Eine warme Brise wehte ihm über das Gesicht. Seine Lieder waren schwer, doch er zwang sich seine Augen zu öffnen und die Tränen die unmittelbar darauf folgten wegzublinzeln. Er hob den Kopf, blickte wie zuvor in dem weißen Raum nach links und rechts, nur um diesmal von Bäumen umgeben zu sein, bevor er sich dann endlich aufsetzte. Er befand sich offensichtlich auf einer Waldlichtung. Das leicht feuchte Moos unter seinen Fingern drückte sich in den Boden als er sich darauf hochschob. Er atmete tief die frische Waldluft ein, die klar und sauber wirkte. Vorsichtig stand Tristan auf und blickte an sich herunter. Ein neues Kleidungsstück, eine dunkelgrüne Tunika, ein weit geschnittenes, altertümliches Oberteil, hing an ihm herab und fiel über seine ebenso neue Leinenfarbene Hose und die neuen Lederstiefel an seinen Füßen.

Janette hatte nicht übertrieben mit dem was sie ihm gesagt hatte. Es fühlte sich echt an. Der Wind in seinen Haaren, seine nassen Handflächen und der raue, aber angenehme Stoff auf seiner Haut. Er hob den Arm und begutachtete die Härchen die seine Arme bedeckten. Selbst einige Vögel konnte er in der Entfernung hören. Keinerlei Unterschied zur echten Welt war zu erkennen und ihm ging ein einziger Gedanke durch den Kopf: *Wo bin ich?*

Die Kopfschmerzen ließen nach und er erinnerte sich. Janette Hayes, seine zugeteilte Betreuerin von Fulcrum

Systems hatte ihm erzählt, es würde eine Alternative geben. Sie hatte ihm eine gut zweihundert Seiten-dicke Vertragslektüre zu lesen gegeben und hatte ihm auf seine Bitte hin alles zusammengefasst. Fast fünfzig *Oh Gott...* Unterschriften und einige Dutzend Geheimhaltungsvereinbarungen später, hatte sie ihm alles erklärt. Das Land, Aeternia Online, das Milliardenschwerste und größte Technikprojekt seit dem Manhattan Project und der Mondlandung, eine komplett neue Technologie, war ein Spiel das von der am weitesten entwickelten Künstlichen Intelligenz der Menschheit gesteuert wurde. Und er hatte soeben seine Einwilligung gegeben, sein Bewusstsein hierher zu transferieren, während sein Körper in der Fulcrum-Anlage überwacht werden würde.

Er erinnerte sich schon in der echten Welt von dem Spiel gehört zu haben. Der größte Hype der letzten dreißig Jahre, um ein neu entwickeltes Spiel mit dedizierter Hardware, hatte das Spiel umgeben. Hunderttausende warteten auf ihre Kopie, trotz des extrem hohen Preises von dem man sich einen guten Mittelklasse-Wagen kaufen konnte. Vor seinem Koma war das Spiel noch Jahre entfernt gewesen, also musste sie die Wahrheit gesagt haben. *Drei Jahre.* Wenn sein Körper, behandelt mit der neuesten und fortschrittlichsten Technik und Medizin bei Fulcrum keine Fortschritte machen würde, würden sie sein Bewusstsein endgültig von seinem Körper trennen. Alles war besser, als alleine in einem weißen Zimmer sitzend auf das Ende zu warten.

Tristan schaute halb-grimmig, halb-erwartend drein, während er einige leichte Stretchübungen machte. Sein Körper fühlte sich erstaunlich leicht an. Kleine Wehwehchen, die er aus seinem letzten Leben kannte waren anscheinend verschwunden. Ganz zu schweigen von den Muskelgruppen, von denen er nicht einmal wusste, dass er sie gehabt hatte, aber jetzt eindeutig definiert waren. Und noch eins wusste Tristan: Er hatte Durst.

Er horchte. Vogelgesang und leichter Wind. Eine Sekunde, zwei. Dann ein leises Plätschern rechts von ihm.

Mit einem kleinen Schulterzucken ging er los. Irgendwie musste er ja anfangen.

Nach nicht ganz fünf Minuten kam er zu einem kleinen Bach, der kristallklares Wasser führte. Noch immer verdaute er die Ereignisse der letzten Stunden, als er sich über das Wässerchen lehnte und gierig mit zwei Händen das köstliche Wasser schöpfte bis sein Durst gestillt war. Er beobachtete sein Gesicht in der spiegelnden Oberfläche und staunte. Fast hatte er erwartet in das ruinierte Gesicht seines echten Ichs zu blicken, aber was er sah erschreckte ihn fast genauso. Es war eindeutig er, aber seine Gesichtszüge waren klarer, feiner. Sein Gesicht war eindeutig markanter als vorher, gleichzeitig jedoch fast edel. Er fuhr sich mit der Hand über die seltsam perfekten Ohren und die markanten Wangen und staunte über seinen perfekten Dreitagebart. *Ping.*

Das Geräusch... eine Systemnachricht! Sein Blick fokussierte sich auf das Symbol, dass er erst jetzt wahrnahm.

[Du hast aus einem Bach getrunken und deinen Durst gestillt! Ausdauer wiederhergestellt.]

Dann verschwand die Nachricht, und eine andere Nachricht erschien ein paar Schritte vor ihm, begleitet mit einem leisen Glockenklirren.

[Willkommen, Reisender! Wie ist dein Name?]

Tristan grinste. Wie in einem Spiel. Spieler wurden hier also Reisende genannt. *Sinnvoll. Sehr atmosphärisch.* Er überlegte. Namen waren wichtig, er mochte welche, die Bedeutung hatten, schon damals als er noch in der echten Welt gelebt hatte. Er war jetzt kein Namenskundler, zumindest soweit er sich erinnern konnte, aber er mochte die Geschichte hinter den Namen und ihre Implikationen. Natürlich gab es Leute mit guten Namen, die schlechte Dinge taten und andersherum, er war schließlich nicht so naiv zu glauben, dass es nicht so wäre, aber er fand, dass Namen oft zu ihren Besitzern passten. Er überlegte kurz. Wie wäre es mit *Silas?* Von Silvanus? Dem Mann des Waldes? Er war in einem Wald aufgewacht. Schon mal gut. Er würde ihn die nächste Zeit tragen. Und der warme Wind der ihm über das Gesicht strich... *Zephyr? Der Westwind? Silas Zephyr?* Er lächelte. *Silas Westwind.* Das fühlte sich gut und richtig an. Er tippte auf der kleinen virtuellen Tastatur den Namen ein und bestätigte.

[Name akzeptabel. Willkommen im Land, Silas Westwind!]

Er lächelte. *Silas.* Sein neuer Name. Ein guter Name. Stark, aber nicht vollkommen unverrückbar. Genau dem flüchtigen Klang seines neuen Nachnamens entgegenstehend.

Silas, vormals Tristan, streckte sich. Er fühlte sich frei. Das hier war kein Schreibtischjob. Das war Wildnis. Freiheit. Er sah sich um und beschloss mit dem Bach zu laufen. Auf der Erde hatte er mal gehört, dass man Zivilisation finden könnte, wenn man nur einem Flusslauf folgt. *Seltsames MMO.* Alle anderen die er bis jetzt gespielt hatte starteten in der Nähe eines Starterdorfes oder in einer großen Stadt. Und er war hier absolut alleine. Eine weitere Seltenheit, wie er wusste.

Nach einigen Stunden, in denen er gespannt die Natur beobachtete, sich ein paar Mal niederkniete um Wasser aus dem Bach zu schöpfen und einige Fische sah, die schnell an ihm vorbeischwammen, begann er langsam ein leichtes Hungergefühl zu spüren. Aber das konnte er unterdrücken – ein Mensch kann länger ohne Nahrung auskommen als man denkt. Er wiederholte im Kopf die Regel, die er mal aufgeschnappt hatte: *3 Minuten ohne Luft, 3 Tage ohne Wasser, 3 Wochen ohne Nahrung.* Irgendwann lächelte er. Natürlich machte es keinen Sinn unnötig Energie, Ausdauer, zu verschwenden, aber sein neuer Körper forderte ihn geradezu heraus. Also begann er zu laufen. Erst in einem langsamen Trab, dann schneller. Silas rannte, wie er noch nie zuvor gerannt war, und dass nur aus Spaß. Etwas was er sich in seinem vorigen Leben nicht hatte vorstellen können. Er rannte bis ihm seine Lungen brannten und der Schweiß ihm die Stirn lief. Erneut waren Stunden vergangen und als er keuchend anhielt zog er sich kurzerhand komplett aus und legte sich in den kühlen, klaren Bach um auszuruhen und abzukühlen. Er holte tief Luft, und legte sich flach in das Wasser, das ihm kühl um den Körper spülte, er fühlte den Sand und die Kiesel unter seinen Füßen, frei von jeder Verschmutzung und genoss nur den Moment.

Als es ihm dann schnell kühl wurde, leider war der Bach zu seicht um darin zu schwimmen, stand er auf, legte sich auf das Flussbett nicht weit von seinen Klamotten entfernt und begann sich von der Sonne trocknen zu lassen. Aber etwas machte ihm zu schaffen. Er war den ganzen Vormittag und Mittag gelaufen, und obwohl es einige Mal etwas bergab ging, war nirgends ein Zeichen von Menschen oder anderer Zivilisation zu sehen. Und obwohl er wusste, dass er nichts zu essen brauchte, bekam er langsam doch ein ungutes Gefühl im Magen. „Okay, dann in den Wald." Beschloss er leise, zog seine bequemen und vor allem warmen Socken und seine Schuhe an und lief dann weg vom Fluss. Nach ein paar Metern hielt er an und beobachtete die Bäume. Er wusste, dass Moos meist gen Norden am stärksten an ihnen wächst, und so fand er heraus, dass sich der Fluss in nördlicher Richtung befand, und er sich nun in südlicher Richtung bewegte.

Er lief wieder ohne wirkliches Ziel immer der Nase nach, bis die Dämmerung nahte. Silas hatte zwar dutzende Pilz- und Beerensorten gesehen, aber alle kamen ihm unbekannt vor. Wieder wusste er, dass es dumm wäre sich unbekannte Pilze in den Mund zu stopfen, ohne dass er sie kannte. Das wäre mit sehr hoher Wahrscheinlichkeit äußerst unangenehm. Und Janette hatte ihn gewarnt: Der Schock seinen eigenen Tod zu erleben konnte bleibende Schäden an seinem Gehirn anrichten. Und er hatte keine Lust noch mehr seiner Erinnerungen zu verlieren, schon gar nicht, weil er das Äquivalent eines Fliegenpilzes oder einer Todeskappe aß.

Schon lustig, dass er wusste was man tat und tun sollte in so einer Situation, aber nicht mehr wie das Gesicht seines Vaters oder seiner Mutter ausgesehen hatte. Er seufzte, während er unter einem seltsam geformten Baum hindurchlief, der wie ein Bogen geformt war und unter dem einigen schönen Blumen wuchsen, fast wie ein Tor oder eine Grenze.

Und dann passierte es: Er trat durch den Bogen und ein helles Klingeln ertönte. Erschreckt sah Silas sich um, konnte aber nichts entdecken. Schnell wollte er seinen Fuß heben, doch bemerkte plötzlich kleine Pflänzchen, die sich langsam und wie von Geisterhand um seinen Stiefel wanden. „Was zum...?" begann er und wollte seinen anderen Fuß heben, doch nichts geschah. Auch hier sah er Wurzeln und Gräser, die sich bereits um den Knöchel wanden und jetzt weiter an seinen Waden empor krochen. Er riss an den Ranken. Doch sobald sich eine löste, sprossen zwei neue aus dem Boden „Oh, scheiße!" ließ Silas nur raus, und fluchte erneut „Fuck!" als er den Fuß mit Gewalt anhob und einen halben Meter nach vorne setzte, den anderen sofort nachziehend. *Oh verdammt!* Dachte er sich nur kurz, als dickere Stränge aus dem Moos emporschossen und seine Waden umwickelten. Fluchend stolperte er mit letzter Kraft auf die Mitte der kleinen Lichtung wo er begann sich die Ranken von den Waden zu reißen. Was exakt nichts brachte, denn nun hatten die Ranken auch seine Hände und Unterarme im Griff. *Und es tat weh.* Je mehr er sich wehrte, desto mehr der Ranken schlossen sich um seine Extremitäten. Mit einem Ruck und einem Schmerzensschrei landete er unsanft auf den Knien, während sich die Schlingen fester um seine Beine und Arme zogen. Hilflos blickte er sich um, auf der Suche nach irgendetwas was ihm helfen könnte, doch er war meterweit vom nächsten Stein entfernt, mit dem er auf das grün hätte einschlagen können. Und er bezweifelte auch, dass ihm das etwas gebracht hätte. Als die grünen Seile nun auch seine Arme zu Boden zogen, und er wie ein Hund kniete, hörte er die Stimmen. Erst wie ein leises Flüstern im Wind. Dann mehrere, wie ein Singsang. *Ping.*

„Er ist in unseren Sidhe eingedrungen", dann: „Der Mensch braucht eine Abreibung!" „Überlasst ihn uns, Prinzessin", und: „Wir bringen ihn zu den Grauen!" Silas schnaubte. „Ich bin auch noch da!" Er stutzte. Hatte er gerade in dem seltsamen Singsang der Wesen gesprochen? „Der Mensch spricht unsere Sprache!" „Unsinn!". Die Ranken schlängelten sich weiter seinen Körper entlang. Langsam wurde Silas panisch. „Stop!", sagte er erst leise, dann als keine Reaktion kam erneut, lauter, als er merkte wie die Ranken sich langsam um seinen Kopf wanden. „STOP! Bitte!" Er machte sich keine Illusionen: Wenn die Grünen, fingerdicken Pflanzen sich erst um ihn gelegt hatten könnten sie ihn zerquetschen wie eine überreife Tomate.

Doch es geschah anders. Die Stränge lösten sich. Erst langsam, dann immer schneller von seinem Körper und verschwanden im Boden. Der ganze Spuk hatte nur wenige Sekunden gedauert, doch Silas schreckte fast panisch zurück, landete auf dem Hosenboden als er zurückwich und schnaufte. Dann rieb er sich die schmerzenden Arme und Beine, als er die drei Figuren bemerkte, die vielleicht drei Meter von ihm entfernt *in der Luft standen*. Die beiden vorderen Kreaturen wirkten menschlich, aber waren über und über mit grünen Linien und Zeichen auf der Haut bedeckt, zumindest auf der Haut, die nicht von makellos ineinander gewobenen Blättern bedeckt wurde, die aussahen wie mythische Rüstungen.

Beide hatten lange Speere mit gläsernen Spitzen die auf ihn gerichtet waren und ihm die Sprache verschlugen. „Was glotzt der denn so Danarghan?". ‚Danarghan' der größere der beiden Wesen, die beide noch immer wesentlich kleiner waren als er selbst, der größere ging ihm vielleicht bis zur Brust, antwortete „Vielleicht ist er schwachsinnig, Girathral". Silas blinzelte „Schwachsinnig?" Ein erschrockenes Keuchen kam von dem größeren der Beiden. „Er tut es schon wieder, Prinzessin!"

Damit trat zwischen den beiden Bewaffneten eine Frau hervor, die so unglaublich anders war, als das was er von seiner Welt kannte. Sie schien von innen heraus in einem leichten grün zu leuchten, und war, nach der Definition, wunderschön. Langes goldenes Haar floss ihr über die Schultern wie Wasser in der Abendsonne. Ein grünes Kleid, aus einem ihm unbekannten Material, floss ebenfalls über ihre Schultern und reichte bis über ihre Füße. Ihre Augen waren wie die eines Menschen, mit dem Unterschied, dass ihre Iriden golden leuchteten. Schnell wand er den Blick ab, als die Frau, eine potentielle Königin wie er sofort verstand, herabschwebte, und vielleicht zwei Meter von ihm entfernt auf dem Boden aufsetzte.

Silas sah, wie die Gräser und Blumen sich von ihr wegdrehten, wie um ihr höflichst Platz zu machen, als sie zwei Schritte auf ihn zuging. Die Prinzessin bemerkte die Reaktion des Menschen und schmunzelte etwas, während ihre Wachen auf eine Handbewegung von ihr einen Schritt zurückblieben. „Menschenkind, erkläre dich, wieso dringst du in mein Reich ein? Wieso sprichst du im Ton des Windes?" Silas blinzelte, und änderte langsam seine Position um auf einem Knie vor ihr niederzugehen. Seine Bewegung ließ die beiden Wachen einen Schritt vorschnellen und ihm die Speere entgegenhalten, doch die Prinzessin hielt sie mit einer kaum ersichtlichen Handbewegung zurück. „Sprich." *Ping.* Silas holte Luft, und ohne wirklich drüber nachzudenken, kam der seltsame Singsang aus seinem Hals: „Prinzessin, ich wusste nicht, dass ich in euer Reich eindringe. Ich wandle noch keinen ganzen Tag auf dieser Welt, und ich fürchte mein Hunger trieb mich tiefer in den Wald hinein. Ich bin ein einfacher Mensch, der seinem Instinkt gefolgt ist, ich suche meinesgleichen. Ich habe eure Sprache noch nie zuvor gehört, doch sie ist nicht annähernd so schön wie ihr."

Kaum hatte er es ausgesprochen machte sich ein ungläubiges realisieren in seinem Gehirn breit, denn er hatte eindeutig nicht das gesagt, was er eigentlich hatte sagen wollen. Also, schon, nur wusste er selbst nicht, wie er diesen Satz ausformuliert hatte. Und wenn er Pech hatte, hatte er gerade sein Leben verspielt.

Stille. Kurz bevor es unangenehm wurde, erklang ein helles Lachen, dass ihn irgendwie an Maiglöckchen erinnerte. „Viel hat man mir schon gesagt, nur unsere Sprache mit mir verglichen hat noch keiner. Aber ich stimme euch zu, der Ton des Windes ist schön. Und ihr sprecht die Wahrheit. Seht mich an." Silas zögerte, denn in ihren Bann wollte er nicht fallen, er fürchtete nämlich genau das würde passieren, wenn er sie ansah. Doch dann zwang er sich trotz seiner Angst seinen Kopf zu heben und ihr ins Gesicht zu schauen. Die goldene Farbe ihrer Augen war verschwunden, und ihre grünen Augen blickten auf ihn nieder. Die Verzauberung seiner Sinne blieb aus. Verschmitzt lächelnd bedeutete sie ihm sich zu erheben. Die Wachen richteten die Speere nach oben, weg von seinem Körper, und Silas seufzte erleichtert auf. „Für den heutigen Abend seid ihr Gast des Volks der Fae."

Kaum eine halbe Stunde später, befand sich Silas auf einer weiteren Lichtung, und er beobachtete die ‚Fae' wie sie sich nannten geistesabwesend. Die Prinzessin war verschwunden, ebenso wie ihre beiden Wachen. Dutzende der Vertreter des Fae-Volks hatten sich jedoch versammelt saßen hier und da im Moos, oder lehnten an Bäumen und Steinen, unterhielten sich, sangen oder aßen. Wieder musste er Janette Recht geben, so unglaublich echt wirkten diese Wesen. Überhaupt nicht wie NPC's oder Maschinen. Es dämmerte ihm langsam, warum sie ihm gesagt hatte, dass jeder NPC einen Turing-Test bestehen würde, wenn man ihn befragen würde. *Wie soll man auch nicht menschlich wirken, wenn man überhaupt nicht weiß, dass man ein Programm auf einem Supercomputer war?*

Aber für den Moment war Silas das egal, denn eine kleinere, weibliche Fae hielt ihm einen für sie viel zu große Schale mit Früchten hin, aus dem er sich bediente. Freundlich sagte er ‚Vielen Dank' zu der kleinen Fae, die es plötzlich sehr eilig hatte woanders zu sein. Als er sich die Frucht in den Mund steckte, die ihn an einen Mix aus Kiwi und Kirsche erinnerte, musste er sich beherrschen nicht zu jubeln. Er beobachtete fröhlich kauend den Trubel vor ihm, während das Dämmerlicht den Wald in ein sanftes Rot tauchte. Dann bemerkte er die Glocke in seinem Interface unten rechts, die ihn eindringlich an-vibrierte. Genervt konzentrierte er sich auf das Symbol.

Die Nachrichten tauchten, wie schon früher, mehrfach in seinem Blickfeld auf und ließen ihn staunen.

[Herzlichen Glückwunsch! Die erste Stimme des Landes die du vernommen hast war die eines Fae. Du hast automatisch die Sprache „Ton des Windes" gelernt. Die Sprache der Fae, des fahrenden Volkes und der Luftelementaren Völker!]

[Herzlichen Glückwunsch! Durch dein andauerndes Training erhältst du einen zusätzlichen Attributspunkt in Geschicklichkeit!]

Silas schluckte. Er hatte nicht einmal mitbekommen, dass ihm das Wissen darüber vermittelt wurde. Wirklich interessant dieses System.

[Achtung! Ihr seid betroffen von „Blick der Prinzessin"! Die Aura der Royalen Fae drängt euch dazu, die Wahrheit zu sagen! Dies ist ein Verzauberungseffekt. Andere Effekte unbekannt.]

Silas stimmte stumm zu. Er wusste, dass etwas nicht gestimmt hatte, als sie ihn befragt hatte. Er musste dafür sorgen, dass diese Nachrichten ihn nicht immer erst erreichten, wenn der Moment vorbei war, also konzentrierte er sich erneut und schluckte herunter.

[Ihr esst eine Fae-Frucht. Für die nächsten 72 Stunden ist euer Hunger gestillt. Euer Glück erhöht sich um 20 Punkte.]

Das war einfacher als gedacht. Er musste sich nur kurz darauf konzentrieren und schon war die Nachricht automatisch erschienen noch während er dabei war die Frucht herunterzuschlucken. Aber jetzt wurde er neugierig. Er konzentrierte sich erneut und dachte an seine Werte. Jeder Spieler wusste, dass es so etwas wie einen Charaktersheet, also eine Sammlung und Auflistung seiner Werte und Fähigkeiten, geben musste. Bis jetzt war er nicht wirklich dazu gekommen darüber nachzudenken, geschweige denn es zu versuchen. Also fokussierte Silas seine Gedanken, eine Sekunde, zwei Sekunden. Sein Status erschien vor ihm.

Silas Westwind	HP: 100/100			AUS: 110/110			MP: 120/120
Level: 1	STR	CON	DEX	INT	WIL	CHA	LUC
	10	10	11	12	10	10	30+
Rasse: Mensch (Reisender)				Erfahrung: 0 / 500			
Fähigkeiten							
Kampf:			Allgemein		Handwerk:		
-			-		-		
Spezialisierungen:							
-							
Kräfte:				Skills:			
-				-			
Sprachen:				Gaben:			
Gemeinsprache				Adaptiv			R
Ton des Windes				Potential			S
				Entzweite Seele			
Ruf:							
Waldfae Misstrauisch							-

Silas nickte und rutschte etwas tiefer in das angenehm trockene Moos. Mit einem ausgestreckten und einem angewinkelten Bein schaute er auf seinen Statusschirm. Bis zu den Gaben war alles halbwegs normale RPG-Kost, die er schon tausendmal gesehen hatte. Stärke war selbsterklärend, Konstitution würde seine HP und Standhaftigkeit beeinflussen, Geschicklichkeit seine Wendigkeit und Schnelligkeit sowie Feinarbeiten. Intelligenz erhöhte vermutlich seine MP, sein Mana, aber würde er dadurch auch vielleicht wirklich intelligenter werden? *Ist das überhaupt möglich?* Lächelnd verdrängte er den Gedanken. Willenskraft war in seinen Spielen bisher für Manaregeneration und zum Widerstehen von Verzauberungseffekten sinnvoll. Charisma beeinflusste meist das Wirken auf andere Menschen, im Prinzip erleichterte es soziale Interaktion. Und Glück... Tja. Glück war in allen Spielen anders. Mal erhöhte es die Wahrscheinlichkeit auf Kritische Treffer, mal erhöhte es Dropraten, also die Wahrscheinlichkeit das Monster Beute fallen ließen, manchmal erlaubte es einem, versteckte Quests oder Optionen freizuschalten... Es könnte alles sein. Oder nichts davon. Er legte den Kopf quer. Vermutlich war es einfacher den Spielern etwas Bekanntes vorzusetzen als etwas, dass sie nicht verstanden. Dann konzentrierte er sich auf seine Begabungen, die er durchaus interessant fand.

[Gabe: Adaptiv. Ihr seid anpassungsfähig. Als Reisender seid ihr immun gegen jede Art von Krankheit]

[Gabe: Potential. In eurem letzten Leben bliebt ihr hinter eurem Potential zurück. Verwirklicht es hier. Effekt: Unbekannt. Rang: S]

[Gabe: Entzweite Seele. Effekt: Unbekannt, Rang: Unbekannt]

Silas pfiff leise. Janette hatte ihm gesagt, dass der Supercomputer jedem Spieler anhand seiner Persönlichkeit spezielle Fertigkeiten verleihen würde, aber solch breitgefächerten „Gaben" die potentiell solch große Bereiche abdeckten mussten einfach selten sein. Aber... woher wusste der Computer wie und wer er war? Hätte er nicht eine Art Test bestehen müssen? Er zuckte mit den Schultern und verdrängte den Gedanken.

Wenn er sich richtig erinnerte, waren die Ränge den Medien oder Spielen der echten Welt entnommen. Mit E oder F als schlechtestes, wenn er sich richtig erinnerte, und S als einem der höchsten. Viele Spiele und Bücher hatten Ränge hinter S, wie SSS oder S+ - aber er wusste nicht was das Höchstmögliche hier war. Es konnte gut sein, dass er unterer Durchschnitt war. Aber „Entzweite Seele" war ihm kein Begriff. Und bedeutete ‚Reisender' nur, dass er ein Spieler war, oder war es eine Art menschliche Unterrasse, sowie Waldelfen und Elfen? Er zuckte mit den Schultern. Fragen für die er jetzt keine Antworten hatte. Das waren Dinge über die man sich später noch Gedanken machen konnte. Mit einem Wisch der Hand ließ er den Status verschwinden. Nur noch eine letzte Anpassung. Er schloss die Augen für ein paar Momente, und als er sie wieder öffnete hatte er die 3 Balken links unten untereinander angeordnet: HP in Rot, Ausdauer in Grün, MP in Blau. *Schon ziemlich unfair, dass ich hier alles selbst herausfinden und konfigurieren muss. Gibt es hier kein Tutorial oder zumindest irgendeine andere Art von Anleitung?*

Silas seufzte. Dann beobachtete er weiter die Fae. Hier und dort schienen sie mit Blumen zu reden, und zwischendurch war er sicher, dass nachdem eine der weiblichen Fae mit einer Blume geredet hatte dieselbe anfing zu blühen. Einige Stunden verbrachte er nur damit den Fae zuzusehen oder ihnen zuzuhören ohne weiter von ihnen beachtet zu werden. Später im Verlauf des Abends brachen Blüten in den Baumkronen über ihnen auf, um sanftes, bläuliches Licht zu spenden. Irgendwann überkam ihn dann doch die Müdigkeit und über dem Gedanken was für eine wundersame Welt das hier war, einen Arm hinter dem Kopf verschränkt, schlief er ein und fiel, ohne es zu wissen, das erste Mal seit Monaten in einen traumlosen Schlaf.

Tag 2

Silas wachte auf. Ein schnelles Aufsetzen später merkte er schon, dass etwas nicht stimmte. Er roch etwas, was vorher nicht dagewesen war. Er brauchte einen Moment um beizukommen und zu verstehen, was er gerade roch. *Feuer. Brennendes Holz.* Erschrocken rieb er sich hastig die Müdigkeit aus den Augen. Der leise Singsang der Fae war verschwunden. Der langsam verschwindenden Dunkelheit zu folgen war es früh am Morgen, vielleicht vier oder fünf Uhr. Die Bäume über ihm erschwerten es die genaue Uhrzeit zu schätzen. Aber er ließ sich davon nicht ablenken. Etwas Bedrohliches lag über dem Wald, er spürte es tief in seinem inneren. Etwas stimmte nicht. Er hörte weder Vögel noch Tiere, was ihm so tief in diesem unberührten Wald seltsam vorkam. Er stand auf und leiser Wind drang an seine Ohren. Verstehen konnte er es nicht, aber er wusste, dass es die Stimmen der Fae waren. So schnell es ihm in dem Halbdunkel möglich war, schlich sich Silas in die Richtung von der er meinte die Stimme vernommen zu haben. Schnell wurden die Geräusche lauter. Ein paar Mal stolperte er fast über Bäume, Steine und Wurzeln, aber nach nicht ganz zehn Minuten, in denen er mehr schlecht als Recht durch das dicke Unterholz taumelte, sah er Licht zwischen den Stämmen. Nicht taghell, aber doch illuminierend genug um ihm zu sagen, dass es künstliches Licht war. *Das Feuer.* Seltsamerweise traf er nicht auf einen einzigen der Fae auf dem Weg dahin. Und jetzt trug der Wind auch noch andere Geräusche zu ihm. Laute Schreie, das Klirren von Glas und zersplitterndes Holz. Silas beschleunigte seinen Schritt, und noch während die Geräusche immer lauter wurden durchbrach er schließlich die letzte Schwelle des Unterholzes und was er sah verschlug ihm fast den Atem.

Die brache Lichtung, wesentlich größer als die wo er aufgewacht war, und viel größer als die auf der er die Prinzessin getroffen hatte, war übersät von zwei Arten unterschiedlicher Wesen und definitiv unnatürlich entstanden. Die Fae, diese hier wirkten wesentlich gefährlicher auf ihn, wie die beiden Krieger, die die Prinzessin begleitet hatten, waren bewaffnet und kämpften tapfer gegen einen Ansturm von Kreaturen an die zwar wesentlich kleiner als sie waren, aber ungleich hässlicher und breiter. Graubraune Haut prägte ihre ekelhaften Körper, die meist nur mit einem Lendenschurz bedeckt waren. Und es war offensichtlich, dass die Verteidiger am Verlieren waren. Überall auf dem Boden lagen Tote und Verwundete der Fae, sowie dutzende der Goblinartigen Monster. Starr blickte er auf das Spektakel vor seinen Augen, und sein Blick wanderte zu einem der Fae im Zweikampf mit einem der Monster, der mit einer Steinkeule wieder und wieder auf ihn einprügelte. Der Fae hielt sich tapfer und seine grazilen Bewegungen erlaubten ihm erst auszuweichen, dann einen blutigen Schnitt nach dem anderen mit seiner gläsernen Speerspitze zu verursachen. Doch die Kreatur wirkte nur erbost und grunzte, stolperte einen Schritt nach hinten, während aus dem Mund unter seiner deformierten Nase Speichel und Blut auf den Boden tropfte. Die Kreatur griff erneut an, doch diesmal schlich sich noch eine weitere hinter dem Fae an, der sich bereitmachte auszuholen und zuzuschlagen.

Silas rief eine laute Warnung in dem bekannten Singsang: „Hinter dir!" Der Fae stutzte nicht einmal, sondern wirbelte herum und durchtrennte den Hals der Kreatur hinter ihm zu gut zwei Dritteln, während der andere Angreifer die Rückseite des Speeres ins Gesicht geschlagen bekam. Silas wusste was er zu tun hatte. Seine Reflexe aus den anderen Spielen und der echten Welt hatten offensichtlich nichts an ihrer Schärfe verloren. Ohne weiter zu zögern lief er zu dem Fae, der tief Luft holte und ihn mit großen Augen ansah. „Mensch! Was tust du hier?"

Silas lächelte, während er sich nach einer der Steinkeulen bückte. „Helfen, natürlich!", sagte der nur und blickte sich auf dem baumleeren Feld um, auf das immer mehr der Monster strömten und teilweise zu dritt oder viert auf die Fae einprügelten. Auch wenn er nicht gerade freundlich von ihnen empfangen worden war, hatten sie ihm doch etwas zu essen und einen sicheren Schlafplatz gegeben. Und so sehr er wusste, dass es sich angeblich nur um NPC's handelte, so sehr konnte er nicht gegen den Drang ankämpfen den er tief in seinem Bauch spürte. Und das war die Wesen zu verteidigen. Der Fae vor ihm sah ihn nur stumm an und nickte ihm zu. „Aer'inthala." Sprach der und mischte sich keine fünf Meter weiter wieder ins Getümmel. Silas brauchte eine halbe Sekunde bis er Verstand. *Viel Glück.*

Eine der Kreaturen hatte gesehen wie Silas die Steinkeule aufgenommen hatte und wandte sich ihm gerade zu. Geifer tropfte von seiner deformierten Fratze auf den Boden, dann rannte es los. Silas sah ihn kommen und verfiel in ein leichtes Wippen um einen sicheren Stand zu finden und das Gewicht nach vorne zu verlagern. Silas war zwar kein erfahrener Krieger, aber als Veteran einiger harter MMO's und Raider, einem erfahrenen Schlachtzugsspieler, der dutzende Dungeons in- und auswendig kannte, verstand er zumindest die Grundzüge – während das Monster blind auf ihn losstürmte. „Komm nur her!" Stachelte Silas es an und kurz bevor es bei ihm war, war der Kampf auch schon entschieden. Das Wesen, das ihm genau wie die Fae nur bis zur Brust ging erhob seine Keule hoch über den Kopf und schlug wahllos zu. Silas hatte nur darauf gewartet. Es war nicht mehr als etwas, dass er sich aus einem der Spiele abgeschaut hatte. Ein einfaches Manöver. Ein Ausfallschritt nach links weg und er war neben dem Biest. Ein mit aller Kraft geführter Schlag nach rechts unten auf den Kopf beendete das Leben des Monsters, dass zuckend auf dem

Boden liegen blieb. Blut spritzte durch die Kraft des Aufpralls in sein Gesicht, seine Hand vibrierte noch immer auf dem rauen, unbehandelten Holzschaft der Keule als er sie zurückzog. Die Schreie waren leiser geworden, aber noch immer deutlich zu hören. Er schluckte. Das zitternde Monster unter ihm, das Vibrieren der Keule in seinem Arm... es war realer als alles was er kannte. Er hatte schon gegen Monster gekämpft, aber nie hatte er die Todesqualen eines Monsters sehen können, die in anderen MMO's einfach verschwanden oder regungslos liegen blieben, nachdem ihre HP auf null gesunken waren. Hier jedoch sah er das Zucken des Körpers. Und das Gefühl in seinem Arm erinnerte ihn daran, was er gerade getan hatte. Adrenalin schoss durch seinen Körper. Seine Sinne schärften sich. Ihm war nicht klar gewesen, dass man so etwas simulieren konnte. Er schluckte um den Kloß in seinem Hals verschwinden zu lassen. Dann sah er sich um.

Erst jetzt erkannte Silas die ganzen Ausmaße des Schlachtfeldes. Gut zwei Dutzend der Fae lagen in seiner Nähe auf dem Boden, dazu das mindestens vierfache der Angreifer. Selbst zwischen den Bäumen wurde gekämpft, und während er noch die Lage analysierte, sah er die beiden Wachen, die er vorher mit der Prinzessin gesehen hatte, die gerade eins der Monster auf ihren Speeren gemeinsam in die Luft hoben. Silas grinste. Das war sein erster Kampf in diesem fremden Land, und es hatte etwas Brutales, Echtes. Natürlich, alles fühlte sich echt an. Er wusste nicht wie sie es geschafft hatten, aber es war als wäre er tatsächlich an einem anderen Ort, in einer echten Schlacht um Leben und Tod. Dann merkte er, dass er nur dastand. Es war nicht als hätte er moralische Bedenken Monster zu töten, er war keiner von dieser Sorte Mensch, nein, es war mehr das leichte Zittern, dass er verspürte, als er sich mit dem Handrücken das Blut von der Stirn wischte. *Angst?* Realisierte er selbst kurz. Aber zur Angst mischte sich noch etwas: *Aufregung. Spannung. Erwartung.*

Er wusste nicht mehr was im echten Leben mit ihm passiert war, aber hier kämpfen zu können, dazu noch für einen guten Zweck, das fühlte sich richtig an. Er machte mehrere Schritte nach vorne und hieb einem der Biester seine Keule in den Nacken. Der Fae der im Begriff war unter dem Sturm an Schlägen unterzugehen reagierte sofort und nutzte die Ablenkung seines Gegners und stieß seinen Speer nach vorne in den Bauch des Wesens. Ein kurzes Nicken und ein verblüfftes Verstehen des Fae später ging Silas dazu über sich dem nächsten Gegner zuzuwenden. Er blockte den Angriff der gerade auf ihn niederzusausen drohte mit seiner Keule ab – wieder vibrierte sein ganzer Arm unangenehm und es klingelte in seinen Knochen. Mit einem Schub Adrenalin und einem Schrei auf den Lippen schlug er mit links, seinem schwachen Arm, dem Wesen seine Faust ins Gesicht, das benommen einen Schritt zurücktaumelte. Silas nutzte den Moment und vergrub die Steinkeule in der Stirn des Wesens das sofort zu Boden ging und liegen blieb. Aus dem linken Augenwinkel nahm er eine schnelle Bewegung war und warf sich zur Seite. Gerade noch rechtzeitig um dem Hieb zu entgehen den sein neuer Kontrahent auf seinen Kopf gezielt hatte - so fuhr der Schlag nur halb in sein linkes Schulterblatt, halb in die Rippen darunter und er hörte Knochen knacken, noch während er sich abrollte.

Silas ließ die Keule fallen, die schon rutschig vom Blut geworden war. Der Schmerz der Silas durch den Körper fuhr war höllisch. Als Kind hatte er sich mal beim Skateboarden einen Arm gebrochen, doch das wirkte jetzt nur wie ein kleiner Kratzer auf ihn. Er schrie vor Schmerz auf und sah rot. Das Monster vor ihm setzte nach und ohne zu zögern sprang er es aus der Hocke heraus an. Das Vieh brüllte und Silas nahm den ekelhaften Gestank nach Fäulnis aus dem Mund des Wesens war als sie miteinander zu Boden gingen. Unter ihm wand sich das Monster und krallte sich mit seinen hässlichen Fingernägeln in seinen Unterarm, was Silas nur mit einem Schmerzensschrei und einem wütenden Schlag genau auf die Nase quittierte. Wieder fühlte er Knochen brechen, als die viel zu große Nase sich unter seiner Faust verbog und mindestens einer seiner eigenen Fingerknöchel brach. Er griff nach dem Steinbeil, dass sich nur wenige Zentimeter neben ihm auf dem matschigen Grasboden befand, nahm es in seine schmerzende Hand, während er das Wesen mit seiner linken auf den Boden drückte. Er ergriff den Schaft und mit einem wütenden Schrei drosch er einmal, zweimal, dreimal auf den Schädel des Monsters ein, während das Blut ihm auf die Kleider spritzte und eine widerliche Masse aus Körperflüssigkeiten den Boden tränkte, bevor das Biest aufhörte sich zu bewegen und Silas sich schnaufend aufrichtete und sich umsah. Links waren die Fae gerade damit beschäftigt sich zu formieren, seine kleine Ablenkung hatte ihnen gereicht, um ihnen den nötigen Vorteil zu verschaffen, während rechts vereinzelte Kämpfe zugange waren. Silas schnaubte erschöpft als er vielleicht zehn Meter von ihm entfernt sah, wie eins der Biester gerade dabei war dem auf dem Boden liegenden Fae den Gnadenstoß zu geben.

Eine Sekunde sah Silas auf das Beil in seine Hand bevor er laut „Hey!" schrie und einen Schritt nach vorne trat, während er wie Olympischer Diskuswerfer ausholte und das Beil warf. Mit einem Fluchen sah er, dass das Beil nicht wie geplant im Rücken des Monsters stecken blieb, sondern mit der Rückseite traf, was das Wesen verleitete sich zu ihm zu drehen und ihn unverständlich anzubrüllen, was der am Boden liegende Krieger ausnutzte um seinen Speer nach oben, seitlich durch den gedrehten Kopf des Wesens zu treiben.

Keine Zeit verschwendend sah Silas sich um. Auch wenn seine Hände schmerzten und seine Schulter noch schlimmer pochte, waren sie immer noch in Unterzahl. Ein paar kurze Augenblicke später hatte er sich erneut bewaffnet, wieder mit einem Steinbeil, doch nahm er sich schnell ein zweites in Reserve, welches er in der anderen Hand hielt. Weitere zwei der Wesen fielen unter seinen Schlägen, aber nicht ohne, dass er einen Schlag blockte, der von seiner Waffe abrutschte und ihn auf den linken Arm traf, der selbigen absolut unnütz an ihm herabhängen ließ. Wütend beendete er schnell das Leben des anderen Angreifers indem er ihm den Schädel spaltete. Dann verlor er sich im Kampf.

Nach einer Zeitspanne die Minuten, vielleicht auch Stunden andauerte, er hatte vollkommen das Zeitgefühl verloren, war er endgültig erschöpft. Er hatte dutzende Schläge abgewehrt genauso viele Schläge ausgeteilt, einige tödlich, andere nur verletzend, doch mit jedem Schlag wurden seine Arme schwerer, sein Atem ging tiefer. Die grüne Ausdauerleiste war so gut wie leer, die rote Leiste blinkte ebenfalls bedrohlich. Lediglich seine blaue Manaleiste war unnütz bis zum Bersten gefüllt.

Er blickte auf, fast wie aus einem Rausch erwachend und sah die Menge der Monster, die nicht weniger zu werden schien. Immer mehr der Wesen tauchten an unmöglichen Stellen aus dem Halbdunkel zwischen den Bäumen auf. Er wusste, dass wenn nichts das Blatt wenden würde, dieser Kampf bald vorbei wäre, so oder so. Er sog scharf die Luft ein als in diesem Moment das erste Licht der Morgensonne über die Baumkronen auf die Lichtung fiel. Wütende und verletzte Schreie machten sich unter den Monstern breit, als die Lichtstrahlen auf ihre nackten, verwanzten Oberkörper trafen und große Wunden in die ungeschützte Haut brannten. Ohne dem Kampf weitere Beachtung zu schenken drehten sie sich um und setzten jetzt zu einer wilden Flucht in den Wald an, nur um von den Verteidigern verfolgt und niedergestreckt zu werden.

Silas grinste schwach. Seine Schmerzen machten sich jetzt erst richtig bemerkbar und er spürte einige Abschürfungen und Wunden an seinem Körper, die er vorher nicht einmal bemerkt hatte. Als er den Wesen nachsah musste er erschöpft erkennen, dass wohl mehr Zeit vergangen war, als ihm bewusst war. Er schaute auf seinen linken Arm und das Steinbeil glitt aus seiner von dunkelrotem Blut durchnässten Hand. *Der erste Kampf in einer neuen Welt, huh?* Und mit diesem Gedanken ging er in die Knie, kippte nach vorne und verlor das Bewusstsein.

Tag 5

Silas erwachte als er Stimmen in seiner Nähe hörte. Langsam schlug er die Augen auf, und sah zwei Fae, beide recht jung, vermutlich Geschwister, die neugierig am Fuß seines Bettes standen und leise miteinander tuschelten. Als er sich aufsetzte und freundlich im Ton des Windes „Guten Morgen" sagte, erschreckten sich die beiden, unterbrachen ihre Unterhaltung, und sahen ihn dann mit großen Augen an.

Silas grinste, wartete ein paar Sekunden, konnte sich dann aber nicht beherrschen und sagte nur „Buh", woraufhin beide mit einem erschreckten Quieken schnell das Weite suchten. Er kicherte leise in sich herein und schwang die Beine aus dem Bett. Dann stellte er fest, dass sein Körper über und über mit Seidenen Bandagen überdeckt war, er jedoch keine Schmerzen fühlte. *Wie lange habe ich geschlafen?* Dachte er sich stumm und sah sich nach seinen Sachen um. Er fand nichts, jedoch zog ihm der frische Geruch von frisch geschnittener Wiese in die Nase. Silas zog verwirrt eine Augenbraue hoch, und nach kurzer aber eingehender Inspektion stellte er fest, dass er auf einem Bett aus Gräsern gelegen hatte, dass mit frisch wirkendem Moos überdeckt war.

Der vielleicht zwei Meter hohe Raum war eindeutig gewachsen, nicht gezimmert oder aus dem Holz geschnitzt, stellte er fest als er die Wände betrachtete und die hölzernen Wurzeln sah, die dem Raum als Deckenstützen dienten und mit schönen Schnitzereien und frischen Trieben überdeckt waren. Er merkte, dass der Raum keine Fenster hatte, aber taghell beleuchtet war. Das Warme Licht ging von der großen Blütenknospe in der Mitte des Raumes aus. Seine Decke war ein wunderschönes cremig-weißes Seidentuch, dass er sich unbeholfen über den Schoß legte. Gerade als er in die sitzende Position gewechselt war, kam eine der Fae-Frauen in das Zimmer. Erst sah sie ihn abschätzend an, zauberte dann aber schnell ein Lächeln auf ihre Lippen. Silas lächelte unbeholfen zurück und musterte die Frau. Genau wie alle Fae die er bereits in dem Sidhe, ihrem Dorf, gesehen oder getroffen hatte, war sie, nach menschlicher Definition, schön. Eine schlanke Hüfte mit einem gut geformten Oberkörper und zierlichen Schultern wurden durch ihr Gewand betont, dass auch aus Blättern gewoben zu sein schien aber im Gegensatz zu den anderen die er gesehen hatte offensichtlich praktischeren Nutzen hatte. Überall waren kleine Taschen eingenäht die augenscheinlich gefüllt waren. Ihr Gesicht hatte andere Züge als die der meisten anderen Fae die er bis jetzt gesehen hatte, sie wirkte wenn auch nicht viel älter, dann zumindest weiser oder erfahrener. Sie hatte härtere Züge, und ihr zu einem Pferdeschwanz gebundenes Haar hatte die eine oder andere weiße Strähne.

    Die Fae stemmte die Hände in die Hüfte, sah ihm in die Augen, und begann dann in seiner, der Gemeinsprache, zu sprechen. „Wenn du fertig gestarrt hast, Menschenkind, leg dich zurück aufs Bett, damit ich mir deine Wunden ansehen kann." Silas stutzte, stammelte etwas wie „Entschuldigung" und legte sich wieder hin. Die Frau kam näher während er dalag, und begann seine Verbände zu lösen. „Hmpf!" Schnaubte die Frau und ließ Silas mit einer Geste die sie schon hunderte Male gemacht haben schien, den linken Arm heben um die weißen Bandagen zu lösen. „Du bist also der Mensch, der mit unseren Kriegern für den Sidhe gekämpft hat, ja?" murrte sie, während sie seinen Arm musterte. Silas zuckte mit den Schultern, ohne unhöflich wirken zu wollen. „Naja, nicht für den Sidhe selbst, sondern eher für dessen Bewohner", sagte er zögernd, aber freundlich während sie seinen Arm vorsichtig abtastete. Sie schien eine Ärztin oder eine Heilerin zu sein. Zufrieden beendete sie das Abtasten und rief dann im Ton des Windes „Alina! Das Wasser!", einen Augenblick später dann an ihn gerichtet: „Okay, drehe dich auf den Bauch." Kurz sah er ihr in die Augen, doch die mütterliche Strenge darin bedeutete ihm nicht zu protestieren.

Er tat wie geheißen, darauf bedacht die Decke über seinem blanken Hintern zu behalten, „Ich heiße Silas, so nebenbei. Danke fürs zusammenflicken.", sagte er in ihrer Sprache und er merkte wie die Hand auf seinem Rücken kurz stockte. „Silas also, ja?" Auch sie sprach jetzt wieder in ihrer Sprache und er meinte durchaus eine leichte Amüsiertheit aus ihrer Stimme herauszuhören. „Ich habe die Gerüchte gehört. Ein Mensch, der den Ton des Windes spricht und für den Wald kämpft. Ich dachte ich hätte schon alles erlebt!" Sie drückte auf eine Stelle kurz unter seiner Schulter und er sog scharf die Luft ein, als ihm ein stechender Schmerz bis in die Brust lief. Dann hörte er ein schweres Tapsen, und sah die jüngere Fae, die vorhin mit ihrem Bruder in seinem Raum gestanden hatte sich vorsichtig nähern. Sie trug einen großen, geflochtenen Korb, in dem Wasser umherschwappte und einige weiße, seidene Tücher über ihrer Schulter. Die Frau, Alina, war recht klein, größer als ihre Mutter, aber sicher bereits erwachsen. Er schätzte sie auf ungefähr neunzehn, vielleicht zwanzig, nur geringfügig jünger als er selbst. Sie war schön, hatte strohblondes Haar, sanfte Gesichtszüge und strahlend grüne Augen. Sie war jetzt schon ein wenig größer als ihre Mutter, wie er leise feststellte.

Die ältere Fae lächelte. „Gut Alina, säubere den Rest der Kräuter von seinem Körper." Sie nickte und zögerte nur kurz, als ein ernster Blick über ihr Gesicht lief. Die Fae wirkte zufrieden wie er mit gedrehtem Kopf feststellte, bis sie ihn ansah und wieder auf den Punkt unter seinem Schulterblatt drückte, der ihn schnell schmerzhaft zusammensacken ließ. *Ahh, verdammt!* dachte sich Silas und stöhnte leise. „Ich bin Sidinia, Heilerin und eine der Ältesten dieser Fae-Siedlung." Stellte sie sich jetzt endlich vor „Das ist meine Tochter, Alina." Silas stöhnte erneut voll Schmerz als sie seine Rippen von hinten nach vorne abtastete und eine Stelle traf, die offensichtlich auch etwas abbekommen hatte. Gleichzeitig merkte er auch die zuerst zögernden, dann sicherer werdenden Finger der Tochter auf seinem Arm, dass jetzt mit einem nassen Tuch die Überreste der grünen Kräuterwickel entfernte.

„Erstaunlich", sagte Sidinia jetzt wieder in der Gemeinsprache zu ihm „in nur drei Tagen haben sich fast alle Knochen gesetzt." *Drei Tage also, hm?* Dachte er zu sich selbst. „Ich bin sicher das lag an eurer Medizin, Heilerin", sagte er freundlich, während sie ihn weiter abtastete. Nach einer Prozedur in der er sich aufsetzen und tief ein- und ausatmen musste, sowie seine Schulter und Brust neu verbunden wurde, schickte die Heilerin Alina los um ihm neue Kleider zu holen. Alina nickte und trug den geflochtenen Eimer mit den dreckigen Lappen wieder raus, nur um ein paar Minuten später mit einem großen Bündel Kleidung der viel zu groß für die Frau war auf den Armen in den Raum zurückzukommen. Die alte Heilerin gab ihm einen Klapps auf die Schulter. „Du bist so weit. Ziehe dich an, die Prinzessin wartet." Silas zog eine Augenbraue hoch als er die Kleidung von der kleinen Fae entgegennahm. „Die Prinzessin will mich sehen?" Die Heilerin lächelte ihn an. „Keine Sorge. Sie wird dir alles erklären, Alina wird dich hinführen, sobald du fertig bist." Silas lächelte als Sidinia und ihre Tochter sich zum Gehen wandten. „Lass sie nicht zulange warten, Menschlein", sagte die ältere der beiden im hinausgehen, und diesmal meinte Silas definitiv freundlichen Spott in ihrer Stimme zu hören.

Silas setzte sich auf die Seite seines Betts und begann zu schmunzeln, als er die Benachrichtigung unten rechts im Bildschirm sah. Anscheinend war die automatische Maximierung ausgeschaltet worden, als er sich zu sehr in den Kampf vertieft hatte. Langsam strich er sich durch seinen nicht-vorhanden Bart, ein Reflex aus seinem letzten Leben, wenn er über etwas nachdachte. Nicht nur, dass seine Wunden so gut wie verheilt waren, jemand hatte ihn gewaschen. Vermutlich eine der beiden Frauen. Er konnte sich vorstellen, dass er nach Blut und Schweiß gestunken hatte, als sie ihn hierhergebracht hatten. *Sorry!* Über diesen Gedanken öffnete er seine Benachrichtigungen, die im selben Moment sein ganzes Sichtfeld fluteten.

[Herzlichen Glückwunsch! Durch deine Bemühungen Im Kampf hast du den Umgang mit Äxten erlernt! Zerbreche die Rüstung deines Gegners mit purer Gewalt! Äxte, Stufe 1.]

[Herzlichen Glückwunsch! Durch deine Bemühungen Im Kampf hast du deinen Umgang mit Äxten verbessert! Zerbreche die Rüstung deines Gegners mit purer Gewalt! Äxte, Stufe 2.]

[Herzlichen Glückwunsch! Durch deine Bemühungen Im Kampf hast du den Umgang mit Wurfwaffen erlernt! Selbst aus der Entfernung ist deine Waffe tödlich! Wurfäxte, Stufe 1.]

[Sehet und staunt ihr Götter! Der Reisende Silas Westwind hat auf der niedrigsten Stufe in eine Schlacht zwischen zwei Streitmächten mit mehr als fünfzig Kombattanten eingegriffen und das Blatt entscheidend gewendet! Erfahrung aus dem Kampf um 50% erhöht! Du bist der erste Reisende der diese Heldentat vollbracht hat! Willenskraft und Konstitution um 2 Punkte erhöht! Eure Taten werden in die Annalen des Landes eingehen!]

[Gratulation! Durch eure mutigen Taten sehen euch die Fae des Waldes wenn nicht als Freund, dann zumindest als ehrenhaften Verbündeten!]

[Herzlichen Glückwunsch! Durch das Töten von neun Grotlingen die dir überlegen waren, erhältst du 5100 Erfahrungspunkte!]

[Herzlichen Glückwunsch! Durch das Sammeln von Erfahrungspunkten bist du in der Stufe aufgestiegen! Reisende erhalten 4 Attributspunkte zur freien Verteilung pro Stufe! Durch deine Erfahrung erhöht sich ebenfalls eine Fähigkeit deiner Wahl pro Stufe! Achtung! Nach sieben Tagen werden alle unverteilten Punkte automatisch verteilt.]

Silas lächelte. *Das hat sich doch wirklich gelohnt.* Er wusste auch genau wie er die Punkte verteilen würde. Dieser erste Kampf hatte ihm gezeigt, wo seine Schwächen lagen.

Silas Westwind		HP: 180/180			AUS: 130/130			MP: 120/120	
Level: 4		STR	CON	DEX	INT	WIL	CHA	LUC	
		12	18	13	12	13	10	11	
Rasse: Mensch (Reisender)					Erfahrung: 600/5000				
Fähigkeiten									
Kampf:			Allgemein			Handwerk:			
Äxte	2								
Wurfäxte	1		-			-			
Spezialisierungen:									
-									
Kräfte:						Skills:			
-						-			
Sprachen:						Gaben:			
Gemeinsprache						Adaptiv			R
Ton des Windes						Potential			S
						Entzweite Seele			
Ruf:									
Waldfae		Wohlgesonnen							

Mehr Konstitution bedeutete mehr Durchhaltevermögen. Er war nicht gerade darauf scharf die Todesnachwirkungen am eigenen Leib zu erfahren. Ganz zu schweigen davon das

Janette nicht ausgeführt hatte was sie mit ‚bleibende Schäden' gemeint hatte. Und anscheinend bedeutete ein Punkt in Konstitution zehn zusätzliche Lebenspunkte. Fast die HP v*erdoppelt. Nett.*
Zwei zusätzliche Punkte in Stärke, zwei in Geschicklichkeit und einer in Willenskraft. Stärker zuschlagen und die Waffe länger halten. *Guter Plan.* Vielleicht war Willenskraft wie in anderen Spielen auch dazu da Verzauberungseffekten zu widerstehen? *Sinnvoll.* Und Glück? *Sicher ist sicher.* Zufrieden schnaubte Silas. Die drei Fähigkeitssteigerungen würde er sich erst einmal aufbewahren. Er hatte noch keine Waffe und anscheinend waren neue Fähigkeiten nicht allzu schwer zu lernen. Silas schloss die Benachrichtigungen mit dem Wink seiner Hand, zufrieden mit seiner Verteilung. Dann sah er auf die Kleidung die Alina ihm gebracht hatte.

Neue Kleider, wie er feststellte. Seine alten Kleider waren wohl zu sehr verschmutzt, er konnte sich nur vorstellen, dass die Heilerin die Kleider wohl verbrannt hatte. Wenigstens seine Schuhe waren wohl noch zu was gebrauchen. Silas griff nach den Kleidern und der angenehme, schwere grüne Stoff glitt durch seine Finger. Von innen fühlte er sich fast so an wie die Seide eines teuren Bettlakens, aber außen wirkte er rauer und dicker. Silas zog sich die Unterwäsche zuerst an, stand auf, vorsichtig um sich nicht an einem der Wurzeln den Kopf zu stoßen. Dann zog er die braunen Hosen aus demselben Stoff an und legte die hervorragend geschnittene Halbarm-Tunika über seine Verbände an. Irgendjemand musste Maß genommen haben während er geschlafen hatte, so genau passte alles. Mit etwas Freude stellte Silas fest, dass auch ein wunderschöner aus Ranken gewobener Gürtel zu seiner neuen Ausrüstung gehörte, er testete die Reißfestigkeit mit beiden Händen, nickte anerkennend und legte ihn sich um. Er brauchte eine Sekunde länger, um den Schließmechanismus zu verstehen, da der Gürtel keine Eisenschnalle hatte, gluckste dann aber zufrieden als er feststellte, dass er mindestens genauso festsaß wie ein altmodischer Ledergürtel.

Er wäre fast in sie hineingelaufen als er zur Tür hinaus ging. Er musterte sie. Zu Anfang, als er wach geworden war, hatte er sie vielleicht auf neunzehn Jahre geschätzt, aber als sie ihrer Mutter geholfen hatte, hatte sie wie eine ausgebildete Heilerin gewirkt. Älter. dreiundzwanzig, vielleicht vierundzwanzig? „Alina richtig?", sagte er freundlich zu der kleinen Fae. Die antwortete zuerst nicht, sondern starrte ihn nur aus großen Augen an. Als die Stille dann langsam unangenehm wurde, setzte Silas nach: „Kannst du mir zeigen wo ich die Prinzessin finde? Sie erwartet mich." Die junge Frau, als würde sie aus einer Trance erwachen, schüttelte mit dem Kopf. „Ja, folge mir, Mensch." Damit setzte sie sich auch sogleich in Bewegung. Silas lächelte ob der gegensätzlichen Aussage und Geste Alinas und lief hinter ihr her.

Überall in dem unterirdischen Heim sah er die gleichen Blütenlichter und verzierten Wurzeln. Die runden Türen, durch die er sich jedes Mal bücken musste erinnerten ihn an die Häuser der Hobbits im Auenland und Silas schnaubte. Typisch, dass er sich an so etwas erinnerte, aber nicht an einen seiner alten Klassenkameraden. *Verdammt, ich weiß, dass ich eine Schule besucht hab, aber ich erinnere mich an kein einziges Gesicht.* Er bückte sich durch eine weitere Tür durch und folgte Alina die gewachsene Holztreppe hoch. Oben angekommen legte die Fae eine Hand auf die Wurzeln die den Weg versperrten. Silas staunte, als sich die Ranken von selbst nach unten und zur Seite bogen.

„Wo ist die Prinzessin?", fragte er die Fae, nachdem sie einige Meter weit gelaufen waren. Die Fae antwortete ohne sich umzudrehen. „Prinzessin Cidriel hält Gericht am Teich der Wahrheit." Silas stutzte. „Ein Teich? Hat die Prinzessin keinen Palast?" Die Fae blieb kurz stehen, sah ihn an und kicherte als hätte er einen Witz gemacht. „Natürlich hat die Prinzessin einen Palast, aber nicht in unserem Land." Silas sah sie fragend an „Wenn nicht in eurem Reich, in welchem dann? Ich dachte sie ist eure Prinzessin." Jetzt war die kleine Fae wirklich erstaunt und schüttelte den Kopf „Mensch, du weißt ja wirklich nichts über uns, oder?" Silas ahmte ihre letzte Kopfbewegung nach. „Für mich ist es erst im Prinzip einen Tag her, seit ich in diesem Land eingetroffen bin. Und nennt mich Silas. Mensch klingt so... unpersönlich." Die Fae blickte ihn nachdenklich an. „Dann stimmt es also, dass ihr ein Reisender seid, Mensch?" Silas sah sie erstaunt an während sie beide sich wieder in Bewegung setzten. „Zumindest ist es das was in meinem Status steht, kleine Fae. Was bedeutet das?" Die angesprochene legte ihren Kopf auf die Seite und einen Finger auf ihre Lippen, als würde sie nachdenken. „Ich habe nur davon gehört... Silas." begann sie zögernd. „Ich habe gehört wie Mutter über euch gesprochen hat. Es gibt Geschichten über Reisende, aber seit Äonen wurde keiner mehr auf Ardleigh gesehen." Silas hörte gespannt zu und interpretierte den Namen als die Bezeichnung für die Welt auf der sie wandelten, oder zumindest den Kontinent. Was die Reisenden anging - wenn Jahrtausende simuliert worden waren und Reisende die Spieler sind, würde es Sinn machen. *Oder? Irgendwie?* Silas verstaute den Gedanken in der Schublade 'Merken: Für später', und legte nun seinerseits den Kopf schief. „Die Prinzessin?" Die Fae legte die Hände hinter den Kopf und spazierte ruhig neben ihm her, konnte aber den Stolz in ihrer Stimme nicht ganz überdecken. „Die Prinzessin residiert normalerweise in Ardleighs Palast, einem Ort der für uns sterbliche nicht auf natürlichen Wegen zu erreichen ist. Er befindet sich überall und nirgends, ich verstehe es selbst nicht so genau." Silas nickte, die Informationen aufsaugend wie ein Schwamm. „Natürlich ist sie unsere Prinzessin, seit hunderten von Jahren. Aber sie ist auch die Prinzessin vom gesamten Feenvolk, nicht nur von uns einfachen Fae des Waldes. Sie regiert über einen prächtigen Hof voller hoher Wesen, die selbst ich euch nicht alle beim Namen nennen kann. Aber seid versichert, dass ihr Hof einer der größten und prächtigsten ist die ihr euch vorstellen könnt, Silas, und über ihr stehen nur die Königin und der König."

Der angesprochene nickte und sie gingen einige Minuten in Schweigen durch den Wald bis sie ein von Ranken, Dornen und Blumen überdecktes, vermeintlich undurchdringbares Gehölz erreichten. Silas lagen noch tausend Fragen auf der Zunge. *Was will die Prinzessin von mir? Wie machst du das mit den Ranken? Wo kann ich andere Menschen finden?* Doch er schwieg und sagte stattdessen etwas Anderes, was ihm jetzt schon einige Zeit auf dem Herzen lag. „Vielen Dank Alina. Danke, dass du mir meine Fragen beantwortet hast. Und ich danke dir und deiner Mutter vom ganzen Herzen, dass ihr euch um mich gekümmert habt. Und danke für die Kleidung, sie ist wirklich schön." Er legte ein Lächeln in seine Stimme und sah die kleine Fae warm an. Und was war das? Wurde sie rot?

Ping! [Hört Ihr guten Leute! Durch seine warmen Worte und sein ehrenhaftes Verhalten hat sich die Beziehung von Silas Westwind mit der Waldfae Alina von „Neutral" auf „Freundschaftlich" verbessert.]

Okay. Das war neu. Er wischte mental die Nachricht weg und nahm sich vor in Zukunft diese Art von Nachricht zu ignorieren, denn er brauchte keinen Indikator für Zwischenmenschliches; als die Fae ein paar Worte hervorbrachte sobald sie ihn wieder ansah: „Auch wenn ihr ein Reisender seid, dachte ich ihr wäret wie die Menschen vor denen ich als Kind oft gewarnt wurde. Ihr seid anders als ich euch eingeschätzt habe. Ich werde meiner Mutter von eurem aufrichtigen Dank berichten." Sie verschränkte die Finger ineinander und verbeugte sich ein Stück vor ihm. Dann legte sie die Hand auf das Gestrüpp vor ihr, und mit der sanften Berührung begann das selbige langsam auseinander zu gleiten. „Viel Glück, Silas", sagte sie leise und wandte sich von ihm ab. Silas verstand. Er musste alleine weitergehen.

Er lief jetzt schon einige Minuten durch das dichte Unterholz, das sich von selbst langsam vor ihm zurückzog, und sich hinter ihm wieder verschloss. Nach ein paar Minuten hörte er das Plätschern von Wasser. Nach drei weiteren Augenblicken öffnete sich das Unterholz endgültig und er trat durch die Öffnung.

Vor ihm lag ein klarer Teich der ein leichtes Strahlen abzugeben schien. Die Sonne war so gut wie nicht zu sehen, denn die großen Baumkronen versperrten den Blick zum Himmel. Die Bäume ringsum waren in alle Richtungen genauso vom Unterholz bedeckt, wie der Weg von dem er gekommen war. Und dort, nicht weit entfernt von ihm, saß die Prinzessin auf einem großen Stein am Rande des Sees und strich gedankenverloren mit einer Hand durch das Wasser. Silas sah ihr eine Weile stumm zu und betrachtete sie. Immer noch empfand er ihren Anblick als wunderschön. Selbst die grüne Aura, von der er sich nicht sicher war sie wirklich gesehen zu haben, umgab sie wie ein kaum sichtbarer Mantel. Er kam auch nicht Drumherum zu bemerken, dass überall in einem Kreis um sie herum kleine Blumen wuchsen, und das Gras grüner wirkte als weiter von ihr entfernt. Er räusperte sich kurz, und die Prinzessin nahm ihre Hand aus dem Wasser. „Entschuldigt bitte... eure Hoheit, ihr wolltet mich sprechen?" Sie stand auf und drehte sich in einer flüssigen Bewegung zu ihm um. Ihre Augen mit der goldenen Iris sahen ihn an und Silas hatte das starke Bedürfnis vor ihr auf die Knie zu gehen, doch als er Anstalten machte dem Folge zu leisten hielt die singende Stimme ihn sanft davon ab. „Ihr braucht nicht niederzuknien, Menschenkind. Ich bin nicht eure Königin und ihr seid nicht mein Untergebener." Silas zögerte kurz, doch richtete er sich kurz danach wieder auf und sah sie stumm an. Ihre goldenen Haare fielen ihr genau wie damals über die Schultern und er wusste instinktiv, dass sie von anderem Blut war als er oder die Fae die er bis jetzt getroffen hatte. Er wusste auch, dass er ihrem Blick nicht lange würde standhalten können. „Wie ihr wünscht, Prinzessin Cidriel."

„Ihr dürft mich Eri nennen, wie darf ich euch ansprechen?" Sie lächelte ihm jetzt zu. Er verbeugte sich ein wenig. „Wie ihr wünscht, Eri. Ich bin Silas Westwind, ein Reisender, nennt mich einfach Silas." Die Prinzessin nickte sanft und begann erneut. „Ich habe schon vermutet, dass ihr kein normaler Mensch seid. Ihr sprecht unsere Sprache und ich habe mir sagen lassen, dass ihr unnatürlich schnell heilt, selbst ohne Magie. Sagt mir, sind eure Wunden alle verheilt?" Zögernd bestätigte Silas. „So gut wie. Sidinia hat mir alle Knochen gerichtet und bis auf einen dumpfen Schmerz nehme ich nichts mehr wahr." Die Prinzessin sah ihn kurz an, hob dann eine Hand und sagte ein paar Worte in einer unverständlichen Sprache. Grüne Runen wanden sich um ihren Arm und ein leichtes Leuchten erschien erst in ihrer Handfläche, dann um ihn herum. *Magie* dachte sich Silas während ein leichtes Kribbeln sich in seinem Körper breit machte und kurz darauf das leichte Pochen in seinen Rippen und der Schulter nachließ und dann komplett verschwand. Sie hatte ihn soeben geheilt wie er sofort wusste. „Vielen Dank Prinzessin Eri, ich stehe in eurer Schuld." Sagte er so aufrichtig wie möglich, aber die winkte grazil ab. „Ihr habt meinen Untergebenen gegen die Grotlinge geholfen, oder? Ich stehe in eurer Schuld." Sagte sie und betonte es nachdrücklich. Silas wollte protestieren, aber die Prinzessin unterbrach ihn mit einer Geste. „Nein, das tue ich wirklich. Ich war töricht genug alleine den Palast zu verlassen um eine alte Freundin zu besuchen. Die Grotlinge müssen es gewittert haben und sie sind aus ihren Bauten gekrochen um mich zu fassen." Mit leisem Kummer in der Stimme fuhr sie fort. „Und diese Narren haben mich hierhergeschickt. Um in Sicherheit zu sein." Silas hörte sich an was sie sagte und zog eine Augenbraue hoch, sagte aber nichts und ließ sie fortfahren. „Wenn ihr ein Reisender seid, könnt ihr es nicht wissen, aber die Grotlinge gehören zu den Wesen der Dunkelheit. Alleine sind sie ungefährlich und feige, aber in Massen sind sie für meine Untertaten wenn auch nicht gefährlich, dann doch eine Plage. Ihr Lebenssinn ist es zu zerstören was sie nicht haben können, und zu vernichten was wir als schön oder natürlich wahrnehmen. Es tut mir leid euch in diese Sache hineingezogen zu haben." Silas schüttelte den Kopf. „Prinzessin Eri, ich hätte genauso gut fortlaufen können, oder mich verstecken. Aber ich fühlte mich als würde ich euren Leuten beistehen müssen, auch wenn es unschön würde. Aber am Ende war es meine Entscheidung allein, die mich dazu gebracht hat." Die Prinzessin zögerte kurz, als hätte sie nicht mit dieser Antwort gerechnet, dann lächelte sie ihn warm an. „Ihr seid ein Mann von Ehre, Silas Westwind. Ihr werdet eurem Namen gerecht." Silas blinzelte. Es schien so als wüsste sie, was er sich dabei gedacht hatte, als er sich seinen Namen ausgesucht hatte. „Dass ihr damals durch den Baum in den Feenkreis getreten und mich getroffen habt, muss Schicksal gewesen sein. Jetzt wo ich weiß, dass ihr ein Reisender seid, sind meine Befürchtungen wahr geworden. Veränderung ist im Anmarsch, Silas Westwind und ich fürchte ihr seid ein Bote dessen." Verständnislos legte er den Kopf schief und sprach aus, was ihm auf der Zunge lag. „Wie meint ihr das, Prinzessin?" Die nickte, als wüsste sie was er wissen wollte. „Ich habe etwas gespürt, Silas. Ich wollte einen Rat von einer Freundin, deswegen bin ich hier. Jetzt wo ihr aufgetaucht seid, bin ich mir dessen sicher. Die letzten Reisenden sind vor Jahrtausenden auf dieser Welt gewandelt, noch weit vor meiner Zeit. Aber ihr, euer, Auftauchen bedeutet eins: Veränderung. Sagt mir Silas, und sprecht wahr, wenn es euch möglich ist. Seid ihr der einzige Reisende der auf dieser Welt wandelt?"

Er überlegte. Janette hatte ihm gesagt, dass der Launch des Spiels noch in der Zukunft lag. Er war im Prinzip nicht mehr als ein Betatester. Sie hatte ihm nichts darüber erzählt, dass es noch andere gab, aber er war nicht so naiv zu glauben, dass er der einzige oder der erste war der in Fulcrum's Programm aufgenommen war. Selbst mit der Zeitdilatation, eine Sekunde in der echten Welt entsprachen mehreren im Land, würde es nur wenige Monate, vielleicht Wochen dauern, bis die Spieler hier auftauchen würden.

Eri sah ihn fragend an, während er überlegte, und als er sprach sah er ihr direkt in die Augen. Er wusste, dass was auch immer er sagen würde es einen weit reichenden Effekt haben würde. Aber er fühlte sich als wollte er ihr die Wahrheit sagen. Nicht wegen ihres Zaubers oder weil er sich ihr verpflichtet fühlte, sondern weil es das richtige war. Er holte nachdenklich Luft. „Nein, mit großer Wahrscheinlichkeit nicht. Aber es sollten nicht mehr sein als eine Handvoll. Aber in einigen Monaten oder Jahren werden sich die Tore öffnen, und tausende, vielleicht hunderttausende werden kommen."

Die Prinzessin sah ihn ernst aus ihren golden-glänzenden Augen an. „Würdet ihr das schwören, hier und jetzt?" Silas stockte, aber nur kurz. „Ich schwöre euch Prinzessin Eri. Alles was ich sage entspricht der Wahrheit, soweit sie mir bekannt ist." Die blickte nun zu dem Teich, der jetzt auch kurz golden von innen zu leuchten schien. Dann sah sie ihn an, ohne ein Wort zu sagen. Sie sah ihm direkt in die Augen, nach etwas suchend. Aber was immer sie auch suchte, sie fand es nicht. Einige Augenblicke vergingen. Dann seufzte die Prinzessin plötzlich. „Vielen Dank, Silas, dass ihr ehrlich zu mir wart. Und ich möchte euch danken, dass ihr meine Untertanen beschützt habt." Silas wollte erneut protestieren, doch jetzt lächelte sie ihn an. „Ich möchte, dass ihr mein Geschenk annehmt. Es ist nur gerecht." Sie sprach erneut ein Wort in der fremden Sprache, dieses Mal erschienen weiße Runen um ihren Arm und sie griff, er konnte es nicht anders beschreiben, in die Luft hinein und zog ein langes Kleidungsstück hervor. „Silas Westwind, als Belohnung für eure Taten in der Verteidigung meines Volkes überreiche ich euch dies. Als Reisender habt ihr mehr Verwendung dafür als ich." Sie lief die paar Schritte zu ihm und lächelte ihm zu. „Kommt herunter, damit ich ihn euch umlegen kann." Er tat wie geheißen und bückte sich auf ein Knie herunter. Sodann ließ sie den schweren, grünen Umhang durch die Luft fliegen, so dass es aussah wie Blätter, die von einer Windböe aufgewirbelt wurden und legte ihn um seinen Hals. Aus einer unsichtbaren Tasche aus ihrem Gewand zauberte sie eine wunderschöne Fibel hervor, die aus einem grünen Metall und Glas zu bestehen schien, die ineinander kunstvoll verwoben waren. Sie befestigte die Fibel an seinem neuen Umhang und trat einen Schritt zurück. „Steht auf, Silas Westwind und empfangt den Dank des Hofes der Fey!" Silas tat wie geheißen. Er richtete sich vor ihr auf und der Umhang wob sich um seine Schultern wie ein warmer Mantel. „Vielen Dank, Eri. Ich werde gut darauf aufpassen." Die Prinzessin legte jetzt die Hände zusammen, verschränkte die Finger und verbeugte sich leicht vor ihm, wie bereits Alina es vorhin getan hatte. Er sah sie an und tat es ihr gleich. „Ich sehe dunkle Zeiten auf uns zukommen, Silas. Geht zu euresgleichen und seid auf alles gefasst. Ich wünsche, dass der Wind über euch wacht." Und damit deutete sie zurück auf den Waldrand am Rande des Teichs, der sich im nächsten Moment für Silas einladend öffnete. *Ping!*

Silas staunte wieder über die Wurzeln, die ihm langsam aus dem Weg glitten und seine Gedanken wanderten ab. Er trat durch die neue Öffnung, drehte sich um und sah noch wie die Prinzessin ihm den Rücken zukehrte, bevor der Weg sich schloss.

Etwas überkam ihn wie aus heiterem Himmel und so stark, dass er keuchen musste. Er stolperte einen Schritt nach vorne.

Ein Bild von einem Mädchen, mit langen blonden Haaren das ihn erst anlächelt, aber sich dann Stakkatoartig weiter von ihm entfernte, bis sie am Ende eines Ganges angekommen war. Undefinierbare Stimmen, von keiner bestimmten Richtung kommend, die auf ihn einprasselten. Dann die Tür die unmittelbar hinter ihr zuschlug.

Für einen Sekundenbruchteil fühlte er sich unglaublich einsam. Er taumelte nach links und hielt sich an einer

Mannshohen Ranke fest damit er nicht fiel und sog scharf die Luft ein. *Was zum Teufel?* Schoss es ihm durch den Kopf. Er hatte dieses Mädchen *gekannt*. *Was war das für ein Gefühl gewesen?*

Er blieb einen Moment stehen um Luft zu holen, sah dann unten rechts die Benachrichtigungen in seinem Bildschirm und vergrößerte sie, um zumindest auf andere Gedanken zu kommen, doch das Bild wollte nicht aus seinem Kopf verschwinden, auch als er die Mitteilungen las, die sich vor ihm in der Luft manifestierten.

[Herzlichen Glückwunsch! Durch euren Rufgewinn bei Prinzessin Eri vom Haus der Fey hat sich euer Ruf beim Hof der Fey von „Unwissend " auf „Neutral" verbessert.]

[Herzlichen Glückwunsch! Euer Heldenmut und eure Ehrenhaftigkeit haben euch ein magisches Geschenk eingebracht, den Reisendenmantel der Fey! Effekt: Unbekannt.]

[Ihr habt eine Quest erhalten! „Omen der Zukunft, Bilder der Vergangenheit I". Durch eure Handlungen habt ihr die Quest automatisch akzeptiert. Ihr könnte eure Quests jederzeit in eurem Questlog einsehen! Achtung! Der Zeitraum zum Erfüllen der Quest ist Begrenzt! Zeitlimit: Unbekannt. Belohnung: Unbekannt, Strafe bei Nichterfüllung: Unbekannt]

[Achtung! Eure Gabe „Entzweite Seele" hat euch mentalen Schaden verursacht. MP für 12 Stunden um 99% reduziert. Willenskraft für 12 Stunden um 50% reduziert. Etwas stimmt nicht mit euch, Reisender!]

„Genial", stöhnte Silas sarkastisch hervor während er sich die letzten beiden Nachrichten durchlas. Plötzlich hatte er Kopfschmerzen und er verspürte zusätzlich Hunger und Durst, den er bis jetzt nicht bemerkt hatte. Er wischte sich die kleinen Schweißperlen von der Stirn und zwang sich weiter zu gehen. Er stolperte durch die letzten Meter, als sich das Unterholz öffnete und sah, zu seinem Erstaunen, dass die junge Fae augenscheinlich auf ihn gewartet hatte. „Hallo Alina", krächzte er hervor und lehnte sich im Ausgang aus dem Gestrüpp an die wenig nachgiebigen Ranken. Die Fae drehte sich überrascht um. „Silas! Was ist passiert?", fragte sie erschrocken, als sie seinen Gesichtsausdruck sah. Silas stieß sich ab und lief einen Schritt nach vorne. Die rot blinkende Leiste seiner blauen MP war komplett leer. Plötzlich wurde ihm schlecht und er hielt sich die Hand vor den Mund. „Mana", brachte er hervor, während er den Würgereflex zu unterdrücken versuchte. Mit einem Gedanken brachte er seinen Statusschirm zum Vorschein und ohne nachzudenken schob er seinen Schirm zu der Fae die ihn jetzt unterm Arm packte und versuchte ihn anzuheben. Als der Schirm in ihr Sichtfeld glitt, machte sie große Augen und rief laut etwas in ihrer Sprache, was er nicht verstand. Er meinte in der Ferne ein Mädchen zu sehen, mit langen blonden Haaren, die hinter einem Baum verschwand. Eine Nachricht erschien in Rot vor seinen Augen, die er nicht mehr lesen konnte, als sie bereits vor ihm verschwamm. Er hob den freien Arm und streckte die Hand nach der Fae aus. Ein Wort, ein Name lag ihm auf der Zunge, aber er wollte nicht von seinen Lippen rollen.

Die nächsten Minuten vergingen wie in einem Fieberrausch. Irgendwann merkte er wie starke Arme unter seine griffen und ihn wegschleppten. Er spürte wie jemand ihn auf einen weichen Boden legte, hörte wütenden Singsang und merkte dann wie jemand ihm Flüssigkeit einflößte. Irgendwann überkam ihn endlich ein süßer Schlaf, der ihm seine Schmerzen nahm.

Tag 7

Silas träumte. Hunderte verschiedene, zusammenhangslose Bilder prügelten auf ihn ein, Szenen die er nicht zuordnen konnte. Personen die er nicht zu kennen schien. Als ihm alles zu viel wurde zwang er sich aufzuwachen, eine Fähigkeit, die er durch ständige Alpträume gelernt hatte wie er sich erinnerte, und setzte sich mit einem Ruck gerade im Bett auf. Die Person die mit dem Kopf auf seinem Bett gedöst hatte und halb in einem Stuhl neben ihm saß wurde unsanft aus dem Schlaf gerissen, als Silas sie verwirrt ansah. Er sprach in rauer, durstiger Stimme. „Alina?" Er sah seine feine Kleidung auf dem Boden, sorgsam zusammengelegt nicht weit von ihm entfernt. Wenigstens merkte er, dass sie ihm diesmal die Hosen angelassen hatten.

Die Fae wischte sich den Schlaf aus den Augen und sah ihn dann erschrocken an. „Silas, geht es euch gut?" Auf diese Worte horchte er kurz in sich hinein. Außer Hunger und Durst verspürte er nichts. Seine plötzlichen Kopfschmerzen waren komplett verschwunden. „Ja" krächzte er nur, doch sie sah ihn zweifelnd an. „Okay, vielleicht habe ich etwas Durst", sagte er und musste sich beherrschen sich nicht an der rauen Luft die ihm im Hals kratzte zu verschlucken. Alina schmunzelte, stand aber schnell auf und ging zu einem kleinen Schrank auf der anderen Seite des Zimmers, wo eine hölzerne Karaffe stand mit der sie schnell einen Becher befüllte und zu ihm brachte. Silas leerte den Becher in einem Zug, genau wie den zweiten. Beim dritten Mal brachte ihm die Fae die ganze Karaffe und füllte nach, bis diese fast leer war. Das Wasser hatte einen angenehmen leichten Beigeschmack von Zitrusfrüchten und war ein wenig süßlich, aber es war immer noch wohlschmeckendes, kaltes Wasser. Er setzte den letzten Becher neben seinem Bett ab und blickte Alina ein paar Sekunden stumm an, bevor er ansetzte. „Was ist mit mir passiert, Alina?" Sie legte den Kopf schief. „Erinnert ihr euch nicht?" Er schüttelte nur mit dem Kopf. Und die Fae sah ihn zweifelnd an. „Ihr habt es irgendwie geschafft euer gesamtes Mana zu verbrauchen, ohne Magie zu wirken." Silas schluckte. „Ja, die Statusnachricht." Er erinnerte sich. „Ich weiß nicht wirklich was passiert ist, nur, dass euer Mana in den Minusbereich gelangt ist." Silas zog eine Augenbraue hoch. Wenn das passiert war, widersprach das jeder RPG-Logik die er kannte. Wie sollte er Mana verbraucht haben, dass er nicht besaß? Ein Paradoxon. Etwas stimmte nicht mit ihm.

Er sah sie fragend an, als er merkte, dass sie ihn anstarrte. Sie holte kurz Luft. „Ich muss euch um Verzeihung bitten, Silas. Ich habe meiner Mutter euren Status gezeigt. Ich wusste nicht was ich tun sollte..." Silas winkte ab, als er den schmerzlichen Ton in ihrer Stimme bemerkte. „Macht euch darum keine Gedanken. Es ist okay." Doch in den Augenwinkeln der Fae wurde es sichtbar feucht. „Ist es nicht!" Widersprach sie erst leise, dann lauter. „Ihr wolltet meine Hilfe, und ich habe euch enttäuscht. Der Status ist etwas sehr Privates! Man zeigt ihn nicht einfach jemandem. Und ihr habt mir sogar die Kontrolle darüber gegeben. Ich wusste nicht...", stammelte sie. Er sah sie ruhig an. Er erinnerte sich, dass er ihr den Statusschirm zugeschoben hatte. Aber er verstand. Wenn alles im Leben durch diesen Status aufgezeichnet wurde, war es etwas sehr Intimes in dieser Welt. Sie musste sich fühlen als hätte sie ein wichtiges Geheimnis verraten. Ihn überkam auf einmal ein starkes Bedürfnis, als die junge Frau ihn mit feuchten Augen und bebenden Lippen ansah. Und obwohl er es verstehen konnte, amüsierte es ihn, dass sie seinetwegen sich so große

Gedanken machte. Und es berührte ihn, dass sie so dachte. Er konnte einfach nicht anders und lachte los. Erst hüstelnd, dann laut und herzlich. Er fühlte sich als hätte er Jahre nicht so gelacht und als er Alina sah, die eine Schnute verzog als würde sie das überhaupt nicht lustig finden, lachte er noch schlimmer als vorher, bis er sah, dass Alina genug hatte. Und dann gab er seinem Bedürfnis nach und legte ihr seine Hand auf den Kopf, strich ihr über die Haare als würde er sie trösten wollen und sagte leise „Mach dir keine Sorgen. Ich bin dir nicht böse."

Genau in diesem Moment ging die Tür auf und Sidinia trat herein. Alina hatte immer noch Tränen in ihren Augen und war gefangen zwischen Empörung, Traurigkeit und Verwirrtheit. Als ihre Mutter eintrat wischte sie sich jedoch schnell die Tränen aus den Augenwinkeln und trat einen Schritt zurück.

Egal was Janette ihm gesagt hatte. In diesem Moment realisierte er, dass es sich nicht nur um einfache Computerprogramme handelte, sondern dass es echte Lebewesen waren. Lebewesen in einer anderen, andersartigen Welt. Aber alle erlebten gute und schlechte Zeiten. Verluste und die schönen und schlechten Momente des Lebens. Sie hatten eine Vergangenheit und, wenn alles so lief wie es sollte, eine Zukunft. Genau dieser Gedanke blieb in der Luft hängen, als Alina ein großes Tuch hervorholte und herzlich hineinschnüfte, was einen erneuten Lachanfall bei Silas hervorrief. Sidinia, angesteckt durch die augenscheinlich gute Laune ihres Patienten hatte erst ernst geschaut und etwas sagen wollen, aber auch auf ihrem Gesicht hatte sie jetzt ein unterdrücktes Lächeln stehen. Sie ging langsam auf das Bett zu und zog einen weiteren Stuhl hinzu, um sich neben sie beide zu setzen. „Es geht euch besser, wie ich sehe", begann sie freundlich und Silas beherrschte sich um nicht erneut zu grinsen. „Ja, dank euch wie ich erfahren habe, Heilerin Sidinia", sagte er ehrerbietig und deutete eine leichte Verbeugung an, die sie erwiderte.

„Ich verstehe nicht ganz was passiert ist, könnt ihr mir das erklären?"

„Hmm…" murrte die Heilerin und dachte augenscheinlich nach. „Ich bin mir nicht sicher. Eins ist klar. Die Übelkeit und die Kopfschmerzen die ihr hattet lagen daran, dass ihr euer Mana komplett verbraucht habt. Und darüber hinaus." Sie rieb sich jetzt, ganz die Heilerin, nachdenklich mit einer Hand die Nasenflügel. „Ich habe es noch nie gesehen, aber eure Krankheit, wenn man es denn so nennen kann, nennt sich Manabrand. Ihr habt Mana verbraucht, was ihr nicht hättet haben dürfen." Silas verstand. Alina hatte so etwas erwähnt. „Ich bin ehrlich gesagt überfragt, Silas. Das ist das erste Mal, dass ich so etwas sehe. Ich lebe nun schon lange. Sehr lange. Und ihr seid der erste Fall den ich miterlebt habe. Ansonsten habe ich nur davon gelesen." Silas nickte und schluckte. „Darf ich ehrlich mit euch sein, Silas?" Fragte sie jetzt ernst, während sie Alina mit einem Seitenblick bedachte. Der nickte zur Antwort. „Alle Fälle, von denen ich gelesen habe, sind lange her. Die Quellen sind unklar, aber in einem sind sie sich alle einig. Früher oder später verbrennt der Kranke sich selbst. Er verzehrt sein gesamtes Mana und beginnt dann sich selbst zu verbrennen. Die Halluzinationen die ihr hattet…", sagte sie und sah seinen Blick, „…ja, das habe ich gemerkt, sind ein typisches Symptom." Silas nickte schwach und ein mulmiges Gefühl breitete sich in seinem Bauch aus. „Was bedeutet das für mich? Ich fühle mich eigentlich wieder gut. Bis auf den Hunger." Die alte Heilerin hob einen Zeigefinger. „Ich habe euch mit Blauwurz und Wasser aus dem Teich der Wahrheit behandelt. Ich habe im Prinzip nur so lange euer Mana wiederhergestellt, bis euer Anfall vorbei war." Silas legte den Kopf schräg. „Das bedeutet, wenn ich mein Mana schneller regeneriere, als ich es verbrauche, kann ich das in den Griff bekommen?" Die Heilerin seufzte. „Theoretisch schon. Aber ich kann euch nichts versprechen. Vielleicht wäre es auch möglich, einen Anfall zu verhindern, wenn ihr euer Mana auf natürlichem Weg verbraucht." Silas nickte erneut. Wenn das hier wie in einem klassischen RPG funktionierte war Willenskraft, das Manaregeneriende Attribut, gerade wesentlich wichtiger geworden. Schon bereute er es die Punkte zum Großteil auf Ausdauer verteilt zu haben. Doppelt wichtig, wenn man die 50% Reduktion bedachte, die er in der Systemnachricht hatte lesen können. „Es gibt aber... Komplikationen." Silas merkte schon, dass der Heilerin das Thema unangenehm war. „Sagt es mir, bitte. Ich werde es vertragen." Die Heilerin seufzte jetzt eindeutig resignierend. „Habt ihr daran gedacht, was passiert, wenn ihr es nicht selbst schafft euer Mana wiederherzustellen?" Das dritte oder vierte Nicken von Silas. „Dann werde ich aufpassen. Ich werde mir Tränke oder so etwas besorgen müssen." Schmerzlich stimmte die Heilerin ihm zu. „Da werdet ihr nicht drum herumkommen. Ihr solltet jemanden aufsuchen der sich mit magischen Krankheiten besser auskennt als ich. Und es gibt da noch etwas was ich euch sagen muss." Silas erkannte, dass alles davor auf das hier abzielte und blieb stumm, was die Heilerin als Einladung zum Sprechen nahm. „In den Geschichten gab es eine weitere Gemeinsamkeit, die ich euch vorenthalten habe, und es tut mir wirklich leid." Okay, jetzt war ihm soeben ein leichter Schauer über den Rücken gelaufen. „Diejenigen in eurem Zustand...", begann sie, nur um zu stocken, ihm in die Augen zu sehen und neu anzufangen. „Ihr werdet keine konventionelle Magie wirken können." Silas atmete tief ein, aber lächelte dann. Natürlich war der Gedanke an einen Feuerball-Werfenden Magier etwas, woran er zwischendurch gedacht hatte, aber es war nicht so, als würde er ohne nicht leben können. Nur schade um die Möglichkeit sein Mana zu verbrauchen. Er hatte während des Nachdenkens auf seine Hand gestarrt und sie mehrfach zu einer Faust geschlossen und geöffnet. „Ist schon gut, Sidinia." Begann er. „Natürlich ist es etwas frustrierend, aber ich werde schon klarkommen." Sidinia sah ihn eindringlich an, aber sagte dann nur leise: „Okay, Silas." Dann lauter, mit etwas Abschließendem in der Stimme an ihre Tochter gewandt „Komm, Tochter, wir bereiten etwas zu essen vor." Beide standen auf. „Zieht euch an und wascht euch Silas. Ich werde meinen Sohn Marthil zu euch schicken sobald wir bereit sind." Sie wandte sich zur Tür und Silas lachte als Alina kurz im Rahmen stehen blieb und ihn ansah – und ihm dann frech die Zunge rausstreckte.

Vielleicht eine Stunde war vergangen in der Silas sich in dem großen Zuber in der Ecke des Waschraumes, den Sidinia ihm gezeigt hatte, gewaschen und sauber geschrubbt hatte. Danach war er zurück in den Raum gegangen aus dem er ursprünglich kam, hatte seine neue Tunika angezogen und gewartet, als auch schon die Tür aufging und der junge Sohn der Heilerin den Raum betrat und ihm bedeutete ihm zu folgen. Wieder gingen sie durch die Gänge des unterirdischen Hauses, bis sie einen der seitlichen Räume betraten. Alina und Sidinia waren gerade dabei mehrere dampfende Schalen aus dem Nebenraum hereinzutragen. Der Raum war in einem helleren Licht gehalten als die anderen Räume, als Tisch diente eine große, geflochtene runde Fläche, die kaum eine Unterarmlänge über dem Boden stand. Sidinia bedeutete ihm sich zu setzen. Der Boden war mit einer warmen Moosartigen Pflanze ausgelegt, die wie ein Teppich wirkte. Als die beiden fertig waren und alles auf den Tisch getragen hatten, staunte er nicht schlecht. Er hatte Früchte erwartet, vielleicht ein paar Nüsse, aber das hier war hervorragend. Gedämpfte Pilze aller Art, mit zwiebelartigen Knollen und wildem Knoblauch, Pasta-ähnliche Pflanzenstränge mit etwas, dass er nur als Tomatensauce bezeichnen konnte. Geröstete, scharfe Nüsse und als Dessert zuckerhaltige Früchte mit einer geleeartigen Sauce. Als er fertig gegessen hatte, war er wirklich zufrieden. Er konnte sich nicht erinnern, wann er das letzte Mal so etwas Gutes gegessen hatte. Vermutlich noch nie etwas, dass auch noch vegan war. *Ha, das war gut!*

Ich weiß nicht was ich getan hab, um diese Gastfreundschaft zu verdienen dachte sich Silas und lag zufrieden in dem seidenen Bett. Er hatte Sidinia mitgeteilt, dass er in den frühen Morgenstunden abreisen würde. Auch wenn sie ihn augenscheinlich mochte, genau wie ihre

Tochter, spürte er doch, wenn nicht Ablehnung, dann zumindest eine gewisse Vorsicht bei den anderen Dorfbewohnern, wie dem jungen Marthil. Die Heilerin hatte ihm erklärt, dass die meisten der Dorfbewohner nie einen Menschen getroffen hatten, sie aber ‚vor Ewigkeiten' früher öfter mit Reisenden und Abenteurern zu tun hatte und deswegen weniger Vorurteile hatte. Aber es gab wichtigere Dinge über die er sich Gedanken machen musste. Er konnte keine Magie lernen, was bedeutete er hätte immer einen Nachteil gegen magisch-begabte Gegner, wenn es zu einem Kampf kommen sollte, es sei denn er könnte das irgendwie kompensieren. Dann, sollte der Manabrand ihn treffen, wenn er alleine war, geschweige denn im Kampf, könnte das tödliche Folgen für ihn haben. Er musste jemanden finden, der sich damit auskannte. Es war keine Frage, dass der Manabrand etwas mit seiner Gabe ‚Entzweite Seele' zu tun hatte. Er musste mehr über die Reisenden erfahren und die Ereignisse die mit ihnen zu tun hatten.

Als er sein Questlog öffnete, überraschte ihn eine neue Quest, zusammen mit zwei Nachrichten.

[Ihr habt eine Quest erhalten! „Ruf eurer Seele I". Die Quest wurde automatisch akzeptiert. Achtung! Der Zeitraum zum Erfüllen der Quest ist Begrenzt! Zeitlimit: Unbekannt. Belohnung: Unbekannt, Strafe bei Nichterfüllung: Unbekannt]

[Achtung! Ihr habt etwas über eure Gabe „Entzweite Seele" realisiert: Sie verursacht in unbekannten Abständen den Magischen Debuff „Manabrand"]

Ein Debuff. Eine Art Negativer Zauber oder Statuseffekt der schwächende Wirkung auf sein Ziel hat. Nicht gerade sein Glückstag. Aber immerhin brachte ihn das irgendwie weiter in der Aufgabe zu verstehen, was mit ihm los war und woran er litt. Vielleicht würde das Puzzle sich irgendwann bald lösen.

Omen der Zukunft, Bilder der Vergangenheit I
- Sammelt Informationen über die Reisenden und ihre Geschichte
Zeitlimit: Unbekannt
Belohnung: Unbekannt
Strafe bei Nichterfüllung: Unbekannt

Ruf eurer Seele I
- Findet jemanden der den Manabrand studiert hat
Zeitlimit: Unbekannt
Belohnung: Unbekannt
Strafe bei Nichterfüllung: Unbekannt

Grimmig sah Silas sich die Questbeschreibungen an. *Wer hat sich denn diesen Mist ausgedacht? Alles unbekannt.* Aber immerhin hatte er jetzt zwei Ziele denen er in Aeternia folgen konnte. Es gab noch etwas für ihn genauso Wichtiges. Natürlich die Frage wer er wirklich - und was mit seinen Erinnerungen los war. Er dachte an die Bilder, die er während seiner Träume gehabt hatte, aber wie auch im echten Leben waren Traumbilder flüchtig. Je länger man wartete, desto weniger konnte man sich an sie erinnern.

Er grübelte weiter. Das Mädchen aus seiner Vision. Wie alt war sie gewesen? Neunzehn? Zwanzig? Jünger als er, so viel stand fest. Dieser Gedanke machte ihm schmerzhaft bewusst, dass er nicht mehr Anfang Zwanzig war, sondern drei Jahre seines Lebens verschlafen hatte. Siebenundzwanzig? Achtundzwanzig *Scheiße.* Wer war sie? Seine Schwester? Janette hatte ihm versichert, dass er keine lebenden Verwandten hatte. War sie vielleicht gestorben? Ihr Bild hatte sich nicht wie seine Schwester angefühlt. Warum hatte er ausgerechnet sie gesehen? Waren sie ein Paar gewesen? Irgendwie wusste er, dass er einen kleinen Bruder hatte, aber, was war mit ihm passiert? Andere Geschwister? Hatte sie ihn angelogen? Janette hatte sich geweigert ihm Infos über seine Familie zu geben oder um seine Umstände. Sie hatte ihm in ihrem Fachjargon etwas über psychologisches Trauma erzählt und gesagt, dass es in seinem jetzigen Zustand nicht möglich wäre ihm mehr zu verraten. Anscheinend war es hier, im Land, anders. Sein Bewusstsein war von seinem Körper mehr oder weniger getrennt und nur extreme Traumata, wie zum Beispiel das extremste, das *Sterben*, könnten Auswirkungen auf seinen echten Körper haben.

Er drehte sich auf die Seite und beobachtete eine Reihe Sprösslinge, die augenscheinlich im Begriff waren in Kürze zu größeren Pflanzen heranzuwachsen. Er war wirklich dankbar für die wenigen Stunden die er mit dieser Familie verbringen durfte. Er war dankbar für die zweite Chance, die Fulcrum ihm gegeben hatte. Aber wenn er tief in sich blickte wusste er eins: Er fühlte sich vor allem irgendwie trotzdem einsam.

Silas erwachte nach einem unruhigen Schlaf und er merkte erst jetzt wie ausgelaugt ihn der Manabrand vorher zurückgelassen hatte. Jetzt fühlte er sich überlaufend mit Energie. Nachdem er kurz zur Tür gegangen war und keine Geräusche gehört hatte, beschloss er zu trainieren. Nach einer halben Stunde stand er auf und Schweiß perlte ihm vor der Stirn. Er konnte hier zwar nicht rennen, aber auch ohne Gewichte schaffte er mit den diversen Gegenständen des Raumes eine halbwegs vernünftige Trainingssession hinzulegen.

Er atmete tief durch, beruhigte dann seine Atmung und schlich sich leise mit seinen Klamotten unterm Arm aus dem Zimmer, in den kleinen Waschraum um sich zumindest etwas zu erfrischen. Auch wenn er immun gegen alle nicht-magischen Krankheiten war, fühlte er sich einfach besser, wenn er sauber war. Er zog seine Hosen, seine Tunika und seinen Gürtel fest, schnürte seine Stiefel und warf den Umhang um sich, den er mit der Fibel befestigte. Er war soweit. Er verließ den Raum eilig und wäre fast in den jungen Marthil gerannt, der ihm entgegenkam, ihn finster anstarrte, komplett ignorierte und im Waschraum hinter ihm verschwand.

Auf dem Weg zu seinem Raum hörte er leise Geräusche aus dem Esszimmer. Neugier überkam ihn, also klopfte er vorsichtig an und öffnete die Tür. Sidinia und Alina waren offensichtlich beschäftigt gewesen, denn der gesamte Boden und der Esstisch waren übersät mit verschiedensten Sachen, von Karaffen angefangen über Dinge die definitiv nicht von den Fae stammten wie Taschen, Säcken, Büchern und Glasware. Silas zog eine Augenbraue hoch. „Wow!" sagte er nur erstaunt über das Sammelsurium an verschiedensten Gegenständen und dem Chaos das hier zu herrschen schien. „Guten Morgen Silas." sagte Sidinia ohne von dem Haufen an Kleidern vor ihr aufzublicken. Alina senkte nur den Kopf und sortierte weiter kleine Fläschchen vor ihr, während sie auf allen Vieren auf dem Boden herumkroch. „Ähem", er räusperte sich. „Störe ich, oder...", die alte Heilerin winkte ab. „Nein, wir sind so gut wie fertig. Setz dich doch." Sie deutete auf einen freien Platz neben einem Stapel Glasflaschen, Seilresten und anderem Krimskrams. Von irgendwo zauberte sie eine Schüssel mit Nüssen und Früchten hervor sowie ein Glas, *Ja, ein Glas! Kein Holzbecher wie bisher* mit frischem Wasser. Er saß etwas unbeholfen in dem Zimmer und sah den beiden Frauen zu, nippte an der etwas staubig schmeckenden Flüssigkeit und wusste nicht so ganz was er sagen sollte. Er betrachtete das Treiben eine gute Viertelstunde, bis die Heilerin zufrieden schaute und ausrief „So.". Silas sah sie fragend an. „Was geht hier vor, Sidinia?" Die Frau wirkte jetzt ein paar Jahre jünger und lächelte. „Reisevorbereitungen, Silas Westwind." Er schaute überrascht. „Ihr verreist?" Sie sah ihn kurz an und schüttelte dann mit dem Kopf. „Nein. Ihr." Dann blickte sie auf ihre Tochter, die jetzt etwas beschämt aufstand und ihn ansah. „Und meine Tochter."

Tag 8

Silas schnaubte. Er hatte immer noch nicht verarbeitet was gerade passiert war. Er bückte sich erneut durch einen Baum durch, der ihm den Weg versperrte. Hinter sich hörte er eine Stimme. „Silas wartet! Ihr seid zu schnell!" Die junge Fae folgte ihm und war ein paar Meter hinter ihm zurückgeblieben. Er hielt kurz inne, drehte sich um und sah sie an. Ihr Strohblondes Haar war zu einem Pferdeschwanz zusammengebunden und in einer Hand hielt sie einen großen Knorrenstab aus hellem Holz, in dem oben eine kleine, gläserne Kugel eingefasst war. Sie trug einen Mantel, der anders als seiner nicht die Hälfte des Oberkörpers verdeckte, sondern kürzer an ihren Schultern war und nicht vorne herabhing, sondern sanft über ihre Schultern und Oberarme floss. Der Mantel selbst sah aus als wäre er aus Blättern genäht und seine braunen, gelben und roten Herbstfarben standen stark im Kontrast zu dem grünen Mantel aus dem schweren, Seidenartigem Stoff der er selbst trug. Auf ihrem Rücken trug sie einen großen Lederrucksack an dem unten eine Bettrolle angebracht war. Alina trug eine lange, enganliegende Lederhose, hohe Stiefel aus einem ihm unbekannten Material und eine grüne Tunika, die sanft über ihre Hose fiel. Dazu hatte sie einen Gürtel nach gleicher Machart wie er um die Hüfte gewickelt, an dem ein halbes Dutzend Täschchen herabbaumelten.

Auch er war jetzt ausgestattet mit Kram, den Sidinia und Alina anscheinend in ihrem ganzen Sidhe, dem Fae-Dorf, zusammengetragen hatten. An seinem Gürtel hingen mehrere

Ledertaschen sowie einige augenscheinlich aus Pflanzenfasern gewebte kleinere Beutel. Er wusste, dass sich in seinen Taschen Medizin befand, zum Beispiel befanden sich in den Beuteln Blauwurz und Weißmoos, die Mana wiederherstellen sollten. In einem der Medizinfläschchen befanden sich die Haselnuss-großen, blauen Samen einer Frucht, die Schmerzen verringern sollten. Dann gab es noch seinen neuen, lebenswichtigen Besitz: Einen ganzen Beutel mit einer Droge aus einer Mohnart, Andrum, die während eines Anfalls seinen Fokus steigern sollte, und es ihm erlauben würde, wenn auch mit Einschränkungen, zu kämpfen. Natürlich hatte ihn die Heilerin gewarnt, dass schon eine Dosis von den schwarzen Bonbons extreme Nebenwirkungen hatte. *Naja, Gute Medizin schmeckt immer bitter.* Zusätzlich hatte die Fae einige alte Kupfermünzen hervorgezaubert, die sie ihm mitgegeben hatte. ‚Für den Notfall' wie sie gesagt hatte. Die anderen acht oder neun Flakons in seiner Ledertasche waren mit dem Wasser aus dem Teich der Wahrheit gefüllt und auch für das Mana zuständig, falls er Manabrand erleiden sollte. Sie hatte ihn noch gewarnt, nicht alle drei miteinander zu mischen und ihm dann wortlos einen Dolch in einer Lederscheide in die Hand gedrückt.

Damit kam er auch schon zum Problem der ganzen Geschichte.

„Danke", holte Alina tief Luft, die jetzt neben ihm zu stehen kam. Anscheinend war der Grund, warum Marthil ihn heute Morgen so giftig angesehen hatte der, dass seine Schwester beschlossen hatte ihn zu begleiten. Es war offensichtlich, dass sie noch in der Nacht mit ihrer Mutter geredet hatte, und warum bei allen Höllen auch immer, hatte sie der Idee ihrer Tochter zugestimmt. Er hatte zuerst protestiert, ihm war nicht ganz wohl dabei für jemanden verantwortlich zu sein, der sich nicht richtig verteidigen konnte, doch er konnte sich nicht wirklich gegen die Argumente wehren die beide hervorgebracht hatten. Er seufzte und hörte in seinem Kopf die Stimmen der beiden

Frauen auf ihn einreden: *Auch ich bin in meiner Jugend auf Reisen gegangen. Alina ist eine der besten Heilerinnen im Wald Hadrias! Nächstes Jahr hätte sie ihre Ausbildung abgeschlossen! Sie kann gut auf sich selbst! Wer soll euch helfen, wenn ihr wieder einen Anfall bekommt?* Und dutzende andere, an die er sich nicht erinnern konnte. Nur vom darüber nachdenken bekam er Kopfschmerzen. Die beiden Frauen waren hatten ihm zu viele Argumente gegeben und er hatte irgendwann einfach aufgegeben zu protestieren. Was ihn jedoch endgültig überzeugt hatte war, dass er keine Ahnung hatte wo er hinsollte um auf Menschen zu treffen, dass er definitiv nicht gut genug ausgerüstet war und der Stab, den Alina trug, der ihn zumindest vermuten ließ, dass die kleine Fae den einen oder anderen Zauber beherrschte. Er seufzte. Wie so oft in den letzten Tagen. „Ist schon gut, Alina." Er brachte es zustande ein schmales Lächeln auf die Lippen zu zaubern. „Wohin jetzt?" Sie holte aus der Innenseite ihres Mantels die zerknitterte Karte des Waldes von Hadria hervor sah kurz nach oben und deutete dann nach links. „Richtung Süden."

Er lächelte sie nur kurz schwach an und legte eine Hand auf den Knauf seines Dolches. Einige Stunden vergingen und während sie nebeneinander herliefen löcherte seine Begleiterin ihn immer wieder mit Fragen. „Stimmt es, dass Menschen Tiere essen? Wie sieht es mit anderen Menschen aus? Wie groß werden Menschen?"

Wenn sie eins war, dann neugierig. Auch Wissbegierig. *Interessiert.* Er mochte es. Er würde es vorerst nicht offen zugeben, aber er fand das Reisen in Gesellschaft doch ganz angenehm. Ihre Fragen ließen ihn über Dinge nachdenken, über die er selbst nie nachgedacht hatte. Es machte ihm Spaß ihre Fragen zu beantworten. Als sie dann irgendwann fragte ob er die Götter kannte, musste er laut lachen. Nach einer Erklärung hatte sie ihm gesagt, dass es Legenden gab, nachdem Reisende aus dem Reich der Götter kamen, schwieg er kurz nachdenklich und wurde dann ernst. *Im Prinzip schon*

irgendwie. Falls diese Welt wirklich von der KI erschaffen wurde, musste sie so etwas wie ein Gott in dieser Welt sein.
„Ja und Nein, Alina." Sie sah ihn fragend an, nicht verstehend was er ihr damit sagen wollte. Er überlegte kurz „Hm, also, wir Reisenden leben genau wie ihr, natürlich haben wir..." er stockte kurz wegen dem schmerzhaften Mangel an Erinnerungen „...auch Familien." Setzte er fort und begann zu erzählen, während sie weiterliefen.
„Wir leben meist in großen Städten, teilweise auf dem Land. Wir sind alle verschieden, und doch gleich. Von uns gibt es die unterschiedlichsten Arten. Auf unserer Welt, wir nennen sie 'Erde' gibt es Milliarden von uns die..." „Was sind Milliarden? Fragte sie neugierig dazwischen während er erzählte. „Hm, also... Was ist die größte Zahl die du kennst?" Sie überlegte ernsthaft und sah angestrengt drein. Dann lächelte sie. „Man sagt, der Feykönig Oberon befiehlt ein Heer von Einhunderttausend Rittern... Also, einhundert mal eintausend." Er bejahte beeindruckt, schließlich wusste er, dass die Fae in viel kleineren Dimensionen dachten. Ein weiteres Argument dafür, wie wissbegierig seine Begleiterin war. „Eine Milliarde sind eintausend Millionen. Eine Million ist zehn Mal Hunderttausend. Und es gibt ungefähr zehn Milliarden Menschen, da wo ich herkomme." Sie wurde etwas langsamer und er sah wie es in ihrem Kopf arbeitete. „Das sind... ziemlich viele..." *Klang sie gerade leicht besorgt? Kein Wunder. So viele Fremde würden alles durcheinanderbringen.*
Er lachte leise. „Mach dir keine Sorgen. Nicht alle werden hierherkommen. Viele könnten nicht oder würden es gar nicht wollen. Es gibt auch Menschen, die keinerlei Interesse an eurer Welt haben. Wir haben alte und kranke, Kinder und Menschen, die so arm sind, dass sie sich nicht mal ihr tägliches Brot und sauberes Wasser leisten können." Sie nickte zögernd und ließ sich seine Worte offensichtlich durch den Kopf gehen. Nach einem kurzen Schweigen legte sie den Kopf schief und verschränkte die Arme mit dem Stab in den Händen hinter ihrem Rücken. „Ihr seid also kein Freund der

Götter?" Silas legte den Kopf schief. „Nein, ein Freund der Götter dieser Welt bin ich nicht. Aber ich bin einem ihrer Boten begegnet, die mir die Chance gegeben hat hier, auf eure Welt zu kommen" Er dachte an die Angestellte Fulcrum's, Janette. „Es ist schwer zu erklären. Für dich und mich ist dieses Wesen nicht zu begreifen und ich weiß nicht ob wir ähnliche Sichtweisen über Götter haben. Ich weiß nicht ob dieses Wesen in diese Welt eingreift oder nicht, was es wie getan hat..." Er verstummte als er weiter darüber nachdachte. „Die Götter unserer Welt existieren." Sagte sie bestimmend. „Ich weiß jedoch nicht ob der, von dem ihr sprecht auch unter ihnen waltet." Silas überlegte. „Ich kenne seinen oder ihren Namen nicht. Ich weiß nichts über ihn." Er schwieg und dachte über die KI und die daraus resultierenden Konsequenzen nach.

Alina sah ihn aufmerksam an, brachte dann aber ein leichtes Lächeln hervor, das ihn ermunterte weiter zu sprechen. „Worauf ich eigentlich hinauswollte, Alina: Wir sind gar nicht so verschieden. Ich habe keine Macht über diese Welt oder dich. Wir leben und sterben, lieben und hassen. Ich weiß nicht, was deine Mutter dir über unsere Welt erzählt hat, aber sie ist nicht perfekt. Auch wir führen Kriege untereinander. Es gibt Armut und die Natur leidet. Und es gibt keine Magie."

Sie hielt inne und sah ihn verständnislos an. „Ihr wollt mich doch auf den Arm nehmen, oder?" Er schüttelte den Kopf. „Nein, wirklich. Wir haben keine Magie wie du sie vielleicht kennst. Weder in uns, noch in der Welt um uns herum. Wir benutzen Technik..."

Ein verständnisloser Ausdruck machte sich in Alinas Gesicht breit und er führte aus. „Also, Technik ist etwas sehr Kompliziertes, wie kann ich es erklären... Stell dir vor jemand ist schwer verletzt. Er hat eine tiefe Wunde in der Seite seines Körpers, und du weißt, dass der Zahn eines Monsters an einem Ort steckt, an dem das Blut durch eine Röhre fließt." Jetzt machte sie ein langes Gesicht das aussah als wollte sie 'Dein Ernst?' fragen. „Eine Arterie?" Silas lächelte erneut. *Heilerin, huh?* „Ja, genau. Also, wie könnt ihr sehen wo der Zahn ist? Wie bekommt ihr ihn heraus?" Sie überlegte. „Am einfachsten wäre wohl ein Zauber, der den Zahn herauszieht, während andere den Patienten beobachten und assistieren?" Er machte eine wegwerfende Handbewegung. „Und was machst du, wenn du keine Magie hast?" Er wiederholte die Handbewegung von eben und zuckte mit den Schultern. „Ihr zieht den Zahn heraus, behandelt es erfolgreich. Die Arterie bleibt unverletzt. Nach drei Wochen wird dein Patient wach, aber er kann nur noch seinen Kopf bewegen. Was ist passiert?" Er wusste, dass er nicht zu kompliziert werden durfte, es aber auch nicht zu simpel halten sollte. Alina konnte noch was lernen. Nach einigen Sekunden kam die Antwort. „Etwas ist schiefgelaufen. Jemand hat beim Herausziehen die Lebensadern im Rücken verletzt." Er grinste. „Genau. Wir nennen es Nervenbahnen. Der Patient hat eine Querschnittslähmung." *Schmerzhaft dachte er an den geschundenen Körper in der Kapsel. An seinen Körper.* „Jetzt kommt der Teil, an dem ich dir sage wie wir es machen würden. Aber bitte sag nicht es wäre Magie, okay? Du musst mir da einfach glauben." Sie sah ihn ernst an, die Neugier war ihr nicht abzuerkennen. „Also, wenn uns genügend Zeit bleibt, machen unsere Ärzte, Heiler, ein Röntgenbild, in schweren Fällen eine Tomografie. Wir benutzen Maschinen, die mit Licht arbeiten, um seinen Körper für uns durchsichtig zu machen."

Er sah ihr ins Gesicht, aber sie schaute nur ernst und voller Neugier zurück. „Dieses Licht ist vergleichbar mit dem, warum einige Tiere im Dunkeln sehen können, und wir nicht. Sie nehmen ein anderes Spektrum wahr als wir. Und wir benutzen unsere Maschinen, um dieses Licht sichtbar zu machen. Wir können also durch den Menschen hindurchsehen. Wir sehen seine Knochen, seine Arterien und seine Lebensadern. Und natürlich den Zahn." Er lächelte. „Wir verstehen, dass es einem von uns unmöglich ist, ihn herauszuholen, ohne ihn weiter zu verletzen. Was machen wir also?" Sie überlegte kurz. „Ihr benutzt eine weitere... Maschine?"

Er lächelte. „Genau. Du verstehst schnell, Alina!" Sie grinste auch ein wenig, war aber offensichtlich gespannt wie es weiterging, er sah es in ihren Augen. „Okay. Diese Maschine ist wie ein Arzt. Ein Heiler. Sie hat viele lange Arme aus Metall. An ihr sind Instrumente, die so klein sind, dass ihr sie mit dem bloßen Auge fast nicht sehen könnt. Sie zittert nicht, egal wie viele Stunden die Operation dauert. Sie schwitzt nicht. Sie macht keinen Fehler. Die Maschine ist jedoch kalt und ohne, dass ein Mensch ihr sagt, was sie tun muss, ist sie absolut nutzlos. Also sieht die Maschine die Wunde des Patienten und durch eine Öffnung, nicht größer als dein kleiner Finger, steckt sie ihre metallischen Arme in den Menschen. Sie verletzt keine Arterie. Sie greift den Zahn und zieht ihn langsam heraus, ohne nur eine Haaresbreite abzuweichen."

Seine Gesprächspartnerin fragte nur „Technik?". „Richtig", nickte er. „Maschinen sind generell aus Metall gemacht. Sie haben kein 'Gehirn' im ursprünglichen Sinne, aber sie können Befehle ausführen wie..." „Ein Golem?" Unterbrach sie ihn erneut. Wieder beeindruckt nickte er. Er war nie gut im Erklären gewesen und hatte sich extra Zeit gelassen um zu überlegen, aber er hatte anscheinend ihre Auffassungsgabe ein wenig unterschätzt. „Du verstehst schnell. Wie alt bist du eigentlich?" Sie zuckte mit den Schultern. „Man fragt eine Frau nicht nach ihrem Alter. Sagt zumindest meine Mutter." Sie zwinkerte ihm zu. „In Menschenjahren... fast zwei Dutzend Sonnenzyklen." Silas nickte. *Schön, dass sie sich ihre Neugier bewahrt hat.*

Sie sprachen noch ein wenig über belanglosere Dinge, den Aufbau des Dorfes der Fae, dessen Hierarchie und die Bevölkerung. Auch über seine Welt, er erklärte ihr das Schulprinzip mit Jahrgängen und Abschlüssen. So vergingen weitere Stunden, ohne dass etwas Interessantes passierte. Je mehr sie sprachen jedoch, umso mehr tauten sie beide auf und die Zeit verging schneller. Immer jedoch, wenn er in

Gedanken versunken schien, fiel Alina zurück und er musste kurz warten. Irgendwann passierte es wieder, aber diesmal fiel es ihm auf. Er drehte sich zu ihr um und sah, wie sie sich auf den Boden kniete und ein paar Worte zu einer Pflanze flüsterte, woraufhin diese ein paar ihrer Blätter fallen ließ.

Sie lächelte zufrieden, hob die Blätter auf, steckte die Pflanzenteile in eine kleine Glasflasche und verstaute sie in einem ihrer Beutel. Interessiert beobachtete er sie, bis sie seinen Blick spürte und ihn ansah, diesen dann aber offensichtlich falsch deutete.

„Entschuldigt, Silas ich wollte nur..." Jetzt war er dran mit unterbrechen und hob beschwichtigend die Hand. „Alles gut. Was habt ihr da gemacht?" Sie legte den Kopf schief. „Ich habe ein paar Kräuter gesammelt?" Er kniff die Augen zusammen. „Ihr habt mit der Pflanze... gesprochen, oder?" Sie blinzelte ungläubig, als wäre es das selbstverständlichste der Welt. „Wie sollte ich sonst Kräuter sammeln?"

Silas wurde bewusst, dass hier gerade unterschiedliche Kulturen aufeinanderprallten. „Naja. Ich hätte die Pflanze aus dem Boden gerupft." Empört sah sie ihn an. „Das ist doch keine Rübe! Ihr würdet die Pflanze töten!" Silas hob abwehrend die Hände. „Entschuldige Alina, ich kenne das nur so." Sie schüttelte mit dem Kopf. „Ähm, ich kann es euch zeigen, wenn ihr möchtet?" Silas lächelte und es zuckte ihm in den Fingern. „Gerne!"

Eine Minute später knieten sie beide auf dem Waldboden und Alina legte die Hände um die Pflanze, ohne sie anzufassen. Dann begann sie leise zu flüstern, und in der gleichen Sprache die sie durchgehend am Sprechen waren, der Sprache der Fae, bat sie die Pflanze ihr doch etwas von ihr abzugeben. Die Pflanze schien sie zu hören und eine leichte Brise ließ die Pflanze kurz erzittern, woraufhin sie drei ihrer gelben Blütenblätter abwarf, die in Alinas Händen landeten. Sie lächelte ihn an, flüsterte ein weiteres Wort im Ton des Windes das so etwas wie „Vielen Dank" bedeutete. Sie deutete zu einer Pflanze, kaum ein paar Handbreiten entfernt. „Versucht ihr es, Silas. Es ist ganz leicht. Die

Pflanzen verstehen euch." Silas nickte zweifelnd und tat es ihr nach: Er legte die Handflächen um die Blume, und sagte leise in dem flüsternden Singsang „Würdest du mir bitte einen Teil von dir abgeben?" Erst geschah nichts, dann raschelte die Pflanze erneut, dieses Mal ohne spürbaren Luftzug. Ein einzelnes, grün-braunes Blatt fiel in seine offene Handfläche. Alina streckte eine Faust in die Luft. „Ich wusste ihr könnt es, Silas! Ihr seid ein Naturtalent! Jetzt bedankt euch!" Silas nickte und flüsterte leise „Danke". *Ping!* Ein Fenster öffnete sich in seinem Sichtfeld.

[Herzlichen Glückwunsch! Durch eure Naturverbundenheit und unter Anleitung eurer Lehrerin habt ihr eine neue Fähigkeit gelernt: Kräuterkunde (Waldfae-Ausrichtung), Stufe 1.]

Alina lächelte als sie seinen Blick sah. „Habt ihr die Fähigkeit bekommen?" Silas nickte, ebenfalls grinsend. „Vielen Dank, meine Lehrerin." Sagte er und deutete spaßeshalber eine Verbeugung an, woraufhin sie leicht errötete. „Ihr seid wirklich ein Rüpel, Silas, wisst ihr das?" Er konnte nicht anders und das Grinsen stand fest in seinem Gesicht. „Ja, vielleicht." Er zwinkerte ihr zu.

Als der Tag sich schließlich dem Ende zuneigte suchte Alina eine geeignete Stelle für das Lager und wurde kurz darauf etwas höher gelegen auf einem kleinen Hügel fündig. An zwei Seiten windgeschützt durch gefallenes Holz und eng stehende Bäume, war es wohl die beste Wahl die sie hatte treffen können. Die Sonne begann langsam zu verschwinden, und er sah das erste Mal, dass das Land zwei Monde hatte.

Obwohl es nicht wirklich kalt war, schlug Alina ihm vor, ein Feuer zu machen. Überrascht schaute er auf. Er hätte nicht gedacht, dass die naturverbundene Fae offenes Feuer im Wald gutheißen würde. „Ist sicherer gegen die Raubtiere." Sagte sie nur, während sie Moos sammelte und auf den harten Waldboden legte. Sie war müde, dass merkte er sofort, genau wie er selbst, wenn er ehrlich war.

Er sagte nichts, sondern begann in Sichtweite ihres kleinen Lagers Feuerholz zu sammeln. Als er zwei, drei große Bündel zum Lager getragen hatte, sah er, dass Alina zwei Betten, fast ‚Nester', aus dem Moos gebaut hatte, und er konnte es nicht anders sagen, es sah gemütlich und einladend aus. Nichts was aussah, als hätte es ein Mensch gemacht. *Bestimmt haben die Pflanzen ihr geholfen.*

Die junge Fae war gerade damit beschäftigt in ihrem Rucksack herumzuwühlen, also begann er wortlos damit das Feuer aufzuschichten, genau wie er es gelernt hatte. *Nur wo?*

Er seufzte, sammelte einige Steine, und begann sie in einem Kreis auf dem gesäuberten Waldboden vor ihren Nestern anzureihen.

Er zog seinen Dolch aus der Scheide, gefertigt aus einem einfachen Metallstab mit einem Holzgriff, an dem länglich die durchsichtige, glasartige Klinge befestigt war. Er begutachtete den schlichten aber handwerklich großartigen Dolch kurz, kratzte dann grob eine Handvoll trockene Rinde von einem der Holzscheite die er gesammelt hatte, und brachte sie mit trockenen Gräsern zusammen, die er vorher auffaserte, um guten Zunder zu produzieren. Er begann einen Kreis für das Feuer von innen nach außen aufzubauen: Kleine, schnell brennende Hölzer zuerst, dann immer größere Äste, bis zu richtigen Scheiten, die lange und stark brennen würden. Er beendete seine Arbeit, und griff sich an die Hosentaschen, suchend. Er drehte sich zu Alina, die ihn aufmerksam beobachtete. „Hast du etwas zum Feuermachen?" Sie nickte, griff in den Rucksack, suchte kurz und reichte ihm dann eine kleine Holzkassette, ungefähr so groß wie eine Zigarettenschachtel. Dankend nahm er sie entgegen, öffnete die Schatulle und sah ein altertümliches Schlageisen und einen Feuerstein, fein säuberlich in ein braunes Ledertuch eingewickelt. Er musste schmunzeln. Gut, dass er in Geschichte anscheinend aufgepasst hatte. Er nahm das Eisen in die eine Hand, den Stein in die andere und schlug sie ein gutes halbes Dutzend Mal zusammen, bis Funken in dem Zunderhaufen landeten. Er legte das

Werkzeug schnell zur Seite, nahm den kleinen Haufen und blies vorsichtig hinein. Eine kleine Flamme loderte auf, also drückte er den brennenden Zunder sofort in die Mitte des Lagerfeuers das er vorbereitet hatte. *Ping!*

[Herzlichen Glückwunsch! Durch euer Wissen und eure Sorgfalt im Umgang mit der Natur habt ihr eine neue Fähigkeit erlernt: Überlebenskunst.]

Alina kniete neben ihm und berührte fast seine Schulter. „Interessant. Ihr nutzt die Steine als Schutz gegen das Feuer?" Er legte die Hände wärmend vor die kleine Flamme, sah zufrieden drein, gab ihr das Werkzeug zurück und nickte. „Ist sicherer."

In den nächsten Minuten holte Alina einige große, fleischige Pilze hervor, die sie auf Stöcke steckten und rösteten. Überraschenderweise schmeckten sie auch ohne Gewürze oder Beilagen ziemlich gut. Gesättigt redeten sie noch ein wenig über die Umstände der letzten Tage, dann legte sich zuerst Alina in ihr Nest, und eine halbe Stunde später tat Silas es ihr gleich, kroch zum Schlafen in sein Moosbett, nachdem er einige große Scheite Holz aneinander über das Feuer stellte. Er sah, dass Alina ihm sogar ein kleines Kissen aus Moos gebaut hatte und musste tatsächlich lächeln. *Sehr nett.* Über das Knacken des Feuers und die Funken die in die Luft stiegen und die Dunkelheit erleuchteten, schlief er ein, während er einen letzten Blick auf seine Begleiterin warf.

Die nächsten zwei Tage vergingen genau wie der letzte. Silas erzählte von seiner Welt, und Alina erzählte ihm im Gegenzug Geschichten über sie und ihren Bruder, die Legenden über den Hof der Fey oder über ihre Mutter, die Heilerin.

Sie zeigte ihm gut zwei Dutzend verschiedene Kräuter, und desto mehr er sich davon merkte, desto öfter bekam er die Nachricht, dass sich sein Kräuterkunde-Rang verbessert hatte.

Er zeigte ihr noch zwei weitere Arten von Feuern, von denen er nicht wusste woher er sie kannte: Eins unterirdisch, eins das automatisch große Scheite nachrollen ließ und stundenlang ohne Nachlegen brennen konnte. So verging ihre Zeit in dem Wald schneller als er erwartet hatte, aber trotzdem lehrreich und unterhaltsam.

Der Abend des dritten Tages kam, an dem sie zusammen vor dem Feuer saßen und sie ihn unvermittelt eindringlich ansah. „Warum erzählt ihr eigentlich nie von eurer Familie, Silas?" Die Frage traf ihn unvorbereitet und er sah sie kurz erschrocken an. Sie merkte, dass sie ein sensibles Thema angesprochen hatte, und sah schnell zur Seite, während sie ein leises „Entschuldigung" murmelte. Aber Silas seufzte nur tief und sah sie weiter an. „Alina." Begann er und wartete, dass sie ihm in die Augen sah, was sie auch zögerlich tat. „Es ist nicht so, dass ich euch nichts von meiner Familie erzählen will. Ich erinnere mich nicht." Sie sah ihn entgeistert an. „Wie kann das sein?" Er seufzte erneut schwer. „Ich... hatte einen Unfall. Einen schlimmen." Sie rückte etwas näher und zog die Knie an sich heran. „Ich weiß nicht was genau passiert ist, aber die Frau, die ich eine Botin der Götter genannt habe, Janette, hat mir dieses neue Leben geschenkt. Ihr würdet mein reales Ich nicht mögen. Es würde euch erschrecken." Sie schüttelte energisch den Kopf. „Egal, was mit euch ist, ihr seid immer noch ihr." Er lächelte sie zögerlich an. „Ich danke dir für deine Worte, Alina, aber ihr wisst nicht was ich gesehen habe. Ich bin nicht viel mehr als eine leere, zerschmetterte Hülle."

Sie sah ihn empört an und etwas Wut war in ihrer Stimme zu hören. „Haltet ihr mich für so dumm? So oberflächlich?" Er zögerte kurz, doch schüttelte dann entschuldigend den Kopf. „Nein, tut mir leid, ich wollte euch nicht beleidigen." Unbewusst hatte er wieder die höfliche Anrede benutzt und sie murmelte leise etwas, dass er nicht verstand, was er als Einladung nahm weiterzureden „Ich erinnere mich daran, dass ich einen kleinen Bruder... vielleicht eine Schwester hatte. Vielleicht beides. Ich kann mich nicht an ihre

Gesichter erinnern, oder an die meiner Eltern." Seine Stimme begann zu zittern.

„Wenn ich manchmal die Augen schließe sehe ich eine seltsame Frau, von der ich nicht weiß wer sie ist. Ich sehe Teile meines Lebens, ich spiele, laufe oder esse. Ich lebe. Aber ich spüre, dass da noch etwas ist, das ich nicht sehen kann. Es ist wie ein Schleier vor meinen Augen. Verstehst du? Ich weiß nicht wer ich bin, oder was ich war. Vielleicht war ich ein Mörder? Vielleicht ein Lehrer oder ein Student? Ich erinnere mich nicht. Die Unsicherheit macht mir Angst..." Er schluckte und fokussierte seinen Blick der unbewusst in die Ferne gerückt war wieder auf das hier und jetzt. Er spürte wie Alina vorsichtig ihre Hand auf seinen Arm legte. Er lächelte kurz, zögerte, und legte dann seine Hand auf die ihre. Sie war warm, zerbrechlich wie eine Blume, und doch spürte er die kleinen Schwielen, die sich durch harte Arbeit gebildet hatten. Aber es beruhigte ihn. Sie zeigte ihm, dass er nicht alleine war. Und wortlos sagte sie ihm, dass es egal war. Sie hatte ein feuchtes Glitzern in den Augen und er lächelte. *Sie ist eine echte Heulsuse.* Sie verblieben so, in Schweigen für einige wenige Minuten. Alina jedoch zuckte plötzlich mit der Hand und spannte sich an. Erst dachte er, er hätte etwas Falsches getan, bis in der nächsten Sekunde plötzlich ein langgezogenes Heulen in der Nähe erklang. „Wölfe!" Flüsterte Alina scharf.

Sie sprang auf und ergriff ihren Knorrenstab der an einem Baum gelehnt stand. Er reagierte ebenfalls hektisch und griff sich einen schweren, brennenden Ast aus dem Feuer, nahm ihn in die linke Hand und zog seinen Dolch mit der rechten. Sie trat näher an ihn heran und griff ihren Stab mit beiden Händen. „Sie sind auf der Jagd" zischte sie und er hörte die Angst in ihrer Stimme. Einige Minuten, die ihm wie Stunden vorkamen, vergingen und das Heulen ertönte erneut, dieses Mal wiederhallend von allen Seiten, so dass er weder sagen konnte wie viele es waren noch woher sie kommen würden.

Alina schloss die Augen zur Konzentration, während grüne Runen über ihre Arme liefen und in der Luft um ihren

Armen erschien, während er schützend einen Schritt vor sie tat.

Das Geheul verstummte. Ein großes Tier, ein Wolf mit gelben Augen, die die Flammen ihres Feuers reflektierten, trat aus den Schatten in den Kreis des wenigen Lichtes. Kurz standen sie sich regungslos gegenüber und er ging langsam in eine abwehrende Haltung. Sie tauschten Blicke und er sah die animalischen Instinkte in den Augen des Biests vor ihm. Dann ging alles sehr schnell.

Fast gleichzeitig fielen von den ungeschützten Seiten die Wölfe über sie her. Silas trat einen halben Schritt vor, ließ seine Hand mit der Fackel in ihr mit aller Kraft nach links außen fliegen und traf den heranspringenden Wolf mit der Rückhand auf der Schnauze. Ein Glückstreffer. Sofort folgte von der anderen Seite ein Wolf und wollte ihn anspringen, nur um im Sprung sofort von dem gläsernen Dolch in Silas Hand an seiner Flanke aufgeschlitzt zu werden, was er mit lautem Jaulen quittierte. Er wirbelte herum und sah gerade noch wie Alina einen heran rennenden Wolf mit einem Schlag ihres Stabes bedachte. Es gab einen Knall als würde jemand eine Pistole abfeuern und der Wolf wurde durch die Luft und zurück ins Dunkel geschleudert. *Soviel zu wehrlos* schaffte er es zu denken, bevor das nächste Tier bei ihm war. Sofort sah er wieder, dass Runen in Kreisen über ihre Arme liefen. *So schnell?* Er schickte einen weiteren jaulenden Wolf mit einem schnellen Schnitt über die Schnauze zurück in die Dunkelheit, als der Wolf den er zuerst getroffen hatte, der größer und schwärzer war als die anderen, wieder angesprungen kam.

Silas war zu langsam und riss den Arm hoch, woraufhin beide durch die Wucht umstürzten und hart auf dem Waldboden landeten. Wütend, frustriert und Angst um seinen Hals habend, stieß Silas mehrmals ohne zu Zielen nach oben, während er versuchte dem Biest kein Feld für einen Kehlenbiss zu geben. Gleich mehrfach merkte er, wie der Dolch tief in das Fleisch eindrang, doch der Wolf hatte sich fest in seinen Arm verbissen. Er hörte und spürte mindestens einmal einen Knochen knacken. Er benutzte die ganze Kraft seines Körpers und seinen Schwung um den Wolf mit ihm zusammen seitlich auf den Boden zu bringen. Die Schmerzen machten ihn fast verrückt.

Wenn er es nicht schnell schaffte den Wolf zu töten, würde er ihm jede Sekunde den Arm abbeißen, also holte er aus und stach wieder und wieder in den Hals und Nacken des Tieres, bis dieser erschlaffte und seinen Arm losließ. Er keuchte als der Kiefer sich löste. Gerade wollte er aufstehen, als ein weiterer Wolf ihn von hinten ansprang und seine Zähne tief in seiner Schulter versenkte. Durch die Wucht fielen beide nach vorne, und er spürte Sehnen reißen und Zähne über seine Knochen schaben, doch der Wolf konnte sich nicht festbeißen. Gepeinigt schrie er auf. Silas drehte sich zu seinem Gegner und sah Alina, die ebenfalls mit einem der Wölfe kämpfte wobei ihr Gegner zu gewinnen schien. Er wuchtete sich auf, woraufhin zwei kleinere Wölfe aus derselben Richtung auf ihn zu sprinteten. Fast zeitgleich sprangen sie ab. Dem ersten wich er aus, doch der zweite schaffte es, sich in seinem Bein zu verbeißen, was ihn erneut laut aufschreien ließ.

Wie als Antwort hörte er einen weiblichen Schrei und er sah aus dem Augenwinkel, dass auch Alina etwas abbekommen hatte. Er versenkte seinen Dolch mit beiden Händen im Kopf des Wolfes, der sofort von ihm abließ und schlaff zu Boden fiel. Er schrie, als er das Blut aus der Wunde in der Seite seiner Begleiterin sah, dieses Mal jedoch nicht vor Schmerz, sondern wütend, fast animalisch.

Sein Blut tropfte auf den Boden und er sah einen der Wölfe jetzt langsam zurückweichen während er die Zähne zusammenbiss und sich näherte. Er warf sich ohne Rücksicht auf sein eigenes Leben auf einen der beiden Köter die es gewagt hatten, seine einzige Freundin auf diesem verdammten Planeten anzugreifen. Er schrie erneut als er sich aus vollem Lauf auf dem Wolf landete und ihm den Dolch immer wieder in die Seite rammte. Einmal, Zweimal. Er hörte auf zu zählen und nahm den Dolch in beide Hände.

Wieder und wieder stach er auf den Wolf ein, Blut spritzte in Fontänen über sein Gesicht.

Ping! Er hörte nicht auf, bis er nach einigen langen Momenten seine Gefährtin sah, dass sich vor ihm über den Wolf beugte und leise zu ihm sprach. „Er ist tot, Silas." Er blickte verwirrt nach oben in das Gesicht Alinas und er verspürte eine solche Wut in sich, dass er den Dolch erneut in den Wolf sinken und ihn stecken ließ, doch dann verebbte der Zorn genauso schnell wie er gekommen war. Er ließ von dem Wolf ab und glitt von ihm herunter, während sie versuchte ihn zu stützen oder zumindest aufzufangen, indem sie ihren Stab fallen ließ und mit beiden Händen nach Ihm griff. Sie hielt ihn an den Schultern fest. Sofort kehrten etwas Kraft und Klarheit zurück, und damit auch die Schmerzen.

Er stolperte, fiel zu Boden, drehte sich um und setzte sich auf den Hosenboden. Er stütze seinen Rücken an dem Baum hinter ihm. Er sah mehrere Blutstropfen über der Leiste mit den HP in seinem unteren Blickfeld, während diese sich langsam leerte. 32, 31... hätte er nicht in seine Konstitution investiert wäre es schon vorbei gewesen mit ihm.

„Mund auf!" Befahl ihm eine scharfe Stimme und er gehorchte ohne nachzudenken. Eine klebrige, bittere Kugel fand den Weg in seinen Mund, und er fing an zu kauen. Erst eine Sekunde später fiel sein Blick auf Alina, die ihn besorgt ansah. Die kleinen Blutstropfen über seiner HP-Leiste wurden kleiner, und selbige pendelte sich dann bei 19 ein. Aus irgendeinem Grund war diese Situation so absurd, so unwirklich, dass er lachen musste. Erst leise, dann immer lauter. Alina sah ihm in die Augen. *Was war nur mit diesem Menschen verkehrt?* Dachte sie sich, konnte ihr Grinsen aber auch nicht unterdrücken.

„Wir leben, Alina", sagte Silas immer noch mit belustigtem Ton in der Stimme, während sie schon damit beschäftigt war eine Salbe auf seine Wunde am Arm aufzutragen. Sie lächelte schwach. „Ja, du hast Recht. Wir leben." „Ha!" Sagte er laut „Du hast mich geduzt!", woraufhin sie die Salbe etwas fester auf seinen linken Arm schmierte. Er jaulte kurz auf, sah sie an und beide fingen an leise zu kichern. *Gut, dass hier gerade keiner vorbeikommt. Ein Mann und eine Fae lachen sich blutüberströmt halb tot.*

Keine zwei Minuten vergingen, bis sie schwer aufstand, anscheinend zufrieden mit der Salbe die sie ihm aufgetragen hatte. Dann nahm sie ihren Stab, stützte sich auf ihn und begann erneut einen Zauber zu wirken. Das war das erste Mal, dass er genau beobachten konnte was sie tat. Sie schloss die Augen, und die grünen Runen flammten über ihren Armen auf und drehten sich. Sie sprach Worte in einer ihm unbekannten Sprache, und noch während er dasaß, sprossen um ihn herum plötzlich kleine Pflanzen aus der Erde. Er *merkte* wie sich seine Wunden langsam schlossen. Ein unangenehmes Ziehen in Schulter, Bein und Arm machte sich breit, aber schnell ging es ihm besser und er sah, wie seine HP mit jeder Sekunde weiter anstiegen. 120, 121... Sie hatte einen Heilzauber gewirkt!

Sie stockte und sackte ein Stück zusammen, konnte sich aber gerade noch an ihrem Stab festhalten. Besorgt sprang er sofort auf, um ihr zur Hilfe zu kommen, doch sie winkte ab. „Es ist nichts. Ruht euch aus."

Nein, nein und nochmals nein. Diese Phrase hatte er schon dutzende Male in Filmen gehört. Es endete meist damit, dass diejenigen die sie aussprachen später an irgendwelchen Verletzungen erlagen, die man hätte behandeln können. *Nix da* sagte er zu sich selbst. Jetzt wurde er auch ein wenig wütend, wie sie vorhin. Er ging zu ihr herüber, nahm ihr den Stab aus der Hand und griff ihr wortlos unter den Arm. Er legte die leise protestierende Fae in sein 'Nest' das am wenigsten von den Wölfen verwüstet worden war. Er sah sie an und er konnte sehen, dass sie Schmerzen hatte. „Wo?" Fragte Silas sie und öffnete die Fibeln ihres Umhanges. Bevor sie etwas sagen konnte, sah er es auch schon. Eine tiefe Fleischwunde in ihrer Seite und ihrem Bauch zur Seite hin, wo einer der Wölfe sie mehrfach gebissen hatte. Er krempelte ihr Hemd vorsichtig hoch und ihr leiser Protest erstickte, als sich der Stoff aus ihrer Wunde löste. Er griff in seine Tasche und schob ihr eine der blauen Samen in den Mund, wobei er merkte, dass sie zitterte. „Was soll ich tun, Alina?" Sie zeigte schwach auf den kleinen Tontopf mit der Salbe den sie bei ihm benutzt hatte, und schon hatte er ihn in den Händen. „Gleichmäßig auftragen", krächzte sie leise und er tat was sie sagte. Sofort legte sich ein schwacher Film auf die Haut und das Blut hörte auf zu fließen. *Gottseidank keine Arterie* dachte er sich und sah das Blut, das sich auf den grünen, Tattoo-ähnlichen Streifen ihrer Haut verteilt hatte und sie dunkler wirken ließ als sie eigentlich waren. Er sah zu ihr und merkte, dass sie soeben in Ohnmacht gefallen war. Ein neuerlicher Ping-Ton ertönte welchen er gekonnt ignorierte. Er schüttelte mit dem Kopf. Sie hätte ihr Mana für sich verwenden sollen, seine Wunden waren bereits so gut wie versorgt gewesen. *Dummes Ding.* Er benutzte etwas von dem Wasser aus ihrer Feldflasche und frisches Moos um ihr das Blut vom Körper zu wischen, dann schnitt er mit seinem Messer den durchbluteten Stoff aus ihrem Hemd.

Er hatte getan, was er konnte, aber er musste sich noch um etwas Anderes kümmern. Er schliff die toten Wölfe weg von ihrem Lager und als er damit fertig war, schichtete er Scheit um Scheit an Holz auf das Lagerfeuer, das immer heller loderte. Die nächsten ein oder zwei Stunden verbrachte er damit immer mehr totes Holz und Unterholz zu ihrem Lager zu schleifen, einmal für das Feuer, dann für die behelfsmäßigen drei Wände, die er Schulterhoch aufstapelte. Irgendwann hatte er seinen Umhang, der irgendwie komplett sauber geblieben war, sowie sein Hemd ausgezogen, weil er von der Anstrengung so schwitzte. Das hohe Feuer trug nicht gerade dazu bei, dass er abkühlte. Irgendwann als er mit den Arbeiten fertig war und er noch einmal nach seiner Heilerin gesehen hatte, lehnte er sich an einen moosbewachsenen Baum und legte seinen Dolch in seinen Schoß. Er schob sich einige der Blätter in den Mund, die Alina ihm gezeigt hatte und ihn wachhalten sollten. Aber selbst die konnten nicht verhindern, dass er nach nicht ganz einer Stunde einschlief.

Nach einigen Stunden wurde er wach und gähnte tief. Sonnenstrahlen fielen durch die dicken Baumkronen und wärmten sein Gesicht. Irgendwann in der Nacht musste er im Halbschlaf seinen Umhang vom Boden aufgehoben haben und ihn als behelfsmäßige Decke verwendet haben. Er merkte, dass er noch immer die Waffe in der Hand hielt. Er streckte sich und steckte den Dolch zurück in seine Scheide, bevor er sich hochschob und den Umhang um seine Schultern legte. Das Feuer, keine zwei Meter von ihm entfernt war heruntergebrannt, aber die Glut schwelte noch immer heiß und gab Wärme in alle Richtungen ab. Zuerst lief er rüber auf die Seite wo seine kleine, verletzte, *dumme*, Begleiterin lag. Er kniete sich nieder und sah zu wie ihre Brust sich langsam hob und senkte. Er hielt seine Hand nicht weit von ihrem Mund entfernt und spürte ihren warmen Atem auf seiner Hand. Als nächstes legte er seine Hand auf ihre Stirn. Sie war warm, aber er war sich nicht sicher ob sie Fieber hatte. Vorsichtig legte er ihren Arm zur Seite und sah sich die Wunde an, die der Wolf ihr gerissen hatte. Er sog scharf die Luft ein als er jetzt bei Tageslicht sah wie tief der Wolf gebissen hatte. Er griff erneut sowohl zu der Feldflasche, als auch zu dem kleinen Tontopf und verbrachte dann die nächsten dreißig Minuten damit, ihre Wunden zu reinigen und die Salbe neu aufzutragen. Mehrfach zuckte sie unter seiner Berührung zusammen, während er sie verarztete. Zum Schluss ließ er etwas Wasser über ein Stück Stoff laufen, das er aus ihrem Rucksack holte und benetzte ihre Lippen mit dem wässrigen Stoff. Es war nicht viel, aber das einzige was er tun konnte.

Irgendwann griff er an seinen Hals und öffnete die Fibel die seinen Umhang an seinem Platz hielt, schob sie sich in die Hosentasche und legte Alina den Umhang um. Er schnappte sich seine blutige Tunika und stopfte sie halb unter seinen Gürtel. Dann begann er erneut seine schwere Arbeit, und zog weitere Äste, Stämme und Ranken zu ihrer kleinen Lagerstätte, bis er auch die letzte Seite komplett von der Außenwelt abgeschottet hatte. Er nahm die beiden fast leeren

Feldflaschen, leerte sie in einem Zug und hing sie sich an den Gürtel. Er ging hinüber zu den Wölfen und zählte. Acht Wölfe lagen tot nebeneinander. Einer von Ihnen war größer und schwärzer als die anderen, vermutlich der Leitwolf. Er seufzte. Waren das alle oder waren welche von ihnen in die Nacht geflüchtet? Er zuckte mit den Schultern. Der Kampf war vorbei. Nach etwas mehr als einer Stunde hatte er die Kadaver so weit von ihrem Lager fortgeschleift, dass er sich sicher fühlte. Er wusste nicht was für Biester noch hier lauerten und er wollte auf keinen Fall gefährliche Aasfresser anlocken. Zufrieden nickte er. Seine Hände und sein Körper waren voll von getrocknetem Blut. Angeekelt wischte er seine Hände auf dem moosigen Boden ab.

Für die nächsten Stunden durchkämmte er das umliegende Gebiet, ohne seinen Ausgangspunkt aus den Augen zu verlieren, horchte immer wieder, und irgendwann nahm er das leise Plätschern wahr. Alina hatte ihm erzählt, dass durch den Wald ein riesiger Fluss verlief, der massig kleine Ableger hatte, und genau darauf hatte er gehofft. Er folgte dem Geräusch und auf dem Weg öffnete er die Benachrichtigungen, die er bis jetzt ignoriert hatte.

[Herzlichen Glückwunsch! Durch deine Bemühungen hat sich deine Fähigkeit Kräuterkunde erhöht. Stufe 4.]

[Herzlichen Glückwunsch! Durch deine Bemühungen Im Kampf hast du den Umgang mit Dolchen erlernt! Leicht zu verstecken und tödlich, wenn richtig eingesetzt! Stufe 1.]

[Herzlichen Glückwunsch! Durch deinen Zorn und deine Wut im Kampf hast du eine neuen Skill erlernt: Blutrausch I. Ignoriere den Schmerz von Angriffen und werde furchterregend im Kampf. Effekt: Gefühlter Schmerz um 90% verringert. Schaden und Stärke um 30% erhöht. Dauer: 12 Sekunden, Abklingzeit: 2 Stunden. Achtung! Der Blutrausch macht es euch schwer Freund und Feind zu unterscheiden.]

[Sehet und staunt! Der Reisende Silas Westwind hat eine Übermacht besiegt! Für das Vernichten eines Feindes der euch mehr als 3 zu 1 überlegen war erhöht sich eure Erfahrung aus dem Kampf um 20%!]

[Herzlichen Glückwunsch! Durch das Töten von sieben Waldwölfen und einem Waldwolf-Alpha die dir überlegen waren, erhältst du 4800 Erfahrungspunkte!]

[Herzlichen Glückwunsch! Durch das Sammeln von Erfahrungspunkten bist du in der Stufe aufgestiegen! Durch deine Erfahrung erhöht sich ebenfalls eine Fähigkeit deiner Wahl pro Stufe! Achtung! Nach sieben Tagen werden alle unverteilten Punkte automatisch verteilt.]

[Herzlichen Glückwunsch! Deine geschickten Finger können töten aber auch Heilen. Durch Erfahrung und unter Anleitung hast du gelernt wie man Leben rettet! Erste Hilfe, Stufe 1.]

Silas schaute ernst auf die Anzeige vor ihm. Er wusste genau wie er die Punkte verteilen würde. Willenskraft war wichtig für sein Mana, aber unmittelbare Kampffähigkeit war wichtiger, dass hatte ihm die letzte Nacht nur zu gut bewiesen. Er verteilte schnell einen Punkt in Willenskraft, zwei in Ausdauer und einen in seine Geschicklichkeit. Dann dachte er nach. Er hatte noch vier Fähigkeitssteigerungen über, die er verteilen konnte, und für drei wurde die Zeit langsam knapp. Er seufze. Erste Hilfe. Überlebenskunst und Dolche.

Silas Westwind	HP: 200/200			AUS: 140/140			MP: 120/120
Level: 5	STR	CON	DEX	INT	WIL	CHA	LUC
	12	20	14	12	14	10	11
Rasse: Mensch (Reisender)				Erfahrung: 400 / 7500			

Fähigkeiten				
Kampf:		Allgemein		Handwerk:
Äxte	2	Erste Hilfe	2	Kräuterkunde 4
Wurfäxte	1	Überlebensk.	2	
Dolche	3			

Spezialisierungen:	
-	

Kräfte:	Skills:	
-	Bluttausch	I

Sprachen:	Gaben:	
Gemeinsprache	Adaptiv	R
Ton des Windes	Potential	S
	Entzweite Seele	

Ruf:	
Waldfae Wohlgesonnen	

Zufrieden nickte er und wischte den Status zur Seite. Schon kurze Zeit später durchbrach er das Unterholz und atmete erleichtert aus. Er mochte den Wald, aber schon jetzt hatte er langsam die Nase voll von den verdammten Bäumen. Er lief zu dem Bach direkt vor ihm, ließ sich auf die Knie sinken und wusch sich die Hände und das Gesicht. Dann zuckte er mit den Schultern. *Warum eigentlich nicht?* Er entledigte sich seiner Hose und den Stiefeln und stieg in den seichten Bach. Das kalte Wasser brachte ihn zum frösteln, aber es tat wirklich gut. Außerdem hatte er angefangen zu stinken nach der ganzen Anstrengung und dem Blut das an ihm klebte. Er verbrachte eine weitere halbe Stunde damit, sich den Dreck vom Körper zu wischen und dann damit seine Hose und seine Tunika zu waschen. Blutige Schlieren zogen sich durch den kristallklaren Bach und wurden von der

Strömung von ihm weggetragen. Er füllte die Feldflaschen, trank einige tiefe Schlucke und legte seine gesamten Kleider auf die sonnigen Steine an der Seite des kleinen Baches zum Trocknen. Als nächstes machte er sich auf die Suche nach einem langen Stock. Als er einen gefunden hatte der seinen Wünschen entsprach, fast so lang wie er selbst, der gut in seiner Hand lag, verbrachte er wieder einiges an Zeit damit, ihn zu einem Speer zu schnitzen. Sein Dolch glitt leicht durch das Holz, als wäre er dafür gemacht worden und schnell hatte er die Spitze fertig, die er mit zwei präzisen Schnitten dann viertelte. Er benutzte zwei der kleinen Äste die er entfernt hatte um die vier Spitzen auseinander zu halten, dann schnappte er sich einige der Fingerdicken Ranken die im Unterholz wuchsen um die Stäbchen an Ort und Stelle zu verknoten. *Ping!* Er nickte er zufrieden und grinste.

[Herzlichen Glückwunsch! Euer Einfallsreichtum und euer Können erhöht eure Fähigkeit in der Überlebenskunst! Stufe 3]

Er stand auf und wischte sich den Dreck von seinem nackten Körper. Er drapierte den Dolch bei seinen Kleidern, und begann nach Fischen zu suchen. Er wurde nicht enttäuscht. Silas hatte schon während er sich gewaschen hatte ein gutes Dutzend fetter Fische gesehen und nach einer halben Stunde konzentriertem Jagen hatte er sechs ihm unbekannte Fische aufgespießt. Nachdem Silas zufrieden nickte, begann er direkt damit die Fische auszunehmen, indem er sie von hinten bis vorne aufschnitt, mit zwei Fingern die Därme entfernte und sie dann einmal im klaren Wasser wusch. Während der ganzen Prozedur erhöhten sich dreimal seine Fähigkeiten:

[Herzlichen Glückwunsch! Durch eure Geschicklichkeit und euer Können habt ihr eine neue Fähigkeit gelernt. Fischen, Stufe 1]

...

[Herzlichen Glückwunsch! Durch eure Geschicklichkeit und euer Können habt ihr eure Fähigkeit Fischen verbessert, Stufe 3]

Er spießte die Fische durch ihre Köpfe auf einen langen, biegsamen Stock und ging zurück zu seinen Klamotten. Zufrieden stellte er fest, dass sie getrocknet waren und zog sich wieder an. Ohne Seife oder Waschmittel war es zwar vergebliche Lebensmüh das Blut komplett aus den Kleidern zu bekommen, aber zumindest das gröbste hatte er entfernen können. Wäre er noch auf der Erde hätte er die Sachen jedoch vermutlich weggeworfen, vor allem da sich der Stoff selbst schon rot-bräunlich verfärbt hatte. So jedoch waren es Teile des wenigen Besitzes die er in dieser Welt hatte und würde sie erst wechseln können, wenn er Geld verdient und auf einen Händler getroffen war, was noch Tage, vielleicht Wochen dauern würde. Er schüttelte den Kopf, verstaute seine Ausrüstung an seinem Körper und ging langsam in der Nachmittagssonne zurück zu seinem Lager.

Nach etwas Kurzem schieben und drücken hatte er einen kleinen Eingang freigeschaufelt durch den er sich durchquetschen konnte. Er hing die Fische mit dem Stock über eine hervorstehende Astgabel und ging besorgt zu Alina.

Sie hatte sich auf ihre gesunde Seite gedreht und schlief augenscheinlich tief und fest. Er überprüfte ihre Temperatur, wiederholte das Spiel mit dem Wasser aus der Feldflasche und nickte zufrieden, nachdem er noch kurz ihre Wunde überprüft hatte. Er schnappte sich ein wenig der übriggebliebenen Glut und ein kleines Büschel Zunder und schon wenige Minuten später loderte ein kleines Feuer vor ihm auf. Er begann damit zwei der Fische zu rösten. Die anderen vier hing er breitgefächert an einem Ast der quer über ihr Lager zum Räuchern auf. Es war primitiv, aber erfüllte seinen Zweck. Während der ganzen Prozedur lief ihm das Wasser im Mund zusammen. Früchte und Nüsse waren schön und gut, aber sein Körper verlangte nach Fleisch. Er benutzte auch noch ein paar der kleineren Pilze die er schon vorher gegessen hatte und spießte auch sie auf kleinen Stöcken auf.

Nach nicht allzu langer Zeit, als er gerade den ersten Fisch bis auf die Gräten abgenagt hatte und dabei war das Fleisch vom Kopf abzureißen, stöhnte es leise von seiner Seite.

Er beobachtete wie sich das Bündel Elend nicht weit von ihm erst mehrfach drehte, dann erneut stöhnte, sich aufsetzte und sein Umhang zu Boden glitt. Er riss das letzte Stück des Fleisches von dem Fischkopf ab und warf ihn ins Feuer. „Habt ihr gut geschlafen, Prinzessin?" Verwirrt blickte Alina ihn an. Dann streckte sie sich und fuhr sofort zusammen als Schmerzen durch ihren Körper schossen. Sie rümpfte die Nase und sah sich verwirrt um. Die Wände verwirrten sie, dann sah sie an sich herab, bemerkte sowohl seinen Umhang über ihrem Schoß und ihren nackten Bauch, woraufhin ihre Ohrenspitzen röter wurden als vorher. „Habt ihr das hier alles gemacht, Silas?" Er korrigierte sie. „Du, oder nicht?" Sie legte den Kopf schief und lächelte ihn schüchtern an. „Hast du das hier alles aufgebaut?" Er nickte zur Bestätigung. „Wie lange habe ich geschlafen? Hast du dich um meine Wunden gekümmert?"

In den Minuten die er damit verbrachte ihr zu erzählen, was er getan hatte während sie geschlafen hatte schaute sie bei dem Part mit den Fischen immer wieder leicht angeekelt zu dem Fisch der über dem Feuer röstete und zu denen die über dem Feuer hingen. Sie bat um etwas Wasser, und er gab ihr eine der Feldflaschen an. Gierig trank sie in großen Schlucken und seufzte dann ein zufrieden. Ihr Bauch rumorte ein paar Mal als sie trank.

„Du hast Hunger, oder? Probiere den Fisch. Er ist gut." Angewidert sah sie ihn an, dann runter auf den Stock mit dem Fisch den er ihr hinhielt. Zögerlich nahm sie ihn entgegen. „Ich habe noch nie etwas gegessen was mal gelaufen... oder geschwommen ist", sagte sie leise. „Keine

Sorge, glaub mir, es ist nicht giftig. Fisch ist sogar gesund, musst du wissen." Er sah ihr an, dass sie mit sich kämpfte, aber ihr Vertrauen zu ihm gewann. Vorsichtig schloss sie die Augen, etwas ängstlich und angeekelt, schob aber trotzdem den Fisch zu ihrem Mund. Mit äußerster Vorsicht biss sie ein kleines Stück von dem weißen Fleisch ab, und die Haut des Fisches knusperte. Sie kaute einmal, zweimal und öffnete dann überrascht die Augen „Das ist... gut!" Silas lachte. „Natürlich! Iss so viel du magst."

Sie lächelte kurz und machte sich dann mindestens genauso über den Fisch her wie er zuvor. Er schmunzelte während er ihr beim Essen zusah, den Kopf auf seine Arme gelegt, während selbige auf seinen Knien lagen. Sie biss das letzte Stück des Fisches ab und seufzte zufrieden. Zumindest bis sie sah wie er sie schelmisch anschaute und sie peinlich berührt zur Seite sah. Er grinste. „Jetzt wo du dich gestärkt hast, denkst du, du kannst dich um deine Wunde kümmern?" Sie schob sich einen der kleinen Pilze in den Mund und nickte kauend. Sie griff nach dem Stab, schob sich ächzend nach oben, konzentrierte sich und prompt erschienen wieder die grünen Runen um ihre Arme. Er sah wie das Moos unter ihr sich ausbreitete und er konnte sehen wie sich ihre Wunden schlossen. Zufrieden nickte sie und lächelte ihn an. „Schon viel besser."

Tag 15

Nach zwei weiteren, gottseidank ereignislosen und Wolf-freien Tagen an denen sie Seite an Seite durch den großen Wald liefen, startete der nächste Tag ihrer Reise äußerst unangenehm. Der Himmel tat sich bereits früh am Morgen auf und ein Sommergewitter ging auf sie nieder. „Los Silas, Beeilung!" Sagte die Fae hastig, während sie vor ihm durch den Wald joggte und ein erstaunlich schnelles Tempo vorlegte. Er bemühte sich hinter ihr herzukommen, aber hatte Mühe den Wurzeln und dem Unterholz auszuweichen. Er rannte schon so schnell er konnte, doch der Unterschied zwischen ihren Erfahrungen in dem unwegsamen Gelände war offensichtlich. Er fühlte sich ein wenig wie Gimli der versuchte mit Aragorn und Legolas mitzuhalten.

„Der Ort den meine Mutter auf der Karte eingezeichnet hat ist nicht mehr weit, Silas, komm!" Er nickte, ächzte als sie das Tempo anzog. Sie rannten noch eine gute Stunde durch den dichten Wald und unter dem Donnern des Himmels, während Blitze immer wieder ihre Umgebung in ihr bläuliches Licht tauchten und sie beide bis auf die Knochen durchnässt wurden.

Einmal knallte es laut und er war sich sicher, dass ein Blitz nicht weit hinter ihm in den Boden eingeschlagen war, was ihr nur noch mehr ansportnte.

Kurz danach bemerkte Silas wie sich der Wald lichtete. Erst kaum merklich, die Bäume standen etwas weiter auseinander als vorher, dann immer mehr bis seine Füße schließlich auf Stein trafen. Gehauenen Stein. Er blickte nach unten und sah die Überreste eines alten steinernen Weges. *Zivilisation.*

Hoffte er inständig und wäre fast in Alina hineingerannt, wenn er nicht genau in diesem Moment aufgesehen hätte. Er kam schlitternd dicht neben ihr zu stehen. Die Fae sah angestrengt nach vorne, während der Regen ihr Gesicht herunterlief. „Was ist los?" fragte er besorgt, doch sein Gegenüber brauchte einen Moment bevor sie antwortete. „Dieser Ort ist voller alter Magie", sagte sie ehrfürchtig und deutete geradewegs nach vorne.

Sein Blick folgte ihrem ausgestreckten Stab und er sah, was einmal ein runder Platz gewesen sein musste. Er sah fast weiße Steine, mit Moos und Pflanzen bewachsen, die den Boden pflasterten.

In der Mitte des Platzes war etwas, was mal eine Art großer Brunnen gewesen sein musste, der jedoch auf einer Seite weggebrochen und über und über mit Efeu-ähnlichen Ranken bedeckt war. Auf der anderen Seite stand ein kleines Gebäude, wie eine Kapelle, das in einem ähnlichen Zustand war: Bedeckt von grünen Pflanzen, jedoch nicht eingestürzt. Silas konnte es kaum erwarten aus dem Regen herauszukommen, war aber nicht darauf aus von irgendeinem alten Fluch oder einem Wächter angegriffen zu werden, denn dieser kleine Platz wäre hatte eindeutig die Atmosphäre eines Bosskampfes, Alinas Worte trugen nicht gerade dazu bei ihn zu beruhigen. „Ist es gefährlich?" Fragte er leise, wischte sich durch das Gesicht und sah sich aufmerksam um. Sie antwortete vorsichtig flüsternd. „Ich bin mir nicht sicher. Wir sollten vorsichtig sein." Er stimmte ihr stumm zu. „Ist das sicher der Ort den Sidinia eingezeichnet hat?" Sie nickte zur Antwort. „Meine Mutter kennt den Wald wie kein anderer. Sie hat mir gesagt, dass dieser Ort eine Verbindung zu den Reisenden hat. Sie wusste, dass hier ein solcher Ort liegt. Aber wieso sie darauf bestanden hat, dass wir ihn besuchen..." Sie zuckte mit den Schulten, als ein weiteres, tiefes Donnergrollen sie daran erinnerte, dass sie mitten in einem Gewitter standen. Er beobachtete das kleine

Steingebäude auf der anderen Seite des Platzes argwöhnisch und sah dann seine Begleiterin fragend an. Auch sie zögerte kurz, nickte dann aber schließlich. Gemeinsam, Dolch und Stab in der Hand, gingen sie auf das kleine Gebäude zu.

Kaum angekommen sah Silas auch schon, dass es sich in einem besseren Zustand befand als er angenommen hatte. Der Efeu hatte sich zwar auch hier die Mauern hochgezogen, aber das Steinwerk selbst sah unangetastet aus. Der Eingang jedoch war von einem rostigen Gitter versperrt, doch Silas sah es sich nur an und wusste, dass es nicht standhalten würde. Er hob die Hand, berührte das Eisen und staunte nicht schlecht, als die gesamte 'Tür' zu Eisenstaub zerfiel. Alina wirkte angespannt, als sie zusammen vor den Torbogen traten.

[Achtung. Ihr betretet das Refugium des Reisenden. Ihr befindet euch nicht einer Gruppe. Wollt ihr eine Gruppe bilden?]

Die Nachricht erschien für sie beide lesbar in Rot vor Ihnen in der Luft.

Da klickte es. Warum Sidinia sie hierhergeschickt hatte. *Das hier ist so was wie ein Dungeon.* Es gab keinen anderen Grund, warum er sonst die Systemnachricht angezeigt bekommen würde. Warum dieser Ort einen Namen hatte. Warum wollte Sidinia dass sie diesen Ort besuchten? *Weil er ein Reisender war? Weil es hier etwas gab, dass ihnen auf ihrer Reise helfen würde? 'Refugium des Reisenden' hörte sich an, als wäre es eine Art Rückzugsort. Vielleicht eine Art gesicherter Ruheort?* Er legte nachdenklich den Kopf schief und teilte seine Fragen mit seiner Begleiterin, die scharf die Luft einsog. „Ein Dungeon? Bist du dir sicher?" Er bestätigte. „Ziemlich." Sagte er überrascht leise. Anscheinend war der Begriff für die Fae nichts Unbekanntes. Er überlegte was genau er über Dungeons wusste. *Ein Dungeon, oft genannt Verlies, Kerker oder in MMO's eine ‚Instanz' war unter Rollenspielern gemeinhin bekannt. Es ging darum zusammen mit einer Gruppe eine schwere Herausforderung zu meistern, die oft Fallen, Monster und so etwas wie ein Bossmonster, einen extrem starken Gegner, beinhaltete. Entweder war es das Ziel seltene Gegenstände oder einiges an Erfahrung zu sammeln, oft waren diese Orte auch in die Hauptgeschichte eingebunden und verrieten den Spielern mehr über die Hauptgeschichte oder wichtige Details.*

Seine Ruheorttheorie wurde immer unwahrscheinlicher. Er sah Alina an, die sich kurz umdrehte und dann zögernd nickte. „Wir sind nicht ohne Grund hier, also sollten wir wohl." Er erwiderte die Kopfbewegung. Beide konzentrierten sich auf die Nachricht und sobald sie beide mental bestätigt hatten, änderte sich der Schriftzug vor ihnen und wurde grün. Silas sah wie in seinem unteren Blickfeld über seinem Namen mit der HP-Leiste der Name seiner Begleiterin und eine weitere HP-Leiste erschien, ihre. Sie traten durch die zerfallene Gittertür und gingen ein paar Schritte in den Raum hinein, als Silas sie nachdenklich ansah. Er hatte bemerkt, dass das Geräusch des Gewitters draußen ruhiger geworden war. Nein, er konnte es quasi nicht mehr hören. Er deutete zu dem offenen Zugang. „Hörst du?" Sie drehte sich um und brauchte einen Moment um zu verstehen. Das hier war ein magischer Ort: Obwohl draußen kaum eine Armlänge von ihnen entfernt das Gewitter tobte, war es hier komplett still, als wären die Geräusche hinter dem Torbogen abgeschnitten um die Ruhe dieses Ortes zu bewahren. Er schüttelte verwundert den Kopf und wischte sich das Wasser aus den Augen, als ihm etwas Wichtiges einfiel.

„Es wäre vielleicht gut zu wissen, was du kannst. Dann könnten wir uns abstimmen. Falls wir in Gefahr geraten." Sie sah ihn kurz an und machte dann große Augen als sie verstand. „Ihr wollt meinen Status sehen?" Silas entging nicht, dass sie wieder in die höfliche Anrede verfiel, wie immer, wenn sie sich unsicher war. Er nickte vorsichtig und hatte das Bedürfnis sich zu erklären. „Ich habe inzwischen gelernt, dass es etwas sehr Privates ist. Aber ich denke es muss sein, wenn wir uns aufeinander verlassen wollen." Er sah, dass sie immer noch nicht überzeugt war. „Du darfst meinen Status auch sehen, wenn du möchtest. Tatsächlich würde es mir nichts ausmachen ihn dir zu zeigen wann immer du möchtest." Sie sah ihn kurz an, ließ dann ihren Kopf ein wenig sinken und nickte nur. Silas sah amüsiert, dass ihre Ohrenspitzen rot waren als sie ihr Statusfenster aufrief und dann zu ihm hindrehte.

Ping! [Herzlichen Glückwunsch! Durch eure Vertrautheit und eure gemeinsamen Erlebnisse hat sich euer Ruf mit der Waldfae Alina von „Freundschaftlich" auf „Herzlich" verbessert.]

Er grinste und unterdrückte den Ärger über die Nachricht, als er sah, dass auch Alina eine ähnliche Meldung bekommen hatte und versuchte sich hinter ihrem Stab zu verstecken.

Als nächstes sah er herab auf ihren Status und staunte.

Alina		HP: 120/120			AUS: 100/100			MP: 200/200	
Level: 4		STR	CON	DEX	INT	WIL		CHA	LUC
		8	12	10	20	14		12	10
Rasse: Waldfae					Erfahrung: 600 / 5000				

Fähigkeiten						
Kampf:		Allgemein		Handwerk:		
Stäbe	6	Erste Hilfe	8	Kräuterkunde	16*	
Speere	4	Heilkunde	2	Alchemie	12*	
Keulen	2	Giftkunde	2	Giftmischen	2	
Bogen	2	Überlebensk.	3	Symbiose	6	
		Kochen	6	Webkunst	5	
		Anatomie	3			
		Hauswirtschaft	6			
		Legenden	3			
		Singen	4			

Magie:		
Naturmagie	8	
Wassermagie	2	

Spezialisierungen:
-

Kräfte:	Skills:
-	-

Sprachen:	Gaben:	
Ton des Windes	Pyroabstinet	F
Elfisch	Eisenschwäche	F
	Zauberkontrolle	A
	Oberon's Kind	D

Silas pfiff einmal laut auf. „Wow!" Sagte er und sah sie überrascht an. Als sie merkte, dass sie sich nicht hinter ihrem Stab verstecken konnte, sah sie ihn schüchtern an. „Ihr macht euch nicht über mich lustig?" Er zog eine Augenbraue hoch. „Warum sollte ich mich über dich lustig machen? Du bist erstaunlich!" Sagte er fröhlich. Sie lächelte ihn unsicher an. „Was bedeutet Pyroabstinet?" Fragte er neugierig und sie antwortete zögerlich „Ich kann keine Feuermagie verwenden. Also, nie. Mein Mana ist inkompatibel mit dem Feuerelement." Silas nickte. „Nicht so wichtig. Was bedeuten die Sternchen hinter der Kräuterkunde und Alchemie?" Sie antwortete verständnisvoll, wissend, dass er als gerade eingetroffener Reisender davon noch nie gehört oder es gesehen hatte. „Das bedeutet, dass ich für beide Fähigkeiten ein Talent freigeschaltet habe. Bevor du fragst, ich habe mich noch nicht entschieden. Schließlich begleitet mich das mein ganzes Leben." Das leuchtete ihm ein, und sie erläuterte noch weiter. „Niedrigstufige Talente sind meist leicht und mit hoher Wahrscheinlichkeit zu erlernen Höherstufige oder exotische Talente können manchmal nicht gelernt werden, wenn bestimmte Voraussetzungen nicht erfüllt sind, aber das ist äußerst selten. Und kompliziert..." Er unterbrach sie. „Stäbe auf Stufe 6! Du bist im Kampf wahrscheinlich nützlicher als ich!" Sie lächelte. „Alle Fae werden zumindest in den Grundfähigkeiten zur Selbstverteidigung geschult. Aber ich habe nicht wirklich ein Talent dafür." Er winkte ab. „Ich habe was Anderes gesehen als wir gegen die Wölfe gekämpft haben. Was sind deine anderen Gaben?" Sie lächelte scheu, offenbar froh, dass er echtes Interesse zeigte und beeindruckt war. „Ich vertrage kein Eisen. Ich kann es nicht anfassen, ohne das mir schlecht wird oder ich einen Ausschlag bekomme. Es macht mich krank und tut mir weh, wenn ich damit verletzt werde." Er sah auf den Dolch in seiner Hand, aus Holz und Glas, der Metallstab nur umgeben von anderem Material um ihm eine gewisse Bruchfestigkeit zu verleihen. Sie wiederrum sah seinen Blick und deutete ihn richtig. „Diese Gabe ist sehr verbreitet unter den Fae. Wir benutzen fast keine Eisenwerkzeuge." Das erklärte einiges. „Oberons Kind?" Sie seufzte, als hätte sie damit gerechnet. „Nichts Interessantes. Fast jede Fae hat so eine Gabe." Sie zuckte mit den Schultern. „Keine Ahnung." Er blinzelte kurz, aber sie fuhr bereits fort. „Zauberkontrolle macht es mir einfacher komplizierte Zauber zu wirken. Einfach erklärt." *Zauber. Mehrzahl.* Er fragte sie danach. „Ich kann es euch zeigen. Schaut hier." Sie öffnete ein weiteres Fenster und drehte es ihm zu.

Zauberliste:		
	Initiant	
Naturmagie:		
Dornenpeitsche		Geringe Restoration
Blütenregen		Geringes Irrlicht
Geringe Dornenwand		
Wassermagie:		
Wasser beschwören I		Reinigen I
	Adept	
Naturmagie:		
Schlag Serathils		Mindere Restoration
Minderer Naturgeist		

„Wow!" Sagte Silas erneut. „Kein Wunder, dass wir so einfaches Spiel mit den Wölfen hatten!" Sie verzog ihr Gesicht. „Das nennst du einfach?" Er grinste nur und konnte wieder dem Drang nicht widerstehen. Er legte seine Hand auf ihren Kopf und strich ihr gutmütig über die Haare. Sofort flammten ihre Ohren erneut rot auf und er zog seine Hand grinsend zurück. „Dann wollen wir mal sehen." Sie hatten sich zwischenzeitlich auf eine umgestürzte Säule in dem kleinen Kapellenraum gesetzt, aber jetzt sprang er auf. „Los, lass uns den Eingang suchen!" Er hörte wie sie etwas Unverständliches murmelte, aber dann begann auch sie den kleinen steinernen Raum im Achteckformat abzusuchen.

Silas näherte sich dem Steinblock an der Kopfseite des Raumes, der sofort sein Interesse geweckt hatte und wie ein Altar in einer Kirche wirkte. Er ging um ihn herum, wischte den Staub von dem großen, weißen Steinblock und Symbole einer ihm unverständlichen Sprache kamen zum Vorschein. Er sah den Stein verwundert an, wischte mehr von dem Staub zur Seite, bis er die seltsame Keilschrift komplett freilegte. Er wollte gerade nach Alina rufen, als es wie ein Stromschlag durch seinen Geist fuhr. *Ping!*

[Herzlichen Glückwunsch. Ihr habt das Erbe eines der Reisenden der Vergangenheit entdeckt. Die Voraussetzungen wurden erfüllt. Alt-Qurisch wurde von euch gelernt.]

Die Schriftzeichen verschwammen vor seinen Augen. Er hörte eine weit entfernte Stimme, im nächsten Moment einen lauten Knall und einen schmerzenden Stich auf seiner Wange. Er wurde zwanghaft zurück in die Gegenwart geholt. „Au, verdammt!" Fluchte er laut, zog die Augenbrauen zusammen und fasste sich ins Gesicht. Alina stand neben ihm, die Hand noch erhoben. „Ihr habt mich geschlagen?" Fragte er mehr verblüfft als schmerzerfüllt und sie sah ihn wütend an. „Ihr habt die letzten Fünfzehn Minuten in die Leere gestarrt und nicht ein Wort gesagt! Ich habe mir Sorgen gemacht!" *Wieder ihre formelle Anrede.*

Er fuhr sich über die Wange, irritiert als wäre er aus einem Traum aufgewacht. *Fünfzehn Minuten?* Ihm war es wie fünf Sekunden vorgekommen, vielleicht weniger. „Entschuldige bitte. Ich wollte dir keine Sorgen bereiten." Er schüttelte erneut den Kopf und deutete auf die Schriftzeichen auf dem Altar. „Es sieht so aus als hätte ich gerade eine neue Sprache gelernt." Verblüfft sah sie ihn an. „Eine ganze Sprache? In den paar Minuten?" Er nickte. „Es war wie damals als die Prinzessin mich gefangen nehmen wollte. Damals hörte ich die Stimmen, und plötzlich konnte ich den Ton des Windes verstehen. Jetzt habe ich versucht die Schrift zu entziffern…" Sie sah ihn mit großen Augen an. „Einfach so?" Er nickte. „Einfach so. Ich wollte lesen, was hier steht". Silas fuhr mit der Hand über den gehauenen Steinblock. „Plötzlich stand vor mir, dass ich jetzt Alt-Qurisch verstehe. Und dann hast du mir eine verpasst."

Sie starrte ihn ungläubig an und blinzelte. „Alt-Qurisch? Wie 'Das Hochreich Qurian'"? Er zuckte mit den Schultern. „Nie gehört." Sie verdrehte die Augen. „Ein Reich aus vergangenen Tagen. Magisch, Groß. Sehr mächtig. Es ist untergegangen und niemand weiß warum. Es gibt nur Theorien. Ich weiß nicht einmal wo die Sprache ihren

Ursprung hat, geschweige denn die Legenden über das Reich." Sie schüttelte den Kopf. „Also, was steht da? Und entschuldige wegen der Ohrfeige." Er lächelte sie unverblümt an. „Schon okay. Danke, dass du versucht hast mir zu helfen. Vielleicht spiele ich mich ja nur ein wenig auf." Er widerstand dem Drang ihr die Zunge rauszustrecken. Dann drehte er sich wieder zu der Inschrift unter ihm, und er begann vorzulesen, was gut leserlich für ihn dort stand:

Im Jahr des Abschieds,
nach dem letzten Sonnenstrahl,
vor dem Schein der Monde,
legt sich zum Schlaf Agratar

König Qurians,
im Refugium der Sterne,
das Ende erwartend,
der letzte seiner Art.

Er endete und sah Alina erwartend an. „Verdammt deprimierend, irgendwie." Sie wollte gerade etwas erwidern, als ein lautes Rumpeln durch die Steinkammer hallte. Stein schliff über Stein, ein alter Mechanismus begann fast kreischend seine festgefahrenen Zahnräder in Gang zu setzen. Der Boden erzitterte erst, dann begann sich die Mitte der Kammer zu bewegen. Zentimeter für Zentimeter glitt der Boden auseinander. Erschrocken klammerte sich Alina an seinen Arm und er sah sie überrascht an. Ihr Fokus lag jedoch woanders, also folgte er ihrem Blick. Bläuliches Licht drang durch die Ritzen im Stein des Raumes, als die kreisförmig-angeordneten Quader aus dem der Boden bestand langsam verschwanden. Behäbig glitten sie im Uhrzeigersinn in die Wand des neu geformten Abstiegs und machten den Weg in die Dunkelheit unter ihnen frei.

Er merkte kurz wie die Magierin fester zugriff, bis die Steine fast abschließend bis zur Kante in der Wand verschwanden und den Blick auf eine große Steintreppe freigaben, die tief in den Boden hineinführte. *Okay, definitiv beeindruckender als ein Instanzportal* dachte sich Silas. Alina trat vor während sie das klaffende, dunkle Maul vor ihnen betrachtete.

„Agratar war der letzte echte König Qurians, bevor das Reich vor tausenden von Jahren unterging. Jedes Kind kennt die Geschichten." Er sah sie überrascht an. „Ein Reisender, der ein König war?" Sie nickte und trat weiter vor um den Eingang neugierig zu mustern. „Die alten Reisenden waren Könige und Feldherren. Andere mächtige Magier oder Heiler. Und andere... naja, sagen wir mal es gab nicht nur gute unter ihnen." Silas nickte verstehend und einen Moment sahen sie sich wortlos an. „Okay, wollen wir?" Gemeinsam traten sie an den Abstieg.

Irgendwann hatte Silas aufgehört die Stufen zu zählen. Je weiter sie liefen, desto kleiner wurde der Eingang über ihnen, und das einzige Licht spendete Alinas Stab, deren Glaskugel jetzt in einem warmen Gelb leuchtete. Zuerst waren beide angespannt gewesen, aber je weiter sie kamen, desto sicherer war er, dass es hier keine offensichtlichen Fallen gab. Irgendwann durchbrach er die Stille des alten Steingewölbes. „Also, stimmt es? War Agratar der letzte Reisende?" Sie nickte, für ihn kaum erkennbar in dem schwachen Licht. „Der Legende nach schon. Es gab einen großen Krieg, bei dem fast alle Reisenden getötet wurden. Keiner weiß mehr gegen was oder gegen wen sie gekämpft haben. Es wird nur erzählt, dass irgendwann danach ein großer Rat gehalten wurde, bei dem die Reisenden unter dem König Qurians entschieden, die Welt zu verlassen." Silas nickte. „Haben sie gegen die Wesen der Dunkelheit gekämpft?" Sie legte den Kopf schief. „Das könnte sein, aber ihr Gegner ist aus den Annalen der Geschichte getilgt worden. Jede Aufzeichnung über sie gilt als verschollen. Verlorene Geschichte."

„Vorsicht!" Sagte Silas plötzlich und deutete auf einen Punkt ein paar Meter vor ihnen, Alina sah sofort was er meinte. Ein Stück der Treppe war weggebrochen, den Blick freigebend auf einen unschätzbar tiefen Abgrund. Vorsichtig machten sie beide einen großen Bogen um das herausgebrochene Stück Stein. Die Tiefe war beängstigend gewesen und so brauchte seine Gefährtin ein paar Minuten bevor sie weitererzählte.

„Qurian war ein Hochreich, also extrem fortschrittlich und vernetzt. Man sagt, dass Golembeschützer auf den Straßen der Städte des Landes wandelten und sie von mächtigen Schilden geschützt waren. Angeblich beugten sich sogar die Drachen der Macht des Königs..." „Drachen?" fragte Silas interessiert, sofort seinem Spieler-Instinkt folgend. Sie lachte. „Es ist eine Legende Silas. Niemand hat mehr Drachen gesehen, seit tausenden...", sie stockte als sie offenbar etwas realisierte und leise fortfuhr. „Ungefähr seit der Zeit in der die Reisenden verschwunden sind." Das war interessant. Die Drachen waren auch verschwunden. Irgendetwas war passiert, das war klar. Etwas Großes. Wenn es sich um die Drachen aus Erzählungen und Spielen handelte sollte, konnte Silas sich nur vorstellen wie mächtig sie gewesen sein könnten. Die Implikationen eines Zusammenhangs waren beunruhigend.

Stillschweigend liefen sie nebeneinander her, bis Silas etwas Realisierte und er sie verdutzt ansah. „Moment mal. Wenn Reisende doch nicht wirklich sterben können, wie wurden sie dann ausgelöscht? Warum haben sie sich entschieden zu gehen?" Doch Alina zuckte nur mit den Schultern. „Es ist eine Legende Silas, keine historische Aufzeichnung." Er stimmte still zu, aber seine Gedanken rasten weiter.

„Meine Güte, wie tief ist denn dieser Schacht?" Fragte Silas, leicht genervt nachdem sie weitere zehn Minuten gelaufen waren und noch immer kein Ende in Sicht war. Alina seufzte. „Ich habe jetzt schon keine Lust den Weg zurückzulaufen." Silas nickte und drehte sich nach oben um. Das Licht des Eingangs war schon lange nicht mehr zu sehen. Im nächsten Augenblick traten sie über eine unsichtbare Schwelle und der Boden erzitterte erneut. „Was zur Hölle?" Ächzte Silas und sah Alina an. Ein lautes

Rumpeln kam von oben und wurde immer lauter. „Das gefällt mir ganz und gar nicht." Sie wollte gerade etwas erwidern, als sie ein unglaubliches Krachen nach dem anderen hörten.

„RENN!" Schrie Silas als er verstand, aber Alina war ihm schon ein paar Schritte voraus. Dann rannten sie beide, während das Krachen immer lauter wurde und näher zu kommen schien. Zwischendurch stolperte Alina vor ihm, er ergriff sie unter dem Arm und zog sie im Vorbeilaufen hoch. Was ihm leider genug Zeit gegeben hatte sich umzudrehen.

„Oh Scheisse!" Fluchte er leise und versuchte noch schneller zu rennen als vorher. Ganz oben am Rande seines Sichtfeldes hatte er gesehen wie ein Teil der Treppe einfach verschwand. Jetzt setzte er zum Sprint an. „LOS!" Heizte er seine Begleiterin an die jetzt auch einen fast wilden, panischen Ausdruck im Gesicht hatte und ebenfalls beschleunigte. Er war geringfügig schneller als sie, aber er würde einen Teufel tun und sie zurücklassen. In diesem Moment sah er auch das bläuliche Licht, dass er auch schon oben gesehen hatte, als sich die Steinquader zur Seite geschoben hatten.

Der Boden wackelte jetzt unter ihnen, immer mehr, immer heftiger, desto weiter sie kamen. *Fünfzig Meter bis zu dem blauen Licht.* Silas atmete schnell ein und aus. Er war jetzt ein paar Schritte vor seiner Begleiterin. *Vierzig Meter.* Ein Krachen genau hinter ihm. *Zwanzig Meter.* Er sah die Risse im Stein unter sich. *Zehn Meter.*

Der Stein begann zu wackeln. Vor ihnen ein Abgrund, dahinter die rettende Plattform. Zwei Meter. Silas sprang ab, genau auf das bläuliche Licht des Steinkreises vor ihm zu. Er landete hart, und noch während des Aufpralls drehte er sich um die eigene Achse. Er sah die Fae die jetzt mit rudernden Armen durch die Luft segelte, dann den Stein der kurz hinter ihr wegbrach. Geistesgegenwärtig hechtete er nach vorne.

Die Fae würde es nicht schaffen. Er schob sich über den Rand der Plattform hinaus. Die Finger seiner linken Hand glitten durch den Stoff ihres Umhanges und er wurde weiß vor Schreck. Dann packte er zu. Mit einem lauten „OAAAH!" wuchtete er die kleine Fae mit seiner rechten Hand an dem, was auch immer er da in der Hand hatte, nach oben. Er erkannte noch im Rückwärts fallen, dass er eins der Lederbänder des Rucksacks zu fassen bekommen hatte. Zusammen landeten sie in dem bläulichen Licht, das aus den Ritzen der runden Plattform zu kommen schien, die Fae rückwärts auf seinem Bauch so dass sie die gesamte Luft aus seiner Lunge presste und er ein nicht gerade graziles „Buärgh!" von sich gab.

Er hechelte nach Luft wie ein Kettenraucher nach einem Marathon. Dann drehte sich die Fae, immer noch auf ihm sitzend mit vor Schock geweiteten Augen um und sah ihn an. Noch immer hob und senkte sich seine Brust schnell. Ohne Vorwarnung fing sie an zu schniefen, er sah die Tränen in ihren Augen aufwallen, dann heulte sie los. Sie nahm ihre beiden kleinen Hände und hämmerte gegen seine Brust, doch es gab nur eins was er tun konnte: Er nahm sie in den Arm und drückte sie fest an sich. „Alles wird gut." Flüsterte er leise unter den Stößen seines schnellen Atems, doch sie sagte nichts und weinte nur auf seinen Umhang. Irgendwann, Minuten später, bemerkte er wie sie die Umarmung erwiderte und tief schniefend ein gebrochenes „Danke" hervor stammelte. Er drückte sie fester an sich. Eine Weile saßen sie so dar, während Alina ihr Nahtoderlebnis verarbeitete.

Silas hielt sie fest, schließlich war sie gerade um Haaresbreite dem Tod entkommen. Er hatte gerade noch einen der Lederriemen zu fassen bekommen und verdammt nochmal, wenn der eine Handbreit kürzer gewesen wäre oder er ein Stück kleiner oder der Riemen brüchig... Er wollte gar nicht drüber nachdenken. Sie schluchzte leise, ohne Anstalten zu machen ihn loszulassen und drückte ihn fester, wie eine Ertrinkende die sich an ihr Rettungsboot klammerte. Silas senkte seinen Kopf auf ihrer Schulter und strich ihr zärtlich übers Haar. „Alles wird gut, Lina" flüsterte er leise immer wieder, bis sie sich beruhigte.

Irgendwann löste sie sich und sah ihn mit großen Augen an. Schließlich realisierte sie, dass sie immer noch auf ihm saß und sprang auf. „Schtut m'Gleid" schniefte sie unverständlich, bis sie ein weißes Tuch hervorzauberte, sich die Nase schnäuzte und mit ihrem Handrücken die Reste der Tränen aus ihrem Gesicht wischte. Er sah sie lächelnd an, bevor er sich ebenfalls erhob. Leise stammelte sie „Ich habe meinen Stab verloren." Er trat zu ihr und zum Rand der Plattform, über den sie sich vorsichtig beugte und schaute in die Tiefe. Er hatte bis jetzt nie wirklich Höhenangst verspürt, aber als Silas in den Abgrund schaute schluckte er schwer und wich ohne es zu wollen etwas zurück. Er legte ihr beruhigend eine Hand auf die Schulter. „Brauchst du deinen Stab für deine Magie?" Sie schüttelte mit dem Kopf „Nein, aber er macht es einfacher." Er nickte. „Komm", sagte er leise und führte sie zurück zur Mitte. „Was jetzt?" Er sah sich um, der Boden hier sah genauso aus wie in der Kapelle. Steinblöcke die in einem achteckigen Kreis um den Mittelpunkt der Plattform angeordnet waren. Auf der anderen Seite der vielleicht zwanzig Meter spannenden Plattform lag eine grobe, unbehauene Felswand, genau wie über ihnen. Es sah aus wie eine unterirdische Schlucht, in die jemand die Treppen in der Luft gebaut hatte. „Wenigstens müssen wir den Weg zurück nicht laufen." Sagte Silas trocken, woraufhin auch Alina lächeln musste, die noch mit ihrer verstopften Nase zu kämpfen hatte. „Du bist unmöglich." Sagte sie leise und schniefte erneut ihre Nase.

„Na komm, irgendwie muss es ja weitergehen", sagte er zu ihr und wollte ihren Kopf streicheln, aber sie duckte sich geschickt unter seiner Hand weg und streckte ihm die Zunge raus. Er lachte kurz leise auf und ging grinsend zu der Felswand an der Seite der Plattform. Er klopfte den harten Stein ab, legte seine Ohren dagegen, irgendwann als Alina nicht hinsah leckte er sogar kurz an der Wand, ohne Erfolg. So vergingen die Minuten ohne Ergebnis, bis Alina ihn zu sich rief „Silas, schau mal hier!" Sie kniete auf der Mitte der

Plattform und wischte über den Boden. Er ging zu ihr herüber, und sah was sie entdeckt hatte.

In dem kleinen Kreis um den alle anderen Quadrate angeordnet waren, waren die bekannten Schriftzeichen des Alt-Qurischen eingraviert, von einer dicken Staubschicht verdeckt, die Alina soeben zur Seite gewischt hatte. Er nickte verstehend und kniete sich zu ihr auf den Boden. „Bevor ich das hier lese, bist du bereit für das was kommt? Bitte schlag mich nicht wieder, falls…" Sie hob wortlos den Rucksack auf den sie neben sich gestellt hatte und legte ihn sich um. Dann kniete sie sich wieder neben ihn. „Bereit." Sagte sie ernst. Silas zögerte nicht und begann zu lesen.

Das Blut des Königs,
vor dem letzten Sonnenstrahl,
nach dem Schein der Monde,
wartet auf den Erben.

Ein kleiner Tropfen des deinen,
der Zirkel sich zeigt,
Blut deutet den Weg,
schwarzer Erlösung entgegen.

Beide wappneten sich auf etwas wie oben in der Steinkapelle, doch nichts geschah. Sie sahen sich kurz an, dann ein kleines „Klick" und ihre Köpfe drehten sich zur Inschrift. In der Mitte des Kreises war der Stein verschwunden, und ein kleines Loch, vielleicht einen Zentimeter im Durchmesser, hatte sich geöffnet. Sie sahen sich kurz an. Silas überlegte nur kurz und zog seinen Dolch, woraufhin ihn seine Begleiterin fragend ansah. Als Antwort darauf hielt er den Finger über das Loch und strich sich mit der Dolchklinge über den Finger. Alina sah zu, wie ein paar der hervorquellenden Blutstropfen neben das Loch in dem Steinboden fielen und rote Schlieren hinterließen als sie in Richtung des Loches flossen, dann wie einer genau in der

Öffnung in der Mitte landete. Sofort verwandelte sich das blaue Licht in rotes.

„Was bei...", stieß sie keuchend hervor als vor ihren Augen Silas in einem roten Lichtblitz verschwand. Sie blinzelte, geblendet vom Licht. „...allen Geistern?" Beendete sie leise ihre Frage. Silas kniete genauso neben ihr, wie er gerade verschwunden war. Er war sich bereits am Umsehen und sie tat es ihm jetzt gleich. Sie waren definitiv nicht mehr in der bodenlosen Schlucht, in der sie weder Boden noch Decke hatten sehen können, das hier war ein anderer Ort.

„Ein Teleportationszauber!" Hauchte sie ehrfürchtig während sie beide aufstanden. Die Kopie des weißen Steinachtecks auf dem sie standen gab das gleiche blaue Licht ab, wie der von dem sie gekommen waren, nur das die Schlucht verschwunden war, und sie stattdessen in einer großen, dunklen Halle standen.

Das Licht des Kreises beleuchtete ihre Umgebung, verlor sich aber unweit von Ihnen entfernt. Silas staunte nicht schlecht über das was er sah. Die Halle war sicher zehn Meter hoch, aber er konnte nicht sagen wie weit sie sich erstreckte, das Licht reichte nur vielleicht zwanzig Meter in die Dunkelheit hinein. Die Seiten links und rechts von ihm waren gesäumt von Steinsäulen, die bis zu der hohen Decke reichten. An den Wänden waren die Reste von dutzenden verschiedenen Wandteppichen zu sehen die dem Zahn der Zeit zum Opfer gefallen waren. „Was ist das hier? Eine Art Versammlungsraum?"

Beide traten fast zeitgleich aus dem Kreis heraus, und im selben Moment entzündeten sich, mit einem windigen fauchen, Fackeln im ganzen Raum, von ihnen ausgehend immer weiter, bis zu einem fernen Punkt am Ende der Halle, den sie nicht sehen konnten. Im stillen Einverständnis gingen sie langsam los. Silas zuckte die Schultern ob ihrer Frage. „Ich denke nicht. Ich sehe weder Möbel noch Hinweise. Hier würde eine ganze Armee reinpassen. War jemand vor uns hier?" Sie zögerte und schüttelte denn den Kopf. „Ich denke nicht. Warum war die Treppe dann noch in Stand? Es gab auch keine Fußspuren oder so etwas. Es wirkt verlassen." Er stimmte ihr stumm zu. Es kam ihm nur seltsam vor. *In einem Spiel wären wir schon längst auf Gegner getroffen. Es ist gespenstisch. Die Stille und Leere machen einem Angst.*

Wie auf ein nicht ausgesprochenes Stichwort stoppte die Fae ihn nach ein paar Metern abrupt mit einem Arm und brachte ihn dazu anzuhalten. Sie spitzte die Ohren, wartete einen Moment und fragte dann vorsichtig: „Hörst du das?" Er verneinte, wurde aber sofort wieder still, als er doch ein weit entferntes Klicken hörte, dass sich alle paar Sekunden wiederholte, fast wie eine Uhr. „Doch jetzt." Er verstummte sofort wieder, als das Klicken sich multiplizierte. Sie verblieben regungslos an Ort und Stelle, doch das klicken wurde immer lauter „Was zum Teufel?" Flüsterte Silas leise zu seiner ebenso verwirrten Begleiterin. Er ließ den Kopf erneut von links nach rechts wandern, als ein erschrecktes Keuchen von Alina erklang, die nach links zur Wand deutete. Ein Rumpeln ging durch die Kammer, und die geschliffenen Steinblöcke die die Wände formten, vielleicht zehn Meter in der Breite, schoben sich langsam, ganz langsam, einer nach dem anderen nach oben. Es ertönte ein leises Summen, das von hinter der Wand zu kommen schien. Silas konnte Stiefel erkennen. Dann verrostete Beinpanzer, dann Brustpanzer und Armschienen. „Okay, nicht gut. Lauf!" Keuchte er.

Sie rannten erneut los. Seine Muskeln brannten immer noch vom letzten Sprint den sie hingelegt hatten, doch nach vielleicht dreißig Metern wurde ihm plötzlich schwindelig. Er sah wie Alinas Abstand größer wurde und ein Trugbild überlappte sich über sein Sichtfeld und verschwand genauso schnell wie es gekommen war. *Oh verdammt, nicht jetzt!* Er blieb stehen und verlor sofort die Balance, als hätte jemand seine Sinne einfach abgeschaltet, während er an dem Gürtel an seiner Seite herumfummelte. Er fiel auf ein Knie herunter.

Silas zog mit zittrigen Händen ein Blatt Blaumoos hervor und schob es sich in den Mund. Im nächsten Moment verkrampfte sein gesamter Arm.

Ein blondes Mädchen, vielleicht achtzehn oder neunzehn, vor ihm in einfacher Straßenkleidung. Dann ein Lichtblitz. Dasselbe Mädchen in einem weißen Kleid vor ihm. Er sah an sich herunter und sah seine verkrampften Hände in ledrigen, gepanzerten Handschuhen stecken. Auf dem Handschuh befand sich rotes Blut. Sein Blut. Schweiß stand ihm auf der Stirn und sein ganzer Körper schmerzte. „Warum?" Zwang ihn eine unbekannte Kraft zu sagen. Er sah sie an, ohne dass er sich kontrollieren konnte. Seine Hand griff an seine Seite, aber er hatte nicht die Kraft sein Schwert zu ziehen. Sie lächelte. „Du verstehst nichts." Sagte die unbekannte Frau die jetzt vor ihm stand. Sie hatte einen weißen Stab in der Hand und blickte auf ihn herunter. Abwehrend hob er die Hände. Wieder änderte sich das Bild, das Mädchen war wieder in Straßenkleidung vor ihm. Blut lief wie Tränen aus ihren Augen, als sie ihn anlächelte und sich erneut ein Bild über das alte legte. Er trat zurück, während jemand seinen Körper lenkte. Die Frau vor ihm war in einen engen Anzug gedrückt, der viel zu modern aussah, hinter ihr dutzende von den gläsernen Kapseln, in denen Silhouetten von Menschen zu erkennen waren. Wieder ein Lichtblitz, als die Frau die Hand nach ihm ausstreckte. Er wollte ihre Hand ergreifen.

Als irgendetwas ihn so hart ins Gesicht traf, dass es knackte und sein Kiefer klingelte. „Was?" Fragte er schwach und sah auf. Er sah verschieden Grautöne und alles mindestens dreifach. Sofort wurde ihm schlecht. Jemand schob ihm ein klebriges, schlecht schmeckendes etwas in den Mund. Er biss entkräftet zu. Sofort wurde ihm wieder bewusst wo er war. Er sah Alina vor ihm knien, dann las er die Nachricht die vor ihm aufgetaucht war.

[Achtung! Eure Gabe „Entzweite Seele" hat euch mentalen Schaden verursacht. MP für 12 Stunden um 99% reduziert. Willenskraft für 12 Stunden um 50% reduziert. Etwas stimmt nicht mit euch, Reisender!]

Verdammt. Seine Kameradin wirkte gehetzt. „Silas!" Zischte sie laut und hastig, „Los, steh auf!" Daraufhin erhob sie sich selbst eilig und drehte sich schnell um. Silas sah grünes Licht blitzen, dann hörte er das laute Scheppern und Kreischen von Metall auf Stein. Er rappelte sich benommen auf so gut er konnte, und Alina griff ihm um das Becken und zog einhändig aus seiner Tasche ein Flakon hervor. „Trink das." Er tat wie geheißen. „Runterschlucken, Alles." Befahl sie ihm streng und er gehorchte.

Als würde sich der dicke Schleier über seinen Gedanken lüften wurde ihm plötzlich die Situation bewusst. *Die gepanzerten Figuren!* Silas stand hastig auf. Er sah wie seine Begleiterin einen Zauber wirkte, den sie kurz gefangen zwischen ihren Händen hielt und mit einem Ruck nach vorne schnellen ließ. Eine riesige Dornenranke brach sofort durch den Steinboden vor ihr und schlug die Wandelnde Rüstung vor ihnen, die durch die Luft flog und in einigen Metern Entfernung gegen eine Steinsäule prallte und regungslos liegenblieb.

Er hustete und die Magierin drehte sich zu ihm um. „Los, ich weiß nicht wie lange ich sie noch aufhalten kann!" Er verstand sofort. Die Rüstungen die er gesehen hatte, hatten sich auf sie zubewegt. Und sie waren nicht nur einfache Rüstungen. *Monster. Ein Dungeon.* „Golems?" Fragte er keuchend. Sie nickte und griff ihn unter den Arm um ihn nach vorne zu ziehen.

„Los!" Sie steckte sich selbst etwas von dem Blauwurz in den Mund und begann zu kauen. Sofort spülte sie mit einem ihrer kleinen Flakons nach. Silas sah sich um und sah mindestens vier der Wesen regungslos in ihrer Nähe liegen. Er sah zu Alina hin und schon beschwor sie erneut die grünen Runen, die dieses Mal intensiver leuchteten.

Sie brauchte wesentlich länger um diesen Spruch zu vollenden. Schweißperlen standen ihr auf der Stirn als sie die Hände auseinanderriss. Vor ihr entstand ein grüner Riss in der Luft. Ein ätherisches, formloses Wesen erschien in der Öffnung und sah seine Begleiterin mit durchsichtigen Augen kurz regungslos an. Es wirkte auf ihn als würden sie stumm miteinander kommunizieren. Im nächsten Augenblick versank das Wesen im Boden. Sie stöhnte kurz angestrengt auf und kam dann wieder zu ihm. „Los, beeilen wir uns! Es werden immer mehr."

Zusammen stürmten sie vor und mit jedem Schritt spürte Silas wie seine Stärke wiederkehrte. Immer mehr der voll gepanzerten Wesen traten in ihr Sichtfeld, langsam und beharrlich, aber unaufhaltsam. Fast erinnerten ihn die Monster an die langsam schlurfenden Zombies aus alten Horrorfilmen, die auf Jagd nach ihrer Beute, ihnen, waren. Immer wieder mussten sie den Humanoiden Monstern Haken schlagend ausweichen, die drohten ihnen den Weg zu versperren. Sie waren fast durch die Hälfte des Raumes, als der Boden vibrierte und zu schwanken begann. Ein lautes Brechen von Stein ertönte als der Stein einen Riss bekam der erschreckend schnell auf sie zuschoss. Silas wollte schon wegspringen aber sie ergriff seinen Arm. „Nein, das ist meine Beschwörung. Keine Angst." Beruhigte sie ihn. Im der nächsten Sekunde brach bereits etwas durch den Steinboden. Steine wurden aufgetürmt, Erde aus den tiefsten Schichten des Bodens türmte sich auf und ein Wesen formte sich ganz langsam aus dem Stein, bis es etwas größer war als er selbst und Gestalt annahm. Sand und Dreck rieselten von der Figur vor ihm zu Boden.

Der Körper war makellos, aus reinstem, weißem Stein, genau wie der Boden unter oder die Decke über ihnen. „Nicht schlecht!" Staunte Silas anerkennend und zog seinen Dolch. „Was ist das?" „Ein Steingeist. Er wird uns helfen. Wir werden uns durchkämpfen müssen." Seine Begleiterin holte tief Luft, schon das nächste Kraut kauend. Silas sah auf seinen Dolch. *Mehr habe ich nicht. Verdammt, das muss reichen.* Er wandte sich der Wandelnden Rüstung zu die ihm am nächsten war. *Wie soll ich durch diesen Panzer kommen?*

Er beobachtete wie das gepanzerte Monster langsam und mechanisch auf ihn zulief, dann, als sie nur noch wenige Schritte voneinander entfernt waren, zog es mit einem kratzenden Quietschen sein Schwert aus der Scheide an seiner Hüfte. Ein rostiges Langschwert, erkannte er sofort. Er konzentrierte sich vollends auf seinen Gegner, sah in welch jämmerlichem Zustand sich die Rüstung befand. Rostig, teilweise schon durchlöchert wie sie war, war es doch ein ernstzunehmender Gegner, aber er sah zumindest einen kleinen Hoffnungsschimmer. *Die Verteidigung ist nicht undurchdringlich.* Unter der Rüstung seines Gegners sah er nur Schwärze, das schwache Licht verhinderte, dass er mehr erkennen konnte.

Er holte tief Luft, trat ihm einen weiteren Schritt entgegen und erschrak ob der plötzlichen Schnelligkeit seines Gegners.

Sein Gegner war in nur dem Bruchteil eines Lidschlags bei ihm, das Schwert sauste nur eine Handbreit vor ihm durch die Luft. Ohne seine verbesserten Werte hätte ihm der Schlag vermutlich glatt den Kopf gekostet. Silas jedoch nutzte die Chance gnadenlos aus. Er machte zwei schnelle Schritte auf die Rüstung zu, die durch ihren eigenen Schwung seitlich versetzt zu ihm stand. Wäre er nicht instinktiv in diesem Moment zur anderen Seite gesprungen als er das scharfe Surren hörte, hätte ihn der Rückhandschlag des Golems einfach in zwei geteilt.

Er rammte mit seiner besten College-Football-Impression die schwere Konstruktion, von der Seite aus unter dem ausgestreckten Arm des Monsters hindurch und sie verlor das Gleichgewicht. Silas landete auf der wandelnden Rüstung und benutzte seinen sofort Dolch um schnell hintereinander durch die faustgroßen Löcher der Rüstung ins Innere zu stoßen. Fast hätte er den Griff um seine Waffe verloren, als etwas im inneren des Körpers selbigen ruckartig zur Seite riss. Ein Knarzen, dann ein letztes Zucken und die Rüstung lag regungslos unter ihm.

Jetzt dämmerte ihm auch, was das Klicken gewesen war. Die Mechanik in den Rüstungen. Das hier waren keine Golems, sondern Konstrukte: Mechanische Wesen, die wie Roboter ihren Dienst verrichteten, angetrieben durch hunderte von Zahnrädern, komplizierter Technik und beweglichen Gelenken, vermutlich Hydraulik und natürlich Magie.

Rasch hob er das rostige Langschwert des Wesens auf, als sich schon das nächste Ding näherte. So musste er zumindest nicht auf eine Handbreit heran um Schaden zu verursachen. Das Konstrukt war schnell heran in seinem mechanischen Gleichschritt, aber sobald es sein Schwert gezogen hatte wurde auch dieses schneller, als wäre das irgendwie einprogrammiert oder es würde den Rost und den Zahn der Zeit irgendwie ignorieren. Silas parierte einen Schlag mit seinem eigenen Schwert und er erkannte seinen Fehler als sein Arm klingelte als wäre er eine Glocke. Diese Wesen waren stark. Viel stärker als er. Er schaute erstaunt auf sein Schwert, das jetzt eine grässliche Scharte hatte und wich dann schon dem nächsten Schlag aus, in dem er nach hinten wegsprang. Ein weiterer Schlag den er unbeholfen parierte, diesmal von links nach rechts.

Seine Hände begannen zu schmerzen und sein Schwert wurde langsam aber sicher zu Altmetall geschlagen. Es kam wie es kommen musste, als ein weiterer Schlag sein Schwert traf und es laut krachte. Sein Schwert war bis zur Hälfte gespalten, und das Schwert des Konstrukts steckte seitlich in seinem.

Er riss daran, verwarf dann aber sofort die Idee als er den Widerstand spürte. Er ließ die Waffe los, duckte sich unter den beiden verkeilten Schwertern durch, und riss im Laufen er seinen Dolch aus der Scheide. Nach einem gezielten Stich in das Handgroße Loch im Brustpanzer der Rüstung knackte es dieses Mal wesentlich lauter, und er hörte das Klirren von Glas als sein Dolch zerbrach, während das Konstrukt seinen letzten Ruckler tat.

Er sah auf den Dolch in seiner Hand und realisierte, dass das harte Glas an der Metallstange abgebrochen war. Er mühte sich nicht weiter damit ab, sondern ließ ihn an Ort und Stelle fallen. Er bückte sich nach dem Schwert der Rüstung, schlug sein eigenes Schwert auf dem Boden davon ab und drehte sich um. Alina stand nicht weit von ihm entfernt und er sah die Schrotthaufen die überall um sie verteilt waren. Das Steinwesen, das sie beschworen hatte bewegte sich schnell. Er sah wie es das Schwert eines Konstruktes mit einem Arm abblockte und ihn schlug, nur um es aus seinem Sichtfeld zu schleudern. In der Zeit wo er mit Mühe zwei der Konstrukte zerstört hatte, hatten das Wesen und seine kleine Fae fast ein Dutzend der Rüstungen vernichtet. *Okay. Vielleicht war er ein wenig neidisch auf ihre Magie. Ein kleines bisschen.* Grimmig blickte er zum nächsten Konstrukt und konzentrierte sich auf seine Fähigkeit, *Blutrausch I.*

Er spürte förmlich, wie die Schmerzen in seinen Händen und seinen Armen nachließen. Sein Sichtfeld wurde rot und sein Gehirn flutete ihn mit Chemikalien. Die Kampf-oder-Flucht-Reaktion seines menschlichen Ichs schaltete sich komplett ab, während Adrenalin ausgestoßen wurde. Silas rannte auf seinen Gegner los. Mit einem lauten Schrei schlug er das heran sausende Schwert mit voller Wucht zur Seite. Das stumpfe Pochen in seinen Fingern störte ihn nicht im Geringsten, als er sein Schwert durch den armlangen, breiten Riss in der Rüstung stach.

Er nahm nicht mehr wahr, wie das Konstrukt zu Boden ging, sondern wandte sich dem nächsten Gegner zu. Er war bei ihm, bevor es sein Schwert ziehen konnte und es ging zu Boden als Silas das Schwert so tief und stark in ihm versenkte, dass es in der Mitte zerbrach. Mit dem abgebrochenen Schwert, das es einfacher machte zu manövrieren und mehr an ein Kurzschwert erinnerte, sprang er eins der Konstrukte an, dass ihm den Rücken zugekehrt hatte. Er griff mit einem Arm um die Brust des Wesens, mit dem anderen um seinen Kopf und schob das abgebrochene Schwert durch eine rostige Platte in seine Richtung. Es durchschlug den rostigen Panzer und die Zahnräder und Mechanik im inneren des Wesens.

Er wollte sich gerade dem nächsten Konstrukt zuwenden, als seine Fähigkeit abebbte und seine Arme plötzlich höllisch zu Schmerzen begannen. Selbst seine Finger pochten. Es fühlte sich an als hätte er mehrere Knochen in seinen Fingern gebrochen und er stöhnte laut auf. *Verdammt! Die Fähigkeit war ein zweischneidiges Schwert sondergleichen.* Silas sah auf seine Finger, und zwei seiner Finger der Schwerthand krümmten sich unnatürlich zur Seite. Er stöhnte und griff in die Tasche mit den blauen Samen gegen die Schmerzen. Selbst diese kleine Bewegung war unglaublich schwer.

Er sah auf seine HP-Leiste, die 154 von 200 anzeigte. *Und das nur von geblockten Schlägen.* Silas richtete sich mit einem Ruck die Finger, hob schnell ein weiteres der Langschwerter auf, sah zu Alina und was er dort erspähte gefiel ihm gar nicht. Drei der Rostlauben waren gleichzeitig dabei, auf das Steinwesen einzuschlagen. Kleine Stücke splitterten von ihm ab und Silas sah, dass seine Bewegungen langsamer geworden waren. Das Fieber und der Schwindel drohten ihn erneut zu übermannen also schob er sich eine weitere Dosis Andrum in den Mund.

Alina war in das grüne Licht der Runen gehüllt die sie umgaben, und eine weitere Dornenranke erschien aus dem Boden und traf eine der Rüstungen, aber nicht ohne im Gegenzug sofort von mehreren der Rüstungen in Stücke gehackt zu werden. Schon erschien wieder das grüne Licht. Silas musste handeln. „Es sind zu viele!" rief er laut und rannte zu ihr. Er parierte einen Schlag von rechts und mit einem roten Schleier vor Augen stopfte er seine linke Faust in das Loch in der Rüstung. Die scharfen Metallkanten rissen Wunden in seinen Arm. Er ergriff etwas, dass sich wie ein Zahnrad anfühlte und riss daran. Es knarzte. Etwas schleifte über seine Finger und dutzende kleine Metallstücke schnitten ihm durch sein Fleisch, Sehnen und Muskeln, bevor das Konstrukt ein letztes Mal zuckte und jede Bewegung einstellte.

Sie beendete ihren Zauber und eine neue Ranke peitschte eine weitere der Rüstungen zur Seite. Sie nickte, Schweiß strömte über ihre Stirn. „Wir versuchen in den nächsten Raum zu kommen. Dein Steinwesen soll uns den Weg freimachen!" Sie nickte, schloss die Augen - und so begann ihr Spießrutenlauf. Der Steingeist beendete das Nicht-Leben des letzten Konstruktes vor ihm, hielt kurz inne, drehte sich um und rannte dann an ihnen vorbei. „Los!" heizte ihn Alina an und er folgte kaum einen Schritt hinter ihr. Das Steinwesen war wie ein Bulldozer. Er pulverte durch die Rüstungen, aber je weiter sie kamen, desto mehr Stein brach von ihm ab. Eins der Konstrukte schnellte von der Seite auf es zu, schlug mit seinem Langschwert zu und der gesamte linke Unterarm fiel polternd zu Boden.

Ein weiteres Konstrukt kam auf Alina zu deren Arme erneut grün leuchteten, aber Silas stellte sich ihm in den Weg, noch bevor das Wesen sie ganz erreichte. Er leitete den ersten Schlag mit seinem Schwert ab und die Pein die er in diesem Moment fühlte war unbeschreiblich, trotz der kleinen Samen die er gegen den Schmerz genommen hatte.

Fast hätte er das Schwert fallen gelassen, konnte es aber gerade noch festhalten bevor es ihm endgültig entglitt. *Dann eben mit links.* Er wechselte den Schwertarm, aber er wusste, dass sein linker Arm noch viel ungeschickter und schwächer war als sein rechter, zusätzlich spürte er das offene Fleisch auf seiner Hand. Viel würde er nicht ausrichten können, schon gar nicht eine Öffnung in einer der Rüstungen finden. Er duckte sich, als ein Teil einer der Rüstungen über seinen Kopf hinwegflog. Sich neu positionierend sah er wie Alina erneut einen ihrer Flakons leer trank und sich sofort danach was von dem Blauwurz in den Mund stopfte. Ein Tritt gegen den Oberkörper ließ seinen Gegner nach hinten fallen, aber er hatte keine Zeit nachzusetzen, da gleich drei der Wesen zu ihnen aufschlossen. *Nicht stehen bleiben. Weiter nach vorne.*

Nach einer kleinen Ewigkeit wie es ihm vorkam, er blockte gerade einen weiteren Schlag mit links, kamen sie der Pforte und somit dem Ende des Raumes näher. Er drehte den Kopf und sah über die Schulter zurück.

Alinas Steinwesen hatte den gesamten linken Arm und den Kopf verloren, schien sich daran aber nicht zu stören und wütete weiter wie ein Berserker unter den metallischen Gegnern. Die Konstrukte die von allen Seiten kamen waren jetzt weiter von ihnen entfernt, anscheinend hatten die falschen Wände hinten länger zum hochfahren gebraucht als vorne, was ihnen nur gelegen kam.

Silas sah zu den hinteren, halb offenen Nischen, nur um mit Schrecken zu erkennen, dass hinter den leeren Räumen aus denen die Konstrukte getreten waren, weitere Steinplatten sich erneut nach oben bewegten. Hinter diesen Steinwänden kamen noch mehr der Konstrukte zum Vorschein. *Vertue ich mich, oder wirkt das Metall heller?* Er schluckte und kam schlitternd zu stehen, wobei er fast in Alina hineingelaufen wäre.

Die Pforte, direkt vor ihnen, locker zwei Mannshöhen hoch und vier Breit, war fest versiegelt. Alina schickte den Steingeist zur Seite und befahl ihm augenscheinlich die Gegner die ihnen zu nahe kamen anzugreifen, dann schluckte sie schwer und drehte sich zu Silas und der Tür.

„Und?" Fragte sie gehetzt mit schwerem Atem, während Silas sich einen weiteren der kleinen Schmerz-stiller in den Mund steckte, doch nichts. Er hatte die Tür schon im Näherkommen beobachtet, aber das Tor zeigte keine Schriftzeichen, keine offensichtlichen Einkerbungen, keinen Mittelpunkt geschweige denn einen Griff oder auch nur einen Hinweis. Seine Finger glitten über die Tür während Alina sich um für einen erneuten Zauber umdrehte. Er fluchte als es plötzlich sichtlich dunkler wurde, er sich umdrehte und die Wand aus Dornen sah, die ihm jetzt den Blick versperrte. Dahinter hörte er weiter das Geräusch von Stein auf Metall. *Keine Kerbe. Keine verborgene Schrift.* „Verdammt!" Keine geheime Botschaft. *Nichts an Decke, Seiten oder auf dem Boden.* Er hämmerte mit der linken Hand gegen die Tür, immer wieder. Blut spritzte ihm ins Gesicht. Sein Blut. Die Schmerzen waren unerträglich, aber das Gefühl nichts tun zu können, keine Lösung zu finden, hilflos zu sein, war viel schlimmer. Er drehte sich verzweifelt zu Alina, die immer neue Zauber wirkte, und die Dornenwand die dicker und dicker wurde. Schwindel überkam ihn. Übelkeit.

„Alina!" rief er, doch sie hörte ihn nicht. Erneut, leiser „Alina..." Die Zauberin hörte seine Worte und drehte sich zu ihm, woraufhin die grünen Runen um ihre Arme verschwanden.

An die Pforte gelehnt, mit blutigen, geschundenen Armen. Seine Augen fast glasig vor Anstrengung. „Es tut mir leid, dass ich dich hier mit reingezogen habe." sagte er leise. Im Hinterkopf nahm er wahr, dass die Kampfgeräusche verstummt waren, und er nur die lauten Schritte der Eisenkonstrukte hören konnte, wie sie immer näherkamen. Alina ging die zwei Schritte zu ihm und sah ihn an. Ihre Pupillen waren weit geöffnet, Sie war gebadet in Schweiß. Ihre Arme zitterten. Dann sah sie ihm ins Gesicht. Anscheinend sah sie etwas, dass ihr überhaupt nicht gefiel „Silas, wie viel habt ihr von der Medizin genommen?" Er winkte ab. „Zu viel."

Wütend wollte sie dem etwas entgegenbringen, aber dann sah sie den Ausdruck in seinem Gesicht. Kein Zorn, keine Hoffnung. Resignation und Trauer. Trauer darüber, dass er sie in diese Situation gebracht hatte. Trauer, dass er ihr nicht helfen konnte.

Mit dem was sie jetzt jedoch tat, hatte er nicht gerechnet. Er hatte erwartet, dass sie schreien würde, fluchen, vielleicht wütend wurde, aber nichts dergleichen geschah. Stattdessen atmete sie tief durch, ging zu ihm hin und umarmte ihn sanft.

Der überraschte Silas wusste erst nicht was er tun sollte, aber legte dann seine geschundenen Arme um sie. „Ich bereue es nicht mit euch fortgegangen zu sein." Sagte sie leise. „Ich hätte gerne mehr von eurer Welt erfahren". Sie lehnte ihren Kopf an seine Brust. Dann hörte sie das erste Reißen von Holz hinter ihr. „Ich bin nicht traurig, das hast du gut gemacht." Er erstarrte während sie in seinen Armen lag und etwas Anspannung von ihm abfiel. „Wenn ich hier sterbe, dann bin ich froh mit euch zusammen zu sein, in den letzten Momenten meines Lebens."

Sie sah ihn aus großen Augen an und sein Blick klarte sich auf, als auch er sie ansah. Sie spürte seinen warmen Körper an sich. Sie roch wie durchgeschwitzt er war. Sie spürte seine geschundenen Finger die zärtlich auf ihrem Rücken lagen.

Sie zögerten beide eine Sekunde, bevor sie langsam „Es ist nicht eure Schuld, Silas" sagte. Dann küsste sie ihn.

Silas war zuerst verwirrt, dachte an einen Fiebertraum, eine Nebenwirkung der Drogen, doch nachdem sie die Worte aussprach, als ihre Lippen sich auf die seinen legten, wusste er, dass es echt war, keine Einbildung oder Halluzination. Er erwiderte vorsichtig den Kuss, drückte ihren zierlichen Körper fester an sich. Nur für einen einzigen Moment, weniger als ein Lidschlag, vergaßen sie beide die Welt um sie herum.

Er hörte das Geräusch splitternder hölzerner Ranken und löste dann zaghaft ihre Verbindung.

Er lächelte sie an und wollte gerade etwas sagen, als seine Begleiterin große Augen bekam und sich von ihm abstieß. Sie zitterte. „Silas, hinter euch." Sagte sie, plötzlich angespannt, fast panisch.

Verwirrt stieß auch er sich von der Tür ab und sah was sie meinte.

An der Tür, genau an der Stelle auf die er mit seiner Faust gehämmert hatte, waren einige Blutstropfen herabgelaufen. Goldene Buchstaben leuchteten magisch da, wo das Blut sie getroffen hatte. „Blut deutet den Weg, Schwarzer Erlösung entgegen." Flüsterte er leise.

Er sah kurz verwirrt auf seine blutverschmierte Hand, reagierte dann jedoch sofort. Er klatschte seine Hand gegen das glatte, schwarze Holz und wischte von links nach rechts. Immer mehr Buchstaben leuchteten golden auf und wurden sichtbar.

Hinter ihm hatte Alina erneut begonnen Zauber zu wirken. *Beeil dich, verdammt nochmal* spornte er sich selbst an, bevor er panisch das Schwert vom Boden aufhob und seine verletzte linke Hand auf die rostige Schneide legte und schwer atmend schnell nach unten zog. Es wurde schlimmer. Die Schmerzen ließen ihn jetzt fast doppelt sehen und ein roter Schleier legte sich über sein Blickfeld. Tränen flossen ungehemmt aus seinen Augen.

Er hörte die Schwerter hinter sich und Alina drückte sich neben ihm gegen die Tür. Blut quoll in einem Schwall aus seiner neuen Wunde hervor und er klatschte die Hand erneut gegen die Tür. Sein Blut lief an dem kalten Holz herunter und die Schriftzeichen leuchteten nacheinander golden auf. Eine panische Stimme, Alina, ertönte neben ihm „Beeil dich! Silas!". Noch bevor die letzte Zeile erschien, begann er zu lesen.

Des Reisenden Hoffnung
versiegelt für immer
Im Zwielicht des Hains

Verraten von allen,
verflucht er für immer
die Sklaven der Balance.

Ein Krachen hinter ihm. Im selben Moment leuchtete das Schwarze Holz blau auf. Das Tor schwang quälend langsam vor ihm auf und er drückte mit beiden Händen dagegen. Er drehte seinen Kopf zur Seite und sah wie Alina ächzte, als sie einen neuen Zauber abfeuerte. Die Spitze eines Schwerts schabte eine Handbreit entfernt an seinem Kopf vorbei. Die Pforte war jetzt weit genug geöffnet, also griff er grob an die Schulter seiner Gefährtin und schob sie mit Gewalt durch die Türöffnung. Ein starker Schmerz durchlief seinen Rücken als etwas ihn von hinten traf, dann drückte er sich selbst durch den Ritz in der schweren Pforte und fiel hindurch. Mit einer letzten Anstrengung drehte er sich sofort um und legte seine blutigen Hände gegen das Tor, das sich noch immer öffnete. Als würde es verstehen, begann es langsam sich wieder zu schließen. Eine der wandelnden Rüstung tauchte vor seinem Sichtfeld auf. Silas duckte sich, griff nach der Waffe und nahm sofort das Schwert in eine Art Halbschwerthaltung. Mit aller Macht und einem lauten, letzten Schrei stieß er es nach vorne. Die Wucht seines Stoßes ließ die Figur zurückstolpern, hatte aber einige Nebeneffekte. Das Schwert blieb in einem Ritz zwischen Helm und Brustpanzer stecken und verschwand aus seinen Händen. Er spürte förmlich wie an seinem Rücken etwas riss. Seine Finger gaben endgültig den Kampf auf und Blut spritzte aus den dutzenden Wunden an seiner Hand und seinem Unterarm. Entgeistert sah er nach vorne und er sah dutzende der gepanzerten Wesen, bevor der kleine Spalt in der mächtigen Tür sich schloss und sie ein einziges Mal rot aufleuchtete. Die Tür war wieder versiegelt.

Er glitt langsam auf die Knie, würgte, und sah neben sich die Fae bereits auf dem Boden kriechen und sich übergeben.

Dann jedoch begann die wahre Hölle, als sein ganzer Körper sich verkrampfte. Er spürte seine Innereien und merkte wie sie sich verzogen.

Er spürte jeden einzelnen Splitter, jeden Knochen in seinen Fingern und den Schnitt der über sein Schulterblatt in sein Fleisch ging. Tränen flossen ungehemmt aus seinen Augen, vermischten sich mit seinem Blut und verwandelten sein Sichtfeld in einen rötlichen Schleier. Als Alina sich zu ihm hinschleppte und schwer ihren Kopf auf seine Brust legte, verlor er endlich das Bewusstsein.

Tag 16

Nicht viel Zeit konnte vergangen sein, denn noch immer lag er auf dem Boden hinter der schwarzen Tür und Alina neben ihm. Er hob schwach die Arme und das erste was er sah, waren seine Hände. Noch im Halbschlaf und von Schmerzen geplagt erkannte er, dass sie mit langen Seidenstreifen verbunden waren.

Sein linker Unterarm war vom Ellenbogen bis zu den Fingerspitzen mit den Streifen drapiert und schimmerte leicht rötlich. Er wollte seinen Kopf heben, aber der Schmerz in seinem Rücken ließ ihn aufstöhnen und zurückschnellen. Alles drehte sich und er fühlte wie ihm Galle die Kehle hochlief. Er schmeckte den säuerlichen Geschmack in seinem Mund, was bedeuten musste, dass er sich bereits mehrfach übergeben hatte. Er stöhnte leise auf und drehte schwach den Kopf. Er sah die Utensilien von Alina überall in der Gegend rumstehen, teilweise achtlos auf dem Boden verteilt, was eigentlich absolut nicht ihrem Verhalten entsprach. Er sah, dass eine kleine Blüte in einem Einmachglas leichtes warmes Licht spendete, es in dem Gang sonst jedoch komplett dunkel war. Wenigstens waren weder Rüstungen, noch andere Monster zu sehen, was ihn zumindest fürs erste beruhigte. *Gottseidank.* Schon wieder hatte seine Gefährtin ihm das Leben gerettet.

Dann erinnerte er sich an den Moment bevor sie die rettenden Schriftzeichen entdeckt hatte und stockte. Was war das gewesen? *Ein letztes Geschenk bevor sie beide zerstückelt worden wären? Ein Zugeständnis? Oder vielleicht doch mehr?* Er konnte nicht anders und musste etwas dümmlich grinsen, bevor ihm ein erneuter Schwall von Übelkeit überkam und er unwillentlich das Gesicht verzog. Er sah auf die Balken unten links in seinem Sichtfeld.

<u>Alina</u>
HP: 72/120, Ausdauer: 15/100, Mana: 22/200

<u>Silas</u>
HP: 49/200, Ausdauer: 19/140, Mana: 120/120

Er erkannte, dass neben ihrem Namen eine blaue Phiole mit einem Totenkopf zu sehen war, was vermutlich bedeutete, dass sie sich irgendwie vergiftet hatte. *Vielleicht mit den Kräutern?* Da ihre HP sich jedoch nicht aktiv senkten, verfiel er dennoch nicht in Panik. Die Symbole neben seinem Namen gefielen ihm dann schon weitaus weniger. Mehrere blasse, rote Tropfen wurden ihm angezeigt. *Die Blutungen und Wunden.* Mehrere zerbrochene Knochen leuchteten auf. *Ja, offensichtlich was das bedeutet* dachte er und verzog schmerzerfüllt das Gesicht. Auch bei ihm war das Vergiftungssymbol zu sehen, aber auf einer roten Phiole. Daneben eine Spirale auf einem violetten Untergrund und neben diesem, ein Thermometersymbol mit rotem Inhalt darin. *Vergiftung, vielleicht ein veränderter Geisteszustand und... Fieber?* Zu mehr war er nicht in der Lage. Seine Gedanken schwirrten zu sehr in seinem Kopf herum um klarere Gedanken zu fassen, also ging er ohne es zu wollen über in einen seichten Schlaf. Immer wieder wachte er auf, checkte die beiden Leisten in seinem Blickfeld und driftete wieder ab in die Dunkelheit, nur um zusammenhangslose Bilder zu sehen.
 Irgendwann wachte er endgültig auf. Sofort merkte er, dass etwas anders war. Er konnte halbwegs klar denken. Irgendwas, irgendjemand, lag auf ihm und er erkannte Alina, die es sich auf seinem Bauch gemütlich gemacht hatte und leicht sabberte. Er musste unweigerlich lächeln, als er die

kleine Fae sah, die friedlich schlief und wirkte, als hätte sie keinerlei Sorgen, als wären sie nicht in einem Dungeon mit tödlichen Fallen und gefährlichen Monstern.
 Er wusste nicht wie lange er geschlafen hatte, aber er hatte verdammten Hunger und seine Kehle fühlte sich trocken an. *Acht Stunden mindestens. Vielleicht ein halber Tag? Mehr?* Er hob vorsichtig seinen Kopf etwas weiter und als die Schmerzen die er erwartete ausblieben, schob er sich mit seinen Unterarmen auf dem Boden nach oben. Das Bündel auf seinem Bauch murmelte etwas ohne aufzuwachen. Vorsichtig griff er zu der Feldflasche die in unmittelbarer Nähe stand und trank einen Schluck des kalten Wassers. Sofort fühlte er sich etwas besser und er musste ein wenig husten, als das Wasser seine Kehle benetzte. Alina, noch immer auf seinem Bauch, protestierte, leise, unverständlich und er musste lachen. „Wach auf, Schlafmütze." Sagte er freundlich und schüttelte leicht an ihrer Schulter. Die Fae erwachte zögerlich. „Was?" Nuschelte sie leicht desorientiert, schob sich hoch und erkannte, dass sie auf Silas' Bauch gelegen hatte. Sie zog sich sofort beschämt zurück und wandte den Blick ab. Er war sich sicher, dass sie sich entschuldigen wollte, aber als sie ihren Mund öffnete kam nur ein großer Gähner heraus, und sie hielt sich beide Hände vor den Mund. Als sie sich dann streckte und ein piependes „Kyaa" von sich gab machte sein Herz einen Satz. *Niedlich.*
 „Guten Morgen Alina." Sagte er lächelnd um seine Schüchternheit zu überspielen und hielt ihr die Feldflasche hin. Sie sah ihn kurz beschämt an, wischte sich mit dem Handrücken über den Mund, nahm dann die Flasche aus seiner Hand und ließ ein leises „Guten Morgen" hören, bevor sie einen großen Schluck aus der Flasche nahm. „Also?" Fragte er, als sie die Flasche absetzte und etwas scheu erwiderte „Also, was?" Er hob vorsichtig seine verbundene rechte Hand. „Wie hast du es geschafft dich zu vergiften?"
 Sie atmete erleichtert aus, er wusste auch warum. Weil er nicht den Kuss angesprochen hatte, und das tat ihm doch ein

wenig weh. „Genau wie du. Wir haben beide zu viel von der Medizin meiner Mutter genommen. Nicht nur, dass sie ab einem gewissen Punkt nur noch weniger wirkt, nein, ab einem bestimmten Punkt ist sie auch schädlich." Er nickte. Zu viel von etwas war nie gesund, dass galt auf der Erde wie auch im Land.

„Die Nebenwirkungen waren extrem. Du hast fast drei Stunden lang gekrampft, bevor ich es geschafft habe einen kleinen Heilzauber zu wirken." *Drei Stunden?* „Danke", sagte er leise aber sie schüttelte beschämt den Kopf. „Nein, du musstest leiden, weil ich dumm war. Ich habe so viel Blauwurz gegessen, dass mein Körper irgendwann fast kein Mana mehr produzieren konnte. Ohne das Wasser vom Teich der Wahrheit hätten wir beide die extremen Dosen vermutlich nicht überlebt." Er zog die Augenbraue hoch. „So schlimm?" Und sie bestätigte. „Schlimmer. Die Anti-toxische Wirkung des Wassers hat das schlimmste verhindert, aber ihr habt Andrum genommen. Und davon mindestens drei Dosen." Er dachte nach, konnte sich aber nicht erinnern wie viel von welcher Medizin er sich immer wieder in den Mund gestopft hatte. „Das bedeutet?" Meinte er fragend und sie sah ihn ernst an. „Andrum ist keine Medizin, es ist eine Droge." Sagte sie ernst. „Sie steigert den Fokus massiv und die Schmerztoleranz erheblich, macht aber sehr schnell abhängig und kann euer Herz stoppen, wenn ihr zu viel davon nehmt."

Er lächelte. „Du hast also geprüft ob mein Herz noch schlägt?" Fragte er kokett, woraufhin sie errötete und seinem Blick auswich. „Ihr seid gemein Silas, so mit mir zu spielen." Er legte den Kopf schief und stand auf, auch wenn die Schmerzen ihn plagten. Er hielt ihr die Hand hin, während sie ihn anschaute. „Ich spiele nicht mit dir Alina." Sagte er ernst und verblieb so, bis sie seine Hand ergriff. Seine Finger schmerzten und er verzog das Gesicht, zog sie dann aber hoch, dann etwas näher an sich. „Ich mag euch wirklich." Sagte er leise „Ich könnte mir keine bessere Gefährtin vorstellen." Sie zwang sich schüchtern ihm in die Augen zu sehen und er sah etwas in ihnen, einen Funken. Sie hatte verstanden, dass er es ernst meinte.

Ohne Vorwarnung trat sie näher heran und umarmte ihn sanft. „Ich mag euch auch Silas", flüsterte sie leise. „Ich war mir nicht sicher, wie ihr fühlen würdet, nachdem wir den Monstern entkommen sind." Er drücke sie fester, löste sich etwas und nahm ihr Kinn zwischen Zeigefinger und Daumen. Dann küsste er sie. Kurz dachte er sie wolle sich wegziehen, doch dann erwiderte sie seinen Kuss.

Dieses Mal dauerte er nicht so lange wie der erste, doch er hatte etwas Befreiendes für sie beide, als die Unbehaglichkeit von ihnen abfiel. Er löste sich von ihr und sie sah ihm tief in die Augen. „Glaubt ihr mir jetzt?" Sie hielt seinem Blick stand und ihre Wangen und Ohrenspitzen leuchteten Rot auf. Er trat einen Schritt zurück, hielt aber ihre Hand in seiner, während er sich gegen die Wand lehnte. Er ließ los, rutsche die glatte Steinmauer hinab, und sie ließ sich neben ihm sinken. „Ich hab' noch nicht genug Kraft weiterzugehen. Willst du etwas essen?" Sie nickte stumm und Silas holte den letzten geräucherten Fisch aus ihrem Rucksack hervor, ein paar trockene Pilze und eine kleine Knolle einer Pflanze die ihn an eine Mischung aus Zwiebel und Kartoffel erinnerte. Er teilte das Essen auf und sein Bauch rumorte, woraufhin Alina lächelte. Als ihr eigener Bauch rumorte lachten beide auf und teilten sich das wohlschmeckende, wenn auch bescheidene Mahl, beleuchtet von der kleinen Blüte, im dunklen Gang des Dungeons.

Sie verbrachten vielleicht noch drei, vier Stunden in der Dunkelheit. Alina war neben ihm am Dösen, vielleicht sogar eingeschlafen. Sie hatte sich im Kampf so sehr verausgabt, sich dann noch um ihn und sich selbst gekümmert, also war es kein Wunder, dass sie noch erschöpft war.

Irgendwann hatte sie sich an seine Schulter gelehnt und so wartete er regungslos unter Schmerzen darauf, dass sie aufwachte. Ein Gedanke blitzte auf. Er realisierte, dass er seine Benachrichtigungen noch nicht gesehen hatte und während sie so an ihn gelehnt schlief, öffnete er mit einem

Gedanken und einem Wisch seiner Hand die bis jetzt versteckten Mitteilungen. Sofort tauchten ein gutes Dutzend sich überlappende Fenster in seinem Sichtfeld auf.

[Herzlichen Glückwunsch! Durch deine körperliche Anstrengung bis zum äußersten deines möglichen erhöht deine Geschicklichkeit um 1 Punkt.]

[Herzlichen Glückwunsch! Durch deine Bemühungen Im Kampf hast du den Umgang mit Schwertern erlernt! Die Waffe der Helden und der Ritterlichkeit. Schwerter, Stufe 1]
...
[Herzlichen Glückwunsch! Durch deine Bemühungen Im Kampf hast du den Umgang mit Schwertern verbessert! Die Waffe der Helden und der Ritterlichkeit. Schwerter, Stufe 5]
...
[Herzlichen Glückwunsch! Durch deine Bemühungen Im Kampf hast du den Umgang mit Dolchen verbessert! Leicht zu verstecken und tödlich, wenn richtig eingesetzt! Stufe 7.]
...
[Herzlichen Glückwunsch! Durch deine Bemühungen Im Kampf hast du eine Neue Fähigkeit erlernt, den Waffenlosen Kampf! Wer braucht eine Waffe, wenn du Fäuste aus Stahl hast? Stufe 1]

[Sehet und staunt! Durch deine Standhaftigkeit und Belastbarkeit hast du deinen Körper zum äußersten Getrieben. Dafür, dass du deine Grenzen erreicht hast und darüber hinausgegangen bist, hast du eine neue Kraft erhalten. Zäher Hund. Rang (C) Effekt: Gefühlter Schmerz um 10% verringert. Erhöht die Chance einem Kritischen Treffer zu widerstehen um 2%.]

[Sehet und staunt! Dein Starrsinn und deine Unnachgiebigkeit übertreffen die Grenzen des physisch möglichen! Dafür, dass du deine Grenzen erreicht hast und darüber hinausgegangen bist, hast du eine neue Kraft

erhalten: Unnachgiebige Schwerthand. (Rang B) Effekt: Schaden an euren Händen während des Kampfes um 50% verringert.]

[Sehet und staunt ihr Götter! Der Reisende Silas Westwind hat auf der Stufe 5 eine Schlacht gegen eine Übermacht von 213 zu 1 überlebt. In der Schlacht töteten Silas und seine Gefährten 23 Übermächtige Gegner! Erfahrung aus dem Kampf um 250% (MAX) erhöht! Du bist der erste Reisende der diese Heldentat vollbracht hat! Willenskraft und Konstitution um 5 Punkte erhöht! Eure Taten werden in die Annalen des Landes eingehen!]

[Hört Ihr guten Leute! Durch seine Aufopferung, seine Taten und sein Wesen hat sich die Beziehung von Silas Westwind mit der Waldfae Alina von „Freundschaftlich" auf „Liebevoll" verbessert. Achtung! Frische Liebe ist flüchtig, Silas Westwind! Deine Gabe 'Entzweite Seele' hat sich verändert.]

[Herzlichen Glückwunsch! Durch das Töten von 23 Rüstungskonstrukten die dir überlegen waren, erhältst du 59500 Erfahrungspunkte!]

[Herzlichen Glückwunsch! Durch das Sammeln von Erfahrungspunkten bist du in der Stufe aufgestiegen! Reisende erhalten 4 Attributpunkte zur freien Verteilung pro Stufe! Durch deine Erfahrung erhöht sich ebenfalls eine Fähigkeit deiner Wahl pro Stufe! Achtung! Nach sieben Tagen werden alle unverteilten Punkte automatisch verteilt.]

Silas machte große Augen. *Holy shit.* Er wusste, dass es viele Gegner gewesen waren, aber so viele? Er musste definitiv einen Punkt in Glück setzen. Er wollte gar nicht wissen, wie viele der Konstrukte sich nicht bewegt hatten, weil der Zahn der Zeit sie zerstört hatte. Ganz zu schweigen wie der Kampf ausgegangen wäre, wenn die metallenen

Wesen keine Schwachpunkte in ihrer Verteidigung gehabt hätten. Eine verdammte Armee hätte hier anrücken müssen. Und diese hätte die verdammte Treppe überleben müssen, was sehr, sehr unwahrscheinlich war. *Dieses Dungeon ist ziemlich unfair* dachte er sich und schüttelte den Kopf. Sie hatten wirklich mehr Glück als Verstand gehabt. Er konnte es nicht fassen. Er lächelte als er über die Welt nachdachte. Das Land war anders. Er konnte sich an seine Welt erinnern, an jedes Detail was er je gelernt hatte, aber hier war er *angekommen*. Er hatte das Gefühl, dass es das erste Mal war, das er sich fühlte als würde er irgendwo hingehören. Und er sah zu Alina an seiner Seite. Er fühlte sich nicht *einsam*. Er legte seinen Kopf auf ihren und genoss den kurzen Moment des Friedens. Er wusste, dass er sie beschützen wollte. Aber er wusste auch, dass das Land gefährlich war – und stärker werden wäre eine Möglichkeit das zu verwirklichen. Seine Krankheit müsste dafür geheilt werden. Und dann wollte er noch Erinnerungen zurückgewinnen. Grimmig entschlossen rief er sich die Punkteverteilung vor Augen.

Stärke, der Vorteil der Rüstungen war unverkennbar gewesen. Punkte in Geschicklichkeit, wegen seiner Geschwindigkeit im Kampf. Mehr in Willenskraft, anscheinend waren das mehr als einfache Resistenzen oder Manaregeneration – wenn er es wörtlich nahm, war es das was ausmachte, dass er über seine Grenzen hinausgehen konnte. Und einen Punkt in Glück, nur für alle Fälle. Seine Fähigkeiten hob er sich auf. Er konnte sich weiter auf Dolche konzentrieren, verwarf den Gedanken aber sofort. Es war nicht sein Stil wie ein Schurke zu kämpfen. Abgesehen davon fehlten ihm die benötigten Talente. *Später vielleicht.* Dann bestätigte er.

Silas Westwind	HP: 189/280			AUS: 180/180			MP: 120/120
Level 9	STR	CON	DEX	INT	WIL	CHA	LUC
	16	28	18	12	24	10	12
Rasse: Mensch (Reisender)				Erfahrung: 10100 / 22500			

Fähigkeiten					
Kampf:		Allgemein:		Handwerk:	
Äxte	2	Erste Hilfe	2	Kräuterkunde	4
Wurfäxte	1	Überleben	2		
Dolche	7	Fischen	3		
Schwerter	5				
Waffenlos	1				

Spezialisierungen:
-

Kräfte:		Skills:	
Zäher Hund	C	Blutrausch	I
Unnachgiebige Schwerthand	B		

Sprachen:	Gaben:	
Gemeinsprache	Adaptiv	R
Ton des Windes	Potential	S
Alt-Qurisch	Entzweite Seele	P

Ruf:	
Waldfae	Wohlgesonnen

Er grinste. Das war ein guter Anfang. Entzweite Seele machte ihm zwar weiter Sorgen, besonders als die Nachricht kam, dass sie sich verändert hatte und das in Relation zu Alina stand, aber er konnte sie auch nach der Änderung nicht weiter einsehen. Er hatte Theorien, aber es waren eben genau das: Theorien. Hatte es etwas mit seiner Beziehung zu anderen zu tun? Umso höher sein Ruf bei Einzelpersonen, desto weniger griff der Manabrand ihn an? Er konnte nur spekulieren. Er ließ den Schirm weiter in dem bläulichen Schimmer vor sich schweben und entschied sich dann Alina zu wecken.

„Hey", flüsterte er leise und bewegte seine Schulter ein bisschen aber er erreichte nur, dass sie ihren Kopf ein Stück drehte. Er grinste und pustete ihr leicht ins Ohr und sofort wachte sie auf. Empört sah sie Silas an, der leise in sich hinein kicherte. „Entschuldige Alina", sagte er mit einem Lächeln „aber schau dir das mal an." Er wischte seinen Charakterscreen zu ihr und sie machte große Augen. „Bei allen verfluchten Geistern!" *Wow, war das gerade das erste Mal, dass sie in seiner Nähe geflucht hatte?* „Du hast zwei Kräfte von dem Kampf bekommen? Deine Konstitution ist bei 28!" Er grinste stolz. „Das ist nicht schlecht, oder?" Sie nickte. „Das sind die Werte einer viel höheren Stufe." stellte sie fest. Silas stimmte ihr zu. „Das muss an den beiden Heldentaten liegen die ich bekommen habe." Sie sah ihn an und er war sicher, dass ihr Auge gerade ein wenig zuckte. „*Zwei* Heldentaten?" Er nickte absichtlich unschuldig.

„Ja, einmal als ich die Grotlinge bei euch im Hain getötet habe und gerade. Sieh nach, du hast bestimmt auch eine bekommen." Sie runzelte die Stirn als sie konzentriert auf ihre Werte sah. Silas genoss es zu sehen, wie ihre Gesichtszüge immer weiter entgleisten und irgendwann eine Art 'freudiges Entsetzen' auf ihr Gesicht trat. „Silas ich...", begann sie und schluckte „...ich habe auch eine Heldentat bekommen." Er grinste. „Und? Gut?" Sie schwieg kurz. „Ich habe auch eine Kraft erhalten... und meine Naturmagie ist Stufe 11!" Damit versank sie in ihrem Schirm und Silas wartete gespannt.

Irgendwann brach sie das Schweigen. „Silas, ich habe mich entschieden. Ich würde gerne meine Talente auswählen, aber bin mir nicht sicher was ich nehmen soll. Würdest du mir helfen?" Sie sah ihn ernst an. „Natürlich." Sagte er ohne zu zögern. Sie wischte vier der Infofelder zu ihm. Der erste erschien in seinem Sichtfeld.

Erste Hilfe - Verfügbare Talente:

Feldsanitäter
- Ihr bewahrt selbst im Kampf die Ruhe. Amputationen sind eure zweite Natur. Konzentration bei Heilungen im Kampf stark erhöht.

Faeheiler
- Ihr heilt eure Patienten mit dem Wissen der Natur. Nichtmagische Heilungseffekte von euch hergestellter Medizin und Magische Heilungseffekte erhöht.

Er sah und verstand sofort. Es waren Richtungen, in die man sich zukünftig spezialisieren würde. Silas würde nicht nur die Nützlichkeit für ihn einrechnen müssen, das wäre egoistisch, sondern auch das was seine Fae-Gefährtin wirklich mochte und was sie in ihrem Leben erreichen wollte. Er sah sie an. Die erste Wahl war einfach, fand er. Sie war kein Feldsanitäter. Er konnte sich nur schwer vorstellen, wie sie anderen das Kämpfen überlassen würde, während sie auf dem Schlachtfeld Leute zusammenflickte. Sie war vorne dabei und kämpfte gut oder besser als er. ‚Faeheiler' war die richtige Wahl. Sie war eindeutig mit Pflanzen vertraut, eine Alchemistin, sie hatte daran Spaß. Sie hatte sie beide geheilt und ihm wurde bewusst, wie wichtig ein Heiler in Aeternia war. Er zögerte nicht und teilte den Gedanken mit ihr. Sie stimmte zu und lächelte. „Gut, das habe ich mir auch gedacht. Ich fühle mich als wäre es das richtige. Meine Mutter ist auch eine echte Faeheilerin, musst du wissen." Silas lächelte. „So hat sie auch auf mich gewirkt. Und jetzt bist du auch eine." Er wischte den Schirm zu ihr und sah auf den nächsten.

Kräuterkunde - Verfügbare Talente:

Wahrer Kräuterkundiger
- Euer Wissen ist breitgefächert. Für jede Pflanzenart die ihr noch nicht entdeckt habe, erhöht sich eure Fähigkeit schwach. Die Chance einen Samen von der Pflanze zu erhalten ist erhöht.

Symbiotiker
- Pflanzen werden euch Pflanzenteile aushändigen, die sie vorher nicht abgeben wollten oder konnten (zum Beispiel: Wurzeln, Samen).

Okay. Das war schon etwas schwerer. Groß unterschieden sich die beiden Talente nicht, zumindest oberflächlich. Silas nickte. „Ich erkenne den Wert darin, seine Fähigkeit schneller zu erhöhen und Samen zu erhalten, aber... der Fae-Kräuterkundler hat auch eine Chance euch einen Samen zu geben und dazu noch andere Teile der Pflanze. Wenn du langfristig denkst und vielleicht deinen eigenen Garten haben möchtest, würde ich diese Fähigkeit wählen. Dazu kommt, dass sie mit deiner speziellen Art von Kräuterkunde harmoniert. Vermutlich ist das ein selteneres Talent, die nur den Fae und speziell einem Kräuterkundler mit dieser Ausrichtung zur Verfügung steht." Er schob den Schirm zu ihr ohne großartig weiter nachzudenken oder ihre Reaktion abzuwarten. Er machte sich an den nächsten Schirm.

Alchemie - Verfügbare Talente:

Transmutation I
- Ihr geht den ersten Schritt zur Verwandlung von einem Material in ein anderes.

Revitalisierende Tinkturen
- Mana-, Heil- und Unterstützungstränke die ihr herstellt sind effektiver.

Er zog eine Augenbraue hoch. „Hast du mal drüber nachgedacht den Stein der Weisen zu kreieren?" Sie sah ihn verständnislos an. „Was?" Er lächelte. „Eine Legende aus meiner Welt. Ein Stein mit dem man etwas verwandeln kann. Stellt euch vor, wie jemand aus Silber Gold macht und ihr versteht das grundlegende Prinzip." Sie schüttelte den Kopf. „Du wirkst auch nicht wie jemand der weltliche Besitztümer jagt." Sagte er freundlich. „Revitalisierende Tinkturen erlaubt mir das zu tun, was ich schon immer getan habe, nur besser. Ich denke das ist das richtige." Sagte sie fröhlich, woraufhin er nickte. „Zusätzlich harmoniert es mit deinen anderen Talenten, speziell dem Faeheiler-Talent, wenn Medizin und Tränke in dieselbe Kategorie fallen." Er stutzte, als ihm noch etwas auffiel. „Moment, das Talent nennt sich Transmutation I?" Ein fragender Blick seiner Begleiterin. „Was meinst du?" Er legte den Kopf schief. „Heißt das, man kann mehr als ein Talent in einer Fähigkeit lernen?" Sie nickte. „Auf Stufe 30 erhält man ein Talent das auf dem ersten aufbaut. Danach kommt noch mehr, aber ich weiß nicht genau wann. Ich musste mir über so hohe Talente noch nie Gedanken machen." Er nickte langsam. *Dann entwickelt sich daraus also eine Art Skilltree, so wird also ein Charakter definiert. Vermutlich ist er verzweigt und jede Fähigkeit baut auf den anderen auf. Das bedeutet aber auch, dass man hier keinen Fehler machen darf, oder? Dann stellt sich aber die Frage ob es überhaupt möglich ist einen Fehler zu machen und zu verskillen? Wenn das System dynamisch ist, wäre das schwer, aber Alinas Sorge implizierte, dass es Leute gab, die mit ihrer Wahl unglücklich waren. Uff, so kompliziert.* Er schüttelte den Kopf. *Nicht klug daran jetzt Gedanken zu verschwenden.* Er lächelte der Fae zu und schickte zur Bestätigung auch diesen Schirm zu Alina, der nicht entgangen war, dass er offensichtlich über etwas nachdachte. Silas widmete sich dem letzten Schirm.

Naturmagie - Verfügbare Talente:

Beschwörungsfokus Naturgeister
- Ihr lebt in Einklang mit den Geistern der Natur. Beschwörungszeit und Schaden eurer Naturgeister sind erhöht.

Zorn der Natur
- Eure Zauber stehen keiner anderen Schule in etwas nach. Eure schadensverursachenden Zauber sind tödlicher und kosten weniger Mana.

Umarmung der Natur
- Eure unterstützenden und Heilzauber benötigen können geringfügig schneller gewirkt werden und kosten weniger Mana.

„Uff", stöhnte Silas, als er die Auswahl sah. Auch Alina seufzte. Silas dachte kurz nach. „Also... ich muss sagen der Geist den du beschworen hast war das beeindruckendste was ich bisher an Magie hier in Aeternia gesehen habe." Sie strahlte ihn an. „Ja, ich war selber überrascht." Er sah sie fragend an. „Wieso überrascht?" „Naja", begann sie. „Der Naturgeist-Zauber ist ein fortgeschrittener Zauber. Ich kann ihn nur, weil meine Mutter ihn mir beigebracht hat. Er ist... begrenzt in seiner Anwendung." Als sie Silas' Gesichtsausdruck sah fuhr sie fort. „Der Ort ist wichtig. Nur Orte mit großer Verbundenheit zur Natur haben starke Geister. Je stärker der Geist, desto stärker muss der Zauber sein der ihn bindet. Dann muss es der richtige Geist sein. Ein Geist des Wassers wird nicht sein volles Potential zeigen, wenn man ihn an Stein bindet. Wir hatten Glück. Ich denke wir sind tief unter der Erde, vielleicht in einem Berg. Sehr starke Steingeister hier. Wäre ich stärker und hätte den richtigen Zauber, hätte ich vielleicht den Berggeist selbst finden können." Silas zog eine Augenbraue hoch und dachte kurz drüber nach. „Hast du eine besondere Bindung zu den

Geistern?" Er sah ihr an, dass sie sich das durch den Kopf gehen ließ, aber schließlich verneinte sie. „Nein, also nicht mehr als andere Fae. Es gibt eine große Schule von Beschwörern, die sich rein auf Geister- und Bindungsmagie spezialisiert, aber von denen gibt es keinen bei uns im Sidhe." Silas nickte. „Okay, wenn wir davon ausgehen, dass du dich nicht darauf spezialisieren möchtest, dann bleiben uns das Schadens- und das Unterstützertalent." Stellte er fest. „Das ist die schwerste Entscheidung von allen, finde ich." Sie schaute gequält drein, ob der schweren Wahl und sah sie ihn an. „Ich denke Umarmung der Natur ist flexibler. Besonders wenn ich mit dir unterwegs bin", sagte sie lächelnd. Silas schmunzelte ebenfalls. „Wenn wir so durchgehen was bisher passiert ist, macht das sicher Sinn. Aber willst du das auch? Es ist deine Entscheidung." Er schob zur Bestätigung auch das letzte der Infofelder zu seiner Gefährtin.

Alina nickte nur kurz. „Ich bin mir jetzt sicher. Ich will lieber Schmerzen lindern, als verursachen. Zauber kann ich noch immer lernen, noch immer Schadenszauber wirken, aber wenn ich mehr und besser heilen kann, könnte ich später sogar die Heilerrolle in einem Sidhe übernehmen." Silas zog eine Augenbraue hoch. Unterschätzt sie sich nicht etwas? *Eine Heilerin ihres Kalibers ist sicher überall gerne gesehen, egal ob unter Menschen, Fay oder Fae.* Ohne zu zögern bestätigte Alina alle vier Talente. Sofort leuchteten ihre Konturen grün auf, ähnlich wie bei Eri, der Prinzessin der Fey, nur dass das Licht vier Mal pulsierte und dann verschwand.

Silas sah sie neugierig an. „Wie fühlst du dich?" Sie blinzelte ein paar Mal und sah auf ihre Hände. Dann glitten ihre Finger kurz durch die Luft und mit roten Ohren schob sie ihren Statusschirm zu Silas herüber. Er staunte nicht schlecht. Die Kraft die sie erworben hatte, ihr Magiefokus: Naturmagie verringerte anscheinend den Manaverbrauch aller Naturzauber um 10%. Ihre Werte waren gestiegen, ihre

Fähigkeiten gesteigert und ihre Spezialisierungen waren deutlich für ihn sichtbar.

Alina		HP: 173/200			AUS: 100/100			MP: 211/260
Level: 8		STR	CON	DEX	INT	WIL	CHA	LUC
		8	20	10	26	22	12	10
Rasse: Waldfae					Erfahrung: 16000 / 18000			

Fähigkeiten

Kampf:		Allgemein		Handwerk:	
Stäbe	6	Erste Hilfe	11	Kräuterkunde	16
Speere	4	Heilkunde	5	Alchemie	12
Keulen	2	Giftkunde	3	Giftmischen	2
Bogen	2	Überlebensk.	3	Symbiose	6
		Kochen	6	Webkunst	5
		Anatomie	3		
		Hauswirtschaft	6		
		Legenden	3		
		Singen	4		

Magie:	
Naturmagie	11
Wassermagie	3

Spezialisierungen:	
Erste Hilfe	-> Faeheiler
Kräuterkunde	-> Symbiotiker
Alchemie	-> Revitalisierende Tinkturen
Naturmagie	-> Umarmung der Natur

Kräfte:		Skills:	
Magiefokus: Naturmagie	B	-	

Sprachen:		Gaben:	
Ton des Windes		Pyroabstinet	F
Elfisch		Eisenschwäche	F
		Zauberkontrolle	A
		Oberon's Kind	D

Silas lächelte. Was auch immer kommen möge, sie waren so bereit wie es nur irgendwie möglich war.

Tag 16-2

Silas und Alina gingen noch immer durch den dunklen, steinernen Gang. Die kleine Blüte im Glas die mit ihrem Licht tapfer die Dunkelheit erhellte lag in der Hand der Fae. Wieder dauerte es gefühlt Stunden in der sie durch die Dunkelheit liefen, bis sie den leicht goldenen Schimmer in der Ferne erspähten. Ohne es wirklich zu wollen beschleunigten beide ihre Schritte. Das stille Versprechen des Lichts, dass sie endlich aus dem dunklen Gang herauskommen würden spornte sie beide an. Still dankte Silas jedem Gott der Gehör spendete dafür, dass sie weder auf Monster, noch auf Fallen oder noch schlimmer, ein Labyrinth, gestoßen waren. Die Vorstellung in dieser Höhle, diesem Berg zu verhungern oder zu verdursten gefiel ihm absolut gar nicht.

Nach etwas weniger als einer Viertelstunde erreichten beide schlussendlich den Schimmer. Das goldene Licht kam aus dem riesigen Tor, dass mit dem hinter ihnen liegenden nur Größe und Material gleich hatte, besser gesagt kam es aus den Symbolen die meisterhaft in das schwarze Holz geschnitzt und mit Metall ausgekleidet waren oder sogar aus ihm bestanden: Sechs Sonnen aus Gold die in einem Kreis um eine Krone aus Silber angeordnet waren. Sofort flammte eine Vorsicht in ihm auf. Wäre er der Erschaffer dieses Dungeons würde er darauf abzielen, dass der Eindringling den Wert dieser Stücke erkannte und sie entfernen würde. Dann würde er irgendeinen Mechanismus einbauen, der demjenigen, der sie entfernte teuer zu stehen kommen würde.

Vorsichtig legte Silas die Hand auf die Pforte und drückte, aber nichts passierte, genau wie er es erwartet hatte. Alina ging ebenfalls zur Tür und legte ihre Hand auf das Holz. Sie lauschte kurz, schüttelte dann aber mit dem Kopf. „Die Tür trägt keinen lebenden Geist in sich, ich kann sie nicht öffnen." Gut zehn Minuten standen beide vor der Tür und probierten verschiedene Dinge aus, aber der Mangel an Werkzeugen machte sich bemerkbar, als Silas vorschlug die Tür aufzubrechen, aber nicht einen Ritz in der Tür sah wo er hätte ansetzen hätte können, selbst wenn er ein Brecheisen gehabt hätte.

Er seufzte schließlich nur, als er von Alina an das Ausmaß des letzten Tores erinnert wurde, was ihm bewusstmachte, dass es selbst mit Hilfe des Steingeists vermutlich unmöglich wäre das Portal gewaltsam niederzureißen.

Selbst der kleine Schnitt an seinem Finger und das Blut, das er über das Holz zog brachten sie nicht weiter. Keine Buchstaben erschienen, nicht deutete auf einen weiteren Vers des Gedichts hin. Er trat etwas ratlos zurück. „Okay, wir müssen irgendwie durch diese Tür. Auf dem Rückweg warten ein paar hundert der Blechbüchsen auf uns und unser Essen wird langsam knapp. Ich habe keine Lust hier zu verhungern." Alina nickte knapp. „Okay, was übersehen wir?" Fragte er vorsichtig an niemanden bestimmten gerichtet. „Die Symbole sind der Schlüssel, da bin ich mir sicher." Sagte seine Gefährtin überzeugt. Als Antwort darauf legte sie ihre Hand auf das Symbol der Krone, aber nichts geschah. Dann legte sie die Finger auf eine der Sonnen, runzelte die Stirn und schob die Sonne zur Seite, deren Vorderseite plötzlich dunkler wurde. Erschrocken ließ sie die goldene Plakette los und sie schnellte zurück an ihren Platz. „Ha!" rief Silas aus als seine Gefährtin die Sonne bewegte. Während er noch grinste hörten sie beide ein leises Rumpeln in der Ferne hinter ihnen und sie drehten sich um. „Okay, das gefällt mir überhaupt nicht." Stellte er fest und sah besorgt seine Gefährtin an. Alina sah aus als würde sie über etwas nachdenken. „Silas, die Gedichte!" Er sah sie verständnislos an. „Wie ging die Zeile noch gleich? Beim ersten Vers? Nach dem letzten Sonnenstrahl?" Er bekam große Augen. „Vor dem Schein der Monde..." Alina legte die Finger auf eine der Sonnen und verschob sie, bis sie komplett verschwunden war, dann ließ sie die Sonne los, aber nach einigen Sekunden schnellte sie erneut zurück an ihren Platz. „Gut, wir haben eine Möglichkeit gefunden. Jetzt müssen wir nur noch verstehen, was der Erschaffer uns mitteilen wollte. Verdammt, was übersehen wir?" Fluchte er, als das Rumpeln hinter ihnen lauter wurde. Ein Schulterblick zeigte jedoch noch nichts Ungewöhnliches. Drei Minuten lang starrten sie beide auf die Sonnen und waren in Gedanken versunken. „Alina, kannst du ein Licht hinter uns herbei beschwören? So weit entfernt wie möglich?" Sie drehte sich dem Gang hinter ihnen zu und hob die Arme. Einige Sekunden später schwebte weit von ihnen entfernt eine kleine Lichtkugel in dem Gang und leuchtete ihn aus. Er dachte er sah wie sich die Schatten bewegten, aber schüttelte dann mit dem Kopf, als er nichts Genaueres erkennen konnte. „Okay, so sehen wir wenigstens, wenn sich uns etwas nähert." Er widmete seine Aufmerksamkeit wieder dem Rätsel vor ihnen.

Er legte die Hand auf die Krone und verschob sie ein Stück. Im ersten Moment passierte nichts und sie schnellte sofort auf ihren Platz zurück, ohne wie die Sonne einige Sekunden an dem Ort stehen zu bleiben.

Alina sah Silas aufmerksam zu, wie er mit dem Rätsel hantierte. Als die Krone zurück auf Ihren Platz schnellte drehte sie sich um, einer Vorahnung folgend. Einige Sekunden blickte sie still in die Dunkelheit hinter ihrem beschworenen Licht und zuckte dann zusammen als sie ein Krachen in der Entfernung hörte. „Okay, wir haben anscheinend ein Problem." Hörte sie ihren Begleiter sagen während auch er sich nervös zum Gang drehte. Beide hörten erneut das Rumpeln, dann ein Krachen. Und es wurde immer lauter und schneller. Ein Rumpeln, ein Krachen, ein

Rumpeln. Stein auf Stein. „Beeil dich!" Flüsterte sie leise aber eindringlich und Silas drehte sich gehetzt zurück und wirkte als würde er angestrengt nachdenken. Erneut schob er eine der Sonnen zur Seite, bis sie verschwand. „Vielleicht..." begann er, und er hielt seine Hand auf der Sonne. Die vibrierte kurz und die stilisierten Sonnenstrahlen verschwanden und an ihre Stellte trat ein Licht von einer runden, weißen Scheibe. „Ein Mond", hauchte er, ließ los und die Scheibe driftete zurück an ihren Platz, blieb aber in ihrer neuen Form. Das Knirschen von Stein hinter ihnen wurde schneller. „Silas! Etwas kommt!" Sagte seine Begleiterin laut und wich einen Schritt zurück. „Verflucht!" Er drehte sich um und sah weit hinter dem Licht wie die Schatten sich erst langsam auf sich zu bewegten und plötzlich schnell ineinander krachten. „Oh verdammt" zischte er, als der Boden unter ihm unter der Kollision erzitterte. *Okay. Irgendwo hier.* Seine Hände glitten über das Holz. Er lief von der einen Seite der Tür zur anderen, bis er fand was er gesucht hatte. Er zählte. Er spürte sechs hauchdünne Vertiefungen in dem kalten Holz, nicht sichtbar mit dem bloßen Auge, genau links der Krone und neben den Symbolen. Er musste es einfach probieren.

Er strengte sich an das Gedicht zu rezitieren.

Nach dem letzten Sonnenstrahl. Er zog den Mond ganz nach links in Entfernung zu der Krone. Es klickte, als der Mond magisch in der ersten Vertiefung einrastete. „Ich habe es!" Sagte er laut.

„Silas..." hörte er neben sich, doch er konzentrierte sich weiter und nahm ihre Ermahnung kaum wahr.

Vor dem Schein der Monde. Er zog eine Sonne soweit über das Holz, bis auf ihr nur noch ein Stück des goldenen Schimmers zu sehen war und versenkte sie in der zweiten Vertiefung. Ein erneutes Klicken.

Es krachte erneut hinter ihm und das Licht das seinen Rücken erhellt hatte verschwand. Der Boden bebte leicht.

Vor dem letzten Sonnenstrahl. Er zog die Krone in die Reihe. Dann eine weitere Sonne. *Verdammt.* Das Klicken blieb aus. Die Krone und die Sonne schnellten zurück an ihren Platz.

„Silas!" rief seine Gefährtin jetzt fast panisch und Stein schlug mit einem Donnern auf Stein. Wieder erzitterte der Boden, stärker diesmal.

Vor dem letzten Sonnenstrahl. Nach dem Schein der Monde. Silas zog diesmal eine Sonne bis sie sich in einen Mond verwandelte und setzte sie in Reihe. Dann die Krone. Dann die letzte Sonne. *Der verdammte Witzbold hatte absichtlich den Vers so geschrieben, dass man einen Fehler machen würde.* Es klickte für jedes versenkte Symbol.

„Ich habe noch zwei der goldenen Kreise, aber nur noch eine Vertiefung! Verdammt, wie ging der letzte Vers?" Er drehte sich zu seiner Gefährtin und wünschte gleichzeitig es nicht getan zu haben. In dem Moment als sein Blick nach hinten fiel, sah er in vielleicht fünfzig Meter Entfernung die schwarzen Steinquader des Ganges ineinander krachen. Diesmal bebte der Boden so stark, dass er selbst ein wenig schwankte. Sie sah ihm tief in die Augen. Das Bild seines Blutes, das über die Tür läuft und die verzweifelte Hoffnung in seinen Augen hatten sich für immer in ihr Gedächtnis eingebrannt. Sie flüsterte ihm zu. „Des Reisenden Hoffnung, versiegelt für immer, Im Zwielicht des Hains…" „Zwielicht!". Das war die Lösung. Er starrte auf die beiden Sonnen als hinter ihm die nächsten Steinblöcke ineinander schmetterten. „Zwielicht… Zwielicht…" entgeistert sah er seine Gefährtin an. „Ich weiß nicht…" Alina legte ihm beruhigend die Hand auf den Rücken. „Ich weiß, dass du es schaffst." Er atmete tief durch. *Zwielicht.* Tausend Gedanken schossen ihm durch den Kopf. *Dämmerung. Abwesenheit von Licht. Erscheinen von Licht. Morgendämmerung, Abenddämmerung. Horizont. Wolken.* Sein Gehirn raste. *Mischung, Anordnung, Gestalt, Wandel, Spaltung, Aufteilung… Zusammenschluss.*

Zwielicht. Der Zusammenschluss des Lichts von Sonne und Mond. Er stockte und hörte kurz hinter sich ein Donnern das seine Ohren klingeln ließ. Er wankte. Beides zusammen! *Mond und Sonne.* „Eine... Kombination!" Flüsterte er leise. Bestimmend griff er nach einer der Sonnen und ließ sie über das schwarze Holz gleiten. Langsam verdunkelte sie sich, bis das Licht des Mondes in ihr erschien. Mit der anderen Hand griff er die Sonne und mit einem letzten Seitenblick auf seine Gefährtin führte er die Sonne und den Mond zusammen. Unter seinen Fingern spürte er, wie beide Scheiben sich überlappten und miteinander verschmolzen. Das Licht der Sonne und das Licht des Mondes flossen ineinander und verschwanden beide gleichzeitig. Stattdessen begann die schwarze Scheibe Mitternachtsblau zu leuchten, von einer goldenen Korona gekrönt. Er sah zur Seite, wo sich Staub und kleine Steinchen von der zuckenden Wand lösten. Mit einem Ruck zog er die Zwielichtscheibe in ihren Platz in der letzten Vertiefung.

Ein letztes, lautes Klicken ertönte. Blaues Licht ging von der Scheibe aus und traf auf das silberne Licht der Krone. Von da aus zog das neue, silberblaue Licht die Tormitte entlang. Sofort begannen die Torflügel im Stein der Seitenwände zu versinken, fast wie eine Schiebetür, nur ungleich größer und leider auch ungleich langsamer. Schnell für so ein massives Gebilde, aber vielleicht nicht schnell genug. Silas packte Alina an der Schulter und schob sie ohne Protest abzuwarten auf den Schlitz zu. Die Steinquader links und rechts von ihm bewegten sich jetzt, zitterten, langsam aber unaufhaltbar. Es würde nur noch Sekunden dauern und sie würden mit der gewaltigen Kraft eines Geschosses zusammenprallen und sie beide zerquetschen.

Alina hatte ihren Rucksack abgezogen und drückte sich mit aller Kraft gegen den sich öffnenden Spalt in dem Tor, während Silas hinter ihr stand und schob so gut er konnte. Im nächsten Augenblick schlüpfte sie mit einem Ächzen hindurch. Auch er drang jetzt zum Durchgang und Alina ergriff von innen seinen Arm und zog. Er drückte gegen den

Spalt mit aller Kraft die er aufbringen konnte, Knochen knackten. Mit gewaltiger Kraftanstrengung ignorierte er die Warnsignale seines Körpers und spürte wie Knochen in seinem Brustkorb anfingen zu brechen.

Mit einem lauten Schrei auf den Lippen, kaum eine halbe Sekunde später, fiel er durch die Öffnung.

Im Fallen sah und hörte er, wie die Steine hinter ihm zusammenkrachten und einen Schauer von Kieseln, Staub und Splitter über sie regnen ließen. Er landete auf dem weichen Untergrund und sah Alina an, die neben ihm im Gras lag. Seine Knochen schmerzten von der Anstrengung aber das war ihm egal. Erstmal lebte er noch, dann lebte Alina und sie waren der dritten Todesfalle des Dungeons entkommen. Er lächelte Alina an, die neben ihm im Gras lag und seufzte erleichtert.

Vor ihnen schloss sich die Tür wieder, obwohl sie noch nicht ganz geöffnet gewesen war und mit einem kleinen, bläulichen Licht versiegelte sie den Eingang wieder. In diesem Moment realisierte er etwas. Es war das zweite Mal, dass er diesen Gedanken hatte. *Gras?* Fragte er sich und drückte sich in eine sitzende Position, während er mit der Handfläche über den Untergrund fuhr. Alina tat es ihm gleich und schaute nach unten. Im selben Moment standen beide auf, drehten sich um und was sie sahen verschlang beiden den Atem.

Das Gedicht hatte Recht. Es war wortwörtlich ein Hain, aber die Schönheit war nur schwer zu beschreiben. Das grüne Gras auf dem sie standen wirkte wie geschnitten, war etwas länger als eine Handbreit und schwankte leicht durch die sanfte, warme Brise die in dem Steindom wehte, dessen Decke man nicht sehen konnte. Kleine glitzernde Funken schwebten durch die Luft und erzeugten die Illusion eines Sternenhimmels und tauchten die gesamte Szenerie in ein angenehmes Zwielicht. Der Baum der nicht weit von ihnen entfernt stand und wie eine Trauerweide aussah, wiegte sich leicht im Wind.

Am anderen Ende der riesigen Höhle, noch weit hinter der Trauerweide, sah er große, weiße Säulen aufragen, die ein weißes Gebäude, vielleicht ein Podium säumten. Selbst von hier aus konnte er sehen, dass Pflanzen und Ranken den weißen Stein emporgeklettert waren und ihn umhüllten.

Ein leichtes klingen wie von hellen Glöckchen erklang in der Luft, ohne eine erkennbare Quelle. Lange schon wusste er, dass ein ‚einfacher' Computer diese Welt nicht erschaffen konnte. Die echte Welt hatte Makel, und selbst hier war nicht alles perfekt, aber es gab Orte wie diesen, in dieser Welt wie auch auf der Erde die dem sehr nahekamen und wirkten wie gemalt. Idyllisch. Vielleicht war das Gras nicht überall gleich lang. Vielleicht waren die Ranken nicht symmetrisch, aber genau diese Imperfektion machte den Ort erst wirklich schön. Ein Computer konnte schöne Bilder erzeugen, aber nicht die wahre Schönheit der Natur verstehen.

Er starrte einfach nur geradeaus. Alina war die erste die die Stille durchbrach. „Es ist unglaublich." Silas sog langsam die Luft ein und sofort erinnerte sie ihn an heißen Asphalt nach einem Sommergewitter, aber gleichzeitig war sie auch kühl und wirkte belebend auf seinen geschundenen Körper. Silas hatte plötzlich das Verlangen seine Gefährtin zu beschützen. Sie festzuhalten und nichts Anderes mehr zu tun. Er unterdrückte das Gefühl und stimmt ihr nur leise zu. „Ist es."

Langsam liefen sie nebeneinander über das Feld und als sie die Weide inmitten der Graslandschaft erreichten sprach Silas leise auf. „Es gibt eine Geschichte über diesen Baum." Sie sah ihn interessiert an. „In meiner Welt gibt es eine Geschichte, sie handelt von einer Stadt namens Babylon. Die Stadt war die schönste und mächtigste Stadt für tausende von Meilen. Ihre Stadtmauern erstreckten sich bis zum Horizont und angeblich hatte sie einhundert Tore. In ihr gab es eins der sieben Weltwunder, wie wir sie nennen. Die Hängenden Gärten der Semiramis." Alina hörte ihm aufmerksam zu, als er vorsichtig eine Hand auf die Rinde des Baumes legte. „Die Gärten waren riesig und in ihnen standen fast alle Bäume der damals bekannten Welt. Tausende Pflanzen und Blumen. Stufenartig gepflanzt soweit das Auge reichte." Ihre Augen wurden größer, als sie sich vorstellte wie es ausgesehen haben musste. „Nachdem Babylon lange untergegangen war, wie du weißt gibt es in unserer Welt keine Magie, zerfielen die Mauern und Gebäude, und dort wo sie einst stand ist heute nur noch Wüste. Dieser Baum wurde tausende Jahre später dort gefunden, wo man vermutet das Babylon einst stand. Wir nennen sie die Babylonische Trauerweide. Ich dachte ihre Geschichte passt irgendwie zu diesem Ort, dem Gedicht und allem. Auch dieser Ort hat die Zeit überdauert. Ich frage mich ob der Erschaffer dieses Ortes die Geschichte kannte." Sagte er etwas unbeholfen und grinste schief. Auch sie lächelte ihn jetzt an und er spürte wie sich ihr Herz öffnete.

„Eine schöne Geschichte. Etwas melancholisch, aber sie zeigt, dass etwas von einem zurückbleibt, wenn man von dieser Welt schwindet und wenn es nur so etwas Einfaches wie ein Baum oder eine Legende ist." Silas lächelte schwach. „Ich dachte immer der Name würde zu ihm passen. Er lässt seine Blätter hängen und es sah für mich aus als würde er eine Last auf seinen Schultern tragen oder traurig sein. Gleichzeitig überdauert er Jahre, vielleicht Jahrhunderte und ist unverrückbar." Erwiderte er und tappte mit der Hand ein paar Mal auf die Rinde. „Genug davon." Silas räusperte sich kurz und Alina merkte, dass ihm die Geschichte offensichtlich ein wenig peinlich war. Lächelnd ermunterte sie ihn. „Ich mag es, wenn du mir Geschichten von deiner Welt erzählst. Ich wünschte ich wüsste mehr über meine eigene." „Wir werden schon noch genug über Ardleigh erfahren" meinte er aufmunternd und deutete in Richtung der Weißen Säulen. „Wollen wir?"

Gemeinsam gingen sie vorsichtig die verbleibende Strecke bis zu der erhöhten Stelle aus weißem Stein. Der Weg den sie betraten war auf beiden Seiten mit den Säulen gesäumt, die sie schon von weitem gesehen hatten. Grüne Ranken schlängelten sich an ihnen hoch und kleine, Trauben-ähnliche

Früchte hingen hier und dort einzeln von Ihnen herab. Dann kamen sie zu den weißen Stufen, die zu einer weiteren Erhöhung führten. Und oben, als würde er den Garten überblickend, stand ein großer Sarkophag mit dem Antlitz eines Menschen. *Ist er das? Agratar?*

Beide traten vorsichtig näher und Silas sah die offene Schriftrolle, die der Mann aus Stein in seinen Händen hielt. In goldene Lettern geprägt stand dort ein weiterer Vers. Mit einem Blick in Alinas Gesicht, die ihm leise Zustimmung vermittelte, begann er zu lesen.

Hier ruht König Agratar,
erster seines Geschlechts,
Herrscher Qurians,
Paladin Lorians,
Reisender

Möget ihr Frieden finden in eurem Garten,
eure Seele emporsteigen in die ewige Halle,
euer Vermächtnis überdauern,
euer Mut neue Generationen inspirieren.

„Wir haben wirklich das Grab des Hochkönigs gefunden." Sagte Alina ehrfurchtsvoll. Silas wollte gerade zustimmen, als die Runen sich verschoben. „Da kommt noch mehr, schau!" Er las die Zeichen die sich jetzt in eine neue Reihenfolge setzten.

„Sprich den Namen drei Mal, Reisender und ich werde deine Fragen... beantworten?"

„Was bedeutet das Silas?" Er zuckte mit den Schultern. „Ich denke wir müssen den Namen des Königs aussprechen um Antworten zu erhalten. Bist du dabei?"

Entschlossenheit stand ihr ins Gesicht geschrieben, als sich beide an den Sarkophag wandten. „Wir sind nicht so weit gekommen, nur um jetzt umzukehren. Tun wir es." Silas lächelte. Er hatte nichts Anderes erwartet.

„Agratar!" sprachen sie im Einklang aus. Sofort zog der Wind an und wehte durch die Ruhestätte und ließ ihre Kleidung flattern. Sie zögerten, obwohl sie gewusst hatten, dass etwas passieren würde, aber nur für einen Moment. „Agratar!" sagten sie ein zweites Mal, und der Wind in seinen Ohren begann erst zu pfeifen, dann zu peitschen. Besorgt sah er zu Alina, die mit entschlossener Miene neben ihm stand. „Agratar!" riefen sie gemeinsam über den lauten Wind hinweg.

Sobald die letzte Silbe ihre Münder verließ ertönte ein Donnern das von allen Seiten widerhallte. Aus der Höhe zuckte ein Blitz in den Steinsarg vor ihnen und sie stolperten erschrocken zurück. Silas hoffte insgeheim, dass er nicht gerade sein Todesurteil unterschrieben hatte. Er war unbewaffnet, müde, hungrig und jetzt auch noch geblendet. Er konnte zwar nichts sehen, dafür bemerkte er jedoch wie der Wind plötzlich von jetzt auf gleich verebbte und es herrschte wieder Totenstille. Alina, offenbar ebenso geblendet flüsterte leise. „Siehst du etwas?" Er schüttelte den Kopf, wurde sich aber im gleichen Moment bewusst, dass sie ebenso blind war wie er. „Nein. Geht's dir gut?" Ein zögern. „Ich glaube schon. Bei dir alles okay?" Er blinzelte und tastete sich ab. „Alles noch dran. Während seine Sicht langsam zurückkehrte näherte er sich der Stimme seiner Gefährtin. Die Tränen wegblinzelnd ergriff er ihren Arm und gemeinsam richteten sie sich auf. Zusammen wappneten sie sich, für das was kommen würde. Was wenn es feindlich wäre? Wenn sie gleich dem Geist eines uralten, mächtigen Kriegers entgegentreten würden? Er schluckte und seine Sicht klärte sich endgültig.

Über diesen Gedanken jedoch trat eine weiße Gestalt durch die steinerne Tür des Sarges.

Silas wich sofort einen Schritt zurück und Alina hob die Arme, bereit einen Zauber auf was immer dieses Wesen war zu entfesseln, sollte es auf sie losgehen. Silas erkannte sofort, dass die Gestalt, der Geist, die Form eines Mannes hatte und dem toten König auf dem Sarg wie aus dem Gesicht geschnitten war.

Die Gestalt, erst ausdruckslos, starrte sie jetzt beide mit unverhohlener Neugier an, bevor er einen weiteren Schritt nach vorne tat, die Treppen der kleinen Erhöhung hinab, auf der der Sarg gestanden hatte. Noch während das Wesen auf sie zu kam, seine durchscheinenden, weißen Plattenstiefel kein Geräusch auf dem Boden verursachend, erkannte Silas deutlich Intelligenz in den weißen, ätherischen Augen des Wesens, die eine Spur von weißen Partikeln an der Stelle hinterließen, wo sie eben noch gewesen waren. Silas hatte keine Chance und er musste kein Genie sein um zu erkennen warum: Die prächtige, weiße Plattenrüstung, durchscheinend wie alles an dem Körper der Erscheinung war perfekt, er sah keinerlei Makel. Die Waffe in der Scheide des Mannes musste nicht von ihm gezogen werden, um ihn zu besiegen. Er kam sich vor wie ein Verbrecher, der vor einen Richter trat. Würde sich dieser Mann entscheiden ihn zu töten, hatte er es vielleicht schon getan, würde er ihm nichts entgegensetzen können, selbst wenn er bewaffnet gewesen und noch einhundert Jahre trainiert hätte. Er schluckte als die Gestalt ihn ansah, als würde er abschätzen wer er war, was er wollte und warum er ihn bei seiner Ruhe gestört hatte. Er schluckte.

Jetzt fiel der Blick des Mannes auf die Fae, verblieb kurz auf ihr, dann wandte sich sein Blick wieder zu ihm. Und das Wesen sprach, ganz anders als er erwartet hatte, in einer menschlichen Stimme. In dieser klang etwas Ätherisches mit, wie der Nachhall eines Echos, und was Silas sofort auffiel, er nutzte weder die Gemeinsprache, noch das Qurische. Er sprach mit ihm im akzentfreien Englisch. „Ich sehe es euch an. Ihr seid wie ich. Ein Reisender von der Erde." Silas konnte nicht anders und anstatt zu antworten fragte er neugierig auf Englisch: „Seid ihr der König Qurians? Warum sprecht ihr meine Sprache?" Die Gestalt blieb stumm, schätzte ihn ab. Er hob eine Hand in ihre Richtung und eine einzelne, weiße Rune erschien sofort auf seiner Handfläche.

„Man hat euch eingeschränkt, Silas. Tristan." Der angesprochene erstarrte, als die Erscheinung seinen alten Namen benutzte. „Ihr kennt meinen Namen? Eingeschränkt?"

Das Wesen legte den Kopf nur minimal zur Seite, kaum sichtlich, aber immerhin die erste Gefühlsregung die es, er, zeigte. „Natürlich. Ihr steht vor mir wie ein offenes Buch." Er sah zu der Fae an seiner Seite und begann im Ton des Windes zu sprechen. „Beruhigt euch. Ich will euch nichts tun. Ich bin weder eine Gefahr für euch, noch für euren Liebsten. Sagt mir, wie viel Zeit ist vergangen seit ich gestorben bin?" Ihre Ohren wurden rot. „Das ist nicht ganz sicher, ein paar tausend Jahre. Vielleicht länger." Dann etwas leiser „Und er ist nicht mein...", sie unterbrach sich selbst, als sie merkte wie dumm sie sich vorkam. „Ihr sprecht meine Sprache? Was seid ihr?"

Das Wesen seufzte. „So viele Fragen, so wenig Zeit. Ich bin eine Erinnerung, ein Echo, wenn ihr so wollt. Die letzte Magie die ich gewirkt habe als ich noch lebte." Er hob die Hand und eine weiße, leuchtende Masse erschien in ihr, heller als das Licht, das von ihm ausging. „Ich bin kein Geist oder Phantom. Ich bin der Herrscher Qurians und ein einfacher Mensch, gleichzeitig bin ich nur eine Erinnerung. Ein Echo." Das Licht in seiner Hand verformte sich zu einem seltsam anmutenden Gebilde, klein aber hoch detailliert. Eine Art Schloss, eher eine Trutzburg, erschien und änderte sich sofort zu einem schwebenden, drehenden Thronsaal. Die Gestalt die dort auf dem hohen Stuhl saß war eindeutig er. Es sah aus wie eine kleine Version seines jetzigen selbst.

Er sah Silas eindringlich an. „Ich bin wie ihr, müsst ihr wissen. Ich war einer der ersten, die ihr neues System ausprobiert haben. Ihr ‚Spiel'. Aeternia. Einer von vielen, einer von wenigen." Ich weiß nicht mehr, was ich tat als ich auf der Erde war, oder wie ich hieß. Ich habe meinen Namen vor langer Zeit abgelehnt." Ich erinnere mich noch an unsere Welt, aber es ist ein Schatten eines Schattens." Die Szenerie veränderte sich, wurde deutlich kleiner. Ein schmächtiger, mittelgroßer Mann ohne definierte Gesichtszüge stieg in eine Kapsel aus Glas. „Silas, ihr müsst wissen, zum Zeitpunkt meines Ablebens, war ich weit über zweitausend Jahre alt." Silas schüttelte den Kopf. „Ich verstehe nicht. Was wollt ihr mir sagen? Wie ist das mög...?" Wollte der angesprochene ansetzen, aber eine ablehnende Geste des Königs ließ ihn verharren. „Wir haben nicht viel Zeit, Silas. Ich kann euch nicht alles erklären. Der Grund aus dem wir hier sind ist komplizierter, als ihr euch vorzustellen vermögt. Die, die euch geschickt haben sind mehr als sie vorzugeben scheinen. Nur so viel: Es ist kein Spiel, wie ihr augenscheinlich schon festgestellt habt. Vergesst das nicht." Sprach er mit einem Seitenblick auf die Fae neben ihm. Silas errötete leicht und der Geist nahm eine wärmere, fast menschliche Stimme an. „Ich kann euch nicht alles verraten. Ich bin mir bei einigem nicht sicher, anderes habe ich bereits lange vergessen. Sie würden es früher oder später auch herausfinden und euch vernichten. Stellt mir keine Fragen die ich euch nicht beantworten kann. Sprecht niemals ihren Namen aus. Namen haben hier mehr Macht als ihr euch vorstellen könnt."

Silas dachte über die Worte des Echos nach und ließ sie auf sich wirken, dann nickte er fest entschlossen. „Was ist mit euch passiert?" Der Geist verzog eine Miene und er sah Wut über ihn kommen. Das Licht in der Hand der Erinnerung veränderte sich erneut. Eine Figur, er, und große, formlosen Gestalten die sich um ihn herum übermenschlich groß erhoben. „Man hat mich verraten. Verkauft für etwas das weniger wert ist als der Staub auf dem wir stehen. Ich wurde hintergangen. Ich habe es im letzten Moment geschafft vor ihnen und meinen ehemaligen Kameraden zu fliehen. Mit letzter Kraft errichtete ich diesen Ort und speicherte meine Erinnerungen und verbleibende Macht in diesem Echo." Der Geist vor ihm spuckte diese Worte fast aus, und es wurde kurz fast merklich kälter um sie herum. Sofort wurde er wieder ruhiger, als er sah, dass die beiden ihn erschrocken anstarrten. Sofort änderte sich die Figur in seiner Hand wieder in formloses Licht.

„Verzeiht meinen Ausbruch. Auch wenn ich nur ein Schatten eines Mannes bin, spüre ich noch immer den Verrat in mir." Der Geist griff sich an die Nasenflügel und rieb daran, eine allzu menschliche Geste, wie Silas dachte.

Das Echo sprach sie mit erneuerter Stärke in der Stimme an. „Kommen wir zu dem wichtigen Teil. Ich sehe, dass ihr großes Glück gehabt haben müsst, mein Refugium zu durchqueren. Ihr seid schwach." Er sah den Ausdruck auf ihren Gesichtern und hob beschwichtigend die Hände. „Ihr braucht nicht zu protestieren, ich sehe es euch an, Level Acht und Neun. Ihr steht gerade am Anfang eurer Reise."

Silas stand mit halb geöffnetem Mund da, fing sich dann aber, doch Alina war nicht so zurückhaltend. „Wie könnt ihr meinen Status sehen? Er ist nicht für eure Augen bestimmt." Sagte sie etwas schärfer als Silas lieb war. Agratar sah sie mit seinem kalten, eingehenden Blick an, bevor er entschuldigend nickte. „Entschuldigt. Die Jahre als Herrscher haben meinen Manieren nicht gutgetan. Ich sehe euren Status durch eine Kraft, die ich besitze." Alina sah ihn ernst an, aber akzeptierte dann seine Entschuldigung wortlos. Dann wandte sich die Erinnerung wieder an sie beide. „Silas, wisst ihr wie viele Reisende sich zurzeit im Land befinden?" Der dachte kurz nach. „Sicher weiß ich es nicht. Aber wir vermuten nur eine Handvoll." Er dachte kurz nach. „Theoretisch könnten es Tausende sein, aber ich kenne die Kapazitäten unserer Freunde nicht." Das Echo lächelte, als er sah wie schnell der junge Reisende vor ihm verstand. „Aber mehr würde auffallen. Ich bin mir jedoch nicht hundertprozentig sicher. Sie haben es noch nicht an die Öffentlichkeit gebracht, wenn ihr versteht was ich meine." Die Erinnerung sah ihn an und ein Ausdruck von Akzeptanz und vielleicht sogar etwas Respekt erschien auf seinem Gesicht. „Ihr seid intelligenter als ich es euch zugetraut hätte. Ihr habt eine schnelle Auffassungsgabe. Ihr habt es immerhin bis zu mir geschafft. Ich erkenne Potential in euch..." Er blickte kurz ins Leere, wie durch ihn hindurch. Silas fühlte sich als würde jemand in die Tiefe seines eigenen Ichs starren. "...und ich sehe die

Götter tun es auch." Silas stand nur da, wartend auf das was kommt. „Die anderen Reisenden werden ebenfalls an ihren eigenen Zielen arbeiten. Viele werden verwirrt oder verzweifelt sein, einige notleidend. Andere werden in Aeternia nicht mehr als ein Spiel sehen, das sie gewinnen müssen." Eindringlich sah er den jungen Reisenden vor ihm an. „Andere werden sich euch in den Weg stellen und zu verhindern suchen, was ihr erfüllen wollt. Einige, weil sie es nicht anders wissen, andere werden dazu gezwungen werden und einige werden aus purer Bosheit handeln. Das Land hat eine ungewöhnliche Wirkung auf Menschen wie uns. Es kann das Beste in einem hervorbringen, aber auch das Schlechteste. Auch wenn ihr es vielleicht nicht wolltet Silas, ihr seid bereits mit dem Schicksal Aeternias verknüpft. Wenn nicht seitdem ihr euch entschieden habt auf diese Welt zu kommen, dann seitdem wir uns getroffen haben. Vielleicht aber auch schon viel früher als wir es uns vorstellen können." Agratar, die Erinnerung, ließ erneut eine menschliche Regung in seinem geisterhaften Antlitz erkennen, vielleicht Bedauern oder Mitleid, wie Silas etwas erschrocken erkannte.

„Die Aufgaben die vor euch liegen erfordern mehr, als ihr im Stande seid zu tun, befürchte ich. Ihr könnt von Glück reden im Wald von Hadria erwacht zu sein. Der Wald kann gefährlich sein, aber auch ein treuer Verbündeter. Es gibt jedoch Länder und Gegenden im Land, die hundertfach gefährlicher sind. Sümpfe, in denen die Luft tödlich ist, die ihr atmet. Der Boden vergiftet. Länder in denen Asche regnet und Feuer regiert. Die Seele verseucht."

Das Echo blickte in die Ferne als würde er sich an etwas erinnern und verblieb so, bevor er wieder sein Wort an sie richtete.

„Ich werde meine Kräfte mit euch teilen. Sie werden mit euch wachsen und euch die Reise vereinfachen. Seid ihr bereit, Silas, Alina?" Die angesprochenen sahen sich zögerlich an, Silas erkannte die Bereitschaft und den Willen in den Augen seiner Gefährtin, und nach kurzer, stummer

Übereinkunft wanden sie sich wieder ihm zu. „Wir sind bereit, für was auch immer ihr tun wollt, König Agratar." Sprach Silas für sie beide.

Der König hob die Hand. „Dann lasst uns keine Zeit verlieren." Die Kugel des weißen Lichts in der Hand des Königs explodierte nach außen. Hunderte weiß-goldene Runen materialisierten sich in einem Sekundenbruchteil und begannen sich in verschiedene Richtungen um seine Arme und dann um seinen Körper zu winden. Dutzende ineinander verschlungene magische Kreise bildeten sich unter ihnen, umgeben von hunderten Symbolen die sich seinem Verstehen von Geometrie entzogen. Die Stimme Agratars wandelte sich in ein unverständliches, leises murmeln, in einer Sprache die ihnen beiden unbekannt war.

Das Echo schien kurz heller aufzuleuchten und wieder zog der Wind etwas an, ohne diesmal abrupt abzuflauen.

Alina keuchte leise auf, als sie die komplizierten Muster sah, die sich über den Körper des Mannes bis auf den Boden erstreckten. Es war eine andere Magieform als die, die sie kannte. Weiße oder goldene Runen gehörten nicht zu den Grundelementen, also musste es sich hierbei um Magie einer höheren, übergestellten Schule handeln. Sie biss die Zähne zusammen und wappnete sich gegen das was kommen würde.

Genauso schnell wie er begonnen hatte, beendete das Echo seinen Zauber und verstummte. Eine weiße Rune mit goldenem Rand erschien auf seiner Handfläche. Er sah sie beide an. Durchdringend. Entschlossen. Mit einem einzigen Wort der Macht vollendete er seinen Zauber.

Etwas Unsichtbares zog über Silas hinweg. Ohne Vorwarnung spürte er eine unnatürliche Schwere über ihn kommen, die ihn auf ein Knie herunterdrückte. Er wollte sich zuerst wehren, dagegen ankämpfen, aber aus irgendeinem Grund wurde ihm plötzlich bewusst, dass was auch immer es war ihm nicht schaden wollte, also ließ er es über sich geschehen.

Es war als wäre die Luft selbst um ihn herum plötzlich schwerer geworden. Er spürte das Licht in sich, verstand unterbewusst, dass die Rune des Königs in seinen Geist eindrang, und sich langsam ausbreitete. Sie suchte sich einen Platz in seinem Kopf an dem sie verbleiben konnte, und als sie ihn nach nur wenigen Sekunden fand, verschmolz sie mit ihm. Zur Überraschung Silas' verspürte er weder Schmerz noch Unbehagen, eher so etwas wie Zufriedenheit, vielleicht auch Neugier, aber er war sich nicht sicher, ob das seine eigenen Gefühle, die Agratars oder vielleicht sogar die des Zaubers selbst waren.

Silas schaffte es trotz des extremen Drucks auf seinem Körper und des Gefühls eines anderen Bewusstseins in sich ein Auge zu öffnen und zu Alina zu sehen, der es ähnlich zu gehen schien. Als er feststellte, dass sie wie er auch nicht unter dem Zauber litt, schloss er sein Auge wieder und konzentrierte sich. Er spürte wie etwas um Einlass bat und Silas gewährte es ihm. Die Rune und was auch immer von ihm damit verbunden war überflutete seinen Geist, und er verlor sich kurz in dem Strudel aus Emotionen und Magie. Dann, so schnell wie es gekommen war, war es auch wieder vorbei.

Silas seufzte und fühlte sich plötzlich erschöpft und ausgelaugt. Er zwang sich erneut die Augen zu öffnen. Das Licht um sie herum war verschwunden, genau wie die Magie, die sie noch bis gerade umgeben hatte.

Nicht weit von ihm entfernt stand das Echo, und neben ihm erwachte auch Alina langsam wieder aus ihrer Trance. Wie er war auch sie auf ihre Knie gesunken und ihr Kopf war ihr vor auf die Brust gefallen. Langsam schob er sich auf seinen Beinen hoch und noch bevor er ganz aufgestanden war merkte er es.

Etwas war anders. Da war etwas Neues in seinem Geist. Eine Kraft die er vorher nicht wahrgenommen hatte. Es war nur ein Funke, aber er konnte es deutlich spüren. „Fühlt ihr es?" Fragte das Echo. Silas bestätigte. „Es ist wie ein..." Er suchte die richtigen Worte, fand sie aber nicht. Alina beendete den Satz für ihn „...wie ein Funke?" Das Echo reagierte unerwartet, tatsächlich ließ ein leises Lachen vernehmen. „Ich wusste, dass ihr es könnt. Hervorragend." Dann wandte er sich dem Reisenden zu. „Ich sah soeben in eurem Geist, dass ihr an Manabrand leidet. Ich kenne zwar keine Heilung, kann euch aber zumindest sagen, dass er eurer Gabe 'Entzweite Seele' entspringt. Ich habe ihn für euch gelindert und ihr solltet jetzt in der Lage sein Höhere Magie zu benutzen. Übernehmt euch jedoch nicht, ein Heilmittel werdet ihr selbst finden müssen." Silas blinzelte mit den Augen und etwas perplex fragte er: „Danke. War das so einfach?" Das Echo lächelte schwach. „Nein, es hat einen großen Teil meiner verbleibenden Kraft gekostet. Ein anderer der nicht weiß was er tut hätte euch vielleicht euer gesamtes Mana verzehrt oder euch euer Leben ausgebrannt und euch getötet. Ich jedoch bin, war, Agratar der Ewige." Sagte er mit Stolz, als würde das irgendetwas erklären. Er sah den verwirrten Ausdruck auf dem Gesicht des jungen Mannes und verstummte. Er räusperte sich einmal, zweimal und Silas fragte sich ob das Echo so etwas wie Scham überhaupt empfinden konnte. Bevor er jedoch weiter darüber nachdenken konnte, setzte das Echo erneut zu sprechen an. „Kommen wir zum nächsten wichtigen Punkt. Ich werde euch ein paar Quests erteilen. Silas, es ist von entscheidender Wichtigkeit, dass ihr es schafft so viele Wesen des Landes unter und um euch zu versammeln, wie nur irgendwie möglich. Ihr benötigt starke Verbündete für den Sturm der kommen wird. Unser gemeinsamer Feind schläft nicht. Sie schmieden sicher bereits Pläne die das Schicksal vieler beeinflussen. Wenn ihr eure Freundin...", er sah auf die Fae herab, „...und das Land beschützen wollt, bleibt euch nichts Anderes übrig, ansonsten wird alles vergehen was ihr liebt und gewonnen habt. Eure Zeit in Aeternia würde umsonst gewesen sein." Das Echo verstummte erneut für einen Augenblick, als würde es nachdenken.

„Ich würde vorschlagen ihr versucht Verbündete unter den Menschen zu finden. Es würde euch am leichtesten fallen, aber viele Menschen sind wankelmütig und werden schnell von Gier, Neid und Hass zerfressen. Ihr müsst vorsichtig sein, wem ihr euer Vertrauen schenkt." Er wartete ab bis Silas ihm zu verstehen gab, dass er seine Worte verstanden hatte, bevor er fortfuhr. „Es gibt auch andere Rassen und Völker unter denen ihr Verbündete suchen könnt. Viele von Ihnen, besonders die langlebigen, werden sich an ihren Pakt mit mir erinnern, auch wenn es bei manchen vielleicht nur noch Legenden und Geschichten seien werden." Das Echo sah ihn eindringlich an. „Denkt daran, diese Welt wird euer Zuhause sein, wenn ihr friedlich hier leben wollt, wenn ihr diese Welt beschützen wollt und die, die euch nahestehen, braucht ihr Freunde die euch helfen und Wesen die euch beistehen." Silas ließ sich die Worte durch den Kopf gehen. *Was meint er damit genau? Was haben diese ‚Feinde' vor? In wie weit ist Fulcrum in diese Sache verstrickt und warum soll ich ihren Namen nicht aussprechen? Worte haben Macht? Warum wurde er verraten? Was wird passieren?* Er hatte so viele Fragen, aber das Echo hatte ihm zu verstehen gegeben, dass er hier keine weiteren Antworten bekommen würde. Die Erinnerung fuhr fort.

„Eine weitere Sache, ihr beiden. Ihr werdet etwas wie eine Basis brauchen. Etwas wie ein Zuhause, an dem ihr euch zurückziehen und euch sammeln könnt, einen Ort der euch Sicherheit verspricht und euch schützt, wenn die Zeit kommt. Ich habe da eine Idee, die uns allen zu Gute kommen würde." Wieder eine kurze Pause zwischen den Sätzen, als würde das Echo Luft holen müssen, auch wenn er bezweifelte, dass das Wesen überhaupt Luft brauchte.

„Während meiner Flucht musste ich den Machtkern in meiner alten Hauptstadt, Ordrin, zurücklassen. Wenn ihr ihn bergen könnt, wird er euch..."

Das Echo zuckte kurz auf, verblasste an einigen Stellen und nahm nur langsam wieder die weiße Gestalt an. „...zu nehmen und euch vor den Göttern als rechtmäßiger Herrscher dieses Landes auszuweisen. Ich spüre ihn. Er ist mit mir verbunden, noch niemand hat ihn beansprucht und er müsste sich noch dort befinden. Ihr werdet..." Er verschwand für einen Bruchteil einer Sekunde vollständig. „...ihn brauchen." Silas schluckte. Er hatte nicht alles verstanden. Offenbar kostete es die Erinnerung große Anstrengung nicht zu verschwinden. *Was war mit diesem Kern? Wozu genau brauchten sie ihn?*

„Meine Kraft nimmt ab. Meine Verbindung zu dieser Welt schwindet." Er flackerte einmal auf. „Ich sehe mein Refugium hat seinen Tribut gefordert. Ihr seid unbewaffnet. Nehmt dies, als Zeichen meiner Dankbarkeit und als Entschuldigung." Ein schwarzer Riss öffnete sich neben ihm und er zog zwei in Tüchern eingeschlagene Bündel hervor, die vor ihm zu Boden schwebten. Er sah angestrengt zu dem Loch zu seiner Seite und zwei kleine Taschen fielen heraus, die er einhändig auffing und ebenfalls vor ihnen auf dem Boden platzierte. Halb zufrieden, halb enttäuscht lächelte er.

„Mehr kann ich nicht für euch tun Silas, Alina. Von meinem einstigen Reichtum ist fast nichts in meinem Besitz geblieben. Es tut mir wirklich leid, dass ihr schlecht ausgerüstet und ohne mehr Hinweise einfach in die Welt geschmissen werdet, aber ich glaube an euch." Silas sah die Erinnerung, den Mann, an. Ein Reisender wie er, ein König, aber eben nur ein Mensch, der alles verloren hatte. „Eine letzte Bitte, Silas, Alina. Haltet die Dunkelheit auf, die diese Welt zu verschlingen droht. Bringt den Kern in euren Besitz und tut was nötig ist. Mögen die Götter über euch wachen."

Und mit diesen letzten Worten verschwand die Erinnerung Agratars. Die leichte Brise die in dem großen Felsendom geweht hatte flaute ab und es wurde absolut windstill. Die Lichter, die wie Sterne über ihnen gefunkelt hatten verblassten und der angenehme Geruch ließ nach. Es lag noch immer Magie in der Luft wie er spürte, aber es war die Magie des Ortes, nicht des alten Königs. Es wurde mit einem Schlag merklich kälter in dem Raum.

Ohne etwas zu sagen, beschwor Alina eins ihrer Irrlichter, dass die Dunkelheit erleuchtete. Sie sah traurig zu ihm herüber. „So schwindet Agratar, der letzte König Qurians von dieser Welt, mögen die Geister ihm den Weg ins Jenseits weisen."

Silas schenkte ihr ein trauriges Lächeln. Auch er fühlte eine Schwere in seinem Inneren. Der König hatte wie ein guter Mann gewirkt. Gerne hätte er ihn kennengelernt, als er noch lebte. Seine Geschichte berührte ihn, hatte ihn neugierig gemacht. *Wie schlimm musste es gewesen sein, von den Leuten die ihm nahe standen verraten worden zu sein? Warum hatten sie ihm das angetan?* Er seufzte. „Lassen wir dem alten Mann seine Ruhe, Alina, er hat es verdient." Er ging ein paar Schritte nach vorne und hob die beiden Bündel auf. Sie waren schwerer als er dachte. Er nahm den in schweren Stoff gewickelten Gegenstand auf, der auf seiner Seite gelegen hatte und die beiden kleinen Beutel, die er an seinen Gürtel hängte. Das andere Bündel gab er Alina, dass sie ihm mit hängenden Schultern abnahm.

„Sei nicht traurig, Alina." Sagte er leise, ging einen Schritt auf sie zu und legte ihr eine Hand auf die Schulter. „Ich weiß, wie du dich fühlst. Es liegt ein langer Weg vor uns, aber wir schaffen das schon". Sie begann leicht zu lächeln auf seinen Aufmunterungsversuch hin. Er hatte sofort erkannt, dass es nicht nur der Tod des alten Monarchen war, der ihr Sorgen bereitete, sondern auch die Zukunft.

Es war irgendwie so, als würde sie ihn schon viel länger kennen als die paar Tage, die sie miteinander verbracht hatten. Sie waren zusammen schon durch so viel gegangen, von dem andere nicht mal träumen konnten. Sie legte ihre Hand auf die seine und verfiel, wie immer wenn ihr etwas auf dem Herzen lag, in das formelle. „Ihr habt Recht, Silas. Lasst uns gehen."

Zusammen schritten sie die weißen Stufen herab, bis sie wieder auf dem jetzt verwelkenden Gras standen. Ein leichter, weißer Schein, der nicht weiter als ein paar Meter reichte, ging von dem Baum aus der in der Mitte des Feldes stand. Langsam schritten sie durch das hohe Gras auf die Trauerweide zu, jeder in seine eigenen Gedanken versunken. Als sie an ihm ankamen, sahen sie, dass das Licht aus dem

Baum selbst kam. Alina hob die Hand und legte ihre Hand auf die Rinde.

Eine Nachricht erschien vor ihren Augen.

[Achtung. Ihr wollt das Refugium des Reisenden verlassen. Seid ihr euch sicher?]

Beide wählten [Ja] und ein weißer Lichtblitz hüllte sie ein.

Tag 16-3

Silas grinste über das ganze Gesicht. Nachdem sie die Grabstätte verlassen hatten, waren sie wieder vor der kleinen weißen Kapelle erschienen, die zwischenzeitlich in sich zusammengefallen war. Das Refugium war zerstört, die Magie die diesen Ort zusammengehalten hatte, war endgültig verschwunden, wie Alina ihm versichert hatte. Der magische Transport aus dem Refugium heraus hatte ihnen zwar etwas Magenschmerzen bereitet, aber jetzt, an der frischen Luft war das schnell vergessen.
Heller Sonnenschein hatte sie beide empfangen. Es war früher Vormittag. Seine Gefährtin hatte vorgeschlagen etwas zu essen und hatte ihre Sachen bei ihm gelassen, während sie im Wald verschwunden war um Pilze zu sammeln. Silas hatte zwar mehr Lust auf Fleisch oder Fisch, aber er wusste gleichzeitig, dass er nicht immer die freie Wahl wie auf der Erde haben würde, besonders in Situationen wie diesen, in denen sie in der Wildnis waren. Silas hatte etwas Zeit damit verbracht, trockenes Holz sowie Zunder zu sammeln und ein geschichtetes Lagerfeuer zu entzünden, das Inzwischen hell und warm vor ihm aufloderte. Inzwischen hatte er es sich auf seinem ausgebreiteten Umhang gemütlich gemacht und war gerade damit beschäftigt seine Benachrichtigungen zu lesen.

[Herzlichen Glückwunsch! Durch eure Bemühungen und euren Heldenmut habt ihr die Quest „Omen der Zukunft, Bilder der Vergangenheit I" abgeschlossen. Ihr erhaltet 90000 EXP.]

[Herzlichen Glückwunsch! Durch eure Anstrengung habt ihr einen weiteren Schritt nach vorne getan! Für das Abschließen der Quest „Ruf eurer Seele I" erhaltet ihr 81000 EXP]

[Herzlichen Glückwunsch! Durch das Sammeln von Erfahrungspunkten bist du in der Stufe aufgestiegen! Reisende erhalten 4 Attributspunkte zur freien Verteilung pro Stufe! Durch deine Erfahrung erhöht sich ebenfalls eine Fähigkeit deiner Wahl pro Stufe! Achtung! Nach sieben Tagen werden alle unverteilten Punkte automatisch verteilt.]

Er staunte nicht schlecht als sich die letzte Nachricht viermal wiederholte. *Vier Stufenaufstiege, nur durch die Quests?* Silas konnte es kaum glauben. Nach dem vierfachen Stufenaufstieg war er inzwischen Level 13, aber er hatte sich vorgenommen einige Attributspunkte zu sparen, bis er sicher war, welche Magie er lernen könne. Vielleicht könnte er ja von Alina etwas lernen? Aber er war noch nicht dazu gekommen sie zu fragen. Der Stufenaufstieg erhöhte seine Freien Fähigkeitspunkte auf Neun, und seine Freien Attributspunkte auf Sechzehn.

Als nächstes öffnete er sein Questlog und zog eine Augenbraue hoch, als er seine neuen Aufgaben sah:

Omen der Zukunft, Bilder der Vergangenheit II
Sucht mehr Reisende und vereint sie unter eurem Banner.
Findet mehr über die Vergangenheit der Reisenden heraus

Euer Land, eure Flagge, eure Männer I
Alleine werdet ihr im Land untergehen. Ihr braucht Leute, die sich euch anschließen. Rekrutiert wen ihr könnt.

Das Erbe Qurians
Findet Agratars Machtkern und beansprucht ihn für euch.

Ruf eurer Seele II
Erfahrt mehr über eure Gabe „Entzweite Seele" um euren Manabrand zu heilen

Überall stand Unbekannt. Dauer, Belohnungen und Strafen bei Nichterfüllen. *Ein wirklich blöder Witz.* Was war aus ‚Tötet zehn Ratten um 5 Silber zu erhalten' geworden? Er seufzte, schloss die Fenster vor ihm mit einem Gedanken und einer wegwerfenden Handbewegung, nur um die nächsten Benachrichtigungen zu lesen die einen Sturm von Begeisterung in ihm auslösten.

[Sehet und staunt! Durch das Abschließen des Dungeons „Das Refugium des Reisenden" und die Gunst des Alten Königs hast du neue Gaben erhalten:

Analyse, Rang S, Stufe 1. Effekt: Ermöglicht euch das Identifizieren von unbekannten Faktoren. Achtung. Diese Kraft wird stärker je mehr ihr sie benutzt.

Synergie, Rang S+. Effekt: Ermöglicht es euch, Fähigkeiten in andere Fähigkeiten umzuwandeln. Achtung! Verlernt ihr eine Fähigkeit erhöht sich die benötigte Erfahrung um sie erneut zu lernen um 300%. Abklingzeit: 7 Tage.

Falscher Status, Rang A. Effekt: Ermöglicht euch das Anzeigen falscher Informationen in eurem Status.]

„Oh Verdammt." Flüsterte er an sich selbst gerichtet. *Das ist der Jackpot. Genau das, was ihm gefehlt hatte. Das waren Skills,* er korrigierte sich, *Gaben, die einem MMO würdig waren. Die Fähigkeiten sind einfach nur Overpowered. Viel zu stark.* Besonders Synergie ließ ihn schlucken. *Es ist im Prinzip eine Möglichkeit alle 7 Tage seine gesamten Fähigkeiten zu optimieren.* Er sah ehrfürchtig auf das Fenster vor ihm. Er musste wissen, ob Alina ähnliche Kräfte freigeschaltet hatte.

Silas sah zu dem Bündel neben ihm und konnte nicht anders. Er griff zu der in Stoff eingeschlagenen Waffe. Er wusste was es war, er hatte es schon im Aufheben gespürt, dass dort eine solche in dem Bündel verborgen lag, er hatte sich aber eigentlich vorgenommen zu warten bis Alina zurückkehrte. Jetzt jedoch übermannte die Neugier ihn. Er drehte den eingeschlagenen Gegenstand in den Händen und staunte bereits. Das Tuch selbst war von feinster Qualität und erinnerte ihn an die Seide seines Bettes im Sidhe der Fae. Selbst die Knoten in der Schnur die das Päckchen zusammenhielten waren aus einem weichen Material, dass ihm unbekannt war, flossen jedoch über seine Hände wie Wasser.

Ohne weiter zu zögern löste er die Knoten der Kordel, die den Stoff eng festschnürte. Dann, ganz langsam packte er das feste Paket vor ihm aus, indem er Schicht um Schicht der Seide zurückschlug.

Was er nach der letzten Schicht sah, verschlug ihm fast den Atem. Es war ein ganzes Schwertgehänge. Ein breiter Schwertgurt lag um die Scheide und beide waren, soweit er das beurteilen konnte, aus einem hervorragenden Leder hergestellt worden. Er witterte den üblichen, markanten Ledergeruch. Über die Seiten liefen schwierige, verschachtelte Muster. Als er mit der Hand darüberfuhr und es anschließend packte stellte er fest, dass es nicht starr war, aber dick und robust und trotzdem bog es sich sanft unter seiner Berührung. Als er über das Leder fuhr, fühlte er ein sanftes Kribbeln unter den Fingerspitzen. *Magie? Wie im Refugium?* Fragte er sich wortlos. Er konzentrierte sich, hielt die Handfläche gegen den Gurt wie er es bei dem König gesehen hatte und benutzte seine neue Fähigkeit Analyse. Sofort fiel ihm die dunkelblaue Schrift des Gegenstands ins Auge.

[Schwertgehänge der Garde (Selten)
Haltbarkeit: 100/100
Material: Leder, Verschiedene

Information: Magisch. Schärft jedes Schwert, das in dieser Scheide untergebracht wird.]

Er staunte nicht schlecht. Er würde Alina wegen dem Seltenheitswert fragen, aber ‚Selten' befand sich in MMO's und Rollenspielen oft am oberen Ende des Spektrums. Mal ganz abgesehen von der Nützlichkeit dieses Gegenstandes. Bisher hatte er es noch nicht gebraucht, aber er hatte sich schon vorgestellt seine Abende mit Öl und Wetzstein zu verbringen, denn entgegen der landläufigen Meinung benötigte eine Waffe ständige Pflege.

Sofort stand er auf und ging über in einen einfachen, festen Stand und zog das neue Schwert aus dem Leder. Was er sah und was er fühlte als er das Schwert aus der Scheide zog, ließ ihm einen Schauer über den Rücken laufen und gleichzeitig bekam er Gänsehaut. Dieses Stück war ganz anders als die massenproduzierten, teilweise verrosteten Langschwerter, die die Rüstungen in dem Dungeon getragen hatten.

Er betrachtete es genauer, beginnend mit dem Griff. Der Knauf war poliert und ein zu einem länglichen Rechteck geformt, das in einer Spitze endete. Der Handgriff war in ein dünnes Lederband gewickelt, von dem er nicht sehen konnte wo es anfing oder aufhörte. Der Griff selbst war etwas länger als nötig, so dass er bei einem Stoß gegebenenfalls nachfassen konnte, aber natürlich nicht so lang wie bei einem Zweihänder. Die Parierstange war länglich, recht dünn und aus dem gleichen Stahl wie der Knauf. Sie war leicht nach oben gebogen und das Leder des Griffes legte sich über Kreuz mehrfach um sie herum. Zu guter Letzt war da das Hauptstück, die Klinge selbst, die etwas kürzer war als die, die er im Dungeon benutzt hatte. Die Blutrinne in der Mitte leuchtete in einem hellen ungefärbten Blau und verlief über etwas mehr als die Hälfte des Schwertes, was der Waffe einen leichten, bläulichen Schimmer verlieh. In der Blutrinne sah er fein gravierte Runen in Alt-Qurisch, die er mit ‚Für König und Götter' übersetzte.

Genug gestarrt. Er ließ die Klinge durch die Luft sausen. Er war so begeistert von dem Schwert, dass er ein paar grundlegende Stellungen ausprobierte. Es war leicht, leichter als alles was er bisher benutzt hatte. Er lächelte und benutzte seine *Analyse*, in dem er die Handfläche auf das Schwert legte. Die Beschreibung tauchte vor seinen Augen auf.

[Schwert der Garde (Selten)
Basisschaden: 50-75
Haltbarkeit: 100/100
Material: Tiefenstahl (Erhöhte Haltbarkeit), Stahl, Verschieden
Information: Magisch. Schwert der Garde Qurians. Schaden leicht erhöht. Gewicht reduziert.]

Er staunte. *Blaue Schrift. Tiefenstahl?* Ein Begriff den er noch nie gehört hatte. *Eine in Aeternia beheimatete Version des Stahls? Härter, schärfer oder war das lediglich ein Hinweis auf seine Herkunft?* Ein weiterer Punkt auf der Liste von Fragen die in ihm brannten. Aber den Rest verstand er. Qurian musste ein mächtiges Reich gewesen sein, wenn seine einfachen Gardisten eine solche Waffe ausgehändigt bekamen. Er war gerade dabei sein Schwert zurück in die Scheide zu stecken, als Alina zurückkam.

Sie hatte ein zu einer einfachen Tragetasche umfunktioniertes Tuch über der Schulter hängen, das schwer gefüllt zu sein schien und lächelte als sie Silas mit seinem neuen Schwert in der Hand sah. „Männer." Sagte sie spaßeshalber in seine Richtung gerichtet, setzte sich in die Nähe des Feuers und breitete das Tuch auf dem Boden aus. Silas ging zu ihr herüber und nahm ihr gegenüber Platz. Alina begann die Pilze zu säubern und verlor sich still in ihrer Arbeit. Silas beobachtete sie kurz, dann versuchte er es ihr gleich zu tun. Nachdem er, mehr schlecht als recht, damit fertig war, begann seine Begleiterin die Pilze auf Spieße aus langen, dünnen Weidenrouten zu stecken. Nach nur einer guten Viertelstunde waren sie fertig und steckten die Spieße in den Boden um sie zu rösten. Alina widmete sich sofort den verschiedenfarbigen Beeren und der Handvoll Früchten die sie gesammelt hatte und begann sie mit einem sauberen Seidentuch abzuwischen.

Silas hatte die ganze Zeit nichts gesagt, aber es kribbelte ihm in den Fingern. Er war ungeduldig. *Neugierig.* Seine Gefährtin sah ihm schließlich die Ungeduld im Gesicht an. „Was ist mit dir?" Fragte sie etwas verwirrt und er grinste sie breit an. „Ich dachte du fragst nie!" Er stand auf und ging um sie herum. „Was hast du vor?" Fragte sie jetzt, vielleicht nicht beunruhigt aber doch sicherlich etwas inquisitiv. Silas legte ihr von hinten eine Hand auf die Schulter und beugte sich zu ihr herunter. „Du hast etwas vergessen." Flüsterte er leise, griff mit einer Hand hinter sich und hob das schwere Stoffbündel auf, um es ihr hinzuhalten. Neugierig wie ein kleiner Junge setzte er sich neben sie. „Ich habe es nicht vergessen. Ich wollte es später aufmachen." Begann sie, aber als sie Silas Blick sah musste sie leise kichern. „Ich sehe schon, dass es nicht bis nach dem Essen warten kann." Mit diesen Worten begann sie die Knoten nacheinander zu lösen, um genau wie er vorhin vorsichtig den Stoff auseinander zu falten. Auch sie machte große Augen, als der Stab darin zum Vorschein kam. Er war ungefähr so groß wie Silas und aus einem Holz, dass sie noch nie gesehen hatte. Bis zu dem langen Griffstück war es absolut glatt und gerade. Anders als ihr Knorrenstab waren auf dem Stück Holz keine Makel zu sehen. Das Griffstück. Anders als der Griff seines Schwertes war die Wicklung nicht flach, sondern wandte sich kompliziert durch die natürlich gewachsene Spirale, die den Griff des Stabes darstellte. Über dem Griff ging das Holz glatt noch ein Stück weiter, teilte sich dann aber langsam in Hölzerne Ranken, die immer mehr auseinander glitten. In der Mitte konnte man einen grün schimmernden Kristall sehen, der leicht in der Mittagssonne leuchtete. „Er ist wunderschön!" Hauchte die Fae ergriffen. Silas konnte ihr nur zustimmen. „Ist er." Dann setzte er wieder sein schelmisches Grinsen auf. „Probiere mal deine neue Kraft aus!" Sie sah ihn verständnislos an. „Du hast noch nicht nachgesehen?" Sie schüttelte als Antwort mit dem Kopf, während sie den Stab festhielt als würde sie ihn nicht mehr aus der Hand geben wollen. „Dann los! Was hat Agratar dir geschenkt?" Spornte er sie an. Sie öffnete zögerlich nacheinander ihre Benachrichtigungen und wirkte geschockt. „Ich sehe es gefällt dir!" Stellte er belustigt fest. Sie hörte ihn gar nicht mehr, sondern war jetzt ganz in ihre Fähigkeiten versunken. Silas kicherte als er sie so sah und begann die Spieße umzudrehen um sie vollständig durchzubraten. In diesem Augenblick hatte er eine Idee. Er streckte die Hand aus und zeigte mit der Handfläche auf Alina. *Analyse.* Ein Gedanke reichte, und eine der Magischen Schriftzeichen die er bei Agratar gesehen hatte bildete sich schwach glühend auf seiner Handfläche. Verdutzt stockte er. *So fühlt es sich also an Magie zu wirken?* Das war einfacher als er erwartet hatte. Ein Gedanke an seine Fähigkeit hatte gereicht. *Aber... war das überhaupt Magie? Es gilt als Gabe, unterscheidet es sich dann nicht grundsätzlich von den Zaubern, die Alina beherrschte?* Noch während er darüber nachdachte, ihm erschien eine Nachricht vor ihm auf einem kleinen blauen Fenster in der Luft.

<u>Alina [Fae (Waldfae)], Level 12</u>
HP: 100%, Mana: 100%
Disposition: Freundlich

Sie hatte auch vier Level dazu gewonnen, sehr gut. *Moment mal.* Er hob einen kleinen Stein auf und wiederholte sowohl Geste als auch den Gedanken um Analyse zu wirken.

<u>Kieselstein (Wertlos)</u>
Wert: -

Oooh, nett. Grau. Das war doch etwas. Er kramte kurz in seinen Taschen und zog eine der Kupfermünzen Sidinias hervor und wiederholte die Prozedur.

Garischer Kupferling (Alltäglich)
Wert: 1 Kupfermünze

Schwarze Schrift. Er stockte. *Der Beutel von Agratar.* Er zog das kleine Ledersäckchen von seinem Gürtel ab und öffnete ihn. Er runzelte mit der Stirn als er hineingriff und zog ein kleines, rechteckiges, Silber-Goldenes Stäbchen hervor. Er benutzte seine Fähigkeit erneut.

Altes Elektrum-Handelsstäbchen (Alltäglich)
Wert: 50 Goldmünzen

Oh. Er sah etwas geschockt in die kleine Tasche und sah noch mindestens ein Dutzend, wenn nicht mehr, der Stäbchen hervorschauen. Silas kannte zwar nicht den Wert von Geld in dieser Welt, aber wenn es ähnlich war wie in den Spielen seiner Welt hatte er ein kleines Vermögen in der Hand. Er stopfte das Stäbchen zurück in den Lederbeutel. Stockend ging er wieder hinüber zu Alina die immer noch ihre neue Waffe von jeder Seite am Betrachten und befühlen war. „Schau mal!" Sagte er kurz und hielt ihr das Säckchen hin.
    Vorsichtig legte sie ihren Stab neben sich auf das aufgeschlagene Tuch und ohne den Beutel zu beachten nahm sie hungrig einen der Spieße vom Feuer, pustete kurz auf einen der Pilze und biss dann hinein. Er zuckte mit den Schultern, setzte sich neben sie und tat es ihr gleich. Erst dann nahm sie ihm mit einem fragenden Ausdruck den offenen Beutel aus der Hand und das Spiel von eben wiederholte sich. Sie griff hinein und zog eins der Stäbchen heraus. Stirnrunzelnd steckte sie den Spieß in den Boden und brauchte einen Moment um zu verstehen.
    Alina verschluckte sich an ihrem Pilz. Unter dem Lachen von Silas, der ihr helfend auf den Rücken klopfte, beruhigte sie sich schnell wieder. Sie hustete ein paar Mal bevor sie sich an Silas wandte. „Ein altes Handelsstäbchen! Ich habe davon gehört! Das ist... verdammt viel wert. Hör mal, wir Fae benutzen kein Geld wie du weißt, aber meine Mutter hat

mir beigebracht wie man damit umgeht und das ist genug um Jahre komfortabel zu leben." Silas grinste. „Der König war sehr großzügig, oder?" Alina nickte halb, halb schüttelte sie ungläubig mit dem Kopf. „Ich will es nicht. Ich habe gehört was Menschen für Geld tun würden. Es gibt Geschichten über ihre Gier." Silas schaute sie ernst an. Bei all den Geschichten, die sie ausgetauscht hatten, war das wohl die, die am besten auf die Menschen zutraf. *Leider.* Ihm war auch nicht gerade wohl dabei eine Solche Summe mit sich herumzutragen. Im Wald, wo sie es ‚nur' verlieren konnten, okay, aber in einer Menschenstadt sähe das schon anders aus. Selbst auf der Erde waren Taschendiebe an großen Plätzen normal, Silas wollte gar nicht daran denken wie es auf Aeternia aussah, mit Fähigkeiten und Gaben an der Tagesordnung. Er schluckte, als Alina fortfuhr. „Ich glaube auch nicht, dass wir damit irgendwo etwas kaufen können. Wenn wir in einem Gasthaus unterkommen wollen und so ein Stäbchen hervorzaubern würden, würde der Wirt uns vermutlich rausschmeißen. Aber davon abgesehen, es wird Zeit, dass wir neue Kleider bekommen."

Er schaute an sich herunter und seine zerfetzten, dreckigen Klamotten ließen ihn ehrlich gesagt wie einen Landstreicher aussehen. Wenn er noch ehrlicher war, sah Alina auch nicht viel besser aus. Sie hatte etwas von reisender Einsiedlerin und er etwas mehr von hungrigem Briganten, wenn das getrocknete Blut in ihren Kleidern ein Indikator war. Alina sah an sich herunter und seufzte. „Schade um die schönen Kleider". Silas stimmte zu. Das einzige was halbwegs sauber und in Ordnung war, war sein Umhang. *Moment. Umhang.* Ihm fiel etwas ein. Er hob den Umhang auf, den er von der Prinzessin bekommen hatte, legte ihn sich um und schloss ihn mit der Fibel. Dann benutzte er erneut seine neue Kraft. Sofort erschienen wieder sowohl Rune auf seiner Hand, als auch die Informationen vor ihm.

Reisendenmantel der Fey (Außergewöhnlich)
Haltbarkeit: 68/100
Information: Verhindert Verunreinigungen.
Adjustiert die Temperatur für optimalen Komfort.

Eine neue Farbe! Lila! Noch seltener? Abgesehen von dem hohen Seltenheitsgrad hatte er so etwas in der Art vermutet. Es war schon seltsam gewesen, wie sehr er trotz des Umhangs tagsüber nicht sonderlich schwitzte und in der Nacht nicht fror. *Wie unterscheiden sich die Seltenheitsgrade überhaupt? Hat es etwas mit der Stärke zu tun oder mit der Seltenheit der Materialien? Der Handwerkskunst oder vielleicht eine Kombination aus allem?* Er verdrängte den Gedanken und schob ihn auf seine immer länger werdende Liste.

Mit einem Seitenblick sah er auf Alinas Mantel und vermutete, dass der einen ähnlichen Effekt hatte, denn wenn man seine Machart bedachte, die der seines eigenen nicht unähnlich war. Für einen Reisenden, in beiden Sinnen, genau das richtige. Es wäre zu schade, einen solchen Schatz verkommen zu lassen. „Alina, haben wir Nadel und Faden?" Sie sah ihn überrascht an, nickte dann aber. „Kannst du mir die geben? Ich würde gerne meine Klamotten etwas flicken." „Natürlich." Sie kramte in ihrem Rucksack und zog eine kleine Spule Garn mit einer Nadel hervor und gab sie ihm.

Als Alina sah, wie Silas sein Hemd auszog wurde sie erst ein wenig rot, aber dann erinnerte sie sich, dass sie ihn schon so gesehen hatte, als sie und ihre Mutter sich in ihrem Sidhe um ihn gekümmert hatten und das Gefühl flaute etwas ab. Trotzdem war es etwas Anderes, hier waren sie zu zweit, ohne eine Seele im Umkreis von Dutzenden Meilen. Beschämt drehte sie den Kopf zur Seite, aber nicht ohne einen Blick auf den durchtrainierten Oberkörper zu erhaschen, was sie sofort noch mehr erröten ließ.

Als Silas keine Anstalten machte sich zu bedecken, sah sie ihm zu wie er den Umhang auf seinen Schoss legte. Als Silas dann begann sein Hemd zu nähen, musste sie lächeln. Vor einigen Wochen, vielleicht auch Tagen wäre ihr der Anblick seltsam vorgekommen, surreal, aber jetzt wusste sie, dass ihr Begleiter keinesfalls in ihr einstiges Bild von Menschen, geschweige denn Männern passte. Bei ihnen im Dorf wussten nur die Frauen wie man näht. Die Männer oder Krieger sahen es oft als Zeitverschwendung oder unmännlich an, diese Art von Hausarbeit zu erledigen, und wenn sie es tun mussten, würden sie das sicherlich nicht vor einem ihres Dorfes machen. Ihr Freund, sie errötete etwas bei dem Gedanken und korrigierte sich im Geiste, ihr Weggefährte, war interessant. Verspielt, aufmerksam und trotzdem manchmal Ernst. Oft wusste sie nicht, was er gerade dachte oder wie er fühlte, aber das machte ihn nur noch interessanter für sie. Ihr Blick musterte den jungen Menschen zaghaft. Sie sah ihm zu wie er abwechselnd nähte und von seinem Spieß abbiss, sein Hemd anzog und sich seinem Umhang widmete.

Schließlich riss sie sich los und beschloss auf die Karte zu schauen, die sie von ihrer Mutter bekommen hatte. Laut der detaillierten Zeichnung die vor langer Zeit von einem geschickten Kartographen, dazu einem nicht-Fae erstellt worden sein musste, schließlich war sie aus Pergament, waren sie dutzende Meilen von ihrem Zuhause entfernt.

Ihr Finger wanderte zu den Ruinen auf der Karte neben denen sie jetzt lagerten. Sie schätzte, dass sie die Strecke zu dem kleinen Menschendorf am Rand des Waldes in vielleicht zwei, höchstens drei Tagen zurücklegen konnten, wenn nichts Ungewöhnliches passierte. Sie merkte sich die entsprechende Richtung.

Sie sah wie Silas unvermittelt in der Nähbewegung stockte und erschrocken an seinen Gürtel griff. „Was hast du?" Fragte sie neugierig und beobachtete wie er hastig den zweiten Lederbeutel des Königs von seinem Gürtel löste. „Ich hab' ihn fast vergessen" sagte Silas ehrfürchtig. „Der zweite Beutel!" Hauchte sie als sie begriff. *Ein weiteres Geschenk?* Silas schluckte den Kloß in seinem Hals herunter und sah zu seiner Gefährtin herüber, die ein einziges Mal langsam mit dem Kopf nickte. Vorsichtig zog er an dem

Lederbändchen, öffnete den Beutel und sah hinein. Er zog eine Augenbraue hoch und drehte dann den Beutel auf den Kopf, um den Inhalt auf seine Hand fallen zu lassen. Ein einziger großer, weißer Edelstein fiel auf seine Hand. „Was ist das?" Wollte Alina neugierig wissen. Silas sah den Stein nachdenklich an. „Nur eine Möglichkeit es herauszufinden." Er zuckte zuerst mit den Schultern und konzentrierte sich, die Handfläche offen zum Stein hin.

Schlüssel nach Ordrin (Einzigartig)
Teleportiert euch und eure Gruppe ins Reich Qurian, nach Ordrin. Andere Effekte Unbekannt.

„Wow!" Sagte Silas nur verwirrt ob der dritten neuen Seltenheitsstufe an einem Abend, dieses Mal in Rot. Alina drückte ihn zur Seite um auch auf die Nachricht sehen zu können „Was ist es?" Dann hielt sie inne, als sie sich schon halb über seine Schulter gedrückt hatte.

Ihre Kinnlade klappte herunter als Silas ihr das Fenster hinschob. Sie starrte fassungslos auf den Edelstein, zumindest ging er davon aus, dass es einer war, in seiner Hand. Nach einer halben Minute in der Silas sich seine Begleiterin auf seiner Schulter belustigt angesehen hatte, schloss sie ihren Mund. „Weißt du was das ist?" Flüsterte sie leise und der Ton machte deutlich, dass sie davon ausging, dass er es nicht wusste. „Ähm..." Begann er und sie sah ihn fassungslos an. „Das ist ein wiederverwendbarer Massenteleportationszauber Silas!" Als sie die Ahnungslosigkeit ihres Begleiters sah seufzte sie tief und rieb sich die Augenbrauen. „Silas, der Edelstein alleine ist schon viel wert. Selbst wenn er nicht geschliffen wäre. Aber der Schlüssel ist einzigartig. Ich habe noch nie einen Gegenstand von dieser Seltenheit gesehen. Du könntest ihn vermutlich verkaufen und du müsstest nie wieder arbeiten."

Zweifelnd betrachtete er den Edelstein von allen Seiten. „Dieses kleine Ding?" Sie knuffte empört mit der Faust auf seinen Arm. „Dieses 'kleine Ding' wie du es nennst ist unbezahlbar." Er lächelte schelmisch als Reaktion.

„Dann sollte ich ihn wohl besser nicht verlieren, hm?" Er sah sie an und sie wollte schon empört protestieren, als sie das funkeln in seinen Augen sah. „Du bist unmöglich!" Schnaubte sie, was ihn dazu brachte laut loszulachen. Er steckte den wertvollen Stein zurück in den Beutel und reichte ihn ihr. „Pass du darauf auf." Sie zögerte einen Moment und sah ihm ernst ins Gesicht. Nach kurzem Zögern nahm sie den Beutel aus seiner Hand. „Wir wissen noch zu wenig über die Hauptstadt. Wenn das Refugium auch nur ein Indikator war, was uns dort erwartet, sind wir noch meilenweit davon entfernt uns dorthin zu begeben. Aber sobald wir stärker sind, werden wir ihn einsetzen." Sagte er mit ernster Stimme. Sie wartete kurz ab und schien etwas in seinem Gesicht zu suchen. Als sie sicher war, dass er es ernst meinte, nickte sie. „Sobald wir bereit sind."

Der Rest des Tages blieb langweilig, was ihr nach der ganzen Aufregung in Agratars Refugium aber auch recht war. Silas verbrachte seine Zeit hauptsächlich mit Nähen und essen. Später übte er noch einige Schwertschwünge, während sie selbst Kräuter, Pflanzen und Pilze sammelte, sich um ihre eigene Kleidung kümmerte und mehr Feuerholz aufschichtete. Sie hatten sich entschlossen trotz der frühen Stunde den Tag hier zu verbringen um sich von den Strapazen des Refugiums zu erholen, auch wenn ihre körperlichen Wunden geheilt waren.

Als schließlich der Abend dämmerte erzählte sie ihm einige Legenden vom Fey-Hof und Silas erzählte ihr von seiner Welt.

Irgendwann schlief sie über die Geschichte eines Jungen der in seinen Träumen eine andere Welt bereist, ein.

Der nächste Tag verlief ereignislos. Nachdem sie ihr Lager abgebrochen hatten, erzählte Silas auf ihr bitten hin die Geschichte weiter, der er am vorigen Abend begonnen hatte, in der der Junge einen Stab an einen entfernten Ort bringen muss um seine Traumwelt zu retten, die keine Traumwelt war, oder eben vielleicht doch. Sie hörte begeistert zu und wunderte sich nur geringfügig, dass in einer Welt in der angeblich keine Magie existierte doch das Konzept ebenjener durchaus bekannt war.

Abends campierten sie an einer großen Felsformation, unter einem Überhang eines großen Hügels, der sie auf den Seiten und von oben vor Wind und Wetter schützte. Alina hatte zwischenzeitlich ihren Kräutervorrat aufgestockt und hatte etwas mürrisch angemerkt, dass sie hier keine Tränke oder Medizin herstellen konnte, solange sie keine vernünftige Ausrüstung hatte.

Silas machte eine kleine Inventur seiner verbleibenden Medizin. Er hatte noch sechs Phiolen mit dem Wasser des Teichs, jeweils fünf Dosen von dem Blauwurz und Weißmoos. Die kleine Glasflasche mit den Blauen Samen gegen die Schmerzen enthielt noch neun der schmerzstillenden Kugeln, die er mit der Hilfe seiner Analyse als Brambelsamen identifizierte. Seine Tasche mit dem Andrum enthielt ebenfalls noch einige der schwarzen, klebrigen Bonbons, die ihm bereits mehrfach das Leben gerettet hatten, zuletzt im Kampf gegen die Wandelnden Rüstungen. Das Feuer brannte heiß und hell diese Nacht, auch wenn ihre Umhänge sie vor der Kälte schützten, vor Regen und Schlamm bewahrten sie sie nicht. So war es kein Wunder, dass sie mehrfach aufstehen und ihr Lager weiter nach oben verlegen mussten, weil kleine Regenrinnsale immer wieder den Weg in ihr Lager fanden.

Früh morgens am nächsten Tag, noch vor dem ersten Sonnenschein, zogen sie los, und die Stimmung war gedrückter als am Tag zuvor. Alina hatte ihm gesagt, dass die Herbstmonate näherkamen, denn Nebel verdeckte den Boden. Die regnerische Nacht hatte sie unruhig zurückgelassen, beide hatten schlecht geschlafen. Silas Finger und Füße hatten in der Nacht gefroren und sogar Alina hatte die Moosnester schließlich nah zueinander gezogen um möglichst viel Wärme zu konservieren.

Silas war schlecht gelaunt und würde er nicht wissen, dass er immun gegen Krankheiten war, hätte er vermutet, dass er eine Erkältung entwickeln würde. Ausgelaugt und ohne groß miteinander zu sprechen bewegten sie sich durch den Wald. Die Luftfeuchtigkeit war drückend, die Kälte wollte nicht ganz aus seinen Knochen weichen. Zwar wurde er gut von seinem Umhang geschützt, aber die mehr schlecht als recht geflickten Kleider waren mehr für den Sommer gedacht, nicht für Wind und Temperaturen die dem Herbst der Erde ähnelten.

Gegen Mittag, sie hatten nicht angehalten um zu essen, sondern aßen kleine rohe Pilze während sie liefen, hielt seine Gefährtin plötzlich inne und hob die Hände. Silas legte sofort eine Hand auf den Knauf des neuen Schwertes an seiner Hüfte. „Was ist los?" Fragte er leise und schloss zu ihr auf. Nervös sah sie ihn von der Seite an. „Wir nähern uns dem Rand des Waldes." Sagte sie ebenso leise. Er schenkte ihr einen fragenden Blick, den sie sofort zur Kenntnis nahm. „Ich war noch nie außerhalb des Waldes." Er verstand sofort. Sie hatte Angst. „Mach dir keine Sorgen. Ich bin bei dir." Silas legte ihr vorsichtig die Hand auf die Schulter und sie sah ihn dankbar, wenn auch ein wenig schamerfüllt an. Trotzdem lächelte sie schließlich. „Es geht schon, danke." Ohne weiter zu zögern oder weitere Worte zu sprechen, liefen sie weiter.

Es dauerte nicht lange, vielleicht eine Stunde, bis der Wald sich schließlich lichtete. Die Bäume standen immer weiter auseinander, die Pflanzen wurden immer spärlicher und das Unterholz zog sich zurück. Seite an Seite liefen sie über die Grenze des Waldes, über die Dornenranken hinweg die seine Hosen schon mehrfach zerrissen hatten, durch das feuchte Laub und über die nasse Erde, an dem Moos vorbei, dass die letzten Tage ihr ständiger Begleiter gewesen war. Silas war erleichtert und seine Stimmung besserte sich schlagartig, während seine Gefährtin immer unsicherer wirkte.

Sie brauchte einen Moment um sich zu sammeln, dann atmete sie einmal tief durch. Sie sah sich um, wie um sich zu orientieren. „Beklemmend. So viel offene Fläche." Silas zog eine Augenbraue hoch und sah sich um. Die große grüne Fläche die sich vor ihnen erstreckte soweit das Auge reichte wirkte nicht beklemmend auf ihn, eher im Gegenteil.

Das wilde Gras erstreckte sich bis zum Horizont, nur von kleinen Flecken aus einzelnen Bäumen, Hügeln oder großen Ansammlungen von Büschen und Sträuchern unterbrochen.

„Zu dem Menschendorf geht es da lang." Sagte sie jetzt, ein wenig aufgeregt und deutete mit dem Finger vom Wald weg, in Richtung der Sonne am Horizont, die von schweren, ziehenden und grauen Wolken immer wieder verdeckt wurde.

Es vergingen nur wenige Stunden, bis sie die ersten Anzeichen von Zivilisation, große goldene Weizenfelder, erspähten, die sie wissen ließen, dass das Dorf nicht mehr weit sein konnte. Er musste der verwirrten Alina erklären wozu diese Felder gut waren, dass die Menschen Nahrung im Winter brauchten, die sie bei der Ernte einholen und dann verarbeiten und lange lagern würden.

Natürlich verstand Alina das Konzept, auch die Fae legten Vorräte für den Winter an, aber um ehrlich zu sein, hatte das Gespräch nur einen Zweck: Er hatte gemerkt, wie angespannt seine Gefährtin gewesen war und wollte sie auf andere Gedanken bringen. Um ehrlich zu sein war auch er gespannt, was sie in dem Dorf finden würden. *Eine Dusche. Fleisch. Einen Schneider. Ein richtiges Bett!* Er richtete ein Stoßgebet an den Himmel.

Je näher sie dem Dorf kamen, desto nervöser wurden sie. Silas hatte schon während der letzten Tage die „Legenden"-Fähigkeit durch sein ständiges Erzählen freigeschaltet und sie bereits zwei Mal gelevelt, zuletzt vor weniger als einer halben Stunde. Er war gerade dabei zu der Pointe seiner letzten Geschichte anzusetzen, als Alina ihm den Ellbogen in die Seite hieb. „Silas, schau! Dort!" Sie zeigte mit dem Finger in die Richtung in der sie liefen. Erst wusste erst nicht was sie meinte, doch dann sah er es: Dicke Rauchschwaden die jetzt über die goldenen Weizenfelder zogen. „Das ist aber nicht normal, oder?" Fragte ihn seine Gefährtin. Er schüttelte mit dem Kopf. „Da stimmt was nicht." Sagte er ernst und legte zum zweiten Mal an diesem Tag die Hand auf den Knauf seines Schwertes.

Er ging über in einen schnellen Lauf, gerade noch ohne zu rennen. Nach wenigen Minuten roch Silas bereits das brennende Holz und ein paar Augenblicke später sah er auch schon das brennende Bauernhaus, das etwas links von ihnen inmitten der Felder lag. Sie bogen auf den ausgetretenen Feldweg ein auf dem Wagenspuren zu sehen waren, der hin zu dem Haus führte und Alina warnte ihn sofort. „Ich höre Schreie. Ein Kampf." Silas zog sein Schwert und kurz danach drangen die Geräusche auch an sein Ohr. Metall auf Metall und das Geschrei von Verletzten und Sterbenden.

Beide rannten den Weg entlang und als sie zur letzten Biegung kamen fluchte Alina leise. „Grotlinge." Ihr Blick verdüsterte sich und sie griff ihren Stab fester. Auch Silas sah jetzt die ersten unförmigen, missgestalteten Wesen.

Nach wenigen Schritten jedoch sah er sofort den Unterschied zu den Monstern, die er im Wald bekämpft hatte. Die Grotlinge hier waren breiter, der vor ihnen trug eine Art primitives Kettenhemd aus groben Eisenringen und Waffen aus Eisen, Knochen und Stahl. Er sah auf Anhieb vielleicht fünf der Biester, aber der Hof war groß, bestehend aus mehreren Gebäuden und Ställen. Hier mussten eigentlich dutzende Menschen, ganze Familien, wohnen und arbeiten. Sein Blick verfinsterte sich. Trotz seiner Wut und des Adrenalins stellte er jedoch einen weiteren Unterschied fest. „Warum verletzt die Sonne sie nicht?" Als Antwort darauf knirschte seine Gefährtin mit den Zähnen. „Es sind Krieger. Sie sind älter, stärker und immun gegen die Sonne." *Verdammt. Tolle Neuigkeiten.* Er ließ den Blick über den Verbund an Häusern schweifen, die da vor ihm standen. Das Dach des großen Fachwerkhauses in der Mitte brannte trotz der Feuchtigkeit die in der Luft lag lichterloh. Umgeworfene Zäune und Karren säumten den Weg und selbst einige der

Strohballen, die auf dem Boden lagen, brannten. Er sah zu Alina, die bereits dazu übergegangen war einen Zauber zu wirken. Durch das grüne Licht der Runen angelockt, erblickte der vordere der Grotlinge die beiden Neuankömmlinge und grunzte etwas in seiner hässlichen Sprache. Sofort spannte sich Silas an als das Biest Anstalten machte auf sie zu los zu stürmen. Wieder dieses Gefühl. In den Kampf geworfen zu werden, ohne es zu wollen. Bilder fluteten seinen Kopf: Der Kampf gegen die Wölfe, der Kampf gegen die Rüstungen. In beiden war Alina verletzt worden, während sie ihn beschützt hatte. *Dieses Mal werde ich es nicht zulassen, dass ihr ihr wehtut.* Dachte er grimmig. Er trat einen Schritt zur Seite und der einhändig geführte, wuterfüllte Axthieb ging ins Leere. Sein Schwert surrte durch die Luft und trennte den Unterarm des Angreifers mit einem ekelhaften Schmatzer unterhalb des Ellenbogens ab. Dickes Blut, mehr schwarz als rot, tropfte wie ein Wasserfall auf den Boden aber das Biest grunzte nur ungläubig und drehte sich zu ihm um, wie als hätte es nicht verstanden was soeben passiert war. Silas reagierte und benutzte den Schwung seines Hiebes für einen Rückhandschlag der dem Biest zur Hälfte das Gesicht spaltete. Schwarzes Blut spritzte über die Länge seines Schwertes, fiel dann zu Boden in einem Schwall, als er die schwingende Waffe herauszog. Er hatte sich nicht zurückgehalten, seine ganze Kraft in den Schwung gelegt, falls die Monster so schnell wie er, oder schlimmer, die Konstrukte im Refugium gewesen wären. Er schüttelte kaum sichtlich den Kopf. *Anders als die Konstrukte. Weicher. Langsamer.* Er atmete kurz tief durch, während das Adrenalin durch seine Adern pumpte, als der Boden neben ihm bebte.

Die Erde begann sich zu erheben und bildete nach und nach eine grob menschenartige Form. Er sah zu Alina, die angestrengt aber zufrieden dreinschaute. *Ein Erdgeist.* Er nickte ihr verstehend zu und wandte sich in Richtung des nächsten nahenden Biests.

Ein mit Gewalt geführter Überkopfhieb spaltete den einfachen Holzschaft des Beils seines Gegners und trieb sich tief in den darunterliegenden Kopf. Er staunte. *Das Schwert ist unglaublich.* Silas sah sich um und konnte gerade noch erspähen, wie der Erdgeist den Kopf seines Gegenübers einschlug als wäre der eine überreife Tomate. Hier verstand er auch endlich den Unterschied zwischen der Realität, oder dem was er als solche wahrnahm und den Spielen die er früher gespielt hatte: Nie hätten sie die menschliche Chemie nachahmen können, die entstand, wenn man in einer tödlichen Situation wie dieser war. Weder schafften es diese Spiele die Angst in einem auszulösen oder die Aufregung, zu wissen, dass jeder Schritt und Fehler dein letzter sein könnte. Es war ihnen nicht möglich den Geruch des Blutes, Eisen, nachzuahmen, der sich mit der Luft und den Körperflüssigkeiten der sterbenden und Toten vermischte, nicht die Todesschreie, nicht den Schweiß auf den Händen der einem den Griff um seine Waffe erschwerte.

Schnell eilten sie weiter über den Vorhof und sahen mehr als ein Dutzend Leichen, sowohl Menschen als auch tote Grotlinge. „Diese Menschen sind keine Krieger." Stellte Alina fest als sie den toten jungen Mann, der vielleicht ein paar Jahre jünger als Silas gewesen war, auf dem Boden liegen sah. Der Junge war nur mit einer alten Mistgabel bewaffnet gewesen. Dem schwarzen Blut nach zu urteilen hatte er mindestens eins der Biester mit in den Tod genommen. *Gut gemacht, kleiner.* Dachte sich Silas, hatte aber die Geistesgegenwart sich nicht mehr als notwendig von dem Toten ablenken zu lassen.

Alina trat ihm zur Seite und ließ den Zauber los, den sie in den Händen gefangen hielt, woraufhin nur wenige Meter entfernt von ihm eine Dornenranke durch den Boden brach und durch die Luft peitschte. Der Grotling, der damit beschäftigt gewesen war auf den leblosen Körper vor sich einzuhacken wurde mit einem lauten Peitschenknall seitlich und unerwartet getroffen, was ihn hinter die Hausecke und somit aus ihrem Sichtfeld hinauskatapultierte.

Er nickte ihr zu während der Erdgeist an ihnen vorbeischoss und ebenfalls verschwand. Sie wollten ihm gerade hinterhereilen, aber Alina hielt plötzlich inne.

Silas sah den verwirrten Ausdruck in ihrem Gesicht, als sie sich hastig über einen der toten Grotlinge bückte und scharf die Luft einsog. „Elfenpfeile." Sagte sie nur kurz, zog einen der Pfeile aus der Leiche und hielt ihm ihn hin. Er begutachtete die weiße Befiederung und das glatte Holz. Er hatte zwar keine Ahnung von Pfeilen, aber er erkannte hochwertige Handwerkskunst, wenn er sie sah. Gerade, keine Abweichung, eine rankenartige Verzierung von den Federn bis zu in sich gedrehten Metallspitze. Jetzt wo sie ihn darauf aufmerksam gemacht hatte, sah Silas sich die anderen Leichen in ihrer Nähe an und so gut wie jede zweite war von mindestens einem, meist mehreren, Pfeilen getroffen worden. Wortlos ließ er den Pfeil fallen, griff seine Waffe in einer Hand fester und übernahm die Führung. *Wer auch immer die Grotlinge getötet hat ist vermutlich noch hier.*

Der Rauch hing schwer in der Luft als sie das brennende Haus umrundeten und den Blick auf die große Scheune, das größte der Gebäude, ihm gegenüber werfen konnten.

Es sah nicht gut aus. Das Gebäude wurde regelrecht von den Grotlingen belagert. Sicher zwanzig der abstoßenden Monster tummelten sich um das Gebäude herum, aber Alinas Erdgeist riss bereits große Löcher in den Ring der Biester. Die grünen Runen Alinas flackerten neben ihm auf und auch er stürzte sich ohne zu zögern in den Kampf.

Sein Schwert in Kombination mit seiner neuen Kraft, *Unnachgiebige Schwerthand*, erlaubte ihm so zu kämpfen wie nie zuvor. Er blockte Schläge von allen Seiten und tötete eins der Biester nach dem anderen. Blut gesellte sich zu den bereits getrockneten, rostfarbenen Flecken auf seiner Kleidung. Das Schwert surrte durch die Luft und die einfachen Waffen der Wesen hatten ihm nichts entgegenzusetzen. Mit jedem Schlag von ihm fiel eins der Wesen zu Boden. Seine Arme brannten, aber er konnte es sich nicht erlauben nachlässig zu werden. Auch Alina wirkte

Zauber um Zauber, unter anderem einen Wirbel aus grünen Blüten die sowohl ihn als auch seine Gegner einschlossen und die Sinne der Grotlinge verwirrten und es ihm ermöglichten gleich drei der Monster ohne Widerstand zu töten. Es lief gut, fast zu gut, als das Holz neben dem Scheunentor förmlich explodierte. Ein Schemen, eine Person flog durch die Luft, landete schlitternd ein paar Meter hinter ihnen und blieb regungslos liegen.

Eine Gestalt trat durch die Öffnung, dessen riesige Silhouette von Staub und Holzsplittern der Scheune und vom Qualm des Hauses verdeckt wurde und ihn mehr an einen Troll als an einen Grotling erinnerte. Als sie über die splitternden Holzscheite trat, schreckte er zurück. Ein wirkliches Monster trat aus dem Qualm. Sicher einen Meter größer als er und doppelt so breit. Er hatte den Ausdruck in der Vergangenheit freimütig verwendet, aber auf dieses Wesen traf die Bezeichnung zu. Er sah wie seine Gefährtin sich versteifte, als der Blick des Wesens auf sie beide fiel und ein tiefes, zorniges Brüllen aus seiner Kehle ertönte. Das Wesen sah aus, als hätte jemand einen Grotling genommen und die Hässlichkeit verzehnfacht. Wo es keine dicken Metallplatten trug, hatte es spärlich behaarte Haut die über und über von Warzen, Narben und verheilten und frischen Schnitten übersät war. Der Kiefer des Monsters und seine dicken, mit Stahlhandschuhen bewährten Dampfhämmer von Fäusten, jede sicher so groß wie ein Medizinball, waren blutüberströmt. Silas sah mindestens zehn der Elfenpfeile aus den Lücken der Eisenplatten ragen, die aussahen als wären sie auf dem Körper verschweißt worden. Einem Instinkt folgend hob er sofort seine Hand und wirkte *Analyse*.

Krak [Grotling-Alpha], Level 31
HP: 61%, Mana: 0%
Disposition: Feindlich

Level 31. Er fluchte. Das Biest war fast dreimal so hoch in der Stufe wie er. Alina reagierte noch vor ihm. Grüne Runen wischten über ihre Arme. Das Biest brüllte erneut und wollte gerade auf sie zu rennen, als der Erdgeist aus vollem Lauf in die Seite des Monsters prallte. Der Schlag des Erdgeistes überraschte den Alpha, der eine Sekunde brauchte um die Lage zu verstehen. Silas sah, wie sich die Metallplatten unter der Wucht des Schlages nach innen bogen. Er hatte schon Hoffnung, dass es das gewesen war, als das Biest zurückschlug. Wortwörtlich. Die Hälfte des Erdwesens explodierte förmlich, als der Stahlhandschuh es traf. Es schaffte noch einen Schlag im Gesicht des Alphas zu versenken, bevor es selbst erneut getroffen wurde und in dicken Erdbrocken zu Boden fiel. Das blutige Gesicht des Monsters suchte und fand sie, als die Dornenranke aus dem Boden emporschoss und schräg über seinen gesamten Oberkörper und das Gesicht peitschte. Alina nickte ihm zu, also spurtete er los. Das Monster schrie schmerzerfüllt auf und hielt sich das Gesicht, als Silas auch schon an ihm war. Er schlug zu und das Schwert grub sich tief in das ungeschützte Bein. Das Monster heulte laut auf. Silas umrundete es halb und stach tief in das Fleisch zwischen den ungeschützten Rückenplatten. Er spürte deutlichen Widerstand der ledrigen Haut als das Biest, schneller als es eigentlich sein durfte, herumfuhr und nach ihm schlug. Er hatte keine Möglichkeit auszuweichen also hob er das Schwert auf Brusthöhe, flach dem Monster entgegen und legte seine linke Hand auf die Rückseite. Ein Fehler wie sich herausstellte, denn der Hieb traf ihn mit aller Macht und er flog durch die Luft.

Der wütende weibliche Schrei aus der Ferne weckte ihn aus seiner Benommenheit und er schlug hastig die Augen auf. Der Boden den er erfühlte war erdig und mit Stroh übersät. Staub waberte um ihn herum. Der Aufprall hatte ihm wohl kurz das Bewusstsein genommen, denn er spürte Blut über seinen Hinterkopf laufen. *Mein Schwert!* Sein Kopf pochte als er sich erhob. Fast panisch sah er sich um. Er spürte den Schmerz in seinen Armen, der bis in seine Schultern zog. Ohne die Schadensreduktion auf seine Hände hätte der Schlag ihn sicher kampfunfähig gemacht. Er schüttelte sich und steckte sich hastig eine der Brambelsamen in den Mund. Sofort ließ der Schmerz etwas nach. Seine Waffe lag nur einen Meter von ihm entfernt und war anscheinend unbeschädigt. *Gottseidank* sagte er in Gedanken als er das Schwert ergriff. Er puschte sich kurz etwas hoch indem er zweimal auf und absprang, dann rannte er auf das Loch in der Holzwand zu.

Was er erblickte als er durch die künstliche Öffnung sprang ließ ihn schaudern. Das Biest kämpfte mit Alina! Noch im Rennen sah er wie sie sich unter einem Schlag wegduckte, herumwirbelte und den Arm des Biestes mit ihrem Stab traf, der förmlich zu explodieren schien. *Das ist der Zauber, den sie bei den Wölfen eingesetzt hatte* erkannte er sofort. Sie wich immer wieder aus, während die Runen über ihre Arme huschten. Im nächsten Moment schlug sie ihm den Stab ins Gesicht, als er sich tief zu ihr beugte um sie zu packen. Der Kopf des Monsters flog nach hinten und schwarzes Blut spritze aus ihm heraus und auf den Boden und die kleine Fae-Frau vor ihm.

Silas sah seine Chance. *Du wirst sie nicht verletzen!* Er beschleunigte erneut und rannte so schnell er konnte auf das Biest zu und aktivierte seine Fähigkeit, *Blutrausch.* Der Alpha schüttelte sich gerade noch, als Silas hinter ihm angeflogen kam. Beidhändig das Schwert nach unten gerichtet versenkte er es tief im Nacken der Kreatur. Durch sein eigenes Gewicht zog er das Schwert fast einen halben Meter nach unten und durch seinen Rausch hinweg spürte er wie das Monster sich versteifte. Er zog das Schwert halb heraus, drehte es wie um Schwung zu holen und drückte es erneut soweit er konnte in das weiche Fleisch seines Gegners. Wieder und wieder.

Schließlich ließ sein Blutrausch nach. Krak, wie die Analyse das Biest genannt hatte, fiel nach vorne, noch während er an halb ihm hing und Alina hechtete zur Seite.

Das Monster landete mit einem lauten Knall auf dem Boden und regte sich nicht mehr.

Silas atmete schwer, während er auf dem Biest stand. Er zog das Schwert endgültig aus dem widerlichen Körper und es löste sich mit einem Schmatzen. Alina sah ihn erschrocken an. „Ich hab' schon gedacht das…" Sagte sie so, dass er die gemischten Gefühle auf ihrem Gesicht sehen konnte und stockte, doch er lächelte sie an. „Keine Sorge. Ich bin okay." Sie sah ihn ernst an. „Du blutest." Er legte den Kopf auf die Seite um sie fragend anzusehen als rotes Blut über seine Nasenspitze lief. Er wollte sich schon an den Kopf greifen als sie hastig „Stop!" rief. Er sah sie verwirrt an während sie schon näherkam „Das Blut eines Alphas ist giftig. Er sah das schwarze Blut auf seinen Händen und schüttelte sie reflexartig. „Keine Sorge." Sie war bei ihm, leerte die Feldflasche über seinen Händen und hielt ihm ein Seidentuch hin. „Solange es nicht in deinen Körper kommt ist alles okay." Er nahm ihr dankbar das Tuch ab, wischte sich über die Hände und danach über den Griff des Schwerts.

Er sah die Runen aufleuchten als Alina ihre Hand vorsichtig an seinen Kopf hob. Schon kurze Zeit später spürte er wie die Platzwunde an seinem Kopf sich schloss und das stumpfe Pochen nachließ. „Was für ein Monster." Sagte Silas zu ihr als sie sich Blauwurz in den Mund schob. „Alphas sind die Anführer einer Rotte von Grotlingen. Aber… was machen sie außerhalb des Waldes?" Silas zuckte mit den Schultern. „Darüber können wir uns später Gedanken machen." Er hustete einmal als der Rauch ihm ins Gesicht zog. „Wir können froh sein, dass der Elf…"

Sie bekam große Augen und drehte sich mitten in seinem Satz um. Verwundert folgte er Alina, die hastig auf einen Haufen einige Meter entfernt zulief. Sie ließ sich auf den Boden sinken. „Silas, hilf mir!" Er verstand. Sie war über den Körper gebeugt der ihnen vorhin entgegen geflogen kam. Der arme Kerl war über den Boden geflogen und in einem Stapel Holzkisten gelandet, dessen Überreste ihn jetzt halb unter sich begruben und langsam anfingen zu rauchen, bedingt durch das Feuer in ihrer unmittelbaren Nähe. Silas trat neben seine Gefährtin und sah auf den geschundenen Körper hinab der halb aus den Trümmern ragte. Sie griffen an die Schultern des Elfs und zusammen zogen sie ihn unter den Holzresten hervor und weg von dem Rauch. „Sie lebt noch!" sagte Alina und er blickte zweifelnd auf dem am Boden liegenden Elfen. *Sie?* Er betrachtete den Elfen jetzt genauer. Sein gesamter Körper war Blutüberströmt. Er konnte nur schwer die Gesichtszüge ausmachen, da selbiges über und über mit Blut und Ruß bedeckt war, geschweige denn welche Wunde für den Blutverlust verantwortlich war oder welches zu ihm gehörte. Aber trotz des Schmutzes auf dem Gesicht erkannte er, dass er oder sie mindestens eine gebrochene Nase und große Schwellungen im Gesicht hatte. Er sah die spitzen, typischen Elfenohren unter den dreckigen langen, rotbraunen Haaren und staunte. *Ein echter Elf.* Jeder der mal ein Rollenspiel gespielt hatte wusste um die mystischen Eigenschaften der Rasse. *Langlebig, magisch, anders.* Offenbar ein paar Jahre älter als er. Der Elf hielt noch immer stur die zerbrochenen Reste seines Bogens in der Hand.

    Silas ging neben Alina auf die Knie, die besorgt den Körper abtastete. „Was kann ich tun?" Alina konzentrierte sich und blieb dann mit der Hand auf einer der Rippen stehen. „Öffne ihre Kleidung, der gesamte Oberkörper muss frei liegen." Sie drehte sich um und er begann sofort die Kleidung aufzuknöpfen. Und dann sah er, dass seine Gefährtin Recht gehabt hatte. *Er* war eine *sie*. Die Frau hatte ihre Brüste mit Bandagen abgebunden, die jetzt ebenfalls blutgetränkt waren. „Ich könnte sie heilen", begann seine Gefährtin „aber ihre Rippen haben sich vermutlich in ihre Lunge gebohrt, sie ist zusammengefallen." Sie hatte jetzt eine kleine, flache Holzschachtel in der Hand, die sie vorsichtig öffnete und zog eine lange, glasartige Klinge hervor. Sie zögerte einen Moment, aber setzte dann die Klinge an. „Halte sie fest, falls sie aufwacht." Drängte sie ihn. Wortlos griff er der Frau an die Oberarme, während er sich hinter ihrem Kopf platzierte.

Alina zwang sich ihre zittrige Hand zu beruhigen und zog die Klinge tief und schnell durch das Fleisch. *Ein Skalpell* stellte er fest und sah dann zu wie sie die Wunde spreizte und mit den Fingerspitzen hineingriff. Sie schien etwas zu fassen zu bekommen und es knackte leise. Sofort nahm sie eine dünne, lange Glasröhre und drückte sie tief in die Wunde hinein. Im nächsten Moment hob sich die Brust der Frau und Alina nickte ihm zu. „Halt den Auslass." Silas brauchte kurz bis er verstand, dass die Glasröhre gemeint war. Er griff danach und seine Gefährtin streckte die Arme aus. Grüne Runen liefen ihr über die Arme und sie wurde etwas blasser. Als grüne Gräser aus dem feuchten Boden sprossen, wusste er, dass ihr Zauber geglückt war. Er sah wie etwas Leben zurück in das Gesicht der Frau kam und sich ihre Nase ein wenig unter dem Schmutz geraderückte. „Rausziehen, jetzt." Befahl sie ihm und er gehorchte. Zwei Sekunden später hob sich der Brustkorb der Elfe ruckartig, als plötzlich wieder Luft ihre Lunge durchströmte.

Tag 16-4

Sie fanden insgesamt achtzehn menschliche Leichen, alle von Ihnen von den groben Eisenwaffen der Grotlinge getötet, die meisten von Ihnen schlimm zugerichtet. Sie fanden verschiedene Spuren, die in die hohen Felder führten und darauf hindeuteten, dass einige Menschen entkommen waren, genau wie die Wagenspuren am Eingang. Die Abwesenheit von Vieh und Nutztieren war ein weiterer Hinweis darauf, dass einige Menschen entkommen waren.

Es war nicht leicht gewesen, die Männer zusammenzulegen, aber er war froh unter den Leichen weder Frauen noch Kinder gefunden zu haben, auch wenn sie das brennende Hauptgebäude nicht betreten konnten und demnach nicht wussten, wer dort vielleicht umgekommen war. Während der ganzen Geschichte war Silas bewusstgeworden, dass es das erste Mal gewesen war, dass er mit Toten, speziell menschlichen Leichen zu tun hatte, aber zu seiner Überraschung war es nichts gewesen, was ihn groß mitgenommen hatte. Natürlich hatte er Mitleid empfunden, auch Bedauern darüber ihnen nicht geholfen zu haben, aber ihm war auch bewusst, dass sie nur zufällig über diesen Hof gestolpert waren. Wären Sie nicht gewesen hätten die Grotlinge vielleicht auch die Überlebenden in die Felder verfolgt oder andere Gehöfte überfallen, aber zumindest eins war sicher: Sie hätten die Elfe die sich jetzt in ihrer Fürsorge befand getötet.

Silas fragte sich trotzdem, warum ihn der Tod der Männer nicht mehr aus der Fassung brachte. Hatte das erlebte ihm vielleicht schon so zugesetzt, dass er das Leben und Sterben in dieser Welt schon als etwas Alltägliches empfand? Oder lag es daran, dass er jetzt schon mehrfach in Situationen gewesen war, die ihn emotional abgestumpft hatten? Er war sich nicht sicher. Vielleicht hatte die Übertragung seines Geistes in diesen Körper hier auch etwas in ihm verändert. Vielleicht war es auch der Körper selbst, der daran schuld war? Silas schüttelte irritiert den Kopf. Fragen, über die es keinen Sinn machte nachzudenken und die nur zu weiteren Fragen führen würden. Trotzdem konnte er weitere Gedanken nicht verhindern. Wenn diese Welt real war, wie er schon lange empfand, was würde dann mit seinem Körper passieren wenn er ausloggen könnte? Ganz davon abgesehen, dass er es nicht konnte und auch nicht gedurft hätte laut dem Vertrag den er mit Fulcrum geschlossen hatte; was würde passieren? Würde sich sein Körper in Luft auflösen? Erstarren oder schutzlos zurückbleiben? Er wusste es nicht. Wieder mahlten die Mühlsteine seiner Gedanken schwer. Wie definierte sich diese Realität? Er hatte es augenscheinlich mit fühlenden, lebenden Wesen zu tun. Aber was waren sie wirklich? Programme? Oder war das hier eine fremde Welt, die durch diese wahnsinnige Maschine mit der Erde auf eine seltsame Art und Weise verbunden war? Vielleicht eine andere Dimension, dessen Schleier durchdrungen wurde? Wie weit war Fulcrum gegangen in diesem Unterfangen? Was mussten sie für Mittel aufgewendet haben, um diese Welt zu betreten? Fulcrum war mächtig, mächtiger als die meisten Staaten, vielleicht mächtiger als alle Länder der Erde, aber dieser Akt musste Milliarden, eher Billionen an Dollar verschlungen haben. Die Möglichkeiten dieser Technologie, ganz egal in welche Richtung sie nun ging, Transport oder das Erschaffen einer neuen Welt, mussten endlos sein.

Eine Frage stellte sich ihm jedoch nicht, denn er hatte seine Antwort bereits gefunden. Die Fae war realer als alles an das er sich erinnerte. Seine Gefühle waren echt, sie lebte und empfand genau wie er Trauer und Schmerz, Liebe und

Wut, Zorn und Freude. Ob sie jetzt ohne es zu wissen durch ein Computerprogramm entstanden war, oder aus einer anderen Welt kam. Es machte für Silas keinen Unterschied. Davon abgesehen, wer könnte ihm versichern, dass sein reales Ich nicht einem noch größeren Computerprogramm entsprungen war? Er schüttelte erneut energisch den Kopf und verstand, dass diese Fragen vergebliche Lebensmüh waren. Er konzentrierte sich wieder auf den Weg der vor ihm lag.

Silas hatte insgesamt zweiundvierzig der Grotlinge, plus den Anführer, den sie getötet hatten gezählt.

Schweren Herzens ließen sie den brennenden Großbauernhof hinter sich zurück. Für die Toten konnten sie nichts mehr tun und das Feuer breitete sich langsam aber sicher auf die angrenzenden Gebäude aus. Sie hatten sich entschieden die Überlebenden nicht zu suchen. Sie selbst waren nicht in bester Verfassung, vielleicht würden sie sich zu einer Menschenstadt durchschlagen, vielleicht versteckten sie sich und warteten darauf, dass die Biester verschwanden. Kurz hatte er mit dem Gedanken gespielt die kleineren noch intakten Gebäude zu durchsuchen, nach Proviant und Gegenständen, aber ein Gefühl von Respektlosigkeit hatte sich breitgemacht. Natürlich war ihm bewusst, dass die Toten nichts mehr davon brauchten, aber wer wusste ob die Familie vielleicht zurückkehrte um ihre Toten zu bestatten oder ihre letzten Habseligkeiten in der Asche zusammen zu suchen. Es war ihm falsch vorgekommen, also hatten sie den Hof schnellstmöglich verlassen, nachdem sie die Leichen auf zwei getrennte, große Haufen gelegt hatten. Das Feuer würde sie früher oder später einhüllen.

Weder Alina noch Silas blickten zurück, als sie den Hof hinter sich zurückließen und zurück auf die ungepflasterte Straße traten. Nur der schwarze Rauch, der über ihnen lag erinnerte sie daran, was sie gerade erlebt hatten und selbst der verschwand schnell aus ihrem Sichtfeld.

Silas trug jetzt die junge Elfenfrau wie ein Kind auf dem Rücken. Ihre Oberschenkel lagen unter seinen Armen, während sie vorne rüber gebeugt über seinen Schultern hing, noch immer bewusstlos. Das Gewicht der Frau belastete ihn fast nicht, denn die hochgewachsene Abenteurerin wog noch weniger, als ihre schlanke Statur es hatte vermuten lassen.

Schweigend und erschöpft durch den Kampf und die Arbeit, die Körper zusammenzulegen, noch wesentlich dreckiger als noch am Morgen, gingen sie auf der unbefestigten Straße weiter in die Richtung die Alina vorgab, dem Menschendorf der Karte entgegen.

Stundenlang gingen sie den Weg entlang. Silas Arme brannten inzwischen unter dem Gewicht der Frau, auch wenn sie fast nichts wog. In der Ferne hatten sie mehrfach vereinzelte Höfe gesehen, aber sie hatten sich dagegen entschieden ihnen entgegen zu gehen. Zu viel Risiko, wer wusste wo die Grotlinge noch waren, wie viele Rotten hier ihr Unwesen trieben.

Alina erkundigte sich mehrfach nach seinem Wohlergehen und untersuchte immer wieder ihre Patientin auf seinem Rücken, aber es änderte sich nichts an ihrem Zustand. Je näher sie dem Dorf kamen, umso nervöser wurden sie beide. Silas wegen der Aussicht auf ein Bett, Alina wegen Gründen, die er nur vermuten konnte.

Dann, endlich, die Sonne war bereits untergegangen, kam das Menschendorf in Sicht. Eine langgezogene, hölzerne Palisade mit zwei hölzernen Wachtürmen war alles was sie am Horizont zu sehen bekamen. Keine Wagen, die vom Dorf kamen oder zu ihm fuhren, geschweige denn Häuser, die außerhalb der schützenden Mauern lagen.

Je näher sie jedoch auf die Palisade zukamen, desto mehr konnten sie in der Ferne erkennen. Vereinzelte, flackernde Lichter auf den Mauern, lange hölzerne Spieße die der Straße entgegengesteckt waren, sogar vereinzelte Laute die zu Ihnen drangen. Schließlich, sie waren fast auf Sichtweite heran, ertönte aus dem Wachturm eine laute Glocke. Er wechselte einen Blick mit der erschrockenen Alina und nickte kurz.
„Sie sind wachsam. Vermutlich wissen sie nicht was oder wer wir sind und haben Angst oder sind einfach vorsichtig.

Keine Sorge." Wie um ihr Mut zu machen lächelte er ihr einmal zu, und obwohl er ihr ansah, dass ihr das Schauspiel nicht behagte, nickte sie stumm. Kaum fünf Minuten später sahen sie die sich bewegenden Fackeln, vermutlich Menschen und Wachen die von den Mauern verschwanden und an anderer Stelle wiederauftauchten, vermutlich Soldaten und Bogenschützen oder beides. Auch vor dem Tor erschienen nach und nach ein gutes Dutzend der Leuchtenden Punkte, jedoch machte niemand Anstalten sie aufzuhalten oder Befehle zu brüllen, also liefen sie weiter ohne anzuhalten, und irgendwann bewegten sich die Lichter in ihre Richtung. Als sie auf wenige Meter aneinander waren, erkannte er den Anführer, einen Mann mittleren Alters, breit wie ein Ochse und fast zwei Meter groß. In der Hand hielt der Mann eine schwere, langstielige Axt und Silas musste sich eingestehen, dass der Mann bedrohlich wirkte, obwohl er keine Rüstung trug. Einer plötzlichen Eingebung folgend entschloss er sich kurzer Hand seine Kraft einzusetzen und wirkte *Analyse*. Er drehte die Handfläche grob in die Richtung des Mannes und seinen Begleitern die unweit hinter ihm folgten und Alina sah ihm angespannt zu. Sofort erschien eine Benachrichtigung vor ihm in der Luft.

Garan [Mensch], Level 19
HP: 100%, Mana: 100%
Disposition: Skeptisch

Er schob den kleinen Status zu Alina, die kurz nickte und den Schirm schnell wieder zu ihm wandern ließ. Es war nicht so, dass Silas einen Kampf erwartete, aber trotzdem war Vorsicht geboten. Der Mann, der ihnen jetzt entgegenkam wirkte nicht wie jemand, der einer Auseinandersetzung aus dem Weg gehen würde. Dass er die Gruppe anführte konnte mehrere Dinge bedeuten, entweder er hatte eine hohe Stellung in dem kleinen Dorf, war ein guter Kämpfer oder hatte die Leute anders hinter sich versammelt. Vielleicht war er auch einfach der mutigste der kleinen Truppe, die ihnen entgegenkam. Zumindest war er dem äußeren Anschein nach kein Soldat, geschweige denn ein Abenteurer.

Nachdem der Mann zu jetzt fast auf zehn Meter heran war, blieb er stehen und griff die Waffe in seinen Händen beidhändig vor seiner Taille. „Heda! Fremde! Bleibt stehen!" Sie taten wie geheißen. „Grüße!" erwiderte Silas laut und deutlich in der Sprache die ihm so zu Eigen war wie das Englisch seiner Welt, die Gemeinsprache, die in seinem Kopf unwissentlich die alte Sprache verdrängt hatte als er in Aeternia aufgetaucht war. Die nicht-feindselige Begrüßung hatte sofort einen Effekt wie er sah. Garan, der Mensch vor ihnen, wirkte mit einem Mal nicht mehr so angespannt wie vorher. „Warum schleicht ihr durch die Dunkelheit? Die Straßen sind gefährlich, besonders nachts!" Silas blinzelte. Ihm wurde erst jetzt bewusst, dass sie in völliger Schwärze, nur erhellt von den beiden Monden und den Sternen am Himmel unterwegs gewesen. Silas hatte sich nichts dabei gedacht, die Nächte im Wald waren viel dunkler gewesen. *Wie wurden wir dann auf der Straße entdeckt? Eine Fähigkeit des Spähers auf einem der Türme?* „Wir haben eine lange Reise hinter uns. Es ist sicherer so. Wir können uns im Licht zeigen, wenn ihr das verlangt?" Der Mann schien zu überlegen und zögerte. „Wenn es euch nichts ausmacht. Man kann nicht vorsichtig genug sein." Silas verstand den Mann und hatte herzlich wenig Lust sich wegen so einer Sache zu kämpfen. Er drehte den Kopf zu Alina, die mit einer Handbewegung und nur wenigen leisen Worten eins ihrer Irrlichter heraufbeschwor, dass sich langsam über ihrer Hand bildete und begann in der Luft über ihren Köpfen zu schweben.

Alina verbeugte sich ein Stück und beide musterten den Mann. Er war viel breiter als die Männer die ihn begleiteten und in einigem Abstand hinter ihm stehen geblieben waren. Er trug einfache Kleidung, hohe Lederstiefel mit Metallplatten an der Front, eine Stoffhose und eine ärmellose Tunika. In seinen Händen lag noch immer die große

Holzfälleraxt. Sein Gesicht war wettergegerbt und markant, ein langsam grau werdender Bart rundete seine Erscheinung als Anführer ab. „Wer seid ihr und was wollt ihr hier?" Fragte er grimmig, offensichtlich verblüfft oder erschrocken ob der einfachen Magie Alinas. „Entschuldigt. Wir wollten euch nicht erschrecken." Silas deutete mit dem Kopf auf die Frau auf seinem Rücken. „Wir suchen Unterkunft. Und wir haben eine Verletzte bei uns." Der Mann trat näher bis er die Figur genau erkennen konnte. „Bei allen Göttern, die Waldläuferin! Ist sie...?" Silas schüttelte den Kopf als er den Schrecken in den Augen des Mannes sah. „Ihr geht es soweit gut, aber sie braucht Ruhe. Meine Begleiterin hat sie behandelt." Sofort wirkte der Mann erleichtert, trotz der harten Fassade die er aufgesetzt hatte.

„Was wollen sie?" Warf seine Gefährtin jetzt ein. Er brauchte erst einen Augenblick, bis er begriff. „Du verstehst sie nicht?" Sie schüttelte mit dem Kopf. Er übersetzte ihr schnell was der Mann und er gesagt hatten. Sie nickte, bevor Silas fortfuhr. „Wir kommen aus dem Westen. Ein großer Hof wurde von Monstern, Grotlingen, angegriffen und niedergebrannt." Dem Mann war der Schock deutlich anzusehen. „Wie viele haben überlebt?" Silas sah ihn an und zuckte mit den Schultern „Wir haben nur sie gefunden. Aber einige sind entkommen. Achtzehn Männer sind gestorben. Die Frauen und Kinder sind vermutlich entkommen." Der Mann, Garan, sog die Luft ein. „Hoffentlich geht es ihnen gut." Sagte der Mann leise zu ihnen, aber Silas wusste nicht, was er sagen sollte. Also nickte er nur stumm. „Wir müssen Alarm schlagen. Wir müssen Verteidigungen errichten. Wenn eine ganze Rotte der Biester auftaucht..." Silas unterbrach ihn, bevor er weiter ausholen würde. „Wir haben sie bereits alle getötet." Der Mann blinzelte ungläubig und brauchte einen Moment bis er antwortete. „Alle?" Silas nickte und übersetzte dann für seine Gefährtin. „Wie viele waren es?" fragte er zweifelnd. „Dreiundvierzig." Antwortete Silas und er sah wie die Augen des Mannes sich verkleinerten. „Ihr wollt mir sagen ihr habt dreiundvierzig

Grotlinge getötet?" Silas übersetzte und seine Gefährtin nickte. „Sag ihm, dass es eine Kriegsrotte war und sie von einem Alpha angeführt waren." Sie sah den Mann ernst an, der erst jetzt verstand, dass sie sich im Ton des Windes unterhielten. Er gab die Informationen so weiter und der Mann sog scharf die Luft ein. „Ihr sprecht den Ton des Windes. Eure Freundin ist eine Fae." Silas nickte ob der Feststellung des Mannes.

Sofort änderte sich die Attitüde des Mannes der jetzt erleichtert wirkte. „Kommt, kommt schnell in unser Dorf. Ihr habt euch eine Belohnung verdient, wenn ihr die Kriegsrotte erschlagen habt. Ihr müsst erschöpft sein. Ich bin Garan." Silas konnte ihm nicht die Hand entgegenstrecken, also macht es Alina für ihn. Der Mann sah kurz nach unten und ergriff sie grinsend am Unterarm. „So macht man das bei uns." Der Mann lächelte und ließ ihren Arm los. „Freut mich euch kennen zu lernen Garan. Ich bin Silas und meine Begleiterin ist Alina." Er sah sie fürsorglich an. „Ich stelle dich ihm vor." Erklärte er in der säuselnden Sprache, woraufhin sie einen kleinen Knicks machte. „Wie bei allen Göttern habt ihr es geschafft eine Fae als Begleiterin zu gewinnen?" Silas lächelte ob des ungläubigen Blickes des Mannes. „Ich habe ihnen bei etwas geholfen. Meine Begleiterin hat mich gerettet und dann entschieden mit mir zu reisen." Er seufzte theatralisch. „Ich weiß auch nicht wieso." Der Mann stutzte und lachte dann kurz auf. „Ihr könnt euch wirklich glücklich schätzen. Die Fae gelten als ehrenhaftes Volk. Laut der Geschichten lügen sie nie. Und schaut sie euch an. Wunderschön, ihre Gesichtszüge, ihre Haare..." Jetzt grinste auch Silas. „Da habt ihr wohl Recht, Garan. Sagt, wir suchen einen Ort an dem wir uns ausruhen können, vielleicht etwas trinken und uns waschen. Könnt ihr uns weiterhelfen?" Der Mann sah ihn freundlich, fast väterlich und vor allem fröhlich an. „Natürlich! Kommt in unser bescheidenes Dorf. Ihr seid heute die Ehrengäste!" Garan drehte sich um zu den Dorfbewohnern hinter ihm. „Ihr habt sie gehört. Ab mit euch. Es sind Gäste!" Silas nutzte die

Chance um die Leute hinter dem Mann zu betrachten. Sie wirkten wie einfache Menschen, vielleicht wie Bauern und Kaufleute, keinesfalls wie Krieger, wobei alle mit Mistgabeln, Fackeln oder anderen Werkzeugen ausgestattet waren, die nicht für einen Kampf gedacht waren. Silas war froh darüber, nicht mit ihnen kämpfen zu müssen. Er sah die gleiche Erleichterung die er empfand in den Gesichtern der Männer und Frauen, und ein oder zwei johlten auf. Garan machte eine Handbewegung und die kleine Meute wandte sich zum Tor, während er ihnen kurz sagte, dass sie ihm folgen sollten.

Die Männer und Frauen die an der Palisade auf sie warteten waren schwerer bewaffnet, alle waren mit Knüppeln, Äxten oder Bögen ausgerüstet und hatten das Spiel mit angesehen. Garan verkündete laut, dass sie Freunde waren und eine Rotte Grotlinge getötet hatten. Die Stimmung, gerade noch drückend, schwang um und die Wachen begrüßten sie eindringlich, in dem sie die Waffen in die Luft hoben oder laut johlten.

Als sie dann das Tor durchtraten und den großen Menschenauflauf von vielleicht hundert Seelen sahen, stockten sie beide kurz. *Ping!* Eine Nachricht tauchte vor ihm auf in der Luft auf.

[Ihr habt die Quests „Eine unerwartete Rückkehr" und „Die Sicherheit Waldkreuzes" erfolgreich beendet. Durch euer Ehrenhaftes Verhalten steigt euer Ansehen!]

[Herzlichen Glückwunsch! Durch euren Heldenmut und euer ehrenhaftes Verhalten gegenüber der Waldläuferin Nariel hat sich euer Ruf im Dorf Waldkreuz von „Unwissend" auf „Wohlgesonnen" verbessert.]

Silas grinste als er die beiden Nachrichten sah. *Versteckte Quests? Nariel also, ja?* Garan trat währenddessen vor die Menschen, die sie noch immer umringten und anstarrten. „Okay, genug geglotzt Leute! Es ist spät! Die beiden sind müde von der Reise und vom Kämpfen! Sie haben eine Verletzte dabei!" Er konnte sich vorstellen, dass es für ein so abgelegenes Dorf ein Ereignis war, wenn Fremde hier auftauchten. Die Menge verblieb erst, machte keine Anstalten ihnen Platz zu machen, doch als Garan ein lautes „Wird's bald?" hinterher schob löste sich die Menge langsam auf.

Der Anführer seufzte und wartete ab, bis der Großteil der Leute sich in alle Richtungen aufmachte und sie langsam verschwanden. „So, nun da sich das hier alles erledigt hat, folgt mir in mein bescheidenes Haus. Ich werd' euch etwas Vernünftiges zum Futtern vorsetzen!" Er grinste breit, und begann sie zu führen. Alina staunte über die einfachen Holzbauten mit den schiefen Fensterläden, alles Fachwerkhäuser aus dunklen Holzbalken und Stein, die für Jahrzehnte gebaut waren, so dass vermutlich Generationen von Familien in ihnen lebten, bevor sie, wenn überhaupt, einmal den Besitzer wechselten.

Es war zwar Dunkel, aber brennende, einfache Laternen erhellten den Weg. Ein Mann in einem dicken, warmen Umhang war gerade dabei mit einem langen Stock die Laterne die an dem selbigen hing auf den Querbalken des Lichtes vor ihm zu heben. Der Mann vollendete seine Arbeit, grüßte sie freundlich ohne ihnen weiter Beachtung zu schenken und ging zur nächsten um das Spiel zu wiederholen. *Natürlich. Sie brauchen jemanden der sich um das Licht kümmert. Eine Art Nachtwächter!*

Silas sah sich ebenfalls interessiert um. Das Dorf war recht einfach gehalten, große und kleine Häuser aus Holz und Stein mit Spaltschindeln auf den Dächern säumten den Weg links und rechts von ihnen. Hier und da sah er kleine Schornsteine und Fenster mit hölzernen Fensterläden und auch mal ein Reetdach, statt der festen Platten, was bedeutete das ein See oder Fluss, zumindest ein Sumpf unweit vom Dorf existieren musste. Kleine Steinmauern, nicht zur Verteidigung, sondern zur Abgrenzung der Grundstücke gingen ihm teils bis zu den Knien und in den Gärten dahinter lagen meist prallgefüllte Beete. Nicht wie auf der Erde, ein Rasen zur Zierde, sondern nützliche Pflanzen oder Gemüse, wie er sofort begriff.

Alina zuckte etwas zusammen, als sie das Bellen eines Hundes hörte. Ein paar Kinder liefen in einiger Entfernung durch das Dorf und lachten leise. Hier und da sah er tatsächlich große Obstbäume in kleinen Gärten stehen, teilweise hinter den Häusern.

Freundlich grüßte ein älterer Herr mit Laterne in der Hand ihren Führer Garan, während er zwei Esel hinter sich an einer Leine herzog. Der Boden der Straße war einfacher, feuchter Erdboden, bis sie nach ein paar Minuten an einem einfach gepflasterten Platz ankamen.

Der große Versammlungsort war rund und schien die wichtigsten und größten Gebäude der Stadt zu beherbergen. In der Mitte stand ein großer Brunnen sowohl mit Seilvorrichtung und Dach, als auch vorne mit einer Art primitiver eiserner Pumpe.

Er sah eine Art kleine, steinerne Kirche die den Platz und die anderen Häuser überragte. Ein großes, zweistöckiges Gebäude stand daneben, vermutlich so etwas wie das Rathaus. Mehrere kleine Fachwerkhäuser, mit Schildern über den Eingängen die er nicht erkennen konnte, und zwei weitere, größere Häuser, die ebenfalls Schilder über ihren Türen trugen. *Vermutlich ein Krämer und das Gasthaus des Ortes? Gibt es hier eine Schmiede?*

Der muskulöse Garan führte sie geradewegs zum größeren der beiden Häuser. *Eine Taverne!* Erkannte Silas sofort.

Jetzt, so nah wie sie waren, las er über dem Eingang das große Schild auf dem in kunstvoll geschriebenen Lettern ‚Zur roten Walküre' stand, während sie durch die massive Holztür traten.

Der Schankraum war leer, aber bot sicherlich fünfzig Leuten ausreichend Platz zum Trinken und Feiern. Große Bänke standen vor langen Hölzernen Tischen und sauberes Stroh säumte den Holzboden. Auf der einen Seite sah er eine lange Theke, an der sicher zehn Leute gleichzeitig sitzen konnten. Dahinter eine Tür die vermutlich in die Küche führte, auf der langen, gegenüberliegenden Seite des Schankraums ein großer steinerner Kamin, eher eine Feuerstelle, sicher anderthalb Meter breit, in der gerade ein kleines Feuer loderte. Silas sah, dass man einen Spieß in das metallene Gerüst einhängen konnte. Schließlich drehte sich Garan zu ihnen um und lächelte sie freundlich an. „Und, gefällt es euch? Willkommen in meinem bescheidenen Heim!" Silas war überrascht, er hatte nicht damit gerechnet, dass der breite Anführer des Dorfes gleichzeitig der Wirt der Schenke war, trotzdem nickte er begeistert. „Es ist genauso wie ich mir eine Taverne vorgestellt habe!" Brachte er hervor, woraufhin ihn der Mann verdattert ansah und dann laut loslachte. „Warst du noch nie in einer Schenke? Natürlich ist sie das! Du stehst in der besten Taverne im Umkreis von hundert Meilen!" Kopfschüttelnd aber schmunzelnd lief er durch die Taverne, klappte die Theke an einer Seite hoch und schob sich hindurch. „Kommt mit. Wir bringen die Waldläuferin in ein Zimmer."

Er führte sie durch das Innerste seines Gasthauses und sie ließen die Küche und andere, ihnen unbekannte Räume hinter sich zurück, bis sie an der letzten Tür am Ende des Flures ankamen. Der Wirt öffnete sie und deutete in den Raum hinein. „Das ist unser privates Gästezimmer. Eigentlich beherbergen wir keine Gäste im Erdgeschoss, aber für die Elfe machen wir natürlich eine Ausnahme. Legt die Waldläuferin ins Bett. Meine Tochter wird sich später um sie kümmern, sie säubern und ankleiden." Silas tat wie geheißen, nachdem Garan ihm die Tür aufgeschlossen hatte. Er legte die Waldläuferin in das Bett, schenkte ihr einen letzten Blick und hoffte auf ihre Genesung, bevor er das kleine, gemütlich eingerichtete und saubere Zimmer wieder verließ. Garan schloss die Tür hinter ihnen mit einem großen Schlüssel ab.

Sie folgten ihm zurück in den Schankraum und setzten sich an die Theke. Sofort fiel eine Anspannung von ihm ab, von der er gar nicht bemerkt hatte, wie sehr sie auf ihm lastete. Seine Schultern schmerzten, genau wie seine Arme.

Ein erschöpftes Brennen breitete sich in ihnen aus, als er sich schwer auf den Tresen lehnte. Die Fae an seiner Seite legte ihm mitleidig kurz eine Hand auf den Arm. Er übersetzte ihr kurz, was Garan ihm gesagt hatte, was die Elfe anging.

Währenddessen stellte der Wirt sich hinter die Theke und ergriff drei große Humpen von einem der einfachen Holzregale hinter sich und begann sie an einem großen auf dem Bauch liegenden Holzfass aufzufüllen.

„So, und jetzt erzählt mir mal was euch widerfahren ist." Er drehte sich wieder zu ihnen und stellte alle drei Humpen kräftig auf die Theke, dass etwas des schäumenden Getränks auf das polierte Holz schwappte. Er zog sich die Axt und den Ledergurt von seinem Rücken und stellte sie sorgfältig in eine Ecke.

Silas ließ sich nicht zweimal bitten, hob den Humpen an die Lippen und trank einige große Schlucke, bis die hölzerne Maß zur Hälfte geleert war. Mit einem freudigen „Aah!" hieb er den Becher auf den Tresen. Alina roch etwas angewidert an ihrem Humpen und sah ihn entgeistert an. Der Wirt lachte auf, griff über die Theke und klopfte ihm auf die Schulter. „Junge, du säufst ja wie ein Pferd." Silas grinste und wischte sich über Gesicht. Erst jetzt merkte er, dass sein Bart in den letzten Tagen wirklich ausgewachsen war. Auch der Wirt hob jetzt seinen Humpen und bedeutete Alina es gleich zu tun. Er trank ebenfalls in großen Zügen, während Alina vorsichtig an dem Getränk nippte. Als sie sah, dass Silas sie beobachtete trank auch sie einen größeren Schluck, setzte ab und verzog das Gesicht. „Wie könnt ihr das nur trinken? Es piekst in meinem Hals und blubbert." Silas lachte laut und übersetzte für den Wirt. Ein paar Sekunden später hatte Alina ihre Nase in dem Becher versunken und rote Ohrenspitzen, während der Wirt und Silas zusammen lachten.

Irgendwann hatte der Wirt Mitleid mit ihr und ging in die Küche, um einen Becher mit einem Fruchtsaft für sie zu holen. Sie trank vorsichtig und ihr Gesicht hellte sich auf. „Süß!" Sagte sie nur und genoss es, offensichtlich zufrieden. Der Wirt musterte sie beide. „Ich habe ein Zimmer für euch, wenn ihr wollt. Natürlich geht das auf meine Rechnung." Grinste er etwas anzüglich zu Silas, der jetzt seinerseits auch etwas Rot wurde, wobei er sein bestes tat seine Scham vor dem was der Wirt implizierte zu unterdrücken. „Wir sind nicht... so zusammen." Sagte er leise und der Wirt lachte erneut. Silas hatte sich entschieden. Er mochte den rauen, alten Mann irgendwie, auch wenn er sich über ihn lustig machte. „Keine Sorge, ich werde etwas Passendes für euch finden. Passt auf. Ich lasse euch beiden ein paar neue Kleider holen und ihr könnt beide ein Bad nehmen. Was haltet ihr davon?" Silas stockte und seine brennenden Arme zuckten, während er sich seiner traurigen Aufmachung erneut bewusstwurde. Er übersetzte schnell und Alinas Augen hellten ebenfalls auf. „Sehr gerne, Garan!" Sagte er dann. „Wir sind schon ewig unterwegs und hatten nicht wirklich die Chance ausgiebige Bäder zu nehmen." Der sah sie nur aufrichtig mitleidig an. „Nehmt's mir nicht übel, aber man riecht es." Er hieb mit den flachen Händen auf die Theke. „So. Eure Geschichte kann noch was warten. Dann wollen wir mal alles vorbereiten, nicht wahr? Ich bin schließlich der Hausherr!" Er holte tief Luft und rief so laut, dass Silas meinte die Theke würde erzittern „Marek, Sina! Schwingt eure Hintern in den Schankraum!" Ein lautes Poltern aus einem der Räume hinter dem Wirt ertönte und eine Minute später kamen ein gehetzt aussehender Junge, vielleicht vierzehn und ein junges Mädchen, vielleicht ein oder zwei Jahre älter, durch die Tür hinter dem bärtigen Anführer. „Marek, wir haben Gäste. Ich will, dass du das Bad befeuerst. Und frisches Badewasser." Der junge nickte neugierig. „Um diese Uhrzeit? Bleiben sie die Nacht?" Der Wirt bejahte kurz und der Junge grinste anzüglich, verschwand jedoch schnell in der Tür hinter ihm.

„Sina?" Das Mädchen trat vor. „Ja Vater?" Er deutete mit dem Kopf zu den Beiden. „Nimm ihre Maße und geh zum Schneider." Er gab ihr den großen Schlüssel zum Zimmer der Elfe. „Und die der Waldläuferin. Für die beiden soll er dir geben was er gerade da hat. Dann soll er sich daran machen gute Reisekleidung zu schneidern. Sag ihm, dass es eine Fae ist, also soll er sein Bestes geben. Sag ihm auch, dass die Waldläuferin ebenfalls neue Kleider braucht." Er hatte etwas Ermahnendes in der Stimme, was vielleicht bedeutete, dass sie die Waldläuferin hier öfter sahen und es bekannt war, was sie tragen würde. Sina sah Alina mit großen Augen an, Silas übersetzte sofort was gerade vor sich ging „Und er soll nicht knauserig sein mit dem Stoff und Garn. Das Dorf bezahlt, ich gebe ihm ein paar Münzen extra." Der Wirt unterbrach sich, als ihm etwas Weiteres auffiel. „Gebt ihr auch eure Umhänge mit. Der Schneider wird sie waschen und ausbessern, wenn möglich." Beide zogen ihre Umhänge ab indem sie die Fibeln lösten und der Wirt sog die Luft ein, als er jetzt noch deutlicher die vielen genähten Schnitte und das getrocknete Blut in ihren Kleidern noch deutlicher sah.

Die Tochter des Wirts sah ebenfalls schockiert aus, zögerte kurz, während sie sie beide musterte, griff aber schließlich nach ihren Umhängen, legte sie über einen der nahen Tische und zog ein Maßband aus ihrer Schürze. Schnell und gekonnt nahm sie erst die Maße von Silas, die sie mit einem schwarzen Kohlestift auf einem kleinen Blatt aufschrieb. Sie ließ ihn aufstehen und einige Bewegungen machen und nickte dann zufrieden. Der Wirt sah sich das Schauspiel an während Silas Alina erklärte was die junge Frau gerade machte. Als er den leichten Singsang anstimmte unterbrach das Mädchen für eine Sekunde ihre Arbeit um ihn erstaunt anzusehen, machte aber sofort weiter als er nur mit den Schultern zuckte. Für Alinas Maße bat sie sie in den Nebenraum und Silas sah seufzend hinter ihnen her. Der Wirt sah ihn grinsend an, als er ihn vollkommen durchschaute. „Ihr mögt sie, nicht wahr?" Der angesprochene zuckte ein wenig mit den Schultern und trank als Antwort nur seinen Humpen aus. Der Wirt legte ihm väterlich seine große, grobe Hand auf die Schulter. „Keine Sorge, kleiner. Ich glaube sie mag dich auch." Er lächelte Silas an, der als Antwort nur eine Augenbraue hochzog, woraufhin der Mann erneut laut lachte.

Sie warteten zusammen ein paar Minuten still, der Wirt füllte ihre beiden Humpen auf, bis die beiden aus dem Nebenraum hervortraten. Alina hatte wieder deutlich rote Ohrenspitzen und Sina hüstelte leicht. „Alles erledigt. Sie ist wirklich eine Fae, Vater!" Der nickte mit dem Kopf. „Dann los, Tochter. Und sag dem Schneider, dass die Kleidung für den Mann etwas Praktisches für einen Schwertkämpfer sein soll." Die angesprochene nickte und eilte an ihnen vorbei. „Bis später!" Verabschiedete sie sich, bevor sie die Schenke verließ. Garan sah ihr stolz hinterher. „Meine Tochter ist großartig, oder? Bei weitem die klügste und fleißigste Frau die ich kenne!" Er stockte. „Bis auf meine Frau natürlich. Apropos, die wird jeden Augenblick wieder hier sein, aber wir haben noch Zeit bis euer Bad fertig ist. Kommt, ich zeige euch erst mal eure Zimmer." Er ging durch die große Tür seitlich der Theke im Schankraum, die Silas bis jetzt komplett ignoriert hatte. „Kommt." Garan führte sie beide über die hölzerne, breite Treppe nach oben. Mehrere Türen säumten die Seiten des Flurs, doch er führte sie schnurstracks zu dem Raum am hinteren Kopfende. Er grinste sie schelmisch an und Silas schwante böses. Der Bär von Mann schloss den Raum auf und machte eine einladende Geste. Zweifelnd ging Silas in den Raum, aber er war positiv überrascht. Es war ein sauberes Zimmer mit einem kleinen, runden Fenster hoch oben zwischen den Dachsparren. Von den Dachbalken hingen einige Kräuter und Gewürze zum Trocknen und verliehen dem Raum ein angenehm-rauchiges Aroma. Dicke Isolierung aus gebündelten Pflanzenfasern ließen nicht zu, dass großartig Kälte in den Raum vordringen konnte.

 Ein gemütliches Einzelbett mit einem verführerisch aussehenden Kissen und einer dicken, gesteppten Wolldecke stand rechts von ihm, ein kleiner Schreibtisch mit Stuhl am Kopfende unter dem Fenster und ein großer, hölzerner Wandschrank an der Seite links von ihm. Es war nicht das Ritz-Carlton aber er fühlte sich jetzt schon wohler als er sich in jedem Luxushotel auf der Erde fühlen würde. Es war...

urig. Gemütlich. Es gefiel ihm. Das was ihm jedoch noch mehr gefiel, war die schmale Tür rechts, hinter dem Fußende seines Bettes, an die Garan jetzt herantrat. „Normalerweise ist das Zimmer den hohen Herren vorbehalten, die alle paar Jahre hier durchkommen, aber meistens benutzen Sina oder ich es. Es ist ganz nett hier seine Ruhe zu haben, wenn auch nur für ein bisschen. Meine Tochter ist sehr wissbegierig und braucht manchmal auch ihre Ruhe und ihr Labor. Ich kann mir vorstellen, dass ihr Raum deiner kleinen Freundin gefallen wird." *Labor?* Der Wirt öffnete die kleinere Tür und führte sie beide hinein.

    Der Raum war ähnlich eingerichtet wie seiner, nur kleiner. Der Schreibtisch an der Seite war kleiner, der große Wandschrank fehlte, stattdessen staunte er, als er die gläsernen und bleiernen Apparate sah, die auf einem großen steinernen Tisch am Ende des Raumes standen, der den meisten Platz hier einnahm. Hier war ein kleines Alchemielabor eingerichtet worden, inklusive eines kleinen steinernen Abzugs nach oben, und selbst die Wand dahinter war mit Stein vertäfelt worden.

    Alina bekam glänzende Augen. „Menschenwerkzeug für Alchemie! Silas darf ich das benutzen?" Fragte sie verblüfft und aufgeregt. „Ja, darfst du, Meister Garan hat diesen Raum nur deswegen für dich gewählt." Sie strahlte und legte vorsichtig ihren Rucksack und Stab ab und begann dann sich die gläsernen Flaschen anzusehen. Sie brauchte eine Weile, dann drehte sie sich um und verbeugte sich vor Garan. Lächelnd winkte er ab. „Dachte ich mir schon. Man sagt die Fae sind Meister der Tränke und Tinkturen. Sag ihr sie kann alles benutzen, was sie hier findet, auch gerne die getrockneten Kräuter und Gewürze, falls sie ihr helfen." Silas übersetzte für ihn und Alina bedankte sich erneut mit einer Verbeugung. Wieder sah sie ihn an. „Kannst du ihn noch fragen, ob er mir vielleicht ein Buch über eure Sprache besorgen kann?" Silas wusste, dass sie sich etwas blöd vorkommen musste mit ihm als Übersetzer, also gab er die

Frage weiter. „Ich werde sehen was ich tun kann." Sagte Garan freundlich.

Er führte die beiden wieder in den Schankraum, zapfte ein weiteres Bier für sie beide und holte ein neues Glas Saft für Alina. Während sie tranken träumte Silas schon von dem Bad, als nach wenigen Minuten der Junge, Marek, wiederkam und sagte, dass alles bereit sei. Garan nickte zur Antwort.

„Bleib hier bei unserem Gast und schenk ihm nach wenn er Durst hat. Ich zeige der Fae alles." Er sah zu Silas der wieder säuselnd übersetzte. Alina nickte ihm lächelnd zu und folgte dem Mann durch die Tür im Erdgeschoss zum Bad.

Still genoss Silas sein Bier, als irgendwann der Junge es nicht mehr aushielt und zögerlich zu fragen begann. „Stimmt es, dass ihr eine ganze Rotte Grotlinge getötet habt?" Silas nickte und nahm einen Schluck von seinem Humpen „Ja, haben wir. Aber die Waldläuferin wie ihr sie nennt hatte bereits einige erledigt." Sagte er kurz, denn er vermutete schon was jetzt kommen würde. Mehr Fragen. „Was habt ihr gemacht? Habt ihr sie in die Sonne gelockt? Ich würde es so machen!" Silas seufzte. „Grotling-Krieger sind immun gegen die Sonne, Marek." Der sah ihn mit großen Augen an. „Wie habt ihr es angestellt? So sagt es mir doch." Silas sah den Jungen für einen Moment lang an und wog ab ob er es ihm erzählen konnte. „Alina ist eine Magierin. Wir haben sie angegriffen und getötet." Der Junge sah ihn schockiert an. „Ihr alleine?" Silas schüttelte den Kopf. „Nein, wie gesagt, die Elfin die verletzt hinten in eurem Gästezimmer liegt hat sie ausgedünnt. Zusätzlich haben die Menschen sich verteidigt und den einen oder anderen mitgenommen. Wir haben den Rest getötet." Der Junge schaute amüsiert als würde das alles erklären. *Der Rotzlöffel nervt mich ein wenig* stellte Silas fest. „Kann ich euer Schwert sehen?" Fragte der jetzt erneut und Silas schüttelte erneut den Kopf. „Es ist eine Waffe. Es wäre nicht angebracht sie hier zu ziehen." Der Junge schwieg daraufhin für fast eine ganze Minute. „Die Fae mit der ihr reist ist ziemlich hübsch, habt ihr schon...ihr wisst schon" und er machte einige Kussgeräusche nach. *Ok, jetzt geht er mir wirklich auf den Keks.* „Jetzt hör mal zu..." Wollte er gerade ansetzen, als die Tür aufging und die große Schwester des Jungen... *Sina?* hereintrat. Sie war vollgepackt mit Kleidern in der Hand und hatte ein großes Bündel auf dem Rücken. Sofort ging der Frechdachs zu ihr hin um ihr etwas abzunehmen. *Immerhin hilft er seiner Schwester.* Als sie Silas sah machte sie einen leichten Knicks in dem sie die Zipfel ihres Rockes ein Stück anhob und in die Knie ging. „Alina ist bereits im Bad", lächelte er sie an. Im selben Moment trat auch schon der Wirt aus der Tür hinter der Theke. „Ah, Tochter. Ich wollte schon fast nach dir schicken lassen. Ich sehe du bist fündig geworden?" Die nickte eifrig. „Ich habe alles bekommen und noch ein paar Sachen extra..." Sie zuckte entschuldigend mit den Schultern und der Wirt lächelte. „Hervorragend. Such ein Set zusammen und bring es der Fae. Marek, du bringst ihre restliche Kleidung in das kleine Zimmer oben." Sofort machten sich die beiden Kinder an die Arbeit. So frech er auch war, Silas musste ihm gutheißen, dass er zumindest fleißig zu sein schien. Ein paar Minuten später verschwanden beide in entgegengesetzte Richtungen. „Und? Mein Junge ist eine Handvoll, oder?" Fragte ihn der Wirt als selbiger aus der Hörweite war. Silas lächelte. „Ist er. Eine ziemliche Rotznase. Aber ich denke er ist nur jung." Der Wirt grinste und nahm einen tiefen Schluck aus seinem Humpen. „Danke, dass ihr so nachsichtig seid. Der Junge kann ein echter Rabauke sein, aber es liegt an dem Dorf, denke ich. Wir bekommen nur selten Besuch und wenn ich ihn nicht beim Arbeiten halte kommt er auf dumme Gedanken." Silas lachte. Er selbst war als Kind nicht gerade ein Engel gewesen und seine Mutter... er stockte als er den Gedanken hatte.

Hatte er sich gerade an seine Mutter erinnert? Unbewusst spannte er sich an. Das Gesicht kam ihm noch nicht in den Kopf, aber plötzlich fiel eine Lawine von Erinnerungen über ihn her und er musste sich an der Theke abstützen. Er hielt sich den Kopf während sich alles um ihn herum drehte. „Silas! Ist alles okay mit euch?" Silas war zu sehr abgelenkt.

Er, wie er als Kind Cornflakes in der Küche isst und seine Mutter ihm Milch drüber gießt. Dann, wie er sich in der dritten Klasse mit seinem Fahrrad hingelegt und das Bein gebrochen hatte. Seine Mutter die ihn verarztet. Ihn im Krankenhaus besucht.

Einfache Dinge, die ihm bis gerade entfallen waren. Er spürte die Hand die ihm unter den Arm griff und hochhob. *War das der Manabrand?* Nein, er hatte keine Meldung bekommen. *Was war mit ihrem Gesicht? Warum sehe ich ihr Gesicht nicht mehr?* „Es... es geht schon." Sagte er vorsichtig, als er sich zu einem der Tische bugsierte und sich setzte. Er hatte gar nicht mitbekommen, wie er aufgestanden war. Der Wirt eilte zu ihm und half ihm vorsichtig. „Ihr seht aber nicht gut aus!" Sagte der Wirt besorgt. Silas winkte ab, während das drehen langsam abflaute. Er holte ein paar Mal tief Luft. „Ich habe mich nur an etwas erinnert, dass ich vergessen hatte. Es ist schon okay." Der Wirt sah ihn eindringlich an. „Ihr seid ein seltsames Paar, ihr und die Fae." Silas schaffte es ein gequältes Lächeln hervorzubringen. „Wir sind kein Paar." Was scherzhaft gemeint war, aber der Wirt lachte nicht. „Ihr seht nicht wie sie euch ansieht, Silas." Sein Herz rutschte ihm in die Hose. In Kombination mit dem seltsamen Moment gerade war ihm gerade nicht danach darüber zu sprechen. „Es ist nicht so, dass ich sie nicht mag, Garan." Sagte er mit leichter Erschöpfung in der Stimme. „Ich fühle mich nur als würde ich es ausnutzen. Ich bin vermutlich der erste Mann, der ihr solches Interesse zeigt. Sie weiß nichts von der Welt..." „Bah!" Unterbrach ihn der Mann. „Worte die euch nicht stehen Silas!" Der ließ nur die Schultern hängen. *Wie waren sie nur auf dieses Thema gekommen?* Er wollte gerade etwas erwidern, als die Tür nach innen aufschwang.

„He, Garan! Was soll der Unsinn?" Fragte eine weibliche, aber trotzdem tiefe Stimme von der Tür aus. „Warum haben wir geschlossen?" Der Wirt seufzte, beendete das für Silas unangenehme Thema und lächelte ihn an. „Darf ich vorstellen? Meine geliebte Frau, Lara." Silas drehte seinen Kopf schwach und er sah eine großgewachsene Frau den Raum betreten. Und sie war nicht das, was er erwartet hatte. Sie war noch größer als ihr Mann, wenn auch nicht viel, bestimmt über zwei Meter. Ihre Muskulösen Arme wurden von einer Rüstung aus Leder und ganzen Metallplatten gesäumt. Ihre roten Haare waren sauber geschnitten und zu zwei Zöpfen geflochten, die eng an ihrem Kopf anlagen. Sie trug Lederne Hosen die ebenfalls mit Metall verstärkt waren, genau wie die hohen Lederstiefel darunter. Die Kettenrüstung fiel ihr bis fast zu den Knien.

Ihr Gesicht war, wenn auch nicht klassisch schön etwas, was er noch nie zuvor gesehen hatte. Es war gleichzeitig hübsch aber wirkte gleichzeitig sehr majestätisch und fast raubvogelartig. Ihre schmalen Augen lagen etwas tiefer im Kopf, was sie mit schwarzer Schminke noch akzentuierte. Doch das was am meisten herausstach war das Schwert, das sie über den Rücken trug und sie locker um zwanzig Zentimeter überragte. Langsam ging sie auf ihn zu, als sie sah wie er sie anstarrte. Garan wurde währenddessen komplett ignoriert.

Bei ihm griff Sie ihm an die Schulter und der spürte, dass sie stark war. Sie schüchterte ihn ein. Mehr, viel mehr als es ihr Mann vor dem Tor je gekonnt hätte.

„Du bist also der, der die Grotlinge getötet hat, ja?" Der angesprochene sah sie an, noch immer halb im Bann ihres Gesichts, halb unsicher und ein drittes halb beunruhigt. Er schluckte und musste sich zusammenreißen. „Das ist richtig." Sie musterte ihn. „Und ihr habt die Waldläuferin gerettet?" Er nickte und antwortete höflich. „Ja, Madame Lara." Sie sah ihn erstaunt an und ließ von seiner Schulter ab. „Madame?" Ihr Gesicht wanderte zu Garan der mit den Schultern zuckte. Dann begann auch sie zu lachen. „Sei nicht so verklemmt

Junge, ich bin weder adelig noch eine Dame." Sie löste vorsichtig die eisernen Beschläge die die breiten Ledergürtel um ihren Brustkorb festhielten. Als sie den letzten öffnete, griff sie an das Leder und wuchtete das riesige Schwert in seiner Scheide herum und gab es zu Garan, der sofort hinter den Tresen lief und es mit zwei Händen an seinen augenscheinlich angestammten Platz hing. Als nächstes zog sie sich die eisenbeschlagenen Handschuhe aus, schmiss sie auf den Tisch vor ihnen und setzte sich zu Silas. „Im Ernst Junge. Du hast mir einiges an Arbeit erspart. Ich habe auf dem Weg hierhin bestimmt fünf Geschichten über euch gehört, alle bestimmt wahnsinnig übertrieben." Sie sah Garan an. „Mann, komm und bring uns was zu trinken, ja? Meine Kehle ist trocken!" Der nickte nur und Silas meinte ein verschmitztes Lächeln zu sehen, aber vielleicht hatte er es sich nur eingebildet. Sofort brachte der Wirt drei Humpen an den Tisch und setzte sich zu ihnen. „Es ist wahr." Begann er. „Er und seine Fae-Gefährtin haben gemeinsam die Grotlinge getötet und die Waldläuferin gerettet." Sie schaute ihn zweifelnd an. „Wo ist die Elfe?" Der Wirt machte eine Kopfbewegung in Richtung der Tür, die zu ihrem Zimmer führte. „Hinten im Gästezimmer. Sie ist ohnmächtig. Anscheinend haben Silas uns seine Gefährtin sie geheilt, aber sie muss sich noch erholen." Die Kriegerin schwieg kurz, sah erst zweifelnd ihren Mann an, dann ihn. „Und ihr seid sicher, dass eure Freundin eine Fae ist? Ich dachte die Dörfler erzählen Ammenmärchen. Wir haben seit über hundert Jahren keine Fae mehr außerhalb ihrer Wälder gesehen." Silas nickte bestätigend, während sich ihm gleichzeitig eine Frage stellte. *Warum waren die Fae schon so lange isoliert?* Er nahm sich vor diese Frage Alina später zu stellen. „Es ist wahr. Sie badet gerade. Wie ihr seht hat die Reise uns ziemlich mitgenommen." Sie sah ihn abschätzig an, bevor sie ihren überraschten Blick ihrem Mann zuwandte. „Ihr habt das Bad befeuert?" Garan bejahte. „Der Junge hat das übernommen. Sina ist gerade bei der Fae und hilft ihr." Im nächsten Moment öffnete sich die Seitentür die zur Treppe führte und Marek, der Sohn des Wirts kam wieder herein.

Als der seine Mutter sah erstarrte er. „Guten Abend, Lara." Sagte er höflichst. „Marek." Sagte sie nur kurz als Antwort und nickte ihm zu. „Du kannst noch etwas mit deinen Freunden spielen gehen." Er nickte und schaute etwas besorgt. *Ist es nicht mitten in der Nacht? Hat sie ihn gerade rausgeschmissen?* Als er die Taverne verließ blieb er kurz stehen und rief freundlich ein „Danke" über seine Schulter, woraufhin die großgewachsene Kriegerin sanft lächelte. Sie wirkte mit einem Mal gar nicht mehr so gefährlich wie noch vor ein paar Minuten. Auch Silas entspannte sich jetzt und tat es ihr gleich. „Also, wie habt ihr es gemacht?" Wollte sie wissen, woraufhin er sofort begann die Kurzform zu erzählen. Anders als bei ihrem Sohn jedoch wollte sie es genau wissen. Er musste ihr die kleinsten Details schildern. Als er erwähnte, dass Alina Magie beherrschte, nickte sie und merkte an, welchen enormen Vorteil sie gehabt hatten.

Er endete und sie klatschte ihm mit der flachen Hand auf den Rücken. „Du bist ganz nach meinem Geschmack, kleiner." Sagte sie und lachte bellend. „Kann ich dein Schwert mal sehen?" Er zögerte kurz, aber anders als ihr Sohn war sie eine offensichtlich erfahrene Kriegerin, im Gegensatz zu ihm, würde sie wissen was sie tut. Er stand auf und zog seine Klinge vorsichtig hervor. Ernsthaft beobachtete sie ihn. Er nahm die Waffe und reichte sie ihr, mit dem Knauf zuerst. Sie zögerte kurz, stand dann auf und ergriff die Klinge. „Nicht schlecht für einen Anfänger. Eine gute Waffe. Wo hast du sie her?" Fragte sie, trat einen Schritt zur Seite und machte einen Ausfallschritt nach rechts. „Aus einem Dungeon." Antwortete er und sagte damit ja auch irgendwie die Wahrheit, ohne den Geist des Reisendenkönigs zu erwähnen. Sie nickte und spannte sich an.

Silas sah wie Staub über den Boden wirbelte als sie die Füße in eine ihm unbekannte Stellung verschob, dann fiel ihm fast die Kinnlade herunter, als sie ein paar Schritte in den Raum trat und erst langsam, dann immer schneller das

Schwert umherwirbelte als wäre es eine Sichel an einer Kette und sie aus einem alten Hong-Kong Actionfilm der Achtzigerjahre. Sie beendete ihre kleine Vorstellung damit, dass sie nach vorne aus der Wirbelbewegung heraustrat und einen brennenden Kerzendocht in seiner Wandhalterung mit einem schnellen Schnitt spaltete. „Gar nicht mal schlecht." Murmelte sie mit einem sichtlich zufriedenen Gesichtsausdruck. Grinsend ging sie zurück an den Tisch und hielt ihm die Klinge hin. „Wenn du was lernen willst, sei morgen Mittag beim Tor. Ich wollte auf Patrouille gehen, aber jetzt wo die Grotlinge tot sind könnte ich ein wenig Zeit erübrigen. Ich bin euch das schuldig." Er nickte stumm und schob die Klinge zurück in ihre Scheide. „Ich würde mich freuen, wenn du dir die Zeit nehmen könntest. Es würde euch sicherlich auf eurer Reise helfen. Aber lass dein Schwert hier, wir werden es nicht brauchen." Überrascht nickte er erneut. *Echtes Training von einer echten Kriegerin? Dann auch noch ohne Kosten? Verdammt, ja!* Sie nahm den Krug vom Tisch und leerte ihn in einem Zug. „Garan, ich gehe mich umziehen. Ich bin müde und es ist schon spät. Ich würde mich trotzdem freuen, wenn ich später ein Bad nehmen könnte." Garan nickte. „Du kannst unbesorgt sein liebes, ich werde Feuerholz nachlegen. Ich möchte ja nicht, dass meine wunderschöne Frau sagt, ich würde nicht für sie sorgen." Sie beugte sich runter, gab ihrem Mann einen Kuss auf die Wange und verschwand dann durch den Raum hinter der Theke. Vollkommen verblüfft ließ sie Silas im Schankraum zurück. „Ist sie nicht wunderbar?" Säuselte er. „Sie ist... einzigartig. Zuerst hat sie mir Angst gemacht, aber...", begann er vorsichtig und Garan lachte. „Ich weiß wie sie auf euch wirken muss. Sie ist nicht von hier. Sie kommt von weit aus dem Norden. Hab meine Taverne nach ihr benannt. Sie ist eine tolle Frau. Stark und Ehrlich, Liebevoll und manchmal auch ein wenig furchterregend." Er hob lächelnd den Krug. „Ihr werdet vermutlich keinen stärkeren Krieger bis zur Hauptstadt des Königs finden."

Silas zweifelte nicht an seinen Worten und wollte gerade antworten, als die Tür auch schon erneut aufging.

Sina trat strahlend in einer Leinenbluse in den Raum, sie trug jetzt einen langen Rock und hatte ihre Mütze und die schweren Stiefel ausgezogen, stattdessen trug sie die Haare offen und ein paar leichte Ledersandalen. Sie hatte jetzt tiefrote Wangen, vermutlich durch die Hitze des Badens und lächelte sie beide freundlich an. Sie hatte sich offensichtlich Mühe gegeben und war schon hübsch anzusehen, doch die Frau hinter ihr verschlug ihm endgültig den Atem.

Alina kam in den Raum. Ihr strohblondes, langes Haar wirkte strahlend und das erste Mal, seit sie sich kannten trug sie es offen. Vorne hing eine blonde Strähne, die zu einem kleinen Zopf geflochten worden war. Sie trug eine weiße Bluse, die etwas mehr von ihren Schultern zeigte als die Reisekleidung, die sie vorher getragen hatte. Die grünen Streifen auf ihrer Haut die darunter hervorkamen betonten ihre smaragdgrünen Augen, die vorher nie so strahlend gewirkt hatten. Er wollte nicht hinsehen, aber seine Augen fielen unweigerlich auf ihre Brüste, die vorher fast nur zu erahnen waren aber jetzt deutlich betont wurden. Um ihre schmale Taille hing ein neuer Gürtel, der eng ihren schmalen Körperbau betonte. Eine enganliegende Lederhose aus warm wirkendem, braunem Leder und passende Stiefel rundeten ihr Aussehen ab.

Als sie bemerkte, dass sie angestarrt wurde bekamen ihre Ohrenspitzen wieder die rote Farbe, die sie immer bekam, wenn ihr etwas peinlich war. Silas brachte nur ein kurzes „Wow!" hervor und konnte nicht anders als sie unablässig anzusehen. Sie errötete noch mehr und Sina lächelte. „Ich habe fast eine halbe Stunde ihre Haare bürsten müssen. Sie hat sich gewehrt, aber... naja, ta-da!" Sagte sie stolz und gleichzeitig belustigt, während sie mit ihren Armen auf Alina zeigte wie ein Schausteller.

Die versuchte verzweifelt einen letzten Rest ihrer Würde zu bewahren und ging mit hochrotem aber erhobenem Kopf zu ihnen und setzte sich ebenfalls. Sie nahm den Krug der vor Silas stand in die Hand und trank einen Schluck, ohne die Männer eines Blickes zu würdigen. Garan lehnte sich zurück und machte keinen Mucks, sah aber Silas auffordernd an, als würde er etwas von ihm erwarten. Der brauchte einen kurzen Moment, blinzelte ein, zwei Mal, sah Alina dann an und sagte das erste was ihm in den Sinn kam. „Du bist wunderschön." Flüsterte er im Ton des Windes. Seine Gefährtin hatte den Krug gerade erneut angesetzt und wollte trinken, verschluckte sich dann aber und musste husten. Sofort kam er sich irgendwie dumm vor und er sah wie sie noch röter wurde, was er nicht für möglich gehalten hatte. Er erntete nur ein leises „Hmpf!" während Alina begann interessiert den Boden zu betrachten, während sie wieder den Krug vor ihr Gesicht hielt. Garan zögerte nur einen Moment, lachte dann laut auf und schlug ihm seine Hand auf die Schulter. „Zeit für dich zu Baden Silas, komm, lass uns gehen." Forderte er ihn auf und erhob sich. Silas folgte seiner Anweisung, froh aus dem Raum fliehen zu können und folgte dem Wirt.

Der Wirt sah ihn belustigt an sobald die Tür hinter ihnen zugefallen war. „Was auch immer ihr gesagt habt, das hat gesessen." Sagte er und lachte. „Was hast du gesagt?" Silas war das ganze peinlich und er nuschelte etwas leiser als geplant „Ich habe ihr gesagt, dass sie wunderschön ist." Der Wirt sah ihn kurz an und brach dann erneut in Gelächter aus. „Ihr seid der unbeholfenste Mann, den ich je getroffen habe. Aber vielleicht macht euch das aus." Sie gingen durch eine weitere Tür. „Eure Unverblümtheit ist schon fast einer Geschichte würdig... so, da wären wir." Sie hielten vor einer Tür aus anderem Holz. „Hier geht es rein. Der Bereich vorne ist für das umziehen und so weiter. Tretet durch die mit Tüchern abgehängte Tür und ihr seid im Bad. Ich werde Sina schicken, dass sie euch Kleidung bringt. Was sollen wir mit euren alten Kleidern machen?" Silas überlegte kurz. „Wenn es möglich ist wascht und flickt sie. Wenn nicht, verbrennt sie." Der Wirt nickte ihm ein letztes Mal zu, drehte sich dann um und ging.

Silas trat durch die Tür und betrat einen kleinen Raum, der ihm genug Platz gab sich umzuziehen. In einem kleinen Holzregal an der Wand fand er einen tragbaren Korb mit Seife, einer harten Bürste, einem scharfen Rasiermesser und einen kleinen Tontopf mit etwas, dass er nach neugierigem testen nur als Rasierschaum bezeichnen konnte. Ein kleiner Spiegel aus poliertem Metall und eine in einen Waschlappen eingeschlagene Zahnbürste, sowie ein Stück einer Pflanze, das nach Minze roch, rundeten das Paket ab. Silas wäre fast vor Freude in die Luft gesprungen, als er sich nackt den Korb unter den Arm klemmte und die Tücher zur Seite schlug.

Er sah jedoch erst mal gar nichts. Eine riesige Dampfwolke schlug ihm entgegen, und nach einem kurzen Augenschließen trat er ein, nur um festzustellen, dass er auf einer Art primitiv gefliesten Boden stand. Flache, glatte Steine waren ineinandergeschoben und mit einer festen, lehm-ähnlichen Substanz miteinander verklebt und versiegelt, die Wände waren aus festem Stein. Von der hölzernen Decke hingen vier große, eckige Gläser herunter, in denen helles Licht brannte, zu seiner Überraschung jedoch keine Kerze geschweige denn Öl enthielten, sondern kleine Kristalle, wahrscheinlich Magie oder Alchemie. Doch das Beste was er sah, war ein steinernes, rundes Becken, lang und breit genug, dass fünf von ihm nebeneinander in dem Wasser Platz gefunden hätten. Silas holte tief Luft, während die Wärme ihn wohlig schaudern ließ. Es roch nach frischen Kräutern und Gräsern, gemischt und Dampf. Er schüttelte sich kurz, bevor er seinen Korb zur Seite stellte und sich stöhnend in das Wasser herabließ. Es war heiß, fast unerträglich und er musste sich zwingen sich zu setzen, doch als er dann bis zu den Schultern in dem Wasser lag, vergaß er alles um sich herum. Er merkte förmlich wie erst der Schmutzfilm von ihm abfiel, als er seinen Kopf unter Wasser tauchte, dann die Müdigkeit und Erschöpfung in seinen Gliedern nachließ.

Nach ein paar Minuten spürte er wie Erschöpfung und Müdigkeit ihn übermannten, also schlug er sich mit den flachen Händen auf die Wangen um wach zu werden. Als nächstes streckte er sich und begann die mitgebrachten Utensilien zu benutzen. Nach einer guten halben Stunde fühlte er sich halbwegs besser und seine fast verschwundenen Narben schmerzten nicht mehr. Er hatte es geschafft sich während der kompletten Nassrasur kein einziges Mal zu schneiden und war verdammt stolz auf sich selbst. Seine Haare waren noch nicht lang genug um sie zusammenzubinden, also strich er sie sich nur aus dem Gesicht und begann sich abzutrocknen.

Kurze Zeit später stand Silas bekleidet auf dem Gang. Eine einfache dunkelblaue Tunika mit Goldborte bedeckte drei Viertel seiner Arme. Ergänzt wurde sein neues Outfit durch eine robuste Wildlederhose mit seitlicher Schnürung und sogar neue Schuhe: Dunkelbraune Lederstiefel, die er über der Hose tragen würde, mit Eisenschnallen an der Seite um die Festigkeit einzustellen. Zum Schluss nestelte er alle seiner Ledertaschen und Beutel, fünf an der Zahl, von seinem geflochtenen Gürtel ab und zog sie auf seinen Schwertgürtel auf. Er stampfte zwei Mal mit jeder Hacke auf den Boden und dann nahm der Spiegel seine Aufmerksamkeit in Anspruch. Er betrachtete sein Gesicht. Braune Haare fielen ihm bis fast über seine tiefliegenden braun-grünen Augen. Seine etwas zu breite Nase, seine breiten Wangenknochen und sein markantes Kinn verliehen ihm nicht gerade eine außergewöhnliche Schönheit, sondern eher ein grüblerisches, in den Augen anderer vielleicht sogar ein bedrohliches Aussehen. Silas seufzte und strich sich über das frisch rasierte Kinn. Sein Gesicht hatte ihn vermutlich schon öfter in Bedrängnis gebracht als ihm lieb war. Wo andere vielleicht denjenigen beruhigen konnten, hatten sich die größten Idioten ihm immer entgegengeworfen, vermutlich, weil sie sich provoziert fühlten. Mehr als einmal hatte er eingesteckt, mehr als einmal ausgeteilt. Er fuhr sich durch seine noch feuchten Haare und wischte sie nach hinten. *Das ist Vergangenheit. Lustig, dass ich mich gerade daran erinnere.*

Als er durch die Tür in den Schankraum trat, sah er Sina und Garan noch immer am gleichen Tisch sitzen und trinken, während Alina ihre Nase in ein großes Buch gesteckt hatte. Alle drei Köpfe drehten sich zu ihm, Sina lächelte, Garan grinste und Alina versuchte augenscheinlich überall hinzusehen nur nicht zu ihm, schaffte es aber nicht wirklich, fast wie er vorhin. Er lächelte und setzte sich zu ihnen. „Ich hab' mal beim Krämer gefragt wegen des Buches." Sagte Garan und nickte zu Alina. Er lächelte. „Vielen Dank, Garan. Und vielen Dank Sina, die Kleider und Schuhe passen hervorragend." Sie lächelte ihm zu. „Ich habe noch mehr Kleider für euch und eure Begleiterin besorgt, wir haben sie bereits in eure Zimmer gebracht." Alina zögerte kurz, dann sah sie ihn plötzlich an. „Ich, Alina." Sagte sie stolz. „Du, Silas." Er blinzelte und brauchte einen Moment bis er verstand. Sie hatte gerade die Gemeinsprache benutzt und ihm gleichzeitig gezeigt, dass sie nicht wirklich böse auf ihn war. „Gefällt dir das Buch?" Fragte er lächelnd im Ton des Windes und erwiderte ihren Blick. „Buch ist toll". Er lächelte beeindruckt. *Sie lernt verdammt schnell.*

Sie saßen noch zwei oder drei Stunden in dem Schankraum, irgendwann stieß eine frisch gewaschene Lara wieder zu ihnen, und Silas erzählte ausführlich was sie zusammen erlebt hatten. Er ließ aber alles weg, was ihn als Reisenden hätte ausweisen können. Warum wusste er nicht genau, aber er hatte die Worte des Königs nicht vergessen und wollte niemanden unnötig in Gefahr bringen oder ihnen Sorgen bereiten. So erzählte er nicht, wie er in den Wald gekommen war, oder dass er die Prinzessin der Fey getroffen hatte. Auch sparte er sich den Teil wo er Alina geküsst hatte, wobei eher aus Scham, als aus Sorge. Über einige Sachen redete man einfach nicht. Irgendwann zu Beginn des Gesprächs begann der Alkohol zu fließen.

Garan und er hatten schnell rote Nasenspitzen. Selbst die streng wirkende Lara machte ab und zu einen Scherz. Irgendwann verabschiedete Sina sich höflich, während der junge Marek spät wieder das Gasthaus betrat und sofort von

Lara ins Bett geschickt wurde. Nach einer Weile holte Lara eine Flasche voll durchscheinender, heller Flüssigkeit unter der Theke hervor, und sie tranken gemeinsam. Sogar Alina hatte ihr Buch zugeklappt und hatte rote Ohrenspitzen, nicht wie sonst aus Beschämung, sondern weil der Alkohol ihr zu Kopf stieg. Irgendwann hatte Silas genug, als der Schankraum gefährlich zu wanken begann. Er verabschiedete sich höflich, besuchte die primitive, aber erstaunlich saubere Toilette des Hauses und machte sich dann langsam auf den Weg in sein Zimmer. Er hatte leichte Probleme den Schlüssel den Garan ihm ausgehändigt hatte ins Schloss zu bugsieren, schaffte es dann aber doch beim dritten Anlauf, nur um dann erledigt seine Klamotten über den Stuhl zu schmeißen und erledigt ins Bett zu fallen.

Spät in der Nacht erwachte Silas, zu seiner Überraschung nicht in totaler Dunkelheit, sondern im Mondlicht, dass sein Zimmer durch das kleine Fenster erhellte. Sein Alkoholpegel war merklich gesunken, also schloss er daraus, dass es schon ein paar Stunden her war, dass er sich hingelegt hatte. Er blinzelte und sah eine kleine Silhouette eines Menschen die in seinen Raum torkelte, vermutlich auch das, was ihn geweckt hatte. Er brauchte einen Moment in seinem Halbschlaf um zu realisieren, dass sich nicht die Tür zum Schankraum, sondern die kleinere Tür aus dem Nebenzimmer geöffnet hatte. Als er sah wie die kleine Fae auf ihn zu taumelte gingen ihm dutzende Gedanken durch den Kopf. Der Schein des Mondes erhellte jetzt ihren Umriss, und sie stand am Fuß seines Bettes. Ohne sich zu bewegen sah er sie an. Irgendwann, es musste einige Minuten vergangen sein, machte der Schatten eine Bewegung als würde sie sich wegdrehen. Langsam flüsterte er „Alina" und schob sich nach oben um ihren Arm zu ergreifen. Überrascht, sicher erschrocken, aber trotzdem widerstandslos ließ sie sich von ihm näher ziehen und er setzte sich vollends gerade auf.

Als ihr Gesicht von dem fahlen Licht beleuchtet wurde, war er erst recht verwirrt. *Hat sie geweint?* Sie setzte sich jetzt neben ihn und sah ihn traurig an. „Alina, was ist mit dir?" Fragte er vorsichtig, und seine Stimme klang rau von Alkohol, dem kurzen Schlaf und vor Unsicherheit.

Lange sah sie ihn an, bevor sie ihre Arme um seinen Hals schlang und ihn mit dem wenig Gewicht was sie hatte nach hinten schmiss. Silas hatte nicht damit gerechnet und fiel widerstandslos rückwärts auf sein Kissen. Er spürte wie sie sich an ihn drückte, was ihm eigentlich gefallen hätte, aber ihr feuchtes Gesicht, das sie jetzt in seine Schulter vergraben hatte, machte ihm Sorgen. Er griff um sie herum und konnte fühlen, dass sie nur ein leichtes Hemd trug. „Alina, was auch immer du hast, ich bin für dich da." Er drückte sie fest und er hörte ein leises Schluchzen. Einige Minuten vergingen und er merkte wie seine Schulter langsam feucht wurde.

Er konnte sich den Drang sie zu trösten nicht verkneifen, nahm seine Hand und strich ihr behutsam über den Kopf, wie es eine Mutter für ihr Kind tun würde. Kurz darauf hörte sie auf zu weinen und schob sich von ihm runter, so dass sie neben ihm lag und in sein Gesicht sehen konnte. „Silas, ich weiß nicht was ihr macht." Ihm fiel sofort wieder auf, dass sie wieder die höflichere der Anreden benutzte. *Verunsichert. Verängstigt?* „Zuerst küssen wir uns, am nächsten Tag tut ihr so als sei nichts geschehen. Dann passiert für Tage nichts. Danach sagt ihr so was wie vorhin." Ihm ging nicht ein Licht auf, sondern ein ganzer Kronleuchter, währender sie entsetzt anstarrte. *Das hat ihr Sorgen gemacht? Sie dazu veranlasst mitten in der Nacht zu mir zu kommen?* Er räusperte sich. „Alina, geht es dir wirklich darum?" Sie nickte zögerlich und erneut sah er eine Träne in ihrem Augenwinkel, was ihm erneut klarmachte, dass es ihr Ernst war. *Wie kann ich es ihr beweisen?* Er überlegte kurz. Vorsichtig legte er seinen Arm um sie und sah ihr tief in die Augen. Ohne weiter zu zögern küsste er sie. Es war ein langer, tiefer Kuss und er schmeckte den Alkohol den sie getrunken hatte. Er zog sie näher an sich heran, bevor er seine Lippen langsam von den ihren löste. „Es ist nicht wie du denkst. Ich spiele nicht mit dir. Es ist meine eigene Unbeholfenheit. Ich möchte dich nicht verletzen." Er gab ihr einen weiteren flüchtigen Kuss. „Ich mag dich wirklich, wirklich sehr." Er legte seine Stirn an ihre. „Ich wollte dich nicht zu etwas drängen, von dem du dir nicht sicher warst." Kurz starrte sie ihn an, begann dann erneut zu weinen, woraufhin er sie feste an sich drückte und sie umarmte.

Tag 20

„Aufstehen!" Ertönte eine junge, weibliche Stimme. „Frühstück! Es gibt Speck und Eier!" Silas stöhnte laut auf als sein Kopf laut protestierend zu pochen begann. „Noch fünf Minuten..." Bat er leise und kuschelte sich zurück in das Kissen neben ihm. Ein paar Sekunden später hörte er erneut eine Stimme, diesmal von näher dran. „Frühstück! Jetzt gleich!". Er seufzte und ließ seinen Kopf wieder die zwei Zentimeter in sein Kissen sinken. Er realisierte langsam etwas, als er stumm zusammenzählte. *Kopf auf dem Kissen. Ein Kissen auf der Seite? Eins plus eins gleich zwei. Ich habe aber nur ein Kissen.*

Wie auf Kommando hin regte sich sein vermeintliches Kissen, das er immer noch fest umklammert hielt und stöhnte leise gequält. Er war sofort hellwach und richtete seinen Blick verdattert nach unten. An ihn geschlungen lag seine Gefährtin, die sich fest an ihn gedrückt hatte. Ihre Haare waren zerzaust, sie schlief tief und fest und trug etwas, was er nur als Hauch von nichts beschreiben konnte: Ihre seidene Unterwäsche, ihre Bluse lag unweit von seinem Bett entfernt, achtlos über den Schreibtisch geworfen.

Er selbst trug seinerseits nur die seine und er schluckte und überlegte kurz, was zum Teufel hier passiert war. Er brauchte einen Moment bis ihm wieder einfiel, dass sie letzte Nacht plötzlich in seinem Zimmer gestanden hatte. Der Rest der Nacht war nebelig, aber anscheinend waren sie irgendwann ineinander verschlungen eingeschlafen.

Er bewegte sich ein Stück um in eine komfortablere Position zu bekommen und merkte erst dann, dass sein ganzer rechter Arm taub war, weil Alina darauf lag. Er zog seinen Arm vorsichtig hervor und in Folge dessen schlug seine Gefährtin langsam die Augen auf. Einen Moment lang sah sie ihn verwirrt an, genau wie er es gerade bei ihr getan hatte. Auch sie senkte den Kopf, sah sie an sich hinab, erstarrte für eine Sekunde und wurde plötzlich feuerrot. „Silas!" Fauchte sie scharf, fast anklagend, und drückte sich an ihn, um ihre Blöße zu bedecken. Sogar er schaffte es jetzt rot zu werden als sie sich an ihn presste, damit er nichts von ihrem Körper sehen konnte, dafür aber jedes Stück ihres Körpers spürte. Sie versteckte ihr Gesicht an seiner Brust, bis er mit einem kleinen Quietschen ihrerseits ihren Körper unter sich drehte und jetzt sich etwas nach oben schob. Sie wollte sich an ihm festhalten, aber er nahm ihre Hand und drückte sie auf das Bett, so dass er jetzt halb auf ihr lag.

Mit großen Augen starrte sie ihn fast angsterfüllt an und sagte nichts, bis er sich herunterbeugte und ihr einen sanften Kuss auf die Lippen drückte. Sie schloss die Augen und er beendete den kurzen Kuss, hielt kurz inne, küsste ihr aber noch ein zweites Mal auf die Stirn. Mit hochroten Ohren und schüchternem Blick sah sie ihn an, woraufhin er sie liebevoll anlächelte. Er verharrte kurz, schwang dann sein Bein aus dem Bett und drehte sich mit dem Rücken zu ihr, woraufhin sie schüchtern die Decke bis zu ihren Schultern hochzog. „Du brauchst dir keine Sorgen zu machen, okay?" Sagte er ihr ernst ohne sich umzudrehen. „Wenn du möchtest, machen wir es gerne offiziell."

Ein paar Sekunden lang kam keine Antwort, dann merkte er wie sich Arme von hinten um ihn schlossen. „Das würde mir gefallen." Flüsterte sie leise und sie verblieb einige Sekunden so während er ihren Arm ergriff. Als sie sich schließlich löste stand er langsam auf, drehte sich um und reichte ihr die Hand zum Aufstehen. Etwas beschämt nahm sie seine Hand, woraufhin die Decke zu Boden fiel, und zog sich hoch. „Alina, ich weiß, dass ich nicht alles über dich oder die Fae weiß. Aber ich verspreche dir mein Bestes zu geben. Ich werde immer für dich da sein." Sie lächelte ihn an. „Ich verspreche dir eine gute Gefährtin zu sein, und auch für dich da zu sein, Silas."

Sie ließ seine Hand los und bedeckte sich doch wieder mit der Decke. „Es wird Zeit zum Frühstücken, oder?"

Seufzend betrat Silas den Schankraum und stellte zu seinem Erstaunen fest, dass schon fast zwanzig Leute in dem Raum saßen. Dorfbewohner jeden Alters standen oder saßen in der Taverne verteilt und tranken teilweise schon Bier oder unterhielten sich in kleinen Gruppen. Sein dröhnender Schädel den er bisher ignoriert hatte meldete sich und er schlurfte müde zur Theke, so dass er nicht einmal bemerkte, dass die Leute über ihn tuschelten und ihn anstarrten.

Er hatte heute eine andere, grüne, Tunika angezogen, seinen Schwertgürtel in seinem Zimmer gelassen und trug nun wieder den grünen geflochtenen Gürtel der Fae. Garan stand schon wieder grinsend hinter der Theke und begrüßte ihn lachend. „Gestern wohl einer zu viel, oder?" Silas nickte schwach. „Wie spät ist es?" Der Wirt grinste. „So ungefähr die zehnte Stunde." Silas seufzte. Nicht mehr lange und er würde Lara am Tor treffen.

„Du strahlst so. Ist etwas passiert?" Silas sah ihn verständnislos an, bis ihm kurz danach dämmerte was der Wirt meinte. „Nein, so war das nicht." Der lachte ihn nur erneut an. „Ich wusste doch das da was ist." Silas seufzte und bestritt es nicht mal. Schließlich WAR da was zwischen ihnen. „Können wir vielleicht was zu Essen und Trinken bekommen? Alina müsste jede Minute hier sein."

„Sina, schaff zwei Mal Frühstück ran!" Rief der breite Mann als Antwort und mit einem Blick in das Gesicht seines geschundenen Gastes fuhr er fort „...und bring zwei doppelte Klarmacher mit!" Silas hörte ein Poltern, und fünf Minuten später saß er mit Alina an einem Tisch und schaufelte sich Eier und Speck in den Mund. „Was bei allen Höllen isst du da gerade?" Fragte sie schockiert. Silas schluckte das Stück Brot herunter, das kurz davor war ihn ersticken zu lassen.

„Eier und Speck. Glaub mir, dass ist das normalste was man so essen kann als Mensch." Diesmal sah sie wirklich angewidert aus musste er sich eingestehen. „Pass auf, die Eier sind nicht..." Er suchte nach den richtigen Worten „...es würden keine Küken rauskommen. Meistens." Alina sah ihn schockiert als er das 'meistens' hinterher schob, mit der Absicht sie ein wenig aufzuziehen. Die Diskussion endete schließlich damit, dass Alina den Speck probierte, aber die Eier nicht anrührte.

Nachdem sie fertig gegessen hatten, tranken beide den 'doppelten Klarmacher'. Wie er beim anschließenden Hustenanfall feststellen durfte handelte es sich um einen extrem starken Kräuterschnaps, der aber tatsächlich schnell seine Wirkung tat und den Nebel in seinem Gehirn sowie das stumpfe Pochen etwas abschwächte.

Als sie zusammen die Taverne verließen und Garan ihm ‚Viel Glück' mit einem Grinsen im Gesicht wünschte hatte er kurz ein mulmiges Gefühl im Bauch, verdrängte es aber schnell wieder. Der Wirt hatte Sina mit ihnen zum Händler geschickt, der sich in einem der großen Häuser an dem Steinplatz befand, den sie gerade überquerten und der jetzt gut von Menschen besucht war, die teils Wasser aus dem großen Brunnen holten, genau wie in der Taverne vorher in kleinen Gruppen zusammenstanden oder einfach ihrem Tagewerk nachgingen. Silas hatte halb damit gerechnet verängstigte und dreckige Bauern zu sehen, aber das Gegenteil war der Fall. Die Leute hier wirkten nicht als würden sie im Dreck leben, sondern eher wie friedliche Bewohner einer idyllischen Vorstadt seiner Zeit, nur ohne die ganze Zeit auf Bildschirme zu starren. „Ihr müsst unbedingt mal den Markt besuchen!" Sagte die junge Sina enthusiastisch. „Alle versammeln sich, sogar die Jäger und Bauern von außerhalb! Manchmal bringen auch fahrende Händler und Scherenschleifer Sachen von weit hierher." Silas lächelte sie an. Sie war eine echte Frohnatur und ihre gute Laune steckte ihn an. „Wann ist der Markt bei euch immer?" Wollte er wissen und sie legte den Kopf schief, als hätte er eine seltsame Frage gestellt. „Am Markttag natürlich? Alle zwei Wochen ist der kleine Markt, einmal im Jahr der Große. Aber den habt ihr knapp verpasst..." Sagte das Mädchen während Silas simultan leise für Alina übersetzte. „Am letzten großen Markt waren sogar Abenteurer hier, die die Händler begleitet haben. Es war ein großes Fest!" Sie endete als sie an der großen Holztür ankamen, über dem ein Schild aus Metall hing, dass auf einem Wappen vier stilisierte Symbole zeigte: Eine Ähre, einen einfachen Sack, ein Schwert und eine Glasphiole. Auf sein Nachfragen hin lächelte Sina stolz. „Der Laden gehört dem Krämermeister. Er ist Mitglied der Handelsgilde Marats. Wir haben wirklich Glück, dass er seinen Laden hier hat."

Silas schluckte und drückte die Hand auf seine Gürteltasche. Vorsorglich hatte er eins der kleinen Stäbchen mitgenommen. *Krämermeister? Handelsgilde?* Es implizierte, dass zwischen einem Krämer und einem Krämermeister ein Unterschied bestand, genau wie zwischen einem freien Händler und einem Mitglied der Handelsgilde, so viel verstand er, was das bedeutete jedoch war ihm unklar, nur, dass es vermutlich teuer werden würde.

„Hey Onkel Sigurd!" Rief Sina als sie durch die Tür gingen und ein kleines Glockenspiel ausgelöst wurde. Sie betraten den Laden der wortwörtlich bis unter die Decke mit verschiedenstem Kram, von Kleidern, über Möbel bis hin zu Pfannen und Töpfen vollgestopft war. Jedes Regal war bis zum Bersten gefüllt. Wo ein Regal nicht mehr ausreichte, standen davor oder daneben Tische auf denen sich Sachen stapelten, so dass Silas sich wunderte wie sie noch nicht umgefallen waren. Er sah Bücher, Fläschchen, Waagen, Werkzeuge und so viel Anderes, dass er nicht alles beschreiben konnte. Alina ging es augenscheinlich genauso wie ihm, auch sie staunte ob der schieren Menge an Ware, die den Krämermeister alleine im Vorraum hatte. Nur Sina, die übrigens den Vorfall des Morgens komplett ignorierte, rief fröhlich nach dem Besitzer des Ladens. „Siiiigurd!" ließ sie laut verlauten. „Du hast Kundschaft!" Ein Poltern kam aus einem der unbeabsichtigt versteckten Zimmer, direkt an der Hinterwand, dann ein Fluchen. „Bei allen grünen, stinkenden, vermaledeiten Bastarden der..." Ein Mann, wesentlich älter als Silas sich durch das Fluchen vorgestellt hatte, erschien in der Tür. Der Mann ging an einem Gehstock, sofort schätzte Silas ihn irgendwo auf Ende siebzig, seine Glatze wurde von einem runden, weißen Haarkranz gesäumt, auf seiner Nase saß eine Art altertümliche Brille ohne Bügel und er ging gebeugt. „Ah! Sina, meine Liebe. Entschuldige bitte meine Wortwahl", sagte er höflich an sie gerichtet. Er verharrte kurz regungslos, bevor sein Blick zu den beiden Neuankömmlingen fiel. „Aha! Ihr müsst die beiden sein über die sich die Waschweiber die Mäuler zerreißen! Selten, dass wir hier mal ein neues Gesicht zu sehen bekommen." Sofort wandte er sich zu Alina „Und dann auch noch so ein hübsches." Als sie ihn nur fragend ansah und keine Reaktion von ihr kam, warf Silas etwas ein. „Entschuldigt Meister Sigurd, meine Begleiterin spricht eure Sprache nicht." Der alte Mann stieß enttäuscht etwas Luft aus und öffnete eins seiner Augen ein wenig mehr. Er musterte seine Gefährtin einen Moment lang. „Eine Fae, ja? Selten, selten. Ich dachte schon fast ihr seid ausgestorben." Er räusperte sich kurz, dann begann er plötzlich auf einer Silas fremden Sprache zu reden. Es hörte sich an wie eine Mischung aus der Sprache der Fae und der menschlichen Sprache, aber sanfter, nicht so guttural. Silas verstand kein einziges Wort. Er meinte einzelne Silben zu verstehen, aber das war es dann auch. Der alte Ladeninhaber nickte nach einem kurzen Wortwechsel und die Fae verbeugte sich leicht vor ihm. „Hmpf!" Schnaubte der Alte Krämer nur. „Was war das für eine Sprache?" Der Alte rollte mit den Augen. „Elfisch natürlich!" Silas hob eine Augenbraue, doch der alte ließ sich nicht davon beirren. „Also, womit kann ich euch zweien denn heute behilflich sein? Sucht ihr was Bestimmtes?" Silas bestätigte eingehend. „Wir sind nur Abenteurer auf der Durchreise. Wir suchen alles was man fürs Reisen so benötigt. Ich bräuchte einen

Rucksack, einen Dolch für Arbeiten und..." Das Gesicht des Mannes hellte sich auf „Abenteurer! Also haben die Weiber mal die Wahrheit gesagt!" Er lachte. „Hervorragend! Die letzten Abenteurer waren bestimmt vor zwanzig Jahren hier im Dorf!" Silas meinte jetzt eindeutig eine Art gieriges Grinsen im Gesicht des Mannes zu sehen. Der Mann sah ihn an. „Also grundlegende Ausrüstung?" Er musterte ihn von oben bis unten. „Kennt ihr eure Maße?" Sina nickte und reichte ihm nach kurzem Kramen eine offensichtlich fein säuberlich angefertigte Abschrift des Zettels vom Vortag. Der alte Mann überflog ihn und musterte sie eingehend.

„Sucht ihr sonst noch etwas?" Silas nickte. Darauf hatte er gewartet. „Habt ihr Bücher über Magie?" Jetzt sah ihn der Lädler eindeutig verdutzt an, fing sich aber sofort wieder. Silas meinte kurz ein kleines Glitzern in den halbgeschlossenen Augen zu erkennen, aber es verschwand mindestens so schnell, wie es gekommen war. „Theoretisch oder... praktischer Natur?" Silas zuckte mit den Schultern. „Mir wäre beides Recht. Oder gibt es in eurem Dorf einen Magier?" Der Ladenbesitzer lachte erneut. „Nein, Jung. Unser Priester kann ein paar einfache Sprüche, aber das ist was Anderes. Wir haben keine Magier hier. Vielleicht die eine oder andere Hexe mit ihren Tinktürchen, aber keinen echten Zauberwirker." Silas fühlte sich trotz der spöttischen Lache nicht angegriffen, denn anscheinend wollte der alte Mann ihm tatsächlich helfen. Oder etwas verkaufen. Zumindest war er sympathisch, irgendwie, trotz seiner etwas forschen Art. „Okay. Und welche Sprachen sprecht ihr?" Silas sah zu Alina und begann in Fae zu sprechen. „Soll ich ihm sagen, dass ich Qurisch lesen kann?" Sie zuckte mit den Schultern nachdem sie kurz nachdachte. „Sagt es ihm, schaden kann es nicht." Er wandte sich wieder dem alten Besitzer zu. „Ich spreche die Gemeinsprache, den Ton des Windes und Qurisch" Der Besitzer hüstelte und hob die Hand an sein Ohr. „Wie bitte? Ich werde langsam alt, ich habe euch nicht verstanden!" Langsam wiederholte Silas. Der alte sah ihn ungläubig an. „Ihr seid seltsam, wisst ihr das? Es gibt niemanden der Qurisch lesen kann." Silas zuckte mit den Schultern. „Niemanden außer mir, vielleicht. Aber hängt das bitte nicht an die große Glocke." „Pah!" Schnaubte der Mann wieder. „Habt ihr denn Geld? Solche Bücher sind teuer." Er sah zu Sina „Bevor du was sagst, vergiss es, dafür werden weder dein Vater noch das Dorf bezahlen, glaub mir." Und an ihn gerichtet: „Also?" Er sah Silas in die Augen, woraufhin der sich etwas unwohl fühlte. „Ich besitze tatsächlich die ein- oder andere Goldmünze." Er griff vorsichtig in die Tasche an seinem Gürtel, holte die kleine Stange hervor und hielt sie ihm erwartend hin. Sina sah aus als hätte sie keine Ahnung was er da in seiner Hand hatte, aber der alte Mann machte plötzlich große Augen und Silas war sich sicher er würde gleich einen Herzinfarkt bekommen. Schneller als er dem alten zutraute war der bei ihm, schloss seine Hand um die von Silas und die sich um das kleine Stäbchen. „Seid ihr verrückt geworden? Wedelt nicht mit so einem Ding vor meiner Nase rum! Was wenn euch jemand sieht?" Ungläubig sah Silas ihn an, schließlich waren sie in dem kleinen Laden alleine. „Was ist?" „Hmpf!" Fauchte der Alte erneut. „Das ist mehr als die meisten Leute in Waldkreuz in Jahren der Arbeit verdienen! Selbst wenn es ihnen hier gut geht, falls sie erfahren sollten was ihr da habt stoßen sie euch vielleicht nur deswegen ein Messer in den Bauch." Silas' Augen weiteten sich erschrocken und der alte Mann wandte sich zu Sina. „Du hast nichts gesehen oder gehört, Mädchen!" Sagte er eindringlich, als wäre es wichtig darüber kein Wort zu verlieren. Sina wurde blass und nickte eifrig. Der Ladenbesitzer sah wieder ihn an. „Habt ihr noch mehr davon?" Silas nickte nur ob der Intensität des Wortschwalls. „Okay. Ich werde euch alles zusammenstellen. Lasst das Stäbchen bei mir. Versteckt den Rest irgendwo. Sina, ich brauche dich noch. Und ihr beiden, geht. Ich werde etwas Zeit benötigen!"

Verdattert wie er war ließen sich Silas und Alina von dem alten Mann aus dem Laden schieben, der vorher noch ein „Geschlossen"-Schild an den Türknauf hing, bevor er die Tür hinter ihnen zuschlug. Alina sah genauso verdutzt aus wie er und er erklärte ihr, was gerade passiert war.

Silas verabschiedete sich von Alina, die ihm erzählte, dass sie vorhatte sowohl einige Tränke und Salben herzustellen sowie weiter fleißig in dem Buch zu lesen und sie machten aus, dass sie sich abends wieder in der Taverne treffen würden.

Silas schlenderte durch das Dorf und die Menschen grüßten ihn. Vergessen war anscheinend der Vorfall des Vortags, der zwanzig Menschen das Leben gekostet hatte. Er fragte sich stumm, warum die Menschen hier nicht in Panik waren oder zumindest ihre Verteidigung verstärkt hatten. War das hier vielleicht sogar normal? Es kam ihm ein wenig makaber vor, aber in dieser Welt waren solche Vorkommnisse vielleicht an der Tagesordnung? Er wusste es nicht und es würde nichts bringen jetzt darüber nachzudenken. Er schüttelte den Kopf und ließ eine Mutter mit ihren beiden Kindern an den Händen passieren, die vor ihm die Straße kreuzten. *Ich werde Lara und Garan später danach fragen.*

Nur kurze Zeit später war Silas am Tor angekommen, aber Lara war weit und breit nicht zu sehen. Er plauderte ein wenig mit der Torwache, ein Mann ungefähr in seinem Alter, gerüstet in einfache Rüstung, deren Nieten an der Oberfläche des Stoffes zu sehen waren. Er wusste, dass darunter Metallplatten verborgen waren, wenn er sich richtig erinnerte nannte man diese Art von Rüstung eine Brigantine? An der Seite trug er einen schweren Knüppel, verstärkt mit Metall, auf dem Kopf über der Stoffhaube einen eisernen Helm mit Rand. Der Schild der Achtlos am Tor lehnte sowie die schwere Armbrust, die er auf den Rücken geschnallt hatte, rundeten sein durchaus imposantes auftreten ab. Der Mann wollte nur wissen wie er geschlafen hatte, oder was er in dem kleinen Dorf gesehen hatte. Typischer Smalltalk. Als er erwähnte, dass er auf Lara wartete um mit ihr zu trainieren wurde der Mann plötzlich bleich. „Wisst ihr was ihr euch da antut?" Fragte die Wache und klang eindeutig besorgt. Silas zuckte mit den Schultern. Die Frau war offenbar in einer Kriegerkultur aufgewachsen oder hatte zumindest eine Ausbildung in diese Richtung genossen. Er war nicht so naiv zu glauben, dass ihr Training leicht sein würde. *Aber ist diese Reaktion nicht etwas überzogen?*

Ein paar Minuten später kam Lara bereits angelaufen, in kompletter Rüstung, nicht wie am Tag zuvor nur in einem Teil. Zusätzlich zu dem langen Kettenhemd trug sie schwere, stählerne Arm- und Beinschienen, sowie Schulterplatten die bis über ihre Oberarme verliefen. Alles war schlicht verziert, aber das beeindruckendste an Rüstung, was Silas in seinem Leben gesehen hatte. Es machte einen ganz anderen Eindruck eine durchtrainierte Person im echten Leben vor sich zu haben, deren Rüstung komplett auf sie abgestimmt war und die auch aussah, als würde sie damit umgehen können, als ein virtuelles Bild einer Übergroßen Rüstung in allen Farben, mit übertrieben großen Schulterplatten oder unrealistischem Kettenbikini. Silas war beeindruckt. Lara war so schon imposant, mit ihrem riesigen Zweihänder auf dem Rücken, der so riesig war, dass ihn fast an einen speziellen schwarzen Schwertkämpfer erinnerte, dessen Mangas vor Jahren äußerst populär in der westlichen Welt geworden waren, speziell als die letzten drei Bände der Serie in kurzen Abständen erschienen waren.

Silas schluckte und schüttelte seinen Kopf. Zurück in die Wirklichkeit. Die Frau vor ihm, die locker jedem Wrestler der echten Welt in Sachen Körperbau Konkurrenz machen konnte, trug zusätzlich zu der leicht dunkel-metallisch schimmernden Rüstung einen großen Jutesack über einer Schulter und ein Bündel von dünnem, langem Feuerholz unter dem Arm. Freundlich grüßte sie ihn und die Wache, woraufhin der junge Mann den Gruß erwiderte, stramm eine Faust auf die Brust schlug und sich dann beeilte das Weite zu suchen. Die fast panische Reaktion ließ ihn eine Augenbraue heben, doch die großgewachsene Kriegerin lachte nur leise auf. „Gruß, Silas! Du bist gekommen!" Endete sie. „Natürlich. Ich will etwas lernen." Sie nickte schmunzelnd.

„Gute Einstellung. Komm mit, wir trainieren ein wenig abseits der Straße." Silas wusste auch wo: Am runden Erdplatz seitlich des Tors, den er schon am Vortag gesehen, aber ignoriert hatte.

Seine Vermutung bestätigte sich. Als sie das Bündel auf den Boden warf. Nickte sie ihm zu. „Nimm dir einen, stell dich dorthin." Sie selbst griff sich eine lange Weidenrute und stellte sich ihm gegenüber. Ein mulmiges Gefühl in seinem Bauch machte sich breit, als sie ihren Nacken kreisen ließ und es mehrfach laut knackte. „Ich werde mir erst mal einen Überblick darüber verschaffen was du kannst." Begann sie freundlich „Ich werde mich nicht zurückhalten. So lernt man schneller. Nehm' deine Grundhaltung ein!" Befahl sie sofort, fast herrisch, als wäre sie gewohnt, dass man ihre Anweisungen befolgte.

Er folgte der Instruktion und nahm eine Stellung ein, in der er das linke Bein nach vorne schob und sein Gewicht verlagerte. Er hielt den Stock auf Hüfthöhe. Eine beliebte Ausgangsstellung, die er schon in anderen Spielen in virtueller Realität verwendet hatte, wenn auch computerunterstützt. Sie sah ihn mit hochgezogener Augenbraue an, ließ ihn so verweilen und lief einmal um ihn herum. „Interessant. Kein Stil den ich kenne. Kennst du noch andere Stellungen?" Fragte sie interessiert Er nickte. „Zeigt sie mir." Er ging die Grundstellungen durch. Fuß vorne, Gewicht hinten. Schwert in Schlagstellung neben seinem Kopf. „Nächste!" Fuß vorne, Gewicht hinten, Schwert nach unten zeigend. „Nächste!" Das Schwert seitlich neben seinem Kopf, nach vorne zeigend. Gewicht hinten links. Er kannte noch zwei weitere Stellungen und zeigte sie ihr. „Ziemlich ähnlich dem, was ich kenne. Ungeschliffen. Grobschlächtig. Aber gar nicht mal so schlecht, für den Anfang." Sagte sie als er das Schwert, den Stock, herunternahm. Dann fletschte sie die Zähne. „Wie hoch ist eure Schwertkunst? Er dachte kurz nach. „Stufe 5" Sie nickte. „Nicht gerade hoch. Stärke? Geschicklichkeit?" „16 und 18". Sie überlegte sichtlich. „Mhmh. Nicht gut." Sie seufzte schließlich. „Hast du schon gegen Menschen gekämpft?" Er schüttelte mit dem Kopf. „Okay... ich sehe du hast immerhin ein wenig Erfahrung, wenn auch nicht viel." Sie schnalzte mit der Zunge. „Ich werde dir jetzt zeigen wie man auf die Formen antwortet, und wie man sich dagegen wehrt. Schwert hoch!" Sofort änderte sich ihre Mimik, als sie die Weidenrute mehrmals in verschiedene Stellungen nahm, nickte und jedes Mal danach begann ihn zu umkreisen. Silas hielt sein Schwert nach oben und drehte sich mit, seinen Schwerpunkt zu ihr gerichtet. „Wenn ich hoch ansetze musst du entscheiden ob du tief antwortest oder es mir gleichtust. Je nachdem welche Ausgangsstellung dein Kontrahent hat, kannst du so schneller oder langsamer antworten. Fürs erste entscheide dich selbst, wie du antworten willst. Später zeige ich dir was mehr Sinn macht. Verstanden?" Er wollte nicken, sah dann aber nur einen metallischen Blitz auf ihn zufliegen. Er schaffte es noch gerade den Überkopfschlag abzuwehren, doch er rechnete nicht mit dem Fuß, der in seine Magengegend folgte. Er würgte sofort, als Schmerzen ihn übermannten und flog bestimmt zwei Meter nach hinten. Er blieb nach Luft schnappend und würgend liegen. Dann sah er einen Schatten über sich. „Du bist tot." Sagte Lara lachend, bückte sich und zog ihn an seinem Arm hoch. Sie klatschte ihm aufmunternd ins Gesicht. „Nächster Versuch!" Befahl sie ihm in einem Ton der keinen Widerspruch duldete und er tat unterbewusst sofort wie geheißen. Diesmal sah er sie nicht einmal, bevor ihn die Weidenrute über die Schulter peitschte und er eine Sekunde später die behandschuhte Faust im Gesicht hatte.

Einige Stunden später, die Sonne ging bereits langsam unter, Silas war windelweich geprügelt und fühlte sich auch so, seine HP-Leiste blinkte gefährlich rot, schleppte ihn die lachende Frau in Richtung Taverne. Durch sein linkes, nicht zugeschwollenes Auge sah er wie einige Dorfbewohner ihm mitleidige Blicke schenkten.

Als die Tür zur Taverne aufging breitete sich sofort ein angespanntes Schweigen aus. Silas sah einige Dorfbewohner an den Tischen sitzen. Als er ein leises „n'Abend" herauskrächzte brach die Taverne in Jubel und Gejohle aus.

Unter den Pfiffen der Dorfbewohner schleppte Lara ihn zur Bar und bugsierte ihn auf einer der hohen Stühle. Als er ein wenig schwankte hielt sie ihn an der Schulter fest. „Komm, das war doch gar nicht so schwer." Garan kam zu ihnen und er lachte laut auf. „Du bist der erste der Laras Training für einen ganzen Tag ausgehalten hat und noch bei Bewusstsein ist." Er stellte einen Humpen Bier vor ihm ab und Silas' zitternde Hand griff zu dem Krug um seine trockene Kehle zu benetzen. Die Hälfte seines Gesichts war taub, während die andere pochte, also verlor er einiges von dem Bier, dass sein Kinn herablief und auf den strohbedeckten Boden fiel. Vorsichtig tupfte er es mit dem Handrücken ab. Ein paar Leute klopften ihm auf den Rücken, als sie die Schenke verließen.

Silas wusste nicht, wie viel Zeit vergangen war, vielleicht hatte er zwischendurch tatsächlich kurz das Bewusstsein verloren, aber irgendwann sah er verschwommen eine Gestalt hereinkommen, die ihm vage bekannt vorkam.

Als nächstes erlebte er dann zum ersten Mal wie die kleine, zierliche Fae sein konnte, wenn sie wütend war. Er hörte sie wütend fluchen, dann sah er mit einem halben Auge wie ein halbes Dutzend Männer und Frauen aus dem Raum flüchteten, kurz bevor er die angenehme Berührung ihres Heilzaubers fühlte. Er sah förmlich wie die Schwellung seines Auges weniger wurde, spürte wie der Schwindel nachließ und sein Geist aufklarte. Es knackte unangenehm, er war sich ziemlich sicher, dass sich mindestens eine Rippe richtete, und im nächsten Moment konnte er endlich tief durchatmen, ohne Schmerzen zu empfinden. Er seufzte und sank glückselig erschöpft auf der Theke zusammen, als er Alina auf Gemeinsprache wütend reden hörte. „Frau dumm! Nur Muskeln! Kein Hirn!" Besorgt sah er zu Lara, die unschuldig dasaß, den Wortschwall über sich ergehen ließ und schmunzelnd an ihrem Becher nippte. *Sadistin.* Stöhnte Silas leise in Gedanken auf.

Er richtete sich auf, sah seine Gefährtin an und begann im Ton des Windes zu sprechen. „Lass gut sein Alina." Sieh sah ihn an „Was hast du dir nur dabei gedacht? Sie kam wütend auf ihn zu und zu seinem Erstaunen stellte er fest, dass sie ein Sommerkleid trug. „Es tut mir leid, Alina, wirklich. Ich wollte dir keine Sorgen bereiten." Versuchte er sie zu beruhigen und lächelte, was offensichtlich schieflief. „Dir fehlt ein Zahn du Holzkopf!" Sagte sie noch wütender als vorher und drehte sich um, vermutlich um in ihr Zimmer davon zu stürmen. Als sie die Tür zur Treppe hinter sich zuknallte und verschwand, sahen Garan und Lara sich kurz an und begannen dann laut loszulachen, auch Silas musste etwas grinsen, wenn er sich auch vornahm sich später eingehend bei ihr zu entschuldigen. Erst jetzt jedoch sah er das schwach leuchtende, blaue Symbol in seinem unteren Sichtfeld. Er nutzte die Gelegenheit um seine Benachrichtigungen zu überprüfen.

[Herzlichen Glückwunsch! Durch das Töten von sechsundzwanzig Grotling-Kriegern erhältst du 21000 Erfahrungspunkte!]

[Herzlichen Glückwunsch! Durch das Töten eines Grotling-Alphas, der dir weit überlegen war, erhältst du 22000 Erfahrungspunkte!]

[Herzlichen Glückwunsch! Durch das Sammeln von Erfahrungspunkten bist du in der Stufe aufgestiegen! Reisende erhalten 4 Attributspunkte zur freien Verteilung pro Stufe! Durch deine Erfahrung erhöht sich ebenfalls eine Fähigkeit deiner Wahl pro Stufe! Achtung! Nach sieben Tagen werden alle unverteilten Punkte automatisch verteilt.]

[Herzlichen Glückwunsch! Durch deine Bemühungen Im Kampf hast du den Umgang mit Schwertern verbessert! Die Waffe der Helden und der Ritterlichkeit. Stufe 6.]
...

[Herzlichen Glückwunsch! Durch deine Bemühungen Im Kampf hast du den Umgang mit Schwertern verbessert! Die Waffe der Helden und der Ritterlichkeit. Stufe 11.]

Die Grotlinge habe ich ganz vergessen! Nicht schlecht. Fünf Level, Fünf Stufen in Schwertkunst. Der Kampf mit den Grotlingen und das Training hatten sich bereits gelohnt. Er verteilte seine fünf Fähigkeitspunkte ebenfalls auf seine Schwertkunst und erhöhte damit seinen Wert auf sechzehn. Seine freien Attributspunkte verteilte Silas auf die üblichen Kriegerwerte, Stärke, Geschicklichkeit und Konstitution.

Ganze sechs Punkte steckte er in Intelligenz, als er über Alinas Manapool nachdachte und dass Agratar ihm es ermöglicht hatte, Magie zu lernen. Er öffnete das kleine Fenster das sich über seinen Charakterschirm gelegt hatte.

Schwerter - Verfügbare Talente:

Schwertmagie
- Verringert die Anstrengung die ihr braucht um Zauber zu wirken während ihr ein Schwert führt. Erhöht eure Konzentration während ihr ein Schwert führt.

Einhandwaffenspezialisierung
- Euer Umgang mit Einhandwaffen verbessert sich stark, erhöht Präzision und Schaden.
Beidhändige Führung
- Reduziert den Malus auf Präzision eurer Nebenhandwaffe stark. Erhöht den Schaden, wenn ihr zwei Schwerter ausgerüstet habt.

Das war nicht mal eine richtige Wahl. Es war schon vorher klar was er nehmen würde. Wenn er nicht mit einem Schild kämpfen würde wäre ein Einhandschwert eine Verschwendung, so viel war ihm bewusst. Er hatte nicht vor diesen Weg zu bestreiten und der Kampf mit zwei Waffen war ihm ehrlich gesagt zu kompliziert. Er wusste zwar, dass es verschiedenste Parierwaffen gab, aber nicht was wofür wie geführt wurde. Außerdem wusste er nichts über den Kampf mit Zwei Waffen gleichzeitig. Er wählte ‚Schwertmagie' und bestätigte als er gefragt wurde ob er sich sicher sei.

Dann benutzte er das erste Mal sein Talent *Synergie*. In seinem Kopf stach es, als er Äxte und Wurfäxte verlernte und seine Dolchfähigkeit auf fünf verringerte. Er lächelte in sich hinein. *Fünf weitere Punkte in Schwertkunst. Einundzwanzig.*

Lara klopfte ihm auf den Rücken. Sie hatte offensichtlich beobachtet was er getan hatte. „Gar nicht mal so schlecht", grinste sie. Er hatte sich bisher zurückgehalten, aber jetzt konnte er nicht mehr länger warten. Er streckte ihr die Handfläche entgegen und wirkte *Analyse*.

Lara, [Mensch, Nordling], Level 57
Klasse: Krieger ?
HP: 100%, Mana: 100%
Disposition: Wohlgesonnen

Verdammt. „Stufe 57?" Sie sah ihn überrascht an. „Ist wohl nur fair", und lächelte. Sie war ihm Lichtjahre voraus. Das hatte er auch schon im Kampf gemerkt. *Eine Klasse? Warum das Fragezeichen?* Das war neu. Er sah die rothaarige Frau an und lächelte. „Ich glaube ich verstehe eure... ‚Trainingsmethode'."

Die angesprochene grinste nur und leerte ihren Krug in einem großen Zug. „Dann wärst du der erste. Aber du hast Glück, dass deine kleine Freundin dich geheilt hat. Und jetzt, wo deine Schwerter-Fähigkeit so hoch ist, können wir morgen früh direkt weitermachen." Silas spürte blankes Entsetzen und man sah ihm das wohl an, denn Garan lachte noch lauter. Ohne sich von dem Gelächter stören zu lassen, begann sie erneut, jetzt etwas ruhiger. „Schau mal. Deine Schwertfähigkeit verbessert sich immer weiter. Aber nur, weil du schneller wirst, fester zugreifst und deine Reaktionsfähigkeit sich verbessert hat heißt es nicht, dass du jeden Kampf gewinnen kannst, auch wenn du eine höhere

Stufe hast." Sie deutete auf ihren Becher und Garan füllte ihr wortlos nach. „Folgende Situation. Deine Stufe in Schwertern ist auf Stufe, naja, sagen wir 50. Jetzt kämpfst du gegen einen Gegner, dessen Stufe nur 20 in seiner Hauptwaffe ist. Er hat jedoch Erfahrung im Kampf gegen ein Schwert, du aber nicht gegen seine Waffe, sagen wir... ein Speer." Sie trank einen weiteren Schluck. „Was meinst du wer gewinnt?" Silas blinzelte. Darüber hatte er noch nicht wirklich nachgedacht. „Der Speerkämpfer?" Sie nickte. „In acht von zehn Fällen. Natürlich gibt es andere Faktoren, zum Beispiel wird ein Speerkämpfer immer einen Vorteil gegen einen Schwertkämpfer haben, aber selbst, wenn dein Gegner eine gleichwertige Waffe benutzt siegt Erfahrung über Stufe. Die Stufe ist nur ein Indikator für Meisterschaft und Handhabung." Silas nickte verstehend. „Deswegen werden wir dir erst mal ein paar Grundfähigkeiten beibringen." Silas ließ den Kopf hängen, seufzte dann aber und stimmte schließlich zu. „Morgen früh, wie spät?" Sie grinste nur. „Nach dem Frühstück."

Er schob sich von dem Barhocker runter und sein ganzer Körper pochte vor Schmerzen und seine Muskeln protestierten laut. „Danke Lara. Ich leg mich ab." Sagte er erschöpft und wartete nicht mal eine Antwort ab, sondern lief zu seinem Zimmer.

Als er seinen Raum betrat sah er bereits, dass die Tür zu Alinas Raum verschlossen war und er seufzte. *Sie ist wirklich wütend.* Vorsichtig ging er zur Tür und klopfte. „Alina?" Keine Antwort. Erschöpft ließ er sich gegen die Tür sinken. „Komm schon, lass mich nicht betteln." Er hörte nichts. „Bitte. Ich wollte dich nicht erschrecken." Wieder nichts. Er wartete eine Minute dann zwei, drei. Er wollte schon aufstehen, als die Tür hinter ihm vorsichtig nach innen aufschwang. „Du bist ein Idiot, weißt du das?" Sagte die Fae die jetzt auf ihn herabblickte. Er wollte aufstehen, aber sie drückte ihm auf die Schulter und ging um ihn herum. Sie setzte sich ihm gegenüber auf die Knie. „Ich weiß. Das Training war etwas sehr viel." Empört sah sie ihn an. „Das war kein Training! Sie hat dich verprügelt!" Er nickte langsam. „Lara ist sehr hart, ich weiß. Aber mein Schwertkampf hat sich schon verbessert. Ich würde gerne weiter mit ihr trainieren. Sie hat mir gezeigt, dass ich noch viel lernen muss." Er sah sie eingehend an, schon eine Tirade erwartend. Anders als erwartet jedoch, strich sie mit der Hand über sein Gesicht. „Schau dich an, du siehst aus als wärst du eine Treppe heruntergefallen." Er ergriff die Hand auf seinem Gesicht. „Es tut mir leid, Alina. Wirklich." Sie seufzte. „Ich weiß." Sie erhob sich und half auch ihm sich hinzustellen. „Ich will das durchziehen. Ich lerne so viel mehr als im Kampf gegen Wildtiere oder Monster." Sagte er jetzt im ernsten Ton. Alina sah ihn eingehend an und er fuhr fort. „Egal wie lange es dauert. Ich möchte stärker werden." Sie starrten kurz einander an „Ich. Lernen." Sagte Alina lächelnd in der Gemeinsprache. Und damit war die Sache für sie beide gegessen.

Tag 35

Die nächsten zwei Wochen vergingen wie im Flug. Morgens ging Silas zum Training und abends schleppte er sich halb tot zurück in das Gasthaus.

Jeden Tag gegen Mittag besuchte Alina ihn und Lara auf dem Kampfplatz, und sie heilte seine Wunden, bevor er erneut von der Kriegerin in den Boden gestampft wurde.

Am dritten Tag wachte die Waldläuferin auf, aber weigerte sich ihr Zimmer zu verlassen, wenn er oder Alina in der Nähe waren. Geschweige denn mit ihnen zu sprechen. Er fand es schade, aber Garan und Lara versicherten ihm, dass es nur ihr Stolz war, der sie daran hinderte, und dass sie früher oder später auf sie zukommen würde, was er so akzeptierte.

Am Ende der ersten Woche schaffte Silas es, mehrere aufeinanderfolgende Hiebe von seiner Lehrerin zu blocken, woraufhin sie ihn überrascht angelacht, und danach doppelt so hart verprügelt hatte wie an den Vortagen. Inzwischen war ihr Training schon zu einem kleinen Spektakel geworden und viele der Dorfbewohner, inklusive der Tochter ihrer Gastgeber, versammelten sich jeden Tag erneut um ihnen zuzusehen. Silas sah das eine oder andere Mal aus dem Augenwinkel Kupfer und Silber die Besitzer wechseln, als die Dorfbewohner auf oder gegen ihn wetten. Er badete noch zwei weitere Male in dem großen Bad der Familie, nur um bei beiden Gelegenheiten im Wasser einzuschlafen. Alina lernte jeden Tag mehr und mehr die Gemeinsprache und konnte schon bald kurze Sätze formulieren und einiges mehr verstehen. Wenn sie nicht damit beschäftigt war die Sprache zu lernen oder ihn zu heilen, war sie in ihrem Zimmer und experimentierte mit verschiedenen Kräutern und Tinkturen.

Am letzten Tag der zwei Wochen die er sich für das Training eingestanden hatte, laut Lara das Minimum, erhielt er plötzlich mehrere Systemnachrichten:

[Sehet und staunt! Dein Wunsch nach Kraft und dein rastloses Training übertreffen die Grenzen des physisch möglichen! Dafür, dass du deine Grenzen erreicht hast und darüber hinausgegangen bist, hast du eine neue Kraft erhalten: Unbeugsam. (Rang C) Effekt: Ihr lasst euch durch wiederholte Attacken nicht aus der Ruhe bringen. +5% Parierchance. Eure Angriffskraft und Geschwindigkeit bei Wiederholten Angriffen erhöht sich um 10%.]

[Herzlichen Glückwunsch! Durch dein rigoroses Training unter Einsatz deines Lebens hast du eine neue Fähigkeit erlernt: Strömung I.
Effekt: Ausweichen um 30% erhöht, Bewegungsgeschwindigkeit um 30% erhöht. Dauer: 8 Sekunden, Abklingzeit: 1 Stunde.]

Seine Schwertkunst erhöhte sich in der Trainingszeit ebenfalls um sieben Punkte. Er rief seinen Status auf.

Silas Westwind		HP: 340/340			AUS: 200/200			MP: 180/180	
Level 14		STR	CON	DEX	INT	WIL	CHA	LUC	
		22	34	20	18	24	10	12	
Rasse: Mensch (Reisender)					Erfahrung: 13600 / 52500				

Fähigkeiten

Kampf:		Allgemein:		Handwerk:	
Dolche	5	Erste Hilfe	2	Kräuterkunde	4
Schwerter	28	Überleben	2		
Waffenlos	1	Fischen	3		
		Legenden	3		

Spezialisierungen:

Schwerter → Schwertmagie

Kräfte:		Skills:	
Zäher Hund	C	Blutrausch	I
Unnachgiebige Schwerthand	B	Strömung	I
Unbeugsam	C		

Sprachen:	Gaben:	
Gemeinsprache	Adaptiv	R
Ton des Windes	Potential	S
Alt-Qurisch	Entzweite Seele	P*
	Analyse	S
	Seelenbindung	A
	Falscher Status	A
	Synergie	S+

Ruf:		
Waldfae	Wohlgesonnen	
Dorf Waldkreuz	Wohlgesonnen	

Gar nicht mal so schlecht. In den letzten Wochen hatte er Finten, Paraden, Hiebe und Stiche gelernt, von denen er vorher nicht mal gewusst hatte, dass es sie gab. Grundhaltungen, die er nie gesehen hatte, beherrschte er halbwegs gut und er wusste bereits instinktiv, wie er auf die

Stellung seines Gegners antworten musste. Das Training hatte sich in seinen Augen wirklich gelohnt.

Auch Alina hatte ihre Punkte verteilt. Hauptsächlich auf Intelligenz, aber auch Werte die sie allgemein stärken würden. Auch hatte sie ihre gesamten Kräuter verbraucht, mehrfach in Alchemie gelevelt und dreizehn Heiltränke für ihre Reise produziert. Zusätzlich hatte sie durch seine dauernden Verletzungen einige Fähigkeitssteigerungen in ihren Heilkünsten und ihrer Naturmagie zu verzeichnen gehabt und kam mit dem Lernen der Gemeinsprache gut voran wie sie ihm gezeigt hatte.

Alina	HP: 220/220			AUS: 120/120			MP: 370/370
Level: 13	STR	CON	DEX	INT	WIL	CHA	LUC
	8	22	12	37	27	12	10
Rasse: Waldfae				Erfahrung: 39000 / 45500			

Fähigkeiten					
Kampf:		Allgemein		Handwerk:	
Stäbe	6	Erste Hilfe	13	Kräuterkunde	16
Speere	4	Heilkunde	8	Alchemie	15
Keulen	2	Giftkunde	3	Giftmischen	2
Bogen	2	Überlebensk.	3	Symbiose	6
		Kochen	6	Webkunst	5
		Anatomie	4		
		Hauswirtschaft	6		
		Legenden	3		
		Singen	4		

Magie:	
Naturmagie	17
Wassermagie	3

Spezialisierungen:	
Erste Hilfe	-> Faeheiler
Kräuterkunde	-> Symbiotiker
Alchemie	-> Revitalisierende Tinkturen
Naturmagie	-> Umarmung der Natur

Kräfte:		Skills:	
Magiefokus: Naturmagie	B	-	

Sprachen:		Gaben:	
Ton des Windes		Pyroabstinet	F
Elfisch		Eisenschwäche	F
		Zauberkontrolle	A
		Oberon's Kind	D

Im Moment saßen er, Alina, Garan und Lara an einem der größeren Tische über einer ausgebreiteten Karte des Königreiches Marat, in dem sie sich befanden, sowie der umliegenden Reiche.

Silas und Alina hatten gerade einen Grundkurs in Sachen Geografie hinter sich, als er sich an die beiden wandte. „Ich kann Ordrin auf der Karte nicht finden". Garan sah ihn erschrocken an und Lara fluchte laut. „Sprecht nicht den Namen der verfluchten Hauptstadt aus!" Quetschte der Wirt zwischen seinen knirschenden Zähnen hervor. „Das bringt Unglück."
Silas sah ihn ernst an. „Wir haben nun mal eine Aufgabe zu erledigen und unser Ziel führt uns in die alte Hauptstadt. Da führt kein Weg dran vorbei." Die beiden schwiegen einen Moment. Bis Lara auf einen weißen Fleck auf der Karte zeigte, an der Nördlichen Küste. „Qurian erstreckte sich weit über diesen Ort hinaus, und beinhaltete ursprünglich auch Marat und Tholstus. Aber hier vermutet man die alte Hauptstadt." Garan schüttelte mit dem Kopf und ging zur Theke. Er zündete sich eine kleine Pfeife an und warf etwas Salz über seine Schulter, bevor er zurück zum Tisch kam. Seine Frau sah ihn missbilligend an. „Wenn wir schon über diesen Ort reden soll mir eine Pfeife gegönnt sein, Lara." Sagte er grimmig. Die beließ es dabei, aber nicht ohne die Nase zu rümpfen.

„Es ist Niemandsland, die alte Hauptstadt." Flüsterte er langsam und stieß etwas Rauch aus seiner Nase. „Die Seelen der Menschen dort finden keine Ruhe." Lara stimmte ihrem Mann zu. „Man sagt, dass Untote das Land durchstreifen. Schatten und Schemen. Die Könige der Reiche Marat und Tholstus haben schon mehrfach versucht das Land für sich zu beanspruchen, aber sind immer gescheitert." Garan nickte. „Ich bin kein Diplomat oder Schriftkundiger, aber sogar ich weiß, dass die Position der einen oder anderen Seite einen enormen Vorteil geben würde. Die alte Hauptstadt liegt auf einer Halbinsel am Großen Meer." *Als würde das etwas erklären* dachte sich Silas und sah den Mann fragend an. Seine Stimme nahm jetzt einen Ton an, als würde er mit einem Kind sprechen. „Der Einfluss der Hauptstadt ergießt sich über beide Arme des Idris, des größten Flusses der Königreiche." Mit dieser Aussage zeichnete er den Weg des

Flusses mit dem Finger nach, der sich irgendwann wieder verband und dann wieder in zwei große Arme aufteilte, die in entgegengesetzte Richtungen flossen. Es machte ‚klick' in seinem Kopf und Silas rollte mit den Augen. „Wer das Spice kontrolliert, kontrolliert das Universum, hm?" Alle die am Tisch saßen sahen ihn verwirrt an. „Wer die Halbinsel kontrolliert, kontrolliert die Schifffahrt und somit den Handel vom Meer aus, meinte ich." beide nickten verstehend. „Ich bin dagegen, dass ihr diese Reise unternehmt." Meinte Lara dann etwas leiser. „Du bist nicht stark genug. Ihr seid zu wenige. Ganze Expeditionen sind dort verloren gegangen, mit mächtigeren Abenteurern als ihr es seid." Als Silas protestieren wollte, hob sie abwehrend die Hand. „Aber ich sehe, ich kann euch nicht davon abbringen. Bedenkt jedoch, es sind gut drei Wochen mit einem Pferd, wenn ihr es fast zu Tode schindet. Ich schätze so Tausendzweihundert Meilen. Ihr müsst drei gut bewachte Grenzen überqueren. Marats im Südosten." Sie deutete auf das kleinste der drei Länder, in dem sie sich gerade befanden. „Tholstus." Sie deutete auf das Land das sich seitlich erstreckte und keine direkte Verbindung zu dem großen Fluss hatte. „Und Alva." Sei deutete auf das letzte Land, dass sich Nordwestlich befand. „Ihr werdet euch Pferde besorgen müssen..." Alina schüttelte mit dem Kopf. „Nein. Wir direkt zur Hauptstadt." Mit diesen Worten legte die Fae den großen Edelstein auf den Tisch vor ihnen. Fragend sah Lara seine Gefährtin an „Was ist das?"

„Ein Teleportationskristall." Kam eine weibliche, leise Stimme von hinter ihnen. Silas wirbelte herum, die Hand auf dem Schwertknauf. „Wer...?" Begann er erschrocken und sah dann die zierliche Gestalt die kaum einen Arm weit hinter ihm stand. Er musterte die Person. Sofort fielen ihm die Rot-Braunen Haare, die feinen Gesichtszüge und die spitzen Ohren der Frau auf. „Ihr!" Brachte er hervor, und selbst Lara und Garan wirkten erstaunt. Die Waldläuferin verbeugte sich leicht mit der Hand auf dem Herz und wisperte „Meister Garan, Lara'ishtial, danke für eure Gastfreundschaft." Der Gastwirt zog an seiner Pfeife und Lara lächelte ihr zu.

„Nichts zu danken, Waldläuferin", sagte die Kriegerin. Dann sah sie zu Silas und Alina „Ihr seid die, denen ich mein Leben zu verdanken habe?" Silas sah ihr direkt in ihre Augen, die weiser und älter zu sein schienen als der Rest ihres Körpers. „Alina hat euch euer Leben gerettet, wenn ihr das meint. Wir haben zusammen gegen die Grotlinge gekämpft. Ich bin Silas Westwind. Freut mich."
Die Elfe sah zu seiner Begleiterin, kniff die Augen etwas zusammen und sagte etwas in einer ihm unbekannten Sprache und zu seiner Überraschung antwortete Alina in derselben. Sie unterhielten sich kurz, während Silas nur verständnislos zuhören konnte. *Das hört sich etwas an wie das was Sigurd gesagt hatte. Elfisch?* Die Sprache klang sanft und voller Schnörkel, anders als die des alternden Händlers. Dann lächelte Alina Silas freundlich an. „Ich habe sie gebeten im Ton des Windes mit uns zu sprechen. Alles was sie mir sagt kann sie auch dir sagen." Silas dankte ihr kurz und die Waldläuferin sah ihn abschätzend an. „Ihr versteht mich?" Jetzt nickte er kurz. „Ihr seid der erste Mensch dem ich begegne, der im Ton des Windes sprechen kann." Er zuckte mit den Schultern. „Irgendwann ist immer das erste Mal." Sie schien tatsächlich über seine Worte nachzudenken und antwortete dann nach einer kurzen Pause genauso leise wie sie vorher gesprochen hatte. „Ich bin Nariel. Die Menschen des Dorfes bezeichnen mich als Waldläuferin, ich danke euch vielmals für meine Rettung." Silas verbeugte sich leicht. „Nichts zu danken, Nariel. Wir wollten nur helfen. Wir sind froh, dass wir dich retten konnten." Die Elfe lächelte jetzt das erste Mal. „Ich danke euch erneut. Ich stehe in eurer Schuld." Er winkte wegwerfend ab, aber Alina sah ihn mit großen Augen an. „Nicht!" Dann seufzte sie. „Zu spät." Silas blickte sich verwirrt um und sah die Kränkung in den Augen der Waldläuferin „Wenn ihr mich nicht haben wollt, werde ich meinen Namen ablegen und von nun an in Schande leben." Flüsterte die Elfe leise aber Silas sah sie verständnislos an. „Was?" Die Waldläuferin schaute auf ihn herab. „Ich hätte

nie gedacht..." Alina unterbrach sie. „Haltet ein. Er kennt eure Gepflogenheiten nicht." Nach einem Seitenblick auf das Ehepaar an ihrem Tisch, fuhr sie fort. „Er ist ein Reisender, Nariel." Die Augen der Elfen weiteten sich „Ein Reisender?" Silas legte den Kopf schief und nickte. Plötzlich sank sie auf ein Knie herab. „Verzeiht meine Wortwahl, Silas. Ich war unbedacht und..."

Er unterbrach sie. „Mo-ho-ment!" Sagte er betont. „Was passiert hier gerade?" Er war absolut verwirrt. „Was habe ich getan? Warum kniet sie vor mir? Alina!" Er sah wie seine Gefährtin ein Lachen unterdrückte. „Sie steht bei uns in einer Lebensschuld, du Dummerchen." Gekränkt ließ Silas das auf sich wirken. „Das bedeutet? Und warum kniet sie vor mir?" Alina seufzte. „Du kannst eine Lebensschuld nicht ablehnen. Du entehrst sie." Die Elfe stimmte zu. „Es bedeutet, dass ich tun werde was immer ihr mir befiehlt, bis ich die Schuld abbezahlt habe." Er stutzte. *Was immer ich ihr befehle, ja?* Er konnte seine Gesichtszüge kurz nicht beherrschen und der Blick den er dafür von seiner Gefährtin erntete war kalt wie Eis. Er schluckte und sah schnell wieder weg. „Und warum kniet ihr?" Sie sah immer noch zu Boden. „Wir... mein Volk hat an eurer Seite gekämpft, im Zeitalter des Krieges. Wir schulden euch viel..." Silas hatte genug gehört. „Steht auf, Nariel." Sie tat wie geheißen. „Ich verstehe den Teil mit eurer Lebensschuld und akzeptiere sie. Aber ihr braucht nicht vor mir knien oder euren Blick gesenkt halten. Ich war es nicht derjenige, der mit eurem Volk gekämpft hat, okay?" Sie hob den Blick und sah ihm in die Augen. „Ich denke ich verstehe..."

Er seufzte, richtete den Blick wieder in die Runde und wechselte in die Gemeinsprache. „Können wir dann jetzt weitermachen?" Garan klopfte mit seiner Pfeife auf den Tisch. „Was ist da gerade passiert?" Silas holte tief Luft und schüttelte mit dem Kopf. „Anscheinend haben wir eine neue Begleiterin. Setzt euch doch, Nariel." Sie kam seiner Aufforderung nach und nahm sich einen freien Stuhl." Lara lächelte. „Ein Teleportationskristall also, ja? Es ist das erste

Mal, dass ich einen sehe." Silas nickte zur Bestätigung. „Er bringt uns direkt in die alte Hauptstadt... vermutlich." Lara sah ihn ernst an. „Steckt ihn weg. Er ist zu wertvoll." Alina nahm den Kristall und versenkte ihn schnell wieder in dem Lederbeutel. Die große Frau wirkte hin- und hergerissen. „Ich würde euch gerne begleiten, aber ich habe Verantwortung hier. Ich bin die stärkste Kriegerin die dieses Dorf hat. Die Leute verlassen sich auf mich. Wenn die Waldläuferin euch wirklich begleitet... vielleicht könnt ihr das überleben." Sie ließ einen Seitenblick über die Elfe schweifen, die ihr kurz entschlossen zunickte „Ihre Abwesenheit wird uns zwar vermutlich trotzdem treffen, aber dann werde ich unsere kleine Miliz ausbauen um den Verlust auszugleichen." Die Waldläuferin zuckte mit den Schultern. „Ich muss gehen, Lara'ishtial." Sagte die Elfe entschlossen. „Die Ehre bindet mich." Die angesprochene Kriegerin seufzte schwer, zuckte dann aber mit den Schultern. „Ich verstehe euch. Macht euch keine Sorgen." Silas hob eine Augenbraue. Anscheinend hatte sie durchaus eine Aufgabe hier im Dorf, beziehungsweise in den Wäldern um das Dorf herum. Vermutlich auch der Grund warum sie von den Dorfbewohnern Waldläuferin genannt wurde. Genau wie Lara, die ja offenbar die kleine ‚Stadtwache', wenn man sie so nennen konnte, anführte. *Vermutlich einer der Gründe, warum sich die Dorfbewohner hier sicher fühlen.* Er erinnerte sich schmerzhaft an die Blessuren der vergangenen Wochen. „Also gut", sagte Silas und schlug mit der Hand auf die Karte. „Wir reisen morgen ab." Garan lächelte und deutete mit der Pfeife auf die neue Dreiergruppe. „Denkt aber nicht ihr kommt hier weg ohne mit uns zu trinken. Sina!"

Den restlichen Abend verbrachten sie feuchtfröhlich in der Schenke. Selbst Alina trank gut gelaunt mit und auch die Waldläuferin nippte vorsichtig an einem Getränk. Irgendwann, nach viel zu viel Bier und einigen klaren Schnäpsen war jede Sorge der kleinen Gruppe wie weggeblasen. Später stimmten Garan und Lara ein Duett an, in dem sie über ein Schiff mit zwölf fröhlichen Matrosen und einem sehr betrunkenen Captain sangen, während Sina sie auf einer kleinen Laute begleitete. Silas sah, dass sich die Tochter des Wirts ebenfalls hinter der Theke bediente, wenn ihre Mutter gerade nicht aufpasste. Selbst Alina sang irgendwann den Refrain des Liedes mit.

   Als die ersten Gäste eintrafen, war Garan schon viel zu betrunken um seinen Job zu erledigen, stattdessen bewirtete Sina für den Rest des Abends die Kundschaft. Irgendwann schnappte er sich sehr zu ihrem Missfallen ihre Laute und begann einen Klassiker von Billy Joel zu klimpern, den er in die Gemeinsprache vortrug. Der Alkohol in seinem Blut trug nicht gerade dazu bei, dass er gerade sang, geschweige denn auch nur einen einzigen Ton traf. Trotzdem lachte die halbe Taverne als er fertig gesungen hatte und sogar Sina ließ sich ein Lächeln entlocken. Komischerweise verlangten die Gäste eine Zugabe, also ließ er sich nicht lumpen und tischte richtig auf. Er tanzte alleine den ein oder anderen Tanz während er in die Seiten der Laute hieb, auch wenn er weder das eine, noch das andere richtig beherrschte.

   Er bereute es in seinem Rausch, keine Band zur Hand zu haben um die richtig großen Songs zu trällern, also nahm er sich vor irgendwann die entsprechenden Musiker anzuheuern. Als er verschwitzt endlich mit dem Singen aufhörte und sich setzte, hatte Alina den Kopf vor Scham in ihren Händen versunken und weinte vor Lachen. Spaßeshalber tat er auf beleidigt und erst als sie ihm unter Aufforderung von Lara auf die Wange küsste lachte er auch über sich. Kurzum: Es war ein fast perfekter Abend, von dem sich beide spät verabschiedeten. Der Abend wurde nur noch besser, als Alina zusammen mit ihm ins Bett kroch und sich an ihn schmiegte. Betrunken wie sie waren alberten sie ein wenig herum bevor sie irgendwann gemeinsam einschliefen.

Tag 36

Silas wachte auf, weil irgendetwas an seinem Ohrläppchen zupfte. „Ahhh!" Stöhnte er leidvoll während sein Kopf laut pochte. Er drehte sich zur Seite, als irgendetwas feuchtes ihn ins Ohr piekte. „Was zum..." Er fuhr herum, griff sich geschockt an das Ohr und blickte in das grinsende Gesicht seiner Fae-Freundin. Er seufzte und gab der ungewohnt fordernden Alina einen Kuss. „Bist du bereit für die Reise?" Fragte sie ihn leise. Silas sah sie warm und lächelnd an. „Nein." Stöhnte er und streckte ihr spielerisch die Zunge raus. Unter Protest als er sich die Decke über den Kopf zog, stach sie ihm mit dem Finger in die Seite.

„Nicht schlafen. Aufstehen!" Forderte sie ihn auf, ließ sich aber neben ihm in das Bett sinken, so dass sie auf Augenhöhe waren, als er schließlich unter der Decke hervorlugte. Er sah ihr tief in die Augen.

„Wir könnten hierbleiben, weißt du?" Sagte er und dachte an den Abend des Tages davor. „Meinst du das Ernst?" Fragte sie vorsichtig. Er zuckte unter der Decke mit seinen Schultern. „Ja. Wir könnten irgendwo uns ein ruhiges Plätzchen suchen..." Sie knuffte ihn. „Was ist mit deinen Erinnerungen?" Er schwieg. „Wolltest du nicht stärker werden? Was ist, wenn die anderen Reisenden kommen? Was ist mit den Worten Agratars?" Er zog die Decke über den Kopf und dachte nach während seine Schläfen noch immer pochten. *Die Warnung von Eri, die Worte Agratars... Fulcrum und die Reisenden. Kann ich Alina beschützen? Ich weiß nichts über diese Welt.* Plötzlich spürte er, wie die Fae zu ihm unter die Decke kroch. „Du hast Angst, oder?" Silas drehte sich ihr zu. „Ich glaube schon, Alina", sagte er leise. Er hatte tatsächlich Angst. *Angst sie zu verlieren. Angst vor der Zukunft.* Er machte ohne es zu wollen ein besorgtes Gesicht, woraufhin sie die Hand auf seine Wange legte. „Wir schaffen das, irgendwie. Zusammen." Dann gab sie ihm einen Kuss auf die Wange. „Jetzt stehen wir aber auf." Sagte sie lächelnd und schlug die Decke zur Seite. Die Sonne die durch das kleine Fenster schien blendete ihn und er kniff die Augen zusammen. Auch er schwang sich jetzt nach oben und raus aus dem Bett. Sein Blick fiel auf Alina, die sich ebenfalls aufgesetzt hatte. Das dünne Nachthemd, dass Sina für Alina besorgt hatte stand ihr gut. „Zeit Sigurd einen Besuch abzustatten, hm?" Wie jeden Morgen in den letzten zwei Wochen schnappte er sich seine Klamotten, zog eine leichte Hose an und anders als sonst griff er sich noch seine anderen Habseligkeiten. Ihr Weg führte wie immer direkt in den Raum wo einmal in der Woche das Bad gefüllt wurde, in dem aber morgens nur kaltes Wasser in einem Zuber zur Verfügung stand. Er wusch sich eingehend und rasierte sich mit dem Messer des Wirts.

Der Weg würde anstrengend werden, selbst mit dem ‚Klarmacher' den er sich genehmigte, um seine Kopfschmerzen unter Kontrolle zu bringen.

Silas wartete leidend bei Sina im Schankraum, die ihm immer wieder gut zuredete. Er stöhnte leicht auf und ließ den Kopf auf die Theke sinken. Er öffnete ein Auge und sah zu Sina hinüber. Wenn er so darüber nachdachte, war die kleine eine große Hilfe für sie gewesen. Sie hatte immer nach ihnen gesehen, Einkäufe für sie erledigt und sogar ihre Zimmer gemacht, wenn sie nicht in ihren Zimmern gewesen waren. Er musterte ihre Fürsorgerin. Braunes Haar, zu einem langen Zopf gebunden fiel ihr über den Rücken. Ihre Augen waren Haselnussbraun und schienen förmlich zu strahlen. Die markanten, aber hübschen Gesichtszüge waren weniger ausgeprägt als bei ihrer Mutter, aber man sah ihr deutlich an, dass sie sich von den anderen Frauen im Dorf unterschied.

Sorgt sie sich nicht ein wenig zu viel um mich? Sie war auch immer bei meinen Übungen... Dann fiel es ihm wie Schuppen von den Augen. *Schwärmt sie für mich?* Er schluckte kurz. *Das ist das erste Mal, soweit ich mich erinnern kann!* Die Tür zur Treppe öffnete sich genau in dem Moment, in dem Sina den fragenden, aber verstehenden Blick Silas' auffing. Alina unterbrach den kurzen, peinlichen Moment mit der Präzision die nur eine Frau haben konnte. Schnell drehte Silas seinen Blick zur Seite und auch Sina hatte es plötzlich eilig ihr Tablett fester zu greifen und im Raum hinter der Theke zu verschwinden.

Sie hatten noch einiges zu erledigen. Besser gelaunt als noch im Bett gingen sie zu ‚Sigurds Sammelsurium'. Zu ihrer Überraschung trat gerade die Waldläuferin aus dem Laden, als sie ihn betreten wollten. „Nariel? Was machst du hier?" Sie grüßte sie respektvoll. „Alina, Silas." Sie deutete mit dem Daumen auf ihren Rücken wo sich jetzt ein voller Köcher und ein neuer Bogen befanden. „Nicht das Beste, aber er wird reichen. Vorerst." Silas seufzte. „Du willst also wirklich mit uns kommen?" Die Elfe nickte ernst. Er seufzte, öffnete mit einem Gedanken das Gruppeninterface, wischte ein paar Mal auf den Schirmen hin- und her, dann schickte er ihr eine Einladung in ihre Gruppe, die sie sofort annahm.

„Ich warte auf euch. Macht euch bereit." Sie verbeugte sich vor ihnen, drehte sich um und ließ sie vor dem Laden stehen. Silas schüttelte mit dem Kopf, während er ihrem rotbraunen Haarschopf hinterhersah. Es fühlte sich seltsam an, einen Dritten im Bunde zu haben, zusätzlich noch jemanden, den er nicht verstand oder kannte. Alina grinste jedoch. „Sie ist ein echter Sonnenschein, oder?"

Die Glöckchen klingelten und wie bei ihrem letzten Besuch ließ der Besitzer sich nicht blicken. Erneut hatte Silas das Gefühl jeden Moment von dem Gerümpel erschlagen zu werden und genervt sah er Alina an. Die zuckte mit den Schultern. „Sigurd!" Rief sie laut. Dann, als keine Antwort kam ein zweites Mal, etwas lauter. „Ja verflucht!" Kam es danach aus einem der Räume zu ihrer Seite. Etwas klapperte und es hörte sich an als würde etwas zu Boden fallen.

Kurz darauf kam der alte Mann ihnen entgegen und fluchte auf einer Sprache die Silas noch nie gehört hatte. „Ah ihr zwei, das wurde aber auch Zeit!" „Guten Morgen Sigurd", erwiderte Silas freundlich. „Hmpf." Erwiderte der wieder nur. *Gut gelaunt, wie immer.* „Ich habe alles vorbereitet, kommt mit." Der fast glatzköpfige Mann mit dem weißen Haarkranz, der Silas irgendwie an einen verrückten Professor erinnerte, führte sie durch das Gerümpel an seiner Kassentheke vorbei, in eins seiner Hinterzimmer und bedeutete ihnen ihm zu folgen.

Jetzt sah Silas auch warum es immer rumpelte, wenn der Mann nach vorne kam: Selbst die Gänge waren links und rechts mit Kram vollgestopft, der sich genau wie im Vorraum bis unter die Decke stapelte, der Unterschied war der, dass er hier so voll war, dass sie sich seitwärts bewegen mussten. Als Silas eine Kurve zu unvorsichtig nahm und mit seinem Schwert etwas irgendwo umstieß hörte er das Poltern irgendwo hinter sich, konnte aber nicht sehen woher genau es kam, denn Platz genug um sich zu drehen gab es hier nicht. Sigurd blieb stehen, horchte kurz, vermutlich um sicherzugehen, dass Silas keine Kettenreaktion ausgelöst hatte und funkelte ihn dann an „Vorsicht, Junge. Hier gibt es Dinge die verdammt wertvoll sind." Silas bezweifelte das ein wenig bei dem ganzen Gerümpel das überall herumlag, aber er hatte nicht vergessen, was Sina ihm gesagt hatte. *Handelsgilde.* Er nahm sich vor, vorsichtiger zu sein. Eine Minute später standen sie vor einer schweren, metallbeschlagenen Tür und Sigurd fummelte an einem dicken Schlüsselbund herum. Als er die richtigen Schlüssel fand schloss er nacheinander drei dicke Schlösser an der Tür auf. *Beeindruckende Vorsichtsmaßnahmen für so einen Laden. Ist Sigurd vielleicht etwas paranoid?*

Silas drängte sich als letzter durch die Tür und sah sich überrascht um. Das Chaos von vorne war hier nicht vorhanden. Der Raum war größer als alle anderen des Ladens die er bis jetzt gesehen hatte. Gläserne Vitrinen säumten die Seiten und alles Mögliche an ihm bekannten und unbekannten Dingen lag fein sortiert und beschriftet in ihnen: Ganze Sammlungen an Messern, Phiolen, Täschchen und Kästchen. Alle in feiner, schnörkeliger Handschrift auf Pergamentzetteln beschildert, die teils an Kordeln an den Gegenständen hingen, teils gefaltet davor oder auf ihnen standen.

In der Mitte des Raumes waren Tische aufgebaut, auf denen dutzende verschiedene Dinge lagen. Silas erkannte auf einen Blick Seile, Bücher, Fackeln, Netze, sogar ein paar nicht gespannte Bögen. Rechts des Tisches standen zwei verhüllte, mannshohe Figuren und ihnen gegenüber, zwei leere kleinere Tische. An den Wänden hingen verschiedene Schwerter, Äxte und Säbel in unterschiedlichen Größen. Auf dem Boden stand ein gutes Dutzend Rucksäcke in allen Formen und Farben. Hinten im Raum waren Tücher von der Decke gehängt worden, die eine Art Umkleidekabine bildeten, neben der ein Mannshoher, metallischer Spiegel auf einem Holzgestell saß. Der alte Mann lächelte. „Fangen wir mit der Kleidung an, ja?"

Gute dreißig Minuten später waren er und Alina soweit es ging neu eingekleidet. Beide hatten robuste Reisekleidung und gut eingetragene Lederstiefel (die beste Art von Stiefeln, laut Sigurd) angezogen. Beide von ihnen waren um je zwei Sets Unterwäsche reicher. Sigurd notierte sich mit einer Feder etwas auf einem Holzbrett, in das ein Pergament eingeklemmt war. „Sehr gut. Unser Schneider, Pelzer und unser Schuster haben auf Hochtouren gearbeitet in den letzten Tagen, um die Gewänder euren Größen anzupassen." Die Kleidung war komplett in natürlichen Farben gehalten. Jeder von ihnen trug eine verstärkte braune Wildlederhose mit eingenähten Taschen, dicke Wollsocken und die ‚neuen alten' Schuhe, die perfekt saßen. Er trug gleich zwei Tuniken, eine leichte die ihm bis über die Knie ging, in natürlichem beige, und eine etwas längere, schwerere Tunika in einem dunklen Grün. Alina war ähnlich gekleidet, nur dass ihre Oberteile etwas kürzer und vorteilhafter geschnitten waren als seine, aber die Farben blieben gleich.

Danach probierten sie mehrere Rucksäcke an und unter Sigurds fachkundigem Auge landeten sie schnell für Silas bei einem, der sich hervorragend an seinen Rücken anpasste. Der Krämermeister überprüfte die Gurte und suchte direkt eine passende Bettrolle dazu aus. Auch für Alina suchte er einen neuen, leichteren Rucksack heraus. Laut ihm war ihr ‚Beutel' es kaum wert getragen zu werden. Jeder von ihnen musste auf seinen Befehl einige Bewegungen machen, sich Strecken, eine Kniebeuge. Erst als er vollkommen zufrieden war nickte er. Auf seine Order hin leerte Alina den alten Rucksack auf einem der Tische aus und auch Silas leerte seine Ledertaschen. Prüfend sah der Kaufmann sich die Habseligkeiten von beiden an und schaute nachdenklich drein, als er die dutzenden kleinen Fläschchen von Alina sah, sowie die Medizin und Kräuter von Silas. Er schrieb etwas auf sein Pergament.

Als nächstes ging es ans Eingemachte: Die Ausrüstung. Als erstes schob er ihnen jeweils einen kleinen Beutel mit Hygieneartikeln zu. Silas öffnete seinen neugierig und sah ein Rasiermesser, Seife, einen flachen Kamm, eine Art Zahnbürste, ein verkorktes Ledertöpfchen und einen silbrigen Handspiegel. Sigurd hielt sich jedoch nicht lange damit auf.

Er gab Alina ein kleines Ledertäschchen mit Nadel und Faden, sowie einen Dolch in einer Lederscheide und einen neuen, breiten Ledergürtel. Er gab auch Silas einen solchen Dolch, inklusive Scheide. „Gute Qualität." Grummelte Sigurd. Als nächstes zeigte er ihnen, wie man die ledernen Wasserflaschen seitlich an ihren Rucksäcken befestigte.

Es ging weiter. Er hielt eine kleine Zinnschachtel hoch und steckte sie vorne in eine der Taschen an seinem Rucksack. „Zunderdose. Wasserdicht."

Vorsichtig packte er ihre Wechselwäsche gefaltet nach unten in den Rucksack. Als er die Pfanne von Alina ansah und dann auf den Boden legte um eine andere, neue, einzupacken, die wesentlich leichter aussah, grummelte er zufrieden.

„Kommen wir zu den Hauptattraktionen, ja?" Er ging zu den beiden verhüllten, mannshohen Figuren und zog mit einem Ruck die Tücher herunter. Silas Kinnlade klappte fast auf den Boden als unter den Tüchern ihre Umhänge zum Vorschein kamen, sowie die Rüstungen darunter. Silas staunte nicht schlecht.

Die Rüstung links war eindeutig für ihn bestimmt. Es war eine Mischung aus Lamellenpanzer, Platten- und Lederrüstung. Das dunkle, fast schwarze Leder, das ihm bis über die Knie reichte war mit überlappenden, kleinen Metallplatten beschlagen. Auf der Mitte der Oberschenkel war ein breiter Spalt, so dass die Rüstung optimale Bewegungsfreiheit bei höchstmöglichem Schutz bot. Der Brustpanzer selbst bestand aus handflächengroßen, ineinander verschachtelten Metallplatten, die um den gesamten Torso reichten. Er sah, dass einige Schnallen die Metallisch-ledernen Schulterstücke auf ihrem Platz hielten. Auch diese waren, genau wie die von Lara, nicht prunkvoll oder unnütz groß, wie es aus alten Rollenspielen bekannt war, sondern flach und eng an Schulter und Oberarm anliegend. Schichtartig wand sich das beschlagene Leder bis kurz vor seine Ellenbogen, während es die Unterseite und das Gelenk freiließ. An beiden Seiten hingen lange, lederne Unterarmschützer, die ebenfalls mit kleinen, flachen Metallplatten beschlagen waren die nur von unten für die Schnürung Platz ließen. Beide gingen direkt über in beschlagene Handschuhe, bei denen nur die Handflächen frei von Rüstung waren. Auf dem Boden standen zwei hohe, nicht ganz bis zu den Knien reichende Stulpen der gleichen Bauart, die augenscheinlich für seine Unterschenkel und Füße gedacht waren. Sein Umhang war geflickt und ein Stück verlängert worden und war an der Schulter und der Seite befestigt.

Alinas Rüstung war mindestens genauso beeindruckend. Es handelte sich um eine feminin-geschnittene hellbraune

Lederrüstung, die ihr seitlich bis auf die Oberschenkel fallen würde. Er sah, dass die Rüstung von innen mit grüner Seide ausgekleidet war. Anders als seine grob wirkenden Metallplatten waren es hier sich überschneidende, straffe Lederstücke die sich seitlich um ihren Körper winden würden. Er sah golden-braune Nieten, die die Streifen an Ort und Stelle hielten. Auch diese Rüstung hatte Bein- und Armschienen, allerdings wesentlich leichtere, augenscheinlich aus Leder gefertigt.

Auch Alina quietschte freudig, als sie die Rüstung und ihren Umhang wiedersah. „Die Handwerker des Dorfes haben quasi durchgearbeitet um die Rüstungen für euch passend zu machen." Er lächelte. „Besonders eure Eisenschwäche hat unseren Schmieden Kopfzerbrechen bereitet." Sagte er an die Fae gewandt. „Sie haben alle Nieten mit Bronzenieten ausgetauscht. Euer Dolch und alle Nadeln eurer Nähausrüstung sind ebenfalls aus Bronze."

Eine weitere halbe Stunde später waren sie beide komplett gerüstet. Alina war schnell fertig geworden, sie musste nur in ihren Brustpanzer schlüpfen, einige Riemen an den Beinen und Unterarmen festzurren und war fertig. Silas jedoch benötigte die Hilfe von mindestens einer Person um die ganzen Schnallen an Oberarm, Unterarm, Seiten und Beinen festzumachen. Es stellte sich heraus, dass das Unterteil separierbar vom Oberteil war und beide mit Schnallen und Köpfen verbunden werden mussten. Es mussten noch mehrere schwere Lederschnüre durch Ösen geführt und verknotet werden, aber kurz danach standen Silas und Alina da und der Händler ging ein paar Mal mit seinem Gehstock um sie herum. „Ja, wunderbar."

Silas hüpfte ein paar Mal auf und ab. Die Rüstung war schwer, aber nichts was er nicht ertragen konnte, jedoch war eins klar, sie würde ihre Reise langsamer machen. Er schätzte sie auf ungefähr fünfzehn, vielleicht zwanzig Kilogramm. Was er nicht gesehen hatte war, dass die Rüstung von innen leicht gepolstert war, was ihm zusätzlich etwas abverlangen würde, wenn er in warmen Gebieten unterwegs war. Er war sich unsicher, inwiefern die Magie seines Umhanges ihm dabei helfen würde.

Der Händler sah den Gedanken auf seinem Gesicht stehen und winkte ab. „Keine Sorge, sobald eure Stufe in Mittleren Rüstungen höher ist wird sie euch immer weniger belasten." Mit einem Seitenblick auf Alina fügte er hinzu „Genau wie bei euch mit leichten Rüstungen."
Er schlug in die Hände. „So, kommen wir zu euren Taschen. Den alten Plunder werde ich für euch entsorgen." Er nestelte ein paar Minuten am alten Schwertgurt von Silas und dem neuen Gürtel von Alina herum, bis er zufrieden dreinblickte. Anschließend ging er zu Silas und legte ihm etwas ruppig den Gurt um. Sigurd schob und zog etwas fester und nickte einmal, bevor er zu Alina ging und das gleiche Spiel wesentlich sanfter wiederholte.

Silas griff um seine Taille und fühlte an seiner rechten Seite eine neue Ledertasche, wesentlich größer als die alten, kleineren. Er öffnete sie und sah, dass sie in mehrere Fächer aufgeteilt wurde. Er spürte die verschiedenen Kräuter und Samen in ihren eigenen Täschchen und die eckigen Flakons mit dem Wasser des Teichs der Wahrheit, die mit eingearbeiteten Kordeln einzeln an der Seite der Tasche befestigt waren.

Während der alte Mann noch bei Alina beschäftigt war, fiel Silas etwas auf. „Woher wisst ihr eigentlich von Alinas Eisenschwäche? Und dem ganzen anderen Kram?" Alina antworte, bevor der alte Mann dazu kam. „Ich habe in den letzten Wochen auch an meiner Alchemie gearbeitet. Die Fläschchen und andere Zutaten habe ich von Sigurd bekommen und dann haben wir darüber geredet." *Einleuchtend.* Sie konnte ja nicht den ganzen Tag vor ihrem Buch sitzen und ihn heilen.

Schließlich holte Sigurd noch zwei lange gürtelartige Ledertaschen und Silas sah zu, wie er Alinas Trankfläschchen in die Taschen sortierte, bis nur noch eine Handvoll davon auf dem Tisch standen. Der alte Mann kam zu ihm und befestigte die lange Tasche sowohl an seinem

Gürtel, als auch mit einem Lederband mit Druckknopf an seinem Oberschenkel. Das gleiche wiederholte er bei Alina.
„War es das?" Fragte Silas, der langsam genug hatte her herumzustehen, doch der alte grummelte ihn an. „Ihr wolltet noch Bücher, oder nicht?" Mit diesem einen Satz ließ er Silas sofort verstummen. *Magie, endlich.*
Er ging zu dem kleinen Stapel Bücher auf einem der Tische. „Seht hier. Theoretika der Magie... Die Welt des Geistes..." Als er seinen enttäuschten Blick sah lächelte er schelmisch. „Aber ich weiß, dass es nicht das ist was ihr sucht." Er zog einen kleinen, versiegelten Umschlag aus seiner Jacke hervor. Als Silas danach greifen wollte, grinste er ihn an. „Ruhig Blut, junger Krieger. Reden wir erst mal über die Bezahlung." Silas hielt die Hand vor dem Umschlag in der Luft. „Was wollt ihr dafür haben?" Der alte Mann grinste noch immer und wedelte vorsichtig den Umschlag hin und her. „Fünfhundert Goldstücke." Silas und Alina sahen ihn erschrocken an. „Fünfhundert?" wiederholte er ungläubig. „Was ist das für ein Buch?" der Ausdruck auf dem Gesicht Sigurds gefiel ihm nicht. „Tja, das ist die große Frage, nicht wahr?" Silas sah ihn zweifelnd an und nahm die Hand wieder runter. „Was wollt ihr damit sagen?" Der alte Mann kratzte sich am Kinn. „Es ist ja nicht so, als würde ich es euch nicht verraten wollen..." Er sah Silas fragenden Blick. „Ich weiß nicht was genau das Buch enthält. Es ist verschlossen. Es ist eine ungewöhnliche Art von Zauberbuch, um ehrlich zu sein." Er öffnete den Umschlag und zog das Buch vorsichtig heraus. Es handelte sich um einen kleinen Einband, der gerade so in seine offene Hand passen würde. Der Umschlag war komplett in Schwarz gehalten und hatte keinerlei Aufschrift. Sigurd seufzte. „Ich besitze das Buch noch von meiner Zeit als freier Händler in Tholstus. Ein verarmter Lord hat es mir aus dem Nachlass seiner Familie verkauft. Vermutlich ein Erbstück." Silas schaute ihn ernst an. „Es ist nur so: Ich weiß nur, dass es sich um ein magisches Buch handelt. Ein seltsames Buch, noch dazu, da es kann nicht geöffnet werden kann. Und ich weiß in welcher

Sprache es geschrieben ist. Der Marktpreis für ein magisches Buch, selbst ohne Sprüche, liegt zwischen einhundert und zweihundert Goldstücken. Ich denke für so ein Artefakt wären Fünfhundert angemessen, meint ihr nicht?" Silas gab auf, bevor er überhaupt begonnen hatte zu feilschen. Der alte Mann hatte Recht. „Haben wir ein Geschäft?" Fragte der und hielt den Arm ausgestreckt nach vorne. Silas, der die Schultern hängen gelassen hatte, sah nur Alina fragend an, die jetzt mit den Schultern zuckte. *Also gut.* Silas ergriff den Arm des Mannes. „Haben wir."

Der Mann grinste. Gut, dann kommen wir insgesamt auf... Silas sah wie er rechnete und einige Zahlen auf dem Brett durchstrich und hinschrieb. „955 Goldstücke, 89 Silberstücke, 64 Kupferlinge. Für euch, 950." Silas war nicht geizig in seinem vorigen Leben oder konnte sich zumindest nicht dran erinnern, aber er wollte nicht wissen, was er umgerechnet ausgeben würde.

Silas, der durchgehend ein Auge auf den kleinen Lederbeutel auf dem Tisch gehalten hatte seufzte laut und zählte achtzehn der Elektrumstäbchen ab und reichte sie dem alten Mann, der jetzt übers ganze Gesicht strahlte. Sein Vermögen war gerade um gut neunzig Prozent geschrumpft. Lediglich zwei der Fingerlangen Silber-Goldenen Stäbchen befanden sich jetzt noch in dem Beutel. Sigurd biss auf jedes einzelne, schaute dann zufrieden und reichte ihm das Buch. Sobald Silas seine Finger um das Buch geschlossen und es in der Hand hatte, ertönte ein laut hörbares ‚Klick', als wäre ein Schloss mit einem dicken Schlüssel geöffnet worden. Alle drei sahen überrascht auf das Buch in seiner Hand. „Wie habt ihr...?" Der Händler verhaspelte sich. „Das hat es noch nie gemacht!" Erstaunt starrte Sigurd ihn an. Als Silas das Buch aufklappte, fielen dem alten Mann fast die Augen aus dem Kopf. „Wie habt ihr es aufbekommen?" „Ich habe keine Ahnung", grinste Silas ihn an. Dann sah er nach unten und begann die erste Zeile zu lesen.

Ping! Silas blinzelte. Seine Augen fühlten sich an als hätte er sie ewig nicht benutzt. Er sah verwirrt nach unten und blinzelte die Tränen weg, die sich in seinen Augen aufgestaut hatten. Leichte Kopfschmerzen machten sich in seinem Kopf breit. Das einzige was er noch von dem Buch sah, war ein Häufchen Staub auf seiner Hand und auf dem Boden. Sowohl Alina als auch Sigurd sahen ihn erschrocken an. „Silas, bist du okay?" Hörte er Alina sagen und er zuckte langsam mit den Schultern „Soweit. Was ist gerade passiert?" Alina antwortete nicht direkt. „Du hast fast eine Viertelstunde in das Buch gestarrt ohne mit der Wimper zu zucken. Dann ist das Buch zu Asche zerfallen... Wie damals! Hast du was gelernt?" Silas überlegte und schaute in sich hinein. Irgendetwas war anders. Er schloss die Augen und brauchte einen Moment. *Da!* Zu dem weißen Funken, der bereits in seinem Geist war, hatte sich ein weiterer Funke gesellt. Irgendwas sagte ihm, dass er es nicht in diesem Raum ausprobieren sollte. „Ich glaube schon." Silas lächelte. „Ich glaube ich schulde euch Dank, Sigurd. Ich weiß nicht genau was es ist, aber ich fühle, dass es sich lohnen wird." Der alte Mann brauchte eine Sekunde, um seine Fassung wiederzubekommen. „Ich dachte ihr wolltet mir mit eurer Beherrschung des Alt-Qurischen einen Bären aufbinden. Naja, nichts sagt, dass ich nicht auch Mal falsch liegen kann." Er lächelte. „Ich habe heute in dem verschneiten Kaff hier etwas Interessantes gesehen, danke. Damit hatte ich nicht gerechnet."

Der Alte erklärte ihnen dann noch, tatsächlich freundlicher als vorher, wie man ihre Rüstungen pflegen musste, dann führte er sie wieder aus dem Laden heraus. Er verabschiedete sich mit einer kleinen Verbeugung gegenüber der Fae und verkeilte mit Silas die Unterarme. Er versicherte ihm, dass er in seinem Laden immer willkommen wäre, falls er wieder nach Waldkreuz kommen würde.

Silas und Alina gingen, vollgepackt und ausgerüstet mit einer guten Stunde Verspätung zurück zum Gasthaus.

Sie wurden von der versammelten Mannschaft begrüßt. Die Kriegerin und ihr Mann, ihre Tochter Sina und die Waldläuferin warteten bereits.

„Ihr seht so aus als wärt ihr bereit für die Reise. Ihr seht aus wie ein Krieger." Sagte Lara grinsend und reichte Silas den Unterarm, den er schmunzelnd ergriff. „Vielleicht kommt ihr uns ja in der alten Hauptstadt besuchen", witzelte Silas, während Sina Alina umarmte und ihr danach einen großen Korb in die Hand drückte. Sina ließ Alina den Korb auf einen der Tische stellen, während sie dutzende, kleine Pakete herausholte und sie in Alinas Rucksack steckte, dann zu Silas kam und das gleiche tat.

Der freundliche Wirt, den sie bei ihrem Besuch im Dorf als erstes gesprochen hatten, ergriff ebenfalls Silas Unterarm. „Ich wünsche euch viel Glück. Euch beiden." Sagte der ernst. „Ihr könnt die Kleider behalten." Sagte die sonst so ruhige Sina. „Ich habe euch die besten für die Reise ausgesucht. Die anderen…" Silas unterbrach sie und lächelte sie an. „Stopf sie in eine Truhe irgendwo. Wenn wir wiederkommen würden wir uns über frische Kleider und Schuhe freuen." Die Tochter des Wirts sah ihn mit großen Augen an und er erkannte eine gewisse Freude in ihren Augen. Mit roten Wangen ging sie zu dem Korb und holte einige der Kleidungsstücke heraus und sortierte sie ebenfalls ordentlich in die Rucksäcke. Mit etwas Glück wird sie bis wir uns wiedersehen ihren Schwarm vergessen haben.

Silas spürte plötzlich einen Druck in der Brust, als hätte er etwas vergessen, oder eher verdrängt. Er sah sich kurz gequält um. „Sina, ich muss noch kurz mit deinen Eltern sprechen, könntest du uns entschuldigen?" Sie nickte zögernd, zog sich dann aber durch die Tür hinter der Theke zurück. Silas wartete bis sie verschwunden war und sah dann Lara ernst an. „Lara, ihr habt mir viel beigebracht. Ihr habt uns beide bei euch aufgenommen. Wir sind Freunde geworden." Beide sahen ihn überrascht an und dann wollte Lara protestieren, aber er hob kurz die Hand um sie zu unterbrechen. „Die Wahrheit ist die: Ich bin ein Reisender. Und damit meine ich nicht, dass ich von Ort zu Ort reise." Überrascht sahen beide ihn an. „Ihr wisst was das heißt. Etwas kommt. Ich weiß nicht was. Ich weiß nicht wann. Aber einer Sache bin ich mir sicher." Er atmete einmal durch. „Ich bin im Moment einer der wenigen die eure Welt besuchen. Aber bald, irgendwann im nächsten Jahr, werden die anderen Reisenden hier eintreffen." Lara sah ihn besorgt an. „Von wie vielen dieser ‚Reisenden' sprecht ihr?" Silas zögerte kurz, blickte ihr dann aber ernst in die Augen. „Hunderttausende. Wahrscheinlich mehr." Jetzt sah sie ihn definitiv schockiert an. Selbst Garan wirkte erschüttert. „Warum sagt ihr mir das?" Er sah sie eindringlich an. „Wie ich es sagte. Ihr seid jetzt beide meine Freunde. Es wird gute Menschen unter den Reisenden geben, aber auch die, die Egoistisch und zerstörerisch sein werden. Macht mit dieser Information was ihr wollt, aber ich empfehle euch stark eure Miliz zu vergrößern." Selbst Alina sah ihn jetzt etwas verstört an, obwohl sie all dies schon wusste. „Vielleicht solltet ihr euren König warnen. Ich weiß es nicht. Ich kann euch nur raten euch zu wappnen. Trefft das was ihr für nötig haltet an Vorkehrungen und verdoppelt sie." Lara ließ die Worte auf sich wirken. Dann schloss sie ihn in ihre ruppigen Arme und klopfte ihm ein paar Mal auf den Rücken. „Vielen Dank für deine Warnung. Ich weiß, dass du es mir hättet nicht sagen müssen." Sie lächelte grimmig, als sie ihn aus der Umarmung entließ. „Ich werde einige Dinge erledigen müssen. Ich kenne viele einflussreiche Leute, ich habe auch schon eine Idee…" Sie begann zu murmeln und Silas grinste. „Also. Wo machen wir es?" Fragte er seine beiden Begleiterinnen. Die Waldläuferin legte nur den Kopf schief und Alina deutete nach draußen. „Der Platz." Geschlossen gingen sie nach draußen und Garan lachte. „Das wird ein Schauspiel für die Dorfnarren!"

Zusammen betraten sie den Platz und zogen bereits einige der Blicke auf sich, auch Sina war jetzt wieder zu ihnen gestoßen. Sie verabschiedeten sich ein letztes Mal, mit Umarmungen und Worten, nur bei dem Mädchen wusste er nicht, wie er sich verhalten sollte, also legte er ihr nur vorsichtig den Arm auf die Schulter. Er spürte, dass das für sie ein wichtiger Moment war, sah seine Gefährtin kurz an und beugte sich schließlich zu ihr, um ihr leise etwas zu sagen. „Pass gut auf dich und deine Familie auf, Sina, okay?" Sie sah ihn mit traurigen Augen an und er konnte sich vorstellen, was sie fühlte. Wenn sie wirklich etwas für ihn empfand, würde sie es bereuen ihn gehen zu lassen haben, ohne ihm ihr Herz auszuschütten. *Diese Angst würde ich ihr gerne nehmen.* Er lächelte ihr zu. „Wir werden uns wiedersehen, bestimmt."

Sie schwieg, also trat er einen Schritt zurück, und richtete seinen Blick stattdessen zu Alina, die ihn fragend ansah. Als er leicht den Kopf schüttelte, verstand sie, dass es etwas gewesen war, was für Sinas Ohren bestimmt gewesen war. Sie fragte nicht nach, sondern nickte kurz. „Es ist so weit." Er tat es ihr als Antwort gleich. Alina öffnete die Ledertasche und zog ehrfürchtig den ‚Schlüssel' hervor. „Und? Kannst du ihn benutzen?" Fragte Silas, den jetzt eine seltsame Unruhe erfasst hatte. Alina nickte erneut. „Gib mir einen Moment." Sie schloss die Augen. Nach einigen Sekunden begann der Edelstein in ihrer Hand zu zittern. Die Waldläuferin sog scharf die Luft ein. Das Zittern wurde heftiger, dann begann der Stein sich zu drehen, erhob sich langsam von selbst in die Höhe und begann zu leuchten. „Es funktioniert!" Keuchte Silas ehrfürchtig, als das Leuchten immer intensiver wurde und der Stein sich immer schneller drehte. Er musste seinen Blick abwenden. Sinas Silhouette trat einen Schritt vor. „Viel Glück!" Sagte sie laut über den aufpeitschenden Wind hinweg.

Das Licht drang durch seine Augenlider und schloss ihn und die Gruppe komplett ein. Als er dachte, dass er es nicht mehr ertragen konnte ertönte ein lauter, bellender Knall.

Als der Staub sich legte blieben nur Garan, Sina, die lächelnde Lara und dutzende ungläubig schauende Dorfbewohner auf dem Platz zurück.

Tag 36-2

Silas *fühlte* wie sich seine Innereien auf links drehten. Eine Sekunde später drehte sich sein Bauch wieder auf die richtige Seite. Übelkeit überkam ihn, als hätte er einen Tritt in die Weichteile bekommen. Er stöhnte und musste sich beherrschen nicht auf die Knie zu sinken. *Nie wieder Alkohol vor einer Teleportation,* schwor er sich im Stillen und unterdrückte seinen Würgereiz.

Das blendende Licht ließ nach und er konnte endlich wieder die Augen öffnen. Er zwang sich dazu die Lider hochzuziehen. Alina und Nariel standen neben ihm und kämpften anscheinend auch mit den Nachwirkungen der Teleportation. Sie standen auf einer großen, gesprungen weißen Steinfläche. Aus jeder Ritze des Bodens quollen Gräser hervor, die ihm bis zu den Knien gingen. Silas sah sich um. Überall um sie herum standen weiße Ruinen aus Stein zwischen hohen Bäumen. Die Dächer der Häuser, die einmal aus Holz gewesen sein mussten waren so gut wie überall eingestürzt, das Holz schon lange vom Zahn der Zeit zerstört. Baumkronen schoben sich teilweise durch die alten Gebäude und spendeten wohltuenden Schatten in der hellen Sonne.

Sie befanden sich definitiv in einer alten Ruinenstadt. Alina und Nariel sahen sich ebenfalls um. "Es hat geklappt!" Sagte Alina und lächelte auf den Edelstein in ihrer Hand, den sie jetzt fest umschloss. Nariel nickte und hatte bereits ihren Bogen in der Hand. "Seid ihr sicher, dass es die alte Hauptstadt ist?" Fragte ihn die Elfe leise. Silas legte den

Kopf schief. "Nur ein Weg es herauszufinden. Wir suchen den Kern." Seine Gefährtin nickte zustimmend. „Der Kern?" Fragte die Elfe sie. Silas nickte. „Wir suchen den Machtkern Agratars. Er wird sich vermutlich im Zentrum der Macht der Stadt befinden, vielleicht eine Burg oder ein Anwesen. Vielleicht ein Dungeon?" Die Elfe sah sich erneut kurz um. "Wartet hier", flüsterte sie und war schon fast an dem Baum der ihnen am nächsten Stand. Mit einer Leichtigkeit, die Silas neidisch staunen ließ schwang sich die Elfe einhändig an dem Baum hoch, als wäre es die leichteste Sache der Welt. Sie warteten eine halbe Minute, bis die Elfe wieder auf dem Boden vor ihnen aufkam. Sie zeigte nach links. "Die Zitadelle liegt im Norden." Sagte sie leise. "Führe uns hin, Nariel." Bat er sie freundlich. Die Elfe redete nicht viel, aber sie wusste anscheinend was sie tat. Vorsichtig begann sie die beiden durch die Bäume und Ruinen zu führen. Silas staunte über die Häuser, die alle aussahen als wären sie für die Ewigkeit gebaut worden. Trotz ihres Alters wirkten sie allesamt äußerst beeindruckend. Ein Archäologe hätte wahrscheinlich jeden Preis bezahlt um eine solche Stadt zu untersuchen.

Plötzlich blieb ihre Führerin stehen und sah sich eindringlich etwas an. Sie ging auf ein Knie herunter und sah sich irgendetwas genauer an. Einen Augenblick später drehte sie sich zu ihnen um und hatte einen besorgten Gesichtsausdruck aufgelegt. "Wir sind nicht alleine." Raunte sie leise und deutete auf einen abgeknickten Ast auf Brusthöhe und auf den Boden auf etwas, das Silas nicht sehen konnte. "Menschlich. Leichter als normal. Nicht intelligent. Bewaffnet." Sie ging weiter und bedeutete den beiden ihr zu folgen. Silas erinnerte sich nur zu gut an die Worte des Ehepaars aus Waldkreuz, schluckte und legte die Hand auf den Schwertknauf.

Die Stadt war größer als Silas sich vorgestellt hatte. Sie gingen stundenlang durch die überwachsenen Straßen, an Trümmern und Natur vorbei, die sich die Stadt zurückerobert hatte. *Was ist hier nur passiert?* Fragte er sich still. Immer wieder kletterte Nariel an Bäumen hoch und korrigierte ihren Kurs.

Die Stunden vergingen und irgendwann meldete sich die Waldläuferin leise zu Wort. „Hört ihr das?" Silas lauschte und auch Alina legte die Ohren an. Nichts. „Nein." Musste er zugeben. Die Waldläuferin nickte. „Stimmt. Keine Vögel. Keine Insekten. Nichts. Nur der Wind." Silas stockte. Sie hatte Recht. Sie hatten seit sie angekommen waren kein einziges Geräusch außer dem Wind und ihren Fußstapfen gehört. „Dieser Ort gefällt mir nicht. Meister Garan hatte Recht, er ist verflucht." Silas blieb stumm. Er wusste eh, dass dieser Ort nicht richtig war. Er hatte es gefühlt als sie ankamen und das Gefühl war bis jetzt nicht verschwunden. Irgendetwas stimmte nicht mit der Hauptstadt Qurians.

Laut Nariel hatten sie ungefähr drei Viertel des Weges geschafft als die Sonne langsam hinter dem Horizont verschwand. „Wir sollten uns ein Lager für die Nacht suchen", flüsterte die Elfe, woraufhin Silas und Alina ihr zustimmten. Sie verbrachten die nächste halbe Stunde damit ein Lager zu suchen und am Ende entschieden sie sich für eine der weißen Steinruinen, die an drei Seiten windgeschützt war. Eine größere Ruine zwischen vielen kleinen, vielleicht hatte hier vor Jahren, Jahrzehnten oder noch länger ein Händler seine Waren dargeboten, vielleicht hatten auch Gäste in diesem Haus übernachtet, bevor sie weiterzogen.

Er verdrängte die Gedanken und konzentrierte sich wieder auf das hier und jetzt. Silas sah, dass die Waldläuferin darauf geachtet hatte, dass das dachlose Haus in dem sie lagern würden mindestens drei Eingänge hatte. Er sah auch umgestürzte weiße Steinquader, die eine Art Treppe in ein Obergeschoss bildeten, dass nur noch in Teilen vorhanden war. Silas und Alina sammelten totes Holz, während Nariel die Gegend auskundschaftete.

Er entzündete das Feuer gerade, als ihre neue Kameradin wieder zurückkam. Kurze Zeit später saßen sie zusammen auf dem Boden und aßen aus ihren Vorratspaketen, die Sina ihnen geschnürt hatte.

Die Stille zerrte an Silas Nerven, also brach er das Schweigen zwischen ihnen. „Also Nariel", begann er im Ton des Windes und die Waldläuferin sah ihn an. „Wie hat es euch nach Waldkreuz verschlagen?"

Die Elfe verzog keine Miene und schluckte das Stück Apfel herunter, an dem sie gerade gegessen hatte. „Ich habe mein Land verlassen als ich noch sehr jung war. Ich reiste auf den Straßen, bis ich irgendwann zum Wald von Hadria kam." Sagte sie, als würde das irgendetwas erklären. Frustriert rollte Silas mit den Augen. „Aber warum seid ihr geblieben? Warum seid ihr eine Waldläuferin geworden?" Sie sah ihn eindringlich an. „Ihr habt mein Leben gerettet, das bedeutet nicht, dass wir Freunde sind oder ich euch alles erzählen muss." Sagte die Elfe und in Silas Ohren klang das leicht arrogant. Er starrte die Waldläuferin nur an, die keine Anstalten machte sich zu entschuldigen. Schließlich stand sie auf. „Ich übernehme die erste Wache." Damit drehte sie sich um und flog förmlich die zerbrochenen Steine hinauf und verschwand im Dunkeln.

Alina legte ihm die Hand auf den Arm. „Sei nicht böse auf sie, Silas." Er schnaubte. „Wir sind doch jetzt Kameraden. Da kann ich doch zumindest etwas über sie erfahren. Ich kenne ja nicht viel mehr als ihren Namen." Seine Gefährtin lehnte sich sanft an seine Schulter. „Elfen sind ein stolzes Volk, Silas. Alleine, dass sie dir, einem Menschen, ihr Leben zu verdanken hat ist eine große Schande für sie." Er seufzte und legte seinen Kopf an ihren. „Ich weiß ja, irgendwie. Aber du musst wissen... in meiner Welt gibt es viele Geschichten über Elfen. Sie sind so gut wie immer beschrieben als wären sie wunderschön, ehrenhaft und mystisch. Ich habe nur nicht damit gerechnet, dass ich mich nicht sofort mit ihr anfreunden kann." Das Feuer knackte und Funken flogen stoben in die Luft. „Wir kennen ihre Umstände nicht. Ich muss gestehen, dass sie nicht die erste Elfe ist die ich treffe, aber sie wirkt noch viel verschlossener und stolzer als die, die ich getroffen habe." Silas dachte über die Worte seiner Gefährtin nach und seufzte dann tief. „Du hast ja Recht,

Alina. Ich kenne ihre Umstände nicht. Sie ist stolz und eine Kriegerin. Ich hoffe nur, dass sie irgendwann mir so vertraut, wie wir uns vertrauen." Alina kicherte. „Du weißt, dass es irgendwie seltsam ist wie wir miteinander umgehen?" Er sah nach unten und sie sah nach oben in seine Augen. Ungewollt musste er leise kichern. „Ich fühle mich als würden wir uns schon viel länger kennen als ein paar Wochen." Er spürte an seiner Seite, dass die Fae auch stumm lachte. „Es kommt mir auch so vor. Ich fühle mich als wäre es gestern gewesen, dass wir das Sidhe verlassen haben." Er lächelte. „Wir machen so viel zusammen, aber manchmal fühle ich mich als würde ich noch nichts über dich wissen." Sie drückte ihn leicht mit ihrer Schulter zur Seite. „Ich bin eine Fae. Ich mag es Kräuter zu sammeln, Verletzten zu helfen oder Geschichten zu hören." Er lachte erneut auf. „Erzähl mir etwas, dass ich nicht weiß." „Hmmm." Dachte seine Gefährtin laut nach. „Ich mag es Körbe zu flechten und zu kochen. Ich mag Blumen und die Abendsonne. Ich mag es, wenn törichte Menschen in unseren Sidhe trampeln, unsere Prinzessin überfallen und eine Fae entführen." Er stockte und sah sie gespielt schockiert an. „Das kommt öfter vor, ja?" Sie kicherte jetzt wieder. „Dann ich. Ich bin Silas, ich mag Abenteuer und Übernachtungen am Lagerfeuer. Ich erzähle gerne Geschichten. Und natürlich entführe ich gerne unschuldige Frauen." Sie kicherte jetzt ihrerseits. Selbst als Silas sich herunterbeugte und ihr einen kurzen Kuss auf die Lippen gab, konnte sie sich nicht ganz beherrschen. „Du bist wirklich unmöglich." Gespielt empört drehte sie sich zur Seite.

Sie bereiteten ihr Lager vor und alberten weiter herum. Nariel saß nicht weit entfernt, über ihnen im Halbschatten des zerbrochenen Dachs. Sie zog ein wehleidiges Gesicht als die beiden sich küssten und sobald ihre Gefährten sich hingelegt hatten, verschwand sie wieder in den Schatten.

Tag 37

„Silas, Alina! Wacht auf!" Jemand schüttelte ihn an der Schulter. „Was...?" Setzte er an, aber verstummte sofort, als ihm jemand eine Hand auf den Mund drückte. Seine Gefährtin richtete sich auf die Ellenbogen auf und sah verschlafen auf die Elfe. Sie blinzelte ein paar Mal und setzte einen ernsten Gesichtsausdruck auf. „Wir kriegen Gesellschaft", flüsterte die Waldläuferin und nahm die Hand von Silas Mund. „Untote. Eine ganze Horde." Sie wirkte gehetzt wie er jetzt merkte. Er riss die Augen auf. Das Feuer war bereits heruntergebrannt und nur die Monde erhellten die Szenerie. „Nehmt eure Sachen. Wir gehen." Sofort standen beide auf, packten eilig ihre Bettrollen zusammen und schulterten ihre Rucksäcke. „Los jetzt!" Zischte die Elfe beschwörend und rannte auf leisen Sohlen zu dem Ausgang rechts von ihnen. Sie blickte auf die Straße und winkte ihnen zu. Während sie sie führte, begannen sie langsam die Geräusche zu hören. Schwere Stiefel, die in fast mechanischem Gleichschritt auf den Boden aufkamen, metallisches Klirren. Waffen und Rüstungen die längst hätten zu Staub zerfallen müssen.

Die Angst, die Furcht vor den Untoten, saß Silas tief in den Knochen. Die Schilderungen der Elfe und die mahnenden Worte des Wirts trugen nicht gerade dazu bei, dass er sich beruhigte. Die absolute Stille und die Dunkelheit der Nacht taten ihr Übriges. Alleine der Fakt, dass er mit Alina unterwegs war, ließ ihn nicht vollends in Panik verfallen. Das Adrenalin, das jetzt durch unterdrückten

Terror durch seine Adern strömte führte jedoch dazu, dass er sich leicht fühlte, fast high, denn jeder Schritt fiel ihm leicht. Er fühlte sich schneller als je zuvor. Das letzte und einzige Mal, dass er etwas Vergleichbares gefühlt hatte, war im Refugium Agratars gewesen, als die Stufen hinter ihnen zusammengebrochen, oder die Konstrukte aus den Wänden getreten waren. Das hier war jedoch ungleich schlimmer. Eine Mischung aus beidem. Silas schluckte und legte noch etwas an Tempo zu.

Sie eilten ungefähr zwanzig Minuten lang durch Seitengassen und Nebenstraßen, zerfallene Gebäude, über und durch Unterholz, das sich überall breitgemacht hatte.

Immer wieder nutzte Nariel ihren Schwung auf der erhöhten Position um Aussichtspunkte zu erreichen und schnell ihren Kurs zu wechseln, um den Monstern zu entgehen.

Jetzt landete sie erneut neben den Gefährten auf dem Boden. „Sie kommen immer näher. Sie müssen irgendwie wissen, dass wir hier sind. Wo wir sind." Sagte die Elfe leise und gehetzt. „Los", zischte sie durch ihre zusammengekniffenen Zähne. Sie schob sich ohne eine Antwort abzuwarten an ihnen vorbei.

Zwei Häuser weiter drückte sie sich durch einen Spalt zwischen einem Baum und Haus. Sie waren ungefähr den halben Weg durch die schmale, von Ruinen gesäumte Gasse gekommen, als die ersten Wesen vor ihnen am Ende der Straße auftauchten. Ohne es zu wissen waren sie in eine natürliche Falle getappt.

Silas Herz rutschte ihm in die Hose und auch seine Gefährtin trat unbewusst zwei Schritte zurück. Die Untoten waren nicht so, wie er es aus Spielen oder Filmen kannte. Sie waren weder langsam, noch unbeholfen. Sie bewegten sich mühelos über den Boden. Jedes Auftreten verursachte ein Klirren ihrer dicken Kettenhemden oder der Waffen die sie an den Hüften trugen. Ihre unnatürliche, fast mechanische Art sich fortzubewegen, fast mechanisch, wirkte fast unaufhaltsam. Die Angst wurde immer stärker, drohte ihn langsam zu übermannen, während sie zu zurückwichen.

Die knöchernen Skelette rückten vor, während in ihren Augen ein unnatürliches Violett leuchtete, das aussah als würde es in ihren Schädeln brennen. Die Wesen sprachen kein Wort miteinander, während sie ohne Emotionen zu zeigen immer weiter vorrückten.

Sie hatten sie zwar noch nicht entdeckt, aber es war nur eine Frage von Sekunden. Nariel ergriff die Initiative. Blitzschnell zog einen Pfeil aus ihrem Köcher. Als sie ihn auf die Bogensehne legte und zielte, erschien kurz ein bläulicher Schimmer von Magie. Silas fluchte leise, denn zwei Dutzend knöcherne Schädel drehten sich nach oben rechts, in Richtung Nariel.

Wie so oft in einem Kampf schien alles gleichzeitig zu passieren. Ein tiefes, bedrohliches Fauchen ertönte von den schwer gerüsteten Untoten, als die violetten Flammen in ihren Köpfen heller zu lodern begannen. Silas zog sofort sein Schwert, Alina griff ihren Stab mit beiden Händen und ließ grüne Runen um ihre Arme erscheinen, die die Nacht um sie herum erhellten. Die Skelettkrieger der vordersten Reihe spurteten los und die Waldläuferin schoss. Eine halbe Sekunde später explodierte einer der Köpfe der hinteren Skelette in einem Schauer aus Splittern, Kettenringen und zerborstenem Metall.

Die Waldläuferin ließ bereits einen weiteren Pfeil durch die Dunkelheit fliegen. „Beeilt euch!" Sagte sie in ihrer leisen Stimme befehlsartig und schon hatte sich Silas vor Alina geschoben. In der nächsten Sekunde waren die Skelette bei ihm und er verstand warum Untote auch im Kampf zu Recht gefürchtet wurden.

Gnadenlos und ohne Zögern prasselten die Schläge auf ihn und er brauchte all seine Schwertkunst um mitzuhalten. Wenn er einen Schlag blockte traf ihn schon fast der nächste und das einzige was ihn rettete war, dass die Gasse nicht breit genug für vier der Krieger nebeneinander war.

Die Schläge waren hart. Nicht raffiniert, sondern brutal und schnell. Ohne Raffinesse. Die Rüstungen damals waren schneller in einzelnen Bewegungen gewesen, aber dieser unaufhaltsame Hagel an Schlägen der jetzt auf ihn einhagelte, war nicht damit vergleichbar. Er schluckte, als ihm bewusst wurde, dass er ohne Laras Training vermutlich schon nach wenigen Sekunden gefallen wäre.

Er wurde zurückgedrängt und ohne die neue Rüstung Sigurds wäre er schon längst zu Boden gegangen. So prallten die Schläge die er nicht blocken konnte mehr oder weniger harmlos an seiner Rüstung ab, auch wenn sie tiefe Schnitte und Furchen auf Metall und Leder hinterließen. Es war pures Glück, dass sie keine der Schwachstellen fanden, an denen die Rüstung leicht oder nicht vorhanden war und Silas wurde bewusst, dass ein menschlicher Gegner mit Verstand ihn bereits hätte verletzen können.

Es kam ihm vor wie eine kleine Ewigkeit, während er Schritt um Schritt zurückwich, aber es konnten nicht mehr als ein paar Sekunden vergangen sein. Das grüne Licht hinter ihm pulsierte hell und Dornen schossen aus dem Boden und begannen die beiden Skelette vor ihm einzuwickeln.

Der Kopf des linken Skelettes explodierte erneut in einem Schauer aus Knochensplittern und Rüstungsteilen, als der Magisch-verstärkte Pfeil Nariels ihn traf und etwas Druck von seiner Flanke nahm. Silas schwitzte bereits vor Anstrengung als er endlich seine Chance sah. Er aktivierte seine neue Fähigkeit, *Strömung I*. Das rechte Skelett griff ihn an, aber war einfach zu langsam für seine gesteigerten körperlichen Fähigkeiten.

Silas führte einen beidhändig geführten Schlag aus: Er packte mit seinem Handschuh an die Klinge und machte einen Ausfallschritt nach vorne, um mit aller Kraft die er aufbringen konnte die Waffe in seinen knöchernen Gegner zu hämmern. Sein Schwert landete zwischen Helm und Rüstung und Silas spürte, wie seine Waffe zwischen den Halswirbeln eindrang und die Bewegung erstarb, als er mit Gewalt das Schwert tiefer hineinschob. Er zog das Schwert heraus indem er dem jetzt endgültig toten Gegner vor ihm einen Tritt versetzte, der ein weiteres Monster mit zu Boden riss, nur damit sich zwei der Skelette der Patrouille durch die noch immer wachsende Dornenwand vor ihnen schieben konnten.

Er vernichtete eins der beiden Skelette die sich durch die grüne Wand gedrückt hatten indem er das Skelett mit einem Schlag von der Hälfte seines Schädels befreite.

Im nächsten Moment war Nariel bereits neben ihm, die trotz der kurzen Distanz nicht aufhörte Pfeile auf ihren Bogen zu spannen. „Wir müssen sie zurückdrängen." Zischte sie eindringlich, was Silas erst bewusst machte, dass er außer dem Waffenklirren fast nichts gehört hatte in den letzten Sekunden. Er schlug dem Skelett vor ihm mit der gepanzerten Faust ins Gesicht, das durch die Wucht des Aufpralls zurück in die Dornenwand hinter ihm fiel.

Er wollte gerade nachsetzen, als ein Violetter Ball aus Licht und Energie durch die Überreste der Ranken geflogen kam. Silas konnte nur verdutzt nach vorne starren, als ihn die faustgroße Kugel mitten in die Brust traf. Sofort schrie er vor Schmerzen auf, als tausende kleiner Nadeln in seinen Nervenenden explodierten, als hätte jemand Säure über ihn gekippt.

Er ließ fast sein Schwert fallen und schaffte es nur durch unnatürliche Willenskraft und dem Wissen, dass ihm der sichere Tod ohne Waffe drohte, es in der Hand zu behalten.

Er spürte jedoch, wie etwas mit ihm geschah. Seine Luft blieb plötzlich weg, seine Haut pulsierte und sein Herz machte einen Satz. Er spürte sogar die Wurzeln seiner Zähne in seinem Kiefer, die bis in sein Hirn pochten. Sein ganzer Körper verkrampfte sich. Er wäre zu Boden gefallen, wenn ihn nicht etwas unter seinen Arm gegriffen und nach oben gezogen hätte, was ihn erneut zum Schreien brachte.

Eine Flüssigkeit floss seine Kehle herunter und sofort als er reflexartig schluckte, ließen die Schmerzen nach. Seine Aufmerksamkeit verlagerte sich von innen nach außen, als wieder etwas an sein Ohr drang, eine Stimme die er nicht verstand. Er konnte wieder seine Augen öffnen, auch wenn er einen roten Schleier vor seinen Augen hatte.

Irgendwer zog ihn gerade durch einen der Hauseingänge, bis er es im nächsten Moment wieder selbst schaffte einen Fuß vor den anderen zu setzen. „Silas", hörte er eine Stimme. „Los, wir müssen weg!" Er blinzelte. Alina stand vor ihm. „Was?" brachte er keuchend hervor und sie trieb ihn erneut zur Eile an. „Komm auf die Füße. Schnell!" Sie ergriff fest seinen Arm und zog ihn grob hinter sich her. Er stolperte gleich mehrfach. Alle paar Meter blieb sie stehen und die grünen Runen erschienen um ihre Arme. „Was ist passiert?" Krächzte Silas noch während sie dabei war ihn nach vorne zu ziehen. „Sie benutzen verderbte Magie." Sagte sie hastig ohne weiter drauf einzugehen oder ihm mehr zu erklären, noch während sie wieder losliefen. Sein Blick klarte immer wieder auf und jetzt wurde ihm klar was sie tat: Sie beschwor Dornenwände um ihre Verfolger aufzuhalten. „Wo ist Nariel?" Fragte er und begann jetzt ohne ihre Hilfe zu laufen. „Ich bin hier!" Ertönte es von über ihnen und Silas blickte nach oben. Im Schein der Monde sah er die Elfe jetzt auf den schmalen Steinen der Ruinen über ihnen balancieren. „Wir können sie nicht bekämpfen, es sind zu viele. Wir müssen fliehen." Sie blieb stehen und feuerte rasch hintereinander zwei Pfeile ins Dunkel hinter ihnen, die einen blauen Schweif in der Luft hinterließen.

Silas stimmte ihr spätestens in dem Moment zu, als sie durch eine weitere Gasse brachen und er zu ihrer rechten Seite auf die Straße blicken konnte. Ein Blick auf die Dutzenden, vielleicht hunderten von skelettierten Körpern genügte um ihn neu zu motivieren. Im nächsten Augenblick versperrte schon eine einfache Dornenwand sein Blickfeld. Damit begann ihr Spießrutenlauf durch die alte Hauptstadt erst richtig.

Sie rannten so schnell sie konnten durch die weißen Trümmerfelder, die nur vom Mondlicht erhellt wurden. Das leise Zischen, dass die Skelette von sich gaben sobald sie sie entdeckten, echote tausendfach von den zerstörten

Steinwänden um sie herum. Immer wieder prallten neben, über und hinter ihnen schwere, schwarze Pfeile gegen die Wände. Immer wieder explodierten auch Bälle aus schwarzem oder violettem Licht um sie herum und zischten bedrohlich, einmal war Silas sich sicher, dass ein ganzes Stück Wand kurz neben seinem Kopf einfach verschwand, als eine schwarze Kugel sie traf.

Der einzige Grund warum sie nicht schon lange von den Untoten eingekreist und getötet worden waren, lag in der Elfe die sie wie eine Befehlshaberin durch die Ruinen dirigierte. Immer wieder schlugen sie Bögen und Haken, rannten durch eingestürzte Häuser, sprangen durch zerfallene Fenster und über umgekippte Bäume.

Als eine halbe Stunde vergangen war, in der sie in vollem Tempo gerannt waren, begannen sie langsamer zu werden. Minimal, aber merklich. Silas Muskeln brannten, der Schweiß stand ihm trotz der kühlen Nachtluft auf der Stirn und tropfte zu Boden. Sein Hals schmerzte vom Luft holen, und seiner Gefährtin ging es nicht anders.

Irgendwann gab Alina es komplett auf, Dornenwände hochzuziehen. Sie hatten einfach keine Zeit mehr stehen zu bleiben, geschweige denn sich auch nur umzudrehen. „Ich habe keine Pfeile mehr." Ertönte kurz danach die Stimme von Nariel über ihnen, und Silas merkte, dass sie anders irgendwie klang als vorher. Getrieben, erschöpft, aber irgendwas Anderes war noch in ihrer Stimme zu hören. Er schüttelte den Kopf um den Gedanken zu vertreiben und zog an den Riemen seines Brustpanzers, denn inzwischen spürte Silas auch das unangenehme Gewicht der scheuernden Rüstung, die immer schwerer auf seinen Schultern lastete. „Wie weit noch?" Fragte er zwischen schweren Atemstößen ohne anzuhalten.

Nariel antwortete und wieder hörte er die Schwere in ihrer Stimme „Eine halbe Meile, vielleicht etwas weniger." Silas legte den Kopf in den Nacken und suchte die Elfe auf den Steinsimsen über ihnen. Er brauchte nur wenige Sekunden bis er sie erspähte. „Alina, wie lange brauchst du für deine

Beschwörung?" Die Fae atmete auch schwer und sprang über einen umgestürzten Steinklotz vor ihnen. „Zehn Sekunden. Vielleicht etwas mehr oder weniger." Er nickte. „Nariel such einen Ort an dem wir uns kurz verteidigen können. Wir... brauchen... Zeit." Er musste verschnaufen. Es ging nicht anders. Ein kurzer Kampf, nur um etwas Atem holen zu können war das, was sie vielleicht brauchten um ihr Ziel zu erreichen. Er konnte nur hoffen, dass es an ihrem Ziel irgendeine Möglichkeit gab, die Armee der Untoten auszusperren oder abzuhängen. Alleine das Sprechen war schon schwer, was ihn noch zusätzlich belastete war seine Ausdauerleiste, die gefährlich niedrig war, und das zum ersten Mal seit er in Aeternia angekommen war. *Was passiert, wenn sie null erreicht? Verliere ich das Bewusstsein?* Er schluckte, als er weder eine Antwort vom System, noch von Nariel erhielt. Er sah zu der Elfe, die keine Zeit verschwendete ihm zu antworten, sondern stattdessen nur in den Schatten vor ihnen verschwand.

Kaum zwei Minuten später wären sie fast an Nariel vorbeigerannt, die schwer atmend hinter zwei Bäumen die zwischen zwei Häusern eingeklemmt waren stand. „Hierher!" Kam ihre leise Stimme und sie verschwand durch den schmalen Schlitz, den sie sonst sicher übersehen hätten. Alina drückte sich als erstes durch die Lücke, Silas folgte ihr auf dem Fuße. Ein Pfeil landete neben seinem Kopf im Holz und Holzsplitter regneten auf ihn herab. Eine Erinnerung daran, dass er unbedingt einen Helm brauchte, auch wenn er bezweifelte, dass der den Pfeil auch nur irgendwie hätte abhalten können.

Mit einem kurzen, tiefen Einatmen war er durch den Spalt und im nächsten Moment fand er sich auch schon auf dem kleinen Hinterhof wieder, den Nariel ausgekundschaftet hatte. Seine Gefährten atmeten schwer und standen an die Wand gelehnt links von ihm, außerhalb der direkten Sichtweite der Verfolger. Auch er legte schwer die Arme in die Seite. Kaum hatte er drei Atemzüge getan war auch schon das erste Skelett bei den Bäumen und versuchte sich durchzudrängen. Trotz ihrer sichtbaren Erschöpfung trat Nariel vor und hob den Bogen. Sie zielte und ein blauer Nebel formte sich in einem Sekundenbruchteil in ihrer Hand. Der helle Dunst nahm immer mehr Gestalt an und in weniger als einer Sekunde formte sich ein blauer, solider Pfeil, den sie sofort auf die Sehne legte. Sie zielte und ließ los. Das Geschoss versenkte sich mit tödlicher Präzision im Kopf des Kriegers der fast durch die Öffnung war, und explodierte mit einem ohrenbetäubenden Knall.

Der Atem der Elfe ging immer schwerer, trotzdem legte sie erneut grazil einen ihrer magischen Pfeile aus der Luft heraus auf, mit einer Handbewegung die er nur als anmutig bezeichnen konnte, noch bevor der erste sein Ziel erreicht hatte. Jetzt erschienen auch wieder die Runen um Alinas Arme. Er selbst musste erst einmal wieder zu Kräften kommen. Wenn er ehrlich war, war er vermutlich in der körperlich schlechtesten Verfassung von ihnen dreien.

Nariel schoss drei weitere der blauen, magischen Pfeile ab, dann ging sie in die Knie und Silas verstand endlich was mit ihr los war, als er auf die rot leuchtende HP-Leiste in seinem Blickfeld sah, über der ihr Name stand.

Ein prüfender Blick bestätigte ihm, was er vermutet hatte. Ein schwarzer Pfeil steckte in ihrer rechten Schulter und ein weiterer hatte sich tief in ihren rechten Oberarm gebohrt. *Wie zum Teufel hat sie in dem Zustand noch ihren Arm bewegen können?* Sofort ging er zu ihr. Als er näher kam sah er, dass sich schwarze, tiefe Ringe unter ihren Augen gebildet hatten. Sie schwitzte offenbar schwer und die Übelkeit stand ihr ins Gesicht geschrieben. *Keine normale Erschöpfung. Gift?* War sein erster Gedanke. Die Skelette waren durch die Pfeilhagel zurückgedrängt worden und ihre toten Kameraden, die sich zwischen den Bäumen verkeilt hatten, versperrten ihnen zumindest fürs erste den Weg.

Er sah sich den Pfeil genauer an der in ihrer Schulter steckte. Ein bedrohlich aussehender, schwarzer Schaft mit ebenso schwarzer Befiederung steckte bestimmt eine Handbreit tief in ihrer Schulter. „Nariel...", begann er unter schwerem Atem, woraufhin sie fast wütend mit dem Kopf schüttelte. „Es ist nichts." Sagte sie knapp und Silas sah sie jetzt böse an, als ein Ruckeln durch die Erde ging. *Alinas Beschwörung*. „Halt still." Befahl er in einem Ton, der keinen Widerspruch duldete und griff schon an den Pfeil. Die Berührung reichte aus, dass Nariel sich unter seinem Griff wandte. Er zog. Sie schrie. Einen Moment später hatte er den ekelhaften Pfeil in der Hand und sah, dass er mit fiesen, kleinen Widerhaken ausgestattet war. Was das Blut erklärte, dass jetzt förmlich aus der Wunde und ihm ins Gesicht spritzte und in einem Strom über ihren Rücken lief. Er presste seine Hand auf die Wunde und reichte ihr einen seiner Heiltränke. „Trink", sagte er, aber sie sah ihn trotzig an. Er knirschte mit den Zähnen. *Was ist nur mit dieser Elfe los? Wenn sie den verdammten Heiltrank nicht trinkt...* Er wollte ihr den Trank gerade schon gewaltsam einflößen, als ihm etwas einfiel. *Ihre Lebensschuld.* „Ich befehle es dir. Trink. Jetzt." Sie zögerte kurz, aber nahm den Trank widerwillig aus seiner Hand und leerte ihn in einem Zug. Er ergriff den nächsten Pfeil und jetzt sah sie ihn eindeutig ängstlich an. *Sie hat also noch andere Gefühle als Abscheu und Wut.* Ein schwaches, lächeln formte sich in seinem Gesicht, das ihr seine Sorge und die Dringlichkeit der Situation mitteilen sollte. „Vertrau mir." Sagte er leise, und bevor sie antworten konnte hatte er den Pfeil auch schon in der Hand.

Ihre Augen rollten fast zurück in ihren Kopf, als er seine Hand auf die Wunde presste und sie mit der Schwerthand am Umfallen hinderte. Er reichte ihr erneut einen Trank den sie ohne zu murren herunterschluckte, dann noch eine Phiole des Wassers vom Teich der Wahrheit. Sie sah ihn fragend an. Er schüttelte mit dem Kopf. „Keine Zeit. Trink einfach." Sie setzte an und ihre Augen weiteten sich. Sofort wirkte der Teint in ihrem Gesicht gesünder.

„Gut so. Tut mir leid wegen der Schmerzen." Er lächelte sie erneut an und sah sich um. Der Erdgeist den Alina beschworen hatte stand unweit neben ihnen. Er war ungleich größer als der, den sie auf dem Hof bei den Grotlingen beschworen hatte und überragte ihn locker um zwei Köpfe. Er pfiff durch die Zähne. „Nicht schlecht." Die Fae grinste. „Starke Geister hier. Das Land hatte Zeit sich zu erholen." Er nickte der Fae zu und hielt der Elfe die Hand hin, die sie erst zögerlich ergriff, sich dann aber an ihr hochzog. Sie wollte schon loslassen, aber er griff sie fester. „Wir sind jetzt Verbündete. Das heißt, wenn du verletzt bist, will ich, dass du das sagst, verstanden?" Sie sah ihm in die Augen, aber er hielt dem Blick stand, ohne sich abzuwenden.

Schließlich war sie es, die den Blick auf den Boden senkte. „Verstanden." Sagte sie kleinlaut, wie ein Kind das man beim Naschen erwischt hatte.

Silas ließ ihren Arm los und blickte zu den Bäumen, in denen sich die losen Knochen und Rüstungen jetzt verkeilt hatten. „Wir hatten Glück. Was jetzt, Nariel?" Sie deutete nach links. „Dort ist ein Gang, etwas versteckt. Er selbst ist sicher, aber dahinter..." Sie schwieg und er wusste was das heißt. Mehr Untote. Er seufzte. „Wie viele?" Die Elfe sah ihn schmerzlich an. „Vielleicht fünfzig. Vielleicht mehr. Eine Art Marktplatz, oder Versammlungsort." Silas lächeln erstarb. Selbst mit dem neuen Erdgeist wäre es fast unmöglich durchzubrechen.

Schnell ging er seine Möglichkeiten durch. Er sah auf seine Benachrichtigungen und suchte die eine, die er schon lange anschauen wollte. Er vergrößerte die Nachricht und wischte die anderen blinkenden Fenster weg. Vielleicht lag in seinem neuen Zauber die Antwort die er suchte.

[Sehet und staunt! Ihr habt einen neuen Zauber gelernt: Gespaltener Pfad. Schule: Unbekannt, Dauer: 6 Sekunden, Manakosten: Variabel (200+), Rang: Adept.

Beschreibung: Zeigt die Pfade die der Zaubernde gehen kann. Wählt mindestens zwei. Basierend auf Intention, Intuition und Willenskraft des Zaubernden. Achtung! Das

Wirken dieser Magie kann unvorhersehbare Konsequenzen haben.]

Silas zog eine Augenbraue hoch und seine Gefährtin sah ihn fragend an. Er schob die Beschreibung mit einem Wisch seiner Hand zu ihr. „So einen Zauber habe ich noch nie gesehen." Stellte sie fest. „Schule: Unbekannt? Wie... 200 Mana oder mehr?" Er nickte abschätzend. „Ich kann ihn noch nicht mal wirken. Ich habe nicht genug Mana." *Nicht die Antwort, nach der ich gesucht habe.* Stellte er enttäuscht fest. Sie schüttelte ungläubig den Kopf „Und die Beschreibung... sie macht keinen Sinn. Sie ist zu vage. Und diese Warnung gefällt mir überhaupt nicht. So etwas habe ich noch nie gesehen." Er zuckte mit den Schultern und ließ den Schirm verschwinden. „Setzen wir uns in das Nest, wenn es gemacht ist." Er korrigierte sich, als er den verständnislosen Blick Alinas sah. „Wir kümmern uns darum, wenn es soweit ist. Jetzt bringt er uns leider nichts."

Er setzte eine ernste Miene auf. „Okay. Ich werde vorrangehen und euch eine Schneise schlagen." Die Fae sah ihn entsetzt an. „Silas, du kannst nicht..." Er schüttelte den Kopf und unterbrach sie. „Ich kann. Wenn ich sterbe besteht die Chance, dass ich wiederkehre, ich bin ein Reisender, schon vergessen? Wenn ihr sterbt könnte ich mir das nicht verzeihen." Die Fae wollte protestieren „Aber..." Er schnitt ihr das Wort ab. „Kein Aber. Es gibt keine andere Möglichkeit. Wenn ich sterbe schlagt euch zum Kern durch oder verschanzt euch irgendwo. Ich stoße schnellstmöglich zu euch." Jetzt wirkte die Fae wirklich wütend, aber er schüttelte den Kopf. „Nein, Alina. Los." Sagte er und ohne abzuwarten ging er auf den versteckten Gang zu. Schon im Laufen zog er erneut sein Schwert.

Klasse. Jetzt kannte er einen Zauber und konnte ihn nicht einmal wirken. *Ironie des Schicksals. Und überhaupt: Was sind das bitte für abstruse Manakosten? Warum hatte es nicht sowas wie ein riesiger Feuerball sein können?* Er seufzte und seine Gefährtinnen schlossen zu ihm auf.

Auf leisen Sohlen schlich er um die Ecke und sah die Biester vor denen Nariel ihn gewarnt hatte schon regungslos auf sie warten. Der Platz vor ihnen war mit Skelettkriegern bis zum Bersten gefüllt. *Das sind niemals nur fünfzig. Eher Hundert, wenn nicht mehr.* Sie standen Schulter an Schulter mit ihren Köpfen in die entgegengesetzte Richtung gedreht, als würden sie auf einen unausgesprochenen Befehl warten. Silas schob sich wieder hinter die kleine Windung der Gasse und atmete tief durch während er sich an mit dem Rücken an die Wand presste. Er sammelte Mut, und pumpte sich innerlich auf. Gerade als er mit den Beinen wippte und nach vorne schnellen wollte legte die Elfe ihm die Hand auf den Arm. Er sah sie fragend an. „Vielleicht... kann ich doch etwas tun." Sagte sie leise. Er legte den Kopf schief und die Waldläuferin legte zur Antwort ein leichtes lächeln auf. Mit großen Schritten trat vor und in die Gasse hinein.

Sie hob die Arme und hielt sie ausgestreckt nach vorne, in Richtung der Rücken der Armee vor ihnen. „Wenn ich sage lauft, dann lauft!" In der nächsten Sekunde erschienen dutzende, durchsichtige Runen über ihren Armen und in Ringen um sie herum. Der Wind begann sofort anzuziehen. Die Runen wirkten wie flüchtiger Nebel und verschwanden, bevor sich sofort neue an ihrer Stelle bildeten. Helle, fast durchsichtige, Zirkel bildeten sich jetzt unter ihr und breiteten sich immer weiter unter ihnen aus, bildeten neue Linien und Kreise. Alina sog scharf die Luft ein. „Magisterrang! Silas, pass auf!" Der Wind zog an. Immer schneller tobte der aufkommende Sturm um sie herum.

Er sauste jetzt durch die Gasse und verursachte ein leises Heulen, dass Sekunde für Sekunde immer lauter wurde. Fast eine halbe Minute verging, während immer mehr Runen um die Armen der Elfe spielten. Warum die Wesen auf dem Platz sie bisher nicht bemerkten war ihm schleierhaft. Besorgt sah er zu der Elfe, dann wieder zu den Untoten, bereit Nariel aus der Schusslinie zu ziehen, wenn sie entdeckt wurde.

Plötzlich war es absolut windstill. Die Waldläuferin sprach mehrere Worte der Macht hintereinander. Dutzende Untote drehten sich wie ein Mann zu ihnen um. Besorgt aber höchst konzentriert sah Nariel sie mit einem Seitenblick an.

„Lauft!" Raunte sie und im nächsten Moment brach die Hölle los. Ein wirbelnder Orkan explodierte vor ihr in der Gasse und selbst sie, die nicht in seinem Pfad standen, wurden durch den plötzlichen Luftdruck nach hinten geschoben.

Der Zyklon traf die Untoten komplett unvorbereitet. Dutzende der Skelette wurden nach hinten geschleudert. Pfeile flogen durch die Luft, zitterten, blieben plötzlich in der Luft stehen und wurden dann ebenfalls von dem Wind erfasst.

Die Zerstörung war enorm. Pflastersteine wurden aus dem Boden gerissen, Wände fielen krachend in sich zusammen und begruben gleich mehrere der Monster unter sich. Mehrere Windhosen, Ableger des Hauptorkans, bildeten sich und explodierten in alle Himmelsrichtungen. Steine der Ruinen seitlich der Gänge wurden in die Luft gehoben und prasselten auf den Boden, die Grundmauern selbst erzitterten.

„Lauft, JETZT!" Es war das erste Mal, dass die Stimme der Elfe laut und klar an seine Ohren drang, nicht leise oder durchdacht. Silas erschrak über den neuen Ton in ihrer Stimme, doch reagierte zuerst. Er stürmte hinter dem Miniaturtornado her und erreichte den Platz nur wenige Sekunden nach ihm. Mit Schrecken sah er die Verwüstung, die der Wind angerichtet hatte.

Dutzende der Skelette waren zerschmettert. Viele lagen auf dem Boden. Verbeulte Rüstungen und gebrochene Waffen, Lanzen, Schwerter, Bögen lagen überall auf dem Platz verteilt. Es roch nach frischem Ozon und die Luft wog schwer vor Feuchtigkeit. Er schluckte. Mehr Skelette waren ineinander verkeilt und bewegten sich nicht oder versuchten fast zornig sich aus den Überresten ihrer Kameraden zu befreien. Alleine eine Handvoll der Monstrositäten stand noch aufrecht und noch immer tobte der Wind an verschiedenen Stellen auf dem Platz.

Sofort aktivierte er sowohl *Blutrausch I* als auch *Strömung I*. Erneut spülte das Adrenalin durch seine Venen und deaktivierte jede Vorsicht die er normalerweise hätte walten lassen, als die Chemikalien in sein Gehirn strömten.

Aus vollem Spurt sprang er das nächste Skelett an, das er sehen konnte. Seine abnormale Geschwindigkeit trug ihn förmlich durch die Luft. Das abgelenkte Skelett schaffte es nicht einmal seine Waffe zu heben, als Silas bereits seinen Kopf vom Rest seines Körpers getrennt hatte. Sofort suchte er sich den nächsten Gegner. Ein Skelett in einer dunklen, violetten Robe stand unversehrt keine fünf Meter von ihm entfernt. Schwarze Runen erschienen über seinen Armen aber es war zu langsam. Silas war bereits bei ihm. Ein gewaltiger Abwärtshieb auf die Schulter, trieb sein Schwert erst durch den schweren Stoff der Robe, dann durch die Knochen darunter. Der Arm des Wesens fiel zu Boden und das Licht in dem Schädel des Knochenwesens leuchte kurz wütend violett auf, bevor Silas den Schädel glatt seitlich spaltete. Das nächste Skelett schaffte es durch seine Stärke und seine Reflexe tatsächlich den ersten Schlag von Silas abzuwehren, rechnete aber nicht mit der Drehung in die entgegengesetzte Richtung, die die Muskelfasern bei seinem menschlichen Gegner überdehnten und teils reißen ließen. Silas vernichtete trotz seiner Verletzung zwei weitere Skelette, bevor seine ‚Buffs', Stärkungszauber oder eben Fähigkeiten, nachließen. Er atmete schwer, als die Schmerzen durch die Überanstrengung ihn einholten.

Bevor er zu Boden gehen konnte, war Alina bei ihm und er spürte die Woge des Heilzaubers über sich fließen. Sie kannte seine Rücksichtslosigkeit inzwischen und hatte noch während seiner Bewegung erkannt, dass er sich verletzt hatte. Im nächsten Moment schloss auch schon die Elfe zu ihnen auf. „Los, wir müssen weiter!" Silas sah sich um und erkannte, dass viele der Knochenhaufen sich erneut erhoben.

Hier und da standen sie bereits halb. Er nickte ihr nur zu, dann rannten sie wieder los.

„Was war das?" Fragte er ohne langsamer zu werden. Die Elfe überholte ihn und zuckte mit den Schultern. „Meine Magie." Silas musste sich zurückhalten um die Elfe nicht zu packen und zu würgen. „Ja, das habe ich gesehen..." Zu seiner Überraschung sprach die Elfe erneut. „Das war mein stärkster Zauber. Ich... wollte es nicht vor euch verbergen." *War das gerade sowas wie eine Entschuldigung?* Silas atmete tief durch und lächelte ihr dann zu. „Was auch immer dein Grund war deine Magie nicht zu zeigen, jetzt ist es okay. Danke." Er wich einem umgestürzten Baum aus, dann bogen sie links ab.

Silas sah jetzt das erste Mal, was die Elfe mit ‚Zitadelle' gemeint hatte. In einigen hundert Metern Entfernung erhob sich ein riesiges, Festungsartiges Bauwerk, das ehrfürchtig über der alten Hauptstadt thronte. Silas staunte und wurde langsamer, aber Nariel griff ihm am Arm und zog ihn mit. „Keine Zeit zu staunen, Reisender."

Tag 37-2

Sie erreichten die riesigen Stufen zur Zitadelle noch bevor der erste Sonnenstrahl auf dem Boden aufkam. Gehetzt rannten sie die breiten Stufen hoch, auf denen eine ganze Armee Platz gefunden hätte, während die Monster sie noch immer verfolgten.

Immer wieder gingen schwarze Pfeile hinter ihnen nieder oder schlugen knapp neben ihnen ein.

Das Erdelementar hatten sie schon vor einiger Zeit zurückgelassen um die Verfolger aufzuhalten, er musste sich nicht umdrehen, um zu wissen, dass es bereits seit langem zerstört worden war. Nariel hatte jetzt aufgehört sich zurückzuhalten und schoss immer wieder blau leuchtende Pfeile auf ihre Verfolger, die aber keine Anstalten machten ihre Verfolgung abzubrechen. Sie hatten die Hälfte der riesigen Stufentreppe bereits erreicht, als Silas sich erneut umdrehte um nach den Verfolgern zu sehen, und sich sofort wünschte er sofort er hätte es nicht getan.

Tausende der violetten Lichter brannten unter ihnen. Er sah aus allen Winkeln der Stadt wie mehr und mehr der Wesen sich in Richtung Zitadelle machten. Ganze Straßenzüge wurden von den Augen der Skelettarmee erhellt und Silas wusste, dass ein Kampf sinnlos sein würde. Als die weiße Steintreppe zwei Meter vor ihm mit einem lauten Knall explodierte wurde er aus seiner Trance gerissen. *Wieso muss ich eigentlich immer rennen?* Er drehte sich auf dem Absatz um und mit erneuerter Motivation sprang er quasi die Treppe hinauf. Alina hatte bereits auf ihn gewartet und schickte einen weiteren ihrer Geister auf die Monster zu, der unweit von ihnen entfernt in einem Schauer aus Stein durch den Boden brach und sich mit selbstmörderischer Entschlossenheit den Skeletten entgegenwarf. Sie rannten weiter.

Bereits nach wenigen Sekunden erreichten sie das Plateau, das den Eingang zur Zitadelle beherbergte. Nariel wartete bereits oben auf sie und schoss blauen Pfeil um blauen Pfeil in die Menge hinter ihnen. Sie spornte sie an. „Es ist nicht mehr weit!" Seine Muskeln brannten wie Feuer, doch er zwang sich weiter. Er wusste, dass wenn sie anhalten würden, sie nur eins erwartete. Für ihn? *Okay.* Aber nicht für seine Gefährtinnen. Die Vorstellung Alina als eine der seelenlosen Tötungsmaschinen dort unter ihnen zu sehen, weckte neue Kraft in ihm.

Sie sprinteten jetzt über den großen Vorhof mit seinen überdimensional großen Ausmaßen, im Schatten der riesigen Burg. An einem anderen Tag, zu einer anderen Zeit hätte er die Ruinen und das Gelände vermutlich unheimlich interessant gefunden, das irgendwann in der Vergangenheit von riesigen Statuen gesäumt wurde, wenn die großen Haufen der Steine und die leeren oder zerbrochenen Sockel ein Indikator waren.

Im Rennen sah Silas jetzt die riesigen, weißgrauen Tore der Festung vor ihnen. Tore, die augenscheinlich für die Ewigkeit gebaut wurden. Tore, die aus einem ihm unbekannten Material bestanden und ihn gleich zehnfach überragten, die bereits seit Jahrhunderten verschlossen waren. Und vor allem Tore, von denen er keine Ahnung hatte wie er sie öffnen würde.

Sie erreichten sie nach wenigen Minuten in denen sie den zerbrochenen und überwucherten Figuren und dem Pfeilbeschuss ausweichen mussten. „Okay. Wie kriegen wir die Tore auf?" Fragte Silas die beiden Frauen gehetzt, zwischen tiefen, schweren Atemzügen. Er erhielt keine Antwort. Er sah sich sofort selbst das Tor an, aber es war weder eine Einkerbung noch irgendeine Art von Hinweis zu sehen. Er sah seine Gefährtin an die nachdenklich und gehetzt neben ihm angekommen war, während sie jetzt die Hände auf die Knie gelegt hatte und ebenfalls schwer schnaufte. Sie hob den Kopf und sah ihn verzweifelt an. Auch die Waldläuferin wirkte jetzt ängstlich, fast panisch. „Silas los!" Er blinzelte. *Wie öffne ich das Tor?* Er wurde schmerzlich an den Moment im Grab Agratars erinnert, in dem die Legion der Konstrukte sie fast getötet hätten. *Was er brauchte war ein Schlüssel...*

Er stockte. *Kann es so einfach sein?* „Alina, der Schlüssel!" Sie sah ihn für eine Sekunde verwirrt an, dann öffnete sie den Lederbeutel und zog hastig den Edelstein hervor. Sie konzentrierte sich erneut, aber nichts geschah. Pfeile schlugen jetzt in das Tor über ihnen ein und fielen nutzlos zu Boden. „Es funktioniert nicht!" Er hörte jetzt definitiv Panik in ihrer Stimme. Er drehte sich zu ihr um und Nariel machte ein paar Schritte in die andere Richtung. „Sie kommen!" Sagte sie und schoss schnell hintereinander zwei ihrer Pfeile ab, die zwei Skelette die sich durch die Trümmer gekämpft hatten trafen und zurücktaumeln ließen. Anscheinend hatte selbst ihre Zielgenauigkeit unter dem Dauerlauf gelitten.

Silas ging zu seiner Gefährtin und nahm ihr den Kristall ab. Die Fae nickte ihm zu und auch sie trat drei Schritte in die andere Richtung als schon grüne Runen über ihre Arme liefen.

Silas starrte auf den leblosen Edelstein in seiner Hand. Er war sich sicher, dass er das Tor öffnen konnte. Er fühlte es einfach. Er konzentrierte sich, wie er es als Kind getan hatte, wenn er versuchte ein Kamehameha abzufeuern oder wie ein Jedi etwas mit seinen Gedanken zu bewegen, aber nichts geschah. *Nicht so, ich mache etwas falsch.* Er hörte die explodierenden Pfeile der Waldläuferin und die Geräusche von Alinas Dornenpeitschen die Rüstungen trafen und wegschleuderten. Er legte den Kopf schief.

Agratar hätte mich nicht hierhin geschickt, wenn ich das Tor nicht aufbekomme, oder? Er schluckte. *Es* gab noch eine

Möglichkeit, an die er bis jetzt nicht gedacht hatte. *Agratar war in den Jahrhunderten der Isolation wahnsinnig geworden und hatte sie in den sicheren Tod geschickt. Vielleicht war es auch schon vor seinem Tod gewesen und sie folgten seit Wochen den Wahnvorstellungen eines Irren.* Er schüttelte mit dem Kopf und verdrängte den Gedanken. *Nein, nicht so!* Es musste etwas mit ihrer gemeinsamen Abstammung zu tun haben. Sie beide waren Menschen der Erde. Wie war das überhaupt möglich? Er knirschte mit den Zähnen. *Das macht alles keinen Sinn.* Was hatte Agratar ihm noch gegeben? Er überlegte, noch immer den ausgestreckten Kristall in der Hand haltend.

Seine Gefährtinnen drückten sich neben ihm gegen die Tür. „Silas..." Ermahnte ihn die Elfe. Und auch die Fae wirkte panisch, als eine Handbreit von ihm entfernt ein Pfeil an dem schweren Tor zerbrach, ohne Schaden anzurichten.

Der Funke. Der weiße Punkt der sich in sein Unterbewusstsein gesetzt hatte. *Etwas, dass Agratar mir gegeben hat.* Er konzentrierte sich und suchte seinen Geist danach ab. Und da, ganz hinten versteckt zwischen Gedanken an den nahenden Tod und Angst um seine Kameradinnen fand er ihn. Er griff darauf zu und er...

Schloss seine Augen und öffnete sie wieder. Die Welt veränderte sich vor ihm.

Gerüche drangen als erstes in seine Nase. Eisen. Schwefel. Feuer. Sie nahmen alles seiner Sinne ein. Tod. Blut. Er hustete.

Plötzlich klärte sich sein Sichtfeld und er drehte sich um. „Es sind zu viele!" *Hörte er jemanden von hinter sich schreien.* „Wir können sie nicht aufhalten! Zurück zur Zitadelle!"

Dann ein Schmerzensschrei und Blut. Überall Blut. Hinter ihnen waren Dutzende seiner goldgekleideten Soldaten die gegen die Abscheulichkeiten ankämpften. Er sah nach links und sah seine Gefährtin mit ihren langen, blonden Haaren, die verzweifelt gegen drei der riesigen Scheußlichkeiten aus

Dunkelheit und zu vielen Armen kämpfen. Ihr weißes Schwert zuckte herab und teilte die viel größere Abscheulichkeit aus Klauen und Reißzähnen glatt in zwei Hälften, aber schon waren die anderen zwei an ihr und schlugen wie im Rausch auf sie ein, nur um in ihrem Schwerthagel unterzugehen.

Silas, nein, nicht er, sondern sein anderes ich, derjenige der er jetzt war, hob die Hand und ein schwarzer Lichtstrahl schoss aus ihr hervor. Wie ein riesiger Laser fuhr er über den Boden und ließ eine Spur der Verwüstung zurück. Die beiden Monster vor ihnen zerfielen zu Asche, nur um sofort von zweien ersetzt zu werden. Er intensivierte seine Anstrengung und lenkte den Strahl nach oben und nach vorne, der ruckartig und schnell wie das Licht selbst die Richtung wechselte. Die beiden Drohnen zerfielen ebenfalls, genau wie das gute Dutzend in ihrem direkten Umfeld, die das Pech hatten von dem Strahl berührt worden zu sein. Er spürte das heiße Feuer in sich, den Funken, den er benutzte um seine Magie zu wirken, während um ihn herum Freunde, Weggefährten und Kameraden zerfleischt wurden.

Langsam, ganz langsam wichen er, seine Geliebte und seine Gruppe zurück, immer weiter die weißen Stufen hoch. Dutzende seiner Soldaten fielen unter dem nicht enden wollenden Ansturm der Bestien. Er und seine Gefährten beschworen eine Hohe Magie nach der anderen.

Ohne zu zögern befahl er der Zeit selbst sich ihm zu beugen und Dutzende seiner Gegner vor ihm teilten das Schicksal der Drohnen und zerfielen zu Staub als sie auf einen Schlag um Tausende Jahre alterten. Ein Schicksal, dem selbst die Bestien mit ihrer Äonen-messenden Lebensspanne nicht entgehen konnten.

Seine Geliebte beschwor stattdessen den Zorn der Elemente, und die Erde selbst erbebte unter ihrem Zauber und teilte sich unter den Wesen. Eis spross aus den Monstern hervor als sie jede Flüssigkeit in ihren Körpern einfror, inklusive dem, was sie anstatt Blut in den Venen hatten, selbst das Wasser in ihren Köpfen und ihren Extremitäten.

Doch es war nicht genug. Die Abscheulichkeiten trampelten über die zerbrechenden Körper ihrer ehemaligen Kameraden hinweg.

Der Zwerg links von ihm, sein engster Freund schwang die mächtige Axt, die er von seinem König erhalten hatte und die Himmel beugten sich seinem Willen. Blitze schossen auf die Wesen hernieder und zuckten zwischen ihnen hin und her.

Dutzende von ihnen fielen rauchend zu Boden.

Doch auch das war nicht genug. Die Meister schickten immer mehr Wesen aus ihren Portalen ihnen entgegen. Töteten sie zehn, erschienen hundert neue aus dem nichts.

Sie erreichten das weiße Plateau, als er den Schrei des Dunkelelfs, seines einzigen Bediensteten und guten Freundes wahrnahm. Sein Kopf wandte sich nach rechts und er sah, dass einer der Lakaien der Meister gekommen war. Sein Freund hing hoch in der Luft über ihm, aufgespießt auf das riesige, schwarze Schwert des alten Feindes. Das Wesen in der schwarzen Rüstung, das aussah als würde es aus den Höllen selbst emporgestiegen sein, machte ein abwertendes Geräusch und schwang die riesige Waffe als wäre es nicht mehr als ein einfaches Langschwert. Der Dunkelelf war bereits tot, nur die Grausamkeit des Feindes brachte ihn dazu den Körper in die Tiefe neben ihm herabzuwerfen, wie ein langweilig gewordenes Spielzeug.

Herausfordernd trat das Wesen vor, ihm entgegen, und die Wolken über ihnen brachen auf. Die ersten Tropfen eines kalten Herbstregens fielen auf sie nieder. Es war nicht das erste Mal, dass er gegen einen solchen Dämonen kämpfte.

Die Kreaturen die über das Plateau flossen machten einen großen Bogen um sie beide, denn sie wussten instinktiv, dass sie vergehen würden, wenn sie in ihrer Nähe blieben. Er, Silas' anderes Ich, tötete jeden einzelnen der ihm doch zu nahe kam mit je einem einzigen Streich seiner Waffe, noch während er auf den Dämon zuging.

Es wurden keine Worte gewechselt. In einem Augenblick standen sie sich gegenüber, im nächsten waren sie in den Kampf verwickelt. Das riesige schwarze Schwert krachte auf das Schwert aus hellem Mondeisen. Schockwellen breiteten sich unter ihnen auf dem nassen Boden aus. Es war ein kurzer, erbarmungsloser Kampf. Für einen Moment sah es aus als wären die Beiden gleichstark, doch dann fand er eine Lücke in der Verteidigung der Bestie. Ein Bruchteil einer Sekunde, nicht einmal eine wirkliche Unaufmerksamkeit, sondern mehr ein minimaler Fehler in der Technik, den die meisten Menschen nicht einmal wahrnehmen konnten. Er schoss vor und sein Schwert glitt bis zum Heft in die Brust des Gegners, unbeeindruckt von den riesigen Stahlplatten. Höllenfeuer selbst wurde sichtbar, als er das Schwert seitlich herauszog. Das Biest verharrte für einen Moment, dann kratzte eine unnatürliche Stimme über sein Trommelfell und ließ ihn schaudern. „Es ist nicht vorbei." Mit diesen letzten Worten der Verachtung glitt die Kreatur in zwei Hälften auseinander und starb.

Etwas packte ihn am Arm und zog ihn nach hinten. „Die Tore! Sie sind geöffnet!" Er erschrak. Es war sein ausdrücklicher Befehl gewesen, die Tore der Weißen Zitadelle unter keinen Umständen zu öffnen. Seine Geliebte zog ihn mit sich, als er schon die Nachwirkungen des Kampfes verspürte. Schmerzen, als der übermäßige Manaverbrauch ihn einholte. Die Generalin musste einen guten Grund gehabt haben, sich seinen Befehlen zu widersetzen.

Sie rannten über den Platz, vorbei an den Figuren der gefallenen Helden, die er einst Freunde genannt hatte, die ihn nicht bis zu diesem Ort hatten begleiten können. Er trat um die Figur herum und sah im nächsten Moment die Königliche Garde. Eintausend in schimmernde, silbergoldene Rüstungen gehüllte Seelen, Männer und Frauen die auf eine Handbewegung der Frau vor ihnen ihre Bögen erhoben.

Auf einen unausgesprochenen Befehl hin explodierten die Reihen der Gegner. Dutzende in silbrige Roben gekleidete Magier traten vor und wirkten Zauber um Zauber, deren Runen das gesamte Plateau in ihr Licht tauchten. Er musste schlucken, denn er sah Hoffnung. Hoffnung, dass die Leben die verloren gingen, nicht umsonst gewesen waren. Hoffnung, dass sie es noch schaffen würden.

Auch seine Kameraden taten trotz des Verlustes ihrer Freunde ihr Bestes. Auch er beschwor jetzt, unter dem Schutz seiner Garde die stärksten Zauber die er aufbringen konnte. Tausende der Monster fielen unter dem nicht-enden wollenden Beschuss seiner Elite. Hunderte mehr durch seine eigenen Zauber. Vielleicht würden die Verstärkungen der Reiche doch noch rechtzeitig eintreffen.

Er konnte es nicht glauben. Immer größere Löcher rissen sie in die Wellen der Angreifer. Es würde reichen. Er spürte den glimmenden Funken Hoffnung der in ihm brannte und reckte sein Schwert in die Höhe. „Für Qurian!" Schrie er und sein Schrei hallte in hunderten Kehlen hinter ihm nach. Ein Gefühl des Glücks wallte in ihm auf. Und für kurze Zeit sah es wirklich so aus als würden sie gewinnen.

Die Wesen waren bereits bis an den Rand des Plateaus zurückgetrieben, als sich das schwarze Portal über ihnen in der Luft öffnete.

Kranke grüne, brennende Runen flackerten um das Loch das sich jetzt wie ein schwarzes Auge vor ihnen öffnete.

Nur einen Sekundenbruchteil später wiederholte sich das Schauspiel vor ihm noch weitere zwölf Mal. Aus jedem der Portale trat eine einzelne Person die in der Luft vor den dunklen Abgründen stehen blieben. Die Meister waren eingetroffen.

Dutzende seiner Männer und Frauen starben in den ersten Sekunden des Angriffs. „ZURÜCK!" Schrie er und ein Blitz illuminierte die Figuren über ihm, als sein Freund die Axt ihnen entgegen schleuderte. Sie fiel scheppernd und nutzlos zu Boden, noch bevor sie ihr Ziel erreichen konnte. Als Antwort darauf starben seine Gefolgsleute hinter ihm.

Er sah, wie auch der Zwerg starb als eine unsichtbare Hand ihn in die Luft hob und zerquetschte, ohne ihm Zeit zu lassen zu reagieren.

Er sah wie die Generalin einen Augenblick später von schwarzen Lanzen aufgespießt wurde, die schneller flogen als er reagieren konnte.
Er sah hunderte Tode, alles während der Regen das Blut verwischte und Donnergrollen die Todesschreie überspielte.
Er grinste als der Wahnsinn in seinem Kopf einen Weg hinausfand.
Er traf einen Entschluss. Den letzten. Er würde es beenden, hier und jetzt. Er begann den Zauber zu wirken, den er bis jetzt zurückgehalten hatte. Er würde ihn schwächen, vielleicht verzehren, aber das war ihm egal. Weiße Runen erschienen auf seinen Armen und umspielten ihn. Schweiß stand ihm auf der Stirn als er versuchte die chaotischen Energien unter Kontrolle zu bringen. Magische Schilde legten sich über ihn und leuchteten blau auf, als sowohl Kameraden als auch Diener versuchten ihn zu schützen. Das Feuer begann in seinen Adern zu brennen. Jeder Nerv in seinem Körper brannte wie unter heißen Eisen. Immer mehr weiße Runen liefen ihm über die Arme. Hunderte, Tausende. Der gesamte Platz unter ihm explodierte in einem riesigen Kreis aus Magie, der sich immer schneller über die Stadt ausdehnte.

Silas blinzelte und saugte scharf die Luft ein. *Ach du Scheisse. Was für eine Halluzination.* Es war die bisher intensivste gewesen, teilweise hatte es sich angefühlt als würde er wirklich dort stehen und gegen die unglaublichen Wesen kämpfen. *War das Agratars Perspektive? Habe ich gerade die letzten Momente von Ordrin miterlebt?* Waren es vielleicht einfach Fieberfantasien seines Manabrandes? Er hatte sich sogar gefühlt, als würde er die Gedanken des alten Königs denken. Von Freude, über Trauer und Angst, Hoffnung und sogar der Wahnsinn der ihn zuletzt ergriffen hatte. Plötzlich wurde ihm schlagartig bewusst wo sie waren und er sah sich entsetzt zu den Skeletten um, die nicht mehr weit entfernt sein konnten.

Alina, Nariel und er waren in weißes Licht gehüllt, das von dem Schlüssel ausging. Die Untoten waren nur noch einige Schritte entfernt als er spürte wie etwas seinen Körper in die Luft hob. Ein Pfeil prallte an dem Licht ab wie an einer unsichtbaren Mauer. Es hatte funktioniert. Kurz bevor das Licht ihn komplett verschlang, hob er die rechte Hand und zeigte den Monstern vor ihnen den Mittelfinger.

Tag 37-3

Silas kniff die Augen zusammen, wie schon beim ersten Mal als die Teleportation nachließ. Er sandte ein kurzes Stoßgebet an den Himmel und bedankte sich dafür, dass die Übelkeit ausblieb. Die Nachwirkungen des hellen Lichts jedoch hinterließen flackernde Sterne in seinem Blickfeld. Wenige Sekunden später ließ es jedoch nach und er konnte endlich sehen, wo sie gelandet waren.

Er, Nariel und Alina standen jetzt in einem großen Raum, der wie alles in der alten Hauptstadt aus dem weißen Stein, der ihn an Marmor ohne die schwarzen Schlieren erinnerte, zu bestehen schien. Große Steinsäulen säumten die Seiten, die anders waren, als alles was sie bis jetzt gesehen hatten und sich nicht in einem Zustand des Verfalls befanden. Eher wirkte es, als hätte jemand den Raum erst vor kurzem verlassen. Selbst die Luft wirkte frisch. Licht spendeten große, weiße Kristalle die in die Hohe Decke eingelassen worden waren und den Raum gleichmäßig sanft erleuchteten. Im Halbdunkel links sah er breite weiße Treppenstufen, die anscheinend in weitere Stockwerke führten und rechts ein hölzernes, verschlossenes Tor. Silas staunte. Wenn es wirklich Drachen gegeben hatte, hätte hier locker eins der Wesen reingepasst, selbst wenn es sich zu seiner ganzen Größe strecken würde.

Er drehte sich um und sah das riesige Portal hinter ihm, das ihnen bis gerade noch den Weg versperrt hatte. Damit fiel sein Blick auch auf die Runen, die überall in den Steinwänden neben dem Tor gemeißelt, und in das Holz der riesigen Flügeltüren geschnitzt waren. Werke die einfach von Meisterhand geschaffen sein mussten, denn sie waren dem was er bei Magie in der echten Welt und seinen Visionen gesehen hatten so ähnlich, dass er keinen Unterschied feststellen konnte.

Er grinste leicht dümmlich, konnte es sich aber nicht verkneifen. Auch Alina sah ihn grinsend an, vermutlich dachten die beiden das gleiche: Dass sie nicht das erste Mal dem sicheren Tod entkommen waren. Nur die Waldläuferin keuchte fassungslos und sah erschrocken in die Gesichter ihrer Gefährten. „Wie könnt ihr in so einer Situation grinsen?" Fragte sie empört und sah abwechselnd Silas und Alina an. „Normalerweise fallen uns die Lösungen immer erst in letzter Sekunde ein, aber dieses Mal hatten wir sogar noch etwas Zeit übrig." Sagte der Reisende lächelnd, was die Elfe nur weiter aus dem Konzept brachte. „Dieses Mal?"

Nach dem kurzen Gelächter, bei dem die Spannung endlich von ihnen abfiel, starrte Nariel sie einfach nur an. Silas, der sich langsam beruhigte, sah sich jetzt wieder die Halle an. „Was jetzt?"

Langsam lief das Trio zur Mitte des Raums, während ihre Schritte durch die Halle tönten und ein leises Echo warfen. Erst jetzt bemerkte er, dass die Mitte über drei Stufen zu erreichen war, die abwärts in einen großen, runden Kreis führten, der vielleicht zehn Meter im Durchmesser hatte.

Nariel erkannte als erstes, auf was sie hier gerade standen. „Eine Weltkarte!" hauchte sie ehrfürchtig und Silas sah sich überrascht an Ort und Stelle um. Die Karte war ebenfalls in den Stein gemeißelt, war aber über und über mit einem ihm unbekannten schwarzen Stein ausgekleidet worden, so dass sie komplett flach wirkte. Goldene und silberne Linien säumten sie über und über. „Landesgrenzen!" Sagte Nariel als sie seinen fragenden Blick bemerkte. Sie ging auf die Knie und fuhr vorsichtig über die Karte, auf der sich eine feine, weiße Staubschicht gebildet hatte. Unter ihren Fingern kam eine filigrane Arbeit ans Licht, die ihn scharf Luft holen ließ.

Er sah eine filigrane Beschriftung in der Sprache des alten Reichs. „Amrath'niel?" Er blinzelte. Die Elfe sah ihn eindringlich an. „Was hast du gesagt?" Silas zuckte mit den Schultern und deutete auf die Schrift die sie freigelegt hatte. „Das ist es was dort steht!" Sie sah ihn fast erschrocken an. „Das ist der Name eines verlorenen Elfenreichs." Sie wischte erneut über die Karte und ließ Silas übersetzen. Das ganze Spiel wiederholte sich noch ein Dutzend Mal bis sie zufrieden war. „Weißt du was diese Karte wert ist?" Silas schüttelte mit dem Kopf. „Sie ist unbezahlbar. Auf gutem Papier könnte man sie verkaufen und davon den Rest seines Lebens gut leben." Silas blinzelte verständnislos. *Diese einfache Karte ist so wertvoll?* „Wieso?" Fragte er ahnungslos und die Elfe seufzte ob seiner Unwissenheit. „Es ist eine Karte der Hoch-Zeit des Reiches Qurians. Es sind Orte verzeichnet die verschollen oder komplett verschwunden sind. Kolonien von denen nie wieder jemand gehört hat, ganze Länder voll unbekannter Völker die seit Jahrhunderten niemand mehr gesehen hat, untergegangene Zivilisationen..." Silas lächelte. „Wenn du möchtest kannst du dir gerne eine Kopie machen, sobald wir den Kern gefunden haben?" Die Elfe sah ihn schockiert an. „Wisst ihr was... Wie könnt ihr..."

Sie begann ein wenig zu stammeln. Alina antwortete für ihn. „So wie ich Silas kennengelernt habe macht er sich nicht sonderlich etwas aus Geld." Als Antwort darauf zuckte er mit den Schultern. „Ganz so extrem ist es nicht. Ich kenne den Wert von Geld und verstehe warum es existiert. Geld beherrscht die Gedanken vieler Menschen. Wenn man nichts besitzt ist es das wichtigste für einen; die Sorglosigkeit die man sich damit erkaufen kann, wenn man es dann hat das andere. Ich denke ich halte es lieber wie die Waldfae."

Alina lächelte, als sie erkannte, dass Silas in der kurzen Zeit verstanden hatte, dass ihre Rasse keine Form der Währung nutzte. Wieder bekam die Elfe den nachdenklichen Ausdruck. Kurz sah sie aus als würde sie etwas tiefer

Gehendes erwidern wollen, beließ es dann aber doch bei einem „Danke" und stand wieder auf.

Die nächste halbe Stunde verbrachten sie damit die Halle zu inspizieren. Das Tor rechts war zwar verschlossen, aber die großen steinernen Wandbilder erregten jetzt ihre Aufmerksamkeit. Filigran gearbeitete Szenerien, die jede Wand säumten und vom Boden bis zur Decke reichten. Nach ein paar Minuten merkte Nariel an, dass es sich vermutlich um Szenen der Geschichte Qurians handelte. Und tatsächlich, es machte irgendwie Sinn. Es begann ganz links mit einer Szene die ein kleines Dorf zeigte, dann ging es anscheinend chronologisch weiter. Das Dorf wuchs und wuchs, bis eine kleine Stadt entstand. Sie sahen Bilder, die wichtige Geschehnisse darstellen mussten. Eine Szene in der Geschichte erinnerte ihn an die Bilder aus seiner Welt, auf denen wichtige Leute dem Präsidenten der USA die Hand schüttelten, nur waren es hier ihm unbekannte Menschen die einem jungen Mann, vermutlich Agratar, ihre Aufwartung machten, in dem Sie vor seinem Thron auf die Knie gingen oder ihm gegenüberstanden. Die Szene wiederholte sich viele Male, und Silas sah sowohl einen Zwerg, als auch eine schöne Elfenfrau, deren fein gearbeiteten, strengen Gesichtszüge ihn stark an die Generalin aus seiner Vision und leicht an seine neue Gefährtin erinnerten. Ein gutes halbes Dutzend weiterer Bilder zeigten immer mehr Vertreter unterschiedlicher Völker, die dem König ihre Ehre erwiesen. Andere Bilder zeigten wichtige Szenen der Geschichte Ordrins, in einem sah er wie die kleine Stadt brannte. Ein weiteres zeigte wie große Lichter über ihr am Himmel standen. Weitere Szenen zeigten Schlachten und vermutlich Helden und Sagengestalten. Aber alles führte ihn zum letzten Bild. Auf dem vorletzten erstreckte sich eine riesige Metropole über das Bild, er sah riesige Kirchen und Türme. Große Plätze und opulente Bauten. Ein riesiger Dom hatte sich wie eine Kuppel über die Stadt gelegt und die Zitadelle war gewachsen. Von einem kleinen Gebäude, über eine Burg bis zu dem mächtigen Bauwerk, dass jetzt über die Ruinen wachte. Er konnte sich nur vorstellen was hier passiert war und insgeheim wünschte er sich er hätte die Stadt gesehen wie sie auf dem Höhepunkt ihrer Macht ausgesehen hatte, nicht wie zuletzt, brennend und voller Rauch und Tod.

Das letzte Bild jedoch war nie fertig gestellt worden und trotzdem das größte von allen. Jemand hatte angefangen erste Formen und Silhouetten in den Stein zu meißeln. Silas sah einen unfertigen Drachen, oder zumindest vermutete er, dass es mal einer werden sollte. Schiffe am Horizont und einige grobe Wellenformen. Dann jedoch sah es aus als hätte der Künstler mittendrin aufgehört, den Meißel fallen gelassen und wäre einfach verschwunden. *Vielleicht um im Krieg zu kämpfen?* „Der Untergang fehlt", stellte die kleine Fae fest während sie ihren jetzt leuchtenden Stab in die Höhe streckte. Das Licht in Kombination mit der halbfertigen Arbeit warf bedrohliche Schatten auf die unfertige Szenerie als sie ihren Stab bewegte. Sie starrten das Bild noch eine Weile fasziniert an, bis die Fae sich schließlich abwandte. „Was ist hier nur passiert?" Meinte die Elfe, woraufhin Silas sich fast auf die Zunge gebissen hätte. Schließlich hatte er eine ungefähre Idee, wenn er auch nicht sicher war warum, wann oder wozu.

„Das Tor." Sagte die Waldfae und deutete mit dem Stab nach rechts. Die Halle gab Hundert Menschen, vielleicht mehr, nebeneinander Platz, aber bis auf die Kunst und die alte Weltkarte gab es hier nicht viel zu sehen. Das Tor zu der nächsten Kammer war wesentlich kleiner als das Tor zur Zitadelle selbst, aber groß genug um eigenständig als Tor für eine mittelgroße Burg zu dienen. Er hielt noch immer den Schlüssel in der Hand und wusste schon was er tun würde. Auch hier richtete er den Edelstein auf die Tür und konzentrierte sich auf den weißen Funken in seinem Kopf. Das weiße Licht der Teleportation und eine Vision blieben aus, dafür schwang in der nächsten Sekunde das Tor wie von Geisterhand nach innen auf. Sofort stieß ihm der Geruch der Zeit entgegen. Dicker Staub und der Gestank nach Moder und verrottetem Holz drang in seine Nase. Er musste niesen und bedeckte dann mit einer Hand angewidert sein Gesicht.

„Anscheinend ist die Zitadelle selbst gegen die Zeit geschützt worden, aber nicht der Inhalt der Räume selbst." Sagte die Fae, die jetzt ein Tuch aus ihrem Rucksack hervorholte und sich vor das Gesicht hielt. Die Elfin hielt sich ebenfalls die Hand vors Gesicht, dann betrat das Trio den Raum, der mindestens so groß war wie ein Fußballfeld. Sofort legte sich ein schmieriger Film auf seine Rüstung, Haut und seine Haare, als er die ersten Schritte hineintat. Ähnlich wie damals in der Halle des Refugiums sah er auch hier Reste von Wandteppichen, die an den Wänden hingen, aber zum großen Teil bereits zu Staub zerfallen waren. Er ging weiter zu dem einzigen intakten Möbelstück in dem riesigen Raum, er schätzte, dass es mal ein mächtiger Schreibtisch gewesen war und legte seine Hand auf das Holz. Als wenn er darauf gewartet hätte zerfiel der Tisch unter der leichten Berührung in Staub und kleine Holzsplitter. „Hier ist nichts." Stellte die Fae fest und er stimmte zu. „Der Raum war eine Waffenkammer oder Arsenal." Sagte die Elfe als sie bereits den Weg aus dem Raum antraten. Silas sah fragend zu Nariel, die in einen der Rostbraunen Hügel griff und etwas hervorzog, dass einmal ein Schwert gewesen war. Jetzt war das Eisen dunkel, fast schwarz. Sie hob es einmal in die linke Hand und die Klinge zerbrach. „Es muss tausend Jahre her sein, dass jemand hier war. Selbst Eisen und Stahl sind zerfallen." Er stimmte ihr stumm zu.

Kurze Zeit später stieg die Gruppe die große weiße Treppe empor die links in der Halle lag. Seine Beine schmerzten noch immer von dem wahnsinnigen Lauf, den sie bei der Flucht vor den Untoten absolviert hatten und jeder Schritt kostete ihn mehr Kraft als der letzte. Oben angekommen fanden sie das gleiche Bild wie unten vor. Dutzende kleinere Räume, alle verlassen und leer, sowie einen mit ähnlichen Dimensionen wie die Halle waren so ziemlich im selben Zustand wie die Waffenkammer unten. Ein riesiger Trümmerhaufen der den größten Gang versperrte hinderte sie daran ihren Weg weiter fortzusetzen, aber was sie alle drei wunderte war, wie dieser entstanden war. Die Wände und

Decke vor ihnen erschienen intakt, also kamen sie zu dem Schluss, dass es sich hier nicht um Verfall, sondern um etwas handelte, dass absichtlich hierhergebracht wurde. Den Grund dafür kannte jedoch keiner von ihnen. Sie verbrachten sicher eine Stunde damit die offenen Räume abzusuchen, bis Silas irgendwann an einer Wand lehnte. Er sah der Elfin dabei zu wie sie interessiert jeden der Räume absuchte aber nichts von Wert oder Interesse fand. Irgendjemand stieß ihm etwas leicht an und Silas öffnete erschrocken die Augen. „Ich bin wach!" Sagte er hastig und musste einige Male blinzeln. Als er den Schlaf aus seinen Augen halbwegs vertrieben hatte sah er in das Gesicht seiner Gefährtin. „Langweilt dich die Zitadelle?" Fragte die Fae spöttisch und er setzte schon zu einer Antwort an, als sie ihn anlächelte. „Wir haben einen Raum gefunden, der nicht so dreckig ist. Wir haben gedacht, dass wir uns ausruhen könnten bevor wir weitergehen?" Er nickte ihr dankbar zu. Seine Beine verkrampften fast als er ihr folgen wollte, also lief er langsamer als sonst hinter ihr her. Begrüßt wurde er von der Elfin die auf dem Boden gerade Alinas Bettrolle auslegte. „Wir haben kein Holz, also kein Feuer." Stellte sie leise fest und Silas seufzte. „Schon gut." Sagte er knapp und begann seinen Rucksack abzusetzen. Er ließ sich auf den Boden sinken und begann seine Rüstung zu lösen. Das ungewohnte Gewicht hatte ihm mehr zu schaffen gemacht als er es für möglich gehalten hatte. Als die Fae sah wie er mit den Riemen kämpfte setzte sie sich zu ihm und begann einige der Riemen zu lösen, was ihn sie dankbar anschauen ließ. Die Rüstung blieb an, aber er löste die straffsten Bänder und entledigte sich sowohl seiner schweren Schuhe, als auch seiner dicken Handschuhe. Selbst den Schwertgurt mit seinen Ledertäschchen legte er zur Seite. Es war das erste Mal im Land, dass er sich so schlapp fühlte.
   Ruhig saßen sie in dem kleinen Kreis bis die Elfe plötzlich etwas einwarf. „Ich muss mich entschuldigen." Sagte sie noch leiser als sonst. Silas und Alina sahen sie fragend an. „Was meinst du?" Fragte Silas nachdem er das Stück

trockenes Brot runterschluckte auf dem er bis gerade rumgekaut hatte. Die Elfe sah beschämt zu Boden. „Ich habe meine Magie vor euch verborgen, weil… ich dachte meine anderen Fähigkeiten würden ausreichen. Ich war arrogant und stolz und…" Silas lächelte und hob die Hand. „Danke für die Entschuldigung. Du musst dich nicht rechtfertigen. Uns geht es gut und was immer auch dein Grund war, es scheint du bist darüber hinweggekommen." Sie sah jetzt auf und wollte protestieren als Alina etwas einwarf. „Ich will ehrlich mit euch sein Nariel. Ich wusste nicht ganz was ich von euch halten soll. Ihr seid eine stolze Person, das wusste ich. Aber ich kenne euch noch nicht. Ich wusste nicht ob wir euch vertrauen können." Silas nickte. „Mir ging es ähnlich. Ich wusste, dass Garan und Lara euch mochten, was der einzige Grund ist warum ich dir erlaubt habe mit uns zu reisen." Jetzt machte sich auch etwas Empörung in ihrem Gesicht breit. „Ich würde nie…", bevor sie weiterreden konnte warf Silas erneut etwas ein. „Ich verstehe inzwischen, dass du denkst du bist Alina und mir etwas schuldig und dass dir das wichtig ist. Aber ich sehe das anders, wir hätten das gleiche für jeden in deiner Situation getan. Und sieh es mal so: Ohne dich wären wir bereits lange in den Ruinen verreckt. Und dafür bin ich dir wirklich dankbar. Was mich angeht ist deine Schuld bereits beglichen." Die Elfe schwieg jetzt nachdenklich als würde sie erneut über seine Worte nachdenken. Sie legte den Kopf schief und sah Alina an „Seht ihr das genauso, Fay'thrie?" Die angesprochene lächelte. „Ihr müsst nicht so respektvoll mit mir sein, Nariel'ishtial. Was eure Frage angeht…" Sie zuckte mit den Schultern „Ich sehe es so wie Silas." Wieder schwieg die Elfe. Dann verbeugte sie sich aus ihrem Schneidersitz heraus so weit nach vorne wie sie konnte. „Ich danke euch vielmals, Silas Westwind. Auch wenn ich euch nicht mehr verpflichtet bin… Würdet ihr mir die Ehre erweisen mich mit euch reisen zu lassen?"

Silas spürte, dass das hier ein wichtiger Moment war. *Warum will sie plötzlich mit uns kommen?* Die Atmosphäre war plötzlich ganz anders und es lief ihm ein Schauer über den Rücken. Er legte das Brot aus seiner Hand zur Seite. Er sah erst zu seiner Gefährtin, dann zurück zur Elfe die regungslos mit dem Kopf gesenkt auf seine Antwort wartete. Er schluckte und ahmte ihr nach. Er verbeugte sich respektvoll ebenfalls soweit es seine Rüstung erlaubte. „Ich würde mich geehrt fühlen, wenn ihr euch uns anschließen würdet Nariel'ishtial." *Ping!* Benachrichtigungen fluteten sein Sichtfeld.

[Herzlichen Glückwunsch! Ihr habt einen geheimen Schritt eurer Quest „Euer Land, eure Flagge, eure Männer" abgeschlossen. Durch euer ehrenhaftes Verhalten steigt euer Ansehen!]

[Herzlichen Glückwunsch! Durch euer ehrenhaftes Verhalten, eure gemeinsamen Erlebnisse und eurer Großherzigkeit gegenüber der Waldläuferin Nariel hat sich euer Ruf bei der Elfe von „Voreingenommen" auf „Freundschaftlich" verbessert.]

Silas wischte die Benachrichtigungen weg, die über die Rufverbesserung etwas harscher als gewöhnlich, und beendete seine Verbeugung. Die Elfe tat es ihm gleich. „Ich vertraue euch." Stellte sie in ihrer leisen Stimme fest. Alina lächelte sie freundlich an. „Wir vertrauen dir auch, Nariel." Silas nickte. „Dann lasst uns jetzt ausruhen und sobald wir wieder genügend Kraft gesammelt haben schnappen wir uns den Kern."

Tag 38

Silas erwachte gähnend. Das erste was er merkte, war der Muskelkater den er in seinen Beinen hatte. Langsam um die beiden anderen nicht zu wecken schob er sich leise nach oben. Er hatte zwar keine Möglichkeit die Zeit zu sehen aber so wie er sich fühlte, schätzte er, dass er gute acht Stunden lang geschlafen haben musste, so ausgeruht wie er war. Er öffnete die restlichen Benachrichtigungen die er bisher ignoriert hatte.

[Herzlichen Glückwunsch! Durch den Einsatz deiner Mittleren bis Mittelschweren Rüstung hast du gelernt dich besser in ihr zu bewegen. Absoluter Schutz bei maximaler Mobilität! Mittlere Rüstung, Stufe 1]
...
[Herzlichen Glückwunsch! Durch deine Bemühungen Im Kampf hast du gelernt dich besser zu verteidigen! Absoluter Schutz bei maximaler Mobilität! Mittlere Rüstung, Stufe 6]

[Herzlichen Glückwunsch! Durch deine Bemühungen Im Kampf hast du den Umgang mit Schwertern verbessert! Die Waffe der Helden und der Ritterlichkeit. Stufe 29.]

[Herzlichen Glückwunsch! Durch das Sammeln von Erfahrungspunkten bist du in der Stufe aufgestiegen! Reisende erhalten 4 Attributspunkte zur freien Verteilung pro Stufe! Durch deine Erfahrung erhöht sich ebenfalls eine

Fähigkeit deiner Wahl pro Stufe! Achtung! Nach sieben Tagen werden alle unverteilten Punkte automatisch verteilt.]

[Herzlichen Glückwunsch! Durch dein andauerndes Training erhältst du einen zusätzlichen Attributspunkt in Geschicklichkeit!]

Seinen freien Fähigkeitspunkt verteilte er auf Schwerter, was ihn auf einen Gesamtwert von dreißig brachte und somit sein zweites Talent freischaltete. Und wo die ersten Talente gut waren, waren diese offenbar viel stärker und bauten eindeutig auf dem ersten Talent auf:

Schwerter - Verfügbare Fortgeschrittene Talente:

Klingen-Fokus
- Euer Schwert übernimmt die Rolle eines Magier-Fokus. Je affiner euer Schwert zu Magie ist, desto leichter fällt euch eure Zauberkunst. Ihr erleidet keine Mali die sonst auftreten würden, weil ihr keinen Stab, Zauberstab oder vergleichbares ausgerüstet habt. (Achtung! Stärkere Magie benötigt einen Fokus.)

Verstärktes Schwert
- Ermöglicht es euch eure Waffe mit Mana zu verstärken um ihre Haltbarkeit zu erhöhen.

Schwertwächter
- Erfüllt euer Schwert mit eurer Essenz und ermöglicht es euch eure Waffe mit eurem Geist zu steuern. Die Fähigkeit der Steuerung wird durch eure aktuelle Stufe im Schwertkampf begrenzt. (Achtung! Verhindert das zeitgleiche Wirken von Zaubersprüchen.)

[Achtung! Die Wahl eines fortgeschrittenen Talents legt euch auf diesen Pfad fest.]

[Achtung! Eure Gabe ‚Potential' ermöglicht es euch erweiterte fortgeschrittene Talente mit einer Wahrscheinlichkeit von 100% zu erlernen.]

So viele Warnungen. Endlich wusste er was seine Gabe bewirken würde - nur hatte er keine Ahnung, was das bedeutete, welche Auswirkungen das langfristig haben würde oder ob das bereits alles war. *Klasse. Bitte noch etwas unklarer.* Silas staunte weiter über die drei Optionen und war sich unsicher, was er wählen würde. Verstärktes Schwert würde ihm einen direkten, greifbaren Bonus geben aber wirkte irgendwie zu simpel. Seine aktuelle Waffe war robust und er konnte sich, wenn nötig, noch immer eine neue besorgen. Schwertwächter war interessant aber würde wohl einen anderen Weg in den Talentbaum einschlagen wie den, den er geplant hatte. Als er sich Klingen-Fokus durchlas wusste er jedoch bereits, dass dies das Talent war, das er wählen würde. Er würde anscheinend später für stärkere Magie einen Fokus benötigen, was auch immer das bedeutete. *Hat Nariel für ihren Zauber so etwas wie einen Fokus benutzt?* Wieder sortierte er die Gedanken in seinem Kopf, konnte aber nicht verhindern, dass er sich schon sah er sich mit Schwert in der einen und einem Zauber in der anderen Hand in den Kampf zog. Er Wählte 'Klingen-Fokus' und bestätigte das Feld, dass ihn fragte ob er sicher sei mit ‚Ja'. Anschließend erhöhte er noch seine Werte, besonders Intelligenz um endlich seinen Zauber wirken zu können, dann wischte er die ganzen Bildschirme aus seinem Sichtfeld.

Er holte Luft und sah zufrieden auf seine schlafenden Gefährten. Nariel regte sich jetzt, als würde sie merken, dass er sie anstarrte. Ihm fiel auf, dass es das erste Mal war, dass er die Elfe hatte schlafen gesehen. *Sie ist hübsch.* Stellte er ungewollt fest und sah entschuldigend zu Alina. Als er begann seine Schuhe anzuziehen erwachte Nariel vollständig. „Guten Morgen", flüsterte er ihr leise zu während er den Stiefel festschnürte. Verwirrt sah die Elfe ihn für eine

Sekunde an und murmelte dann auch etwas in der Richtung zu ihm. Auch Alina regte sich kurze Zeit später. Nach einem kargen, aber füllenden Frühstück aus Sinas Rationspaketen, sie hatte hauptsächlich unverderbliches eingepackt, machten sie sich auf um das nächste Stockwerk der Zitadelle zu erkunden.

Nach den anstrengenden Treppen führte sie ihr Weg auf eine höhergelegene Ebene, die auch den Weg auf die hohen Wehrgänge freigab. Anscheinend war es inzwischen Tag, aber der Himmel über ihnen war grau und es musste geregnet haben, denn der Boden unter ihnen war noch feucht. Wind zog unter Silas' Rüstung und ließ ihn frösteln.

Er staunte trotzdem nicht schlecht als sie auf die steinernen Gänge heraustraten. Riesige Belagerungsmaschinen waren auf den runden, freien Vorsprüngen angebracht, aber Silas und seine Gefährtinnen hatten keine Ahnung wie man auch nur eine davon bedienen konnte – es handelte sich nicht nur um einfache Katapulte oder Ballisten, sondern teilweise komplex aussehende mechanische oder magische Vorrichtungen mit hervorstehenden Zahnrädern und Rohren. Er sah Kanzeln die ihn irgendwie an alte Geschütze seiner Welt erinnerten, nur, dass diese hier aus Holz und verschiedenen Metallen gefertigt zu sein schienen. Teilweise fehlte die Munition, die anscheinend nicht Teil des Zaubers war, der die Zitadelle in Stand gehalten hatte, teils war sie komplett verschossen worden, aber hier und da lagen ein paar der großen Zylinder die ihn an Gasflaschen erinnerten, nur, dass diese durchsichtig waren und unberührt von der Zeit schienen.

Als sie das erste Mal auf die Südseite der Zitadelle und über die Steinquader sahen zog Silas scharf die Luft ein. „Schaut euch das an." Sagte er und deutete durch die Zinnen nach unten. Nariel und Alina taten wie geheißen und er sah den Schreck, der auch in ihren Gesichtern stand.

Die Untote Armee stand bis tief in die Ruinenstadt hinein. Silas hatte noch nie außer vielleicht im Fernsehen bei Demonstrationen solche Mengen an Menschen, oder in diesem Fall Untoten, gesehen. Er konnte die Zahl nur schätzen, aber es waren sicher Tausende, wenn nicht zehntausende der violetten Lichter unter ihnen. „Wir hatten Glück. Ich hoffe wir kommen hier irgendwie wieder raus." Sagte Silas leise.

Nachdem sie den Anblick der Massen überwunden hatten entschlossen sie sich, sich nicht weiter unnötig draußen und somit in dem schlechten Wetter aufzuhalten, sondern zurückzugehen um das nächste Stockwerk zu erkunden. Das mulmige Gefühl in seinem Bauch wurde stärker, je tiefer sie in die Zitadelle vordrangen. Immer wieder wurde ihr Weg versperrt von Trümmern und aufgetürmtem Schutt, einmal stellte Nariel fest, dass irgendjemand diese Barrikaden absichtlich errichtet hatte und sie kamen zu dem Schluss, dass diese wohl irgendjemanden, irgendetwas hatten aufhalten sollen.

Kurz nachdem sie das letzte Stockwerk durchsucht hatten, waren sie auch schon auf dem Weg nach oben. Silas merkte bereits an der Tür, dass etwas anders war als in den Stockwerken unter ihnen. Ein Kribbeln machte sich auf seiner Haut breit und auch Alina starrte auf die Tür vor ihnen. „Alte Magie." Hauchte sie. Silas erinnerte sich an das Refugium wo sie das letzte Mal etwas Ähnliches gesagt hatte. Nariel stand ebenfalls bereit neben ihnen und hatte den Bogen bereits in der Hand.

Silas hob den Schlüssel an die Tür und anders als die anderen öffnete sie sich nicht sofort. Es rumorte seltsam und Silas musste sich immer stärker auf den Funken konzentrieren. Die Tür knarzte und beugte sich unter dem Drück der Magie des Schlüssels. Seine Gefährtinnen traten einen Schritt zurück als sich das Holz nach innen bog und zu splittern begann. Die Risse zogen sich immer weiter über das Holz als Magie gegen Magie ankämpfte. Schließlich, als er schon dachte es würde sich nicht weiter ausdehnen können, ertönte ein lauter Knall und die Tür vor ihm verwandelte sich in tausende kleine Holzsplitter, die explosionsartig von ihnen weg in den Gang flogen.

Silas holte tief Luft. Er hatte nicht einmal bemerkt, dass er während der ganzen Nummer nicht geatmet hatte. Er sah zu seinen Gefährtinnen die ihn entschlossen ansahen, also nickte er ihnen kaum merklich zu und er betrat den Gang.

Die Holzsplitter knirschten unter seinen schweren Sohlen und sofort erblickten sie das Monster unweit rechts von ihnen. Er und Alina zogen sofort die Waffen und Nariel brachte den Bogen auf Schulterhöhe.

Alina jedoch runzelte die Stirn, als sie sie auf den bläulichen Schimmer um die Kreatur aufmerksam machte. „Irgendwas stimmt nicht." Ließ sie leise verlauten. Vorsichtig näherte sich das Trio dem Wesen. Sie sahen das schwarze Biest bisher nur von der Rückseite aber schon das reichte ihnen allen. Dicke Panzerplatten waren übereinander verschachtelt und schützten seinen Rücken. Silas sah insektenartige Flügel die seitlich unter den Platten hervorlugten und ihn an eine Kakerlake erinnerten. Ekel zog in ihm auf. Das Wesen, sicherlich drei Meter groß, bewegte sich nicht und sah aus wie erstarrt. Vorsichtig umrundeten sie das Monster und Silas wirkte *Analyse*. Sofort benachrichtigte ihn eine Meldung, dass seine Analyse in der Stufe aufgestiegen war.

Abyssus-Ausgeburt, Level ??
Klasse: ??
HP: 11%, Mana: 51%
Disposition: Hasserfüllt

„Verdammt!" Diesmal konnte er sich nicht zurückhalten, sondern musste aussprechen was er dachte. Fragezeichen oder Totenköpfe bedeuteten in Spielen generell, dass die Kreatur so weit höher in der Stufe war, dass es keinen Sinn machte sich mit ihr anzulegen. Als er den fragenden Blick Nariels sah, schob er den Schirm zu ihr und sie keuchte. „Eine Kreatur der Abgründe... Silas!" Er wollte fragen was das bedeutete, als Alina ihn unterbrach „Wenn Grotlinge mit zu den schwächsten Wesen der Dunkelheit gehören und man sie höchstens als Aasfresser oder Parasiten sehen kann, ist das hier ein ausgebildeter Krieger. Die Vorhut. Ich habe von ihnen in Legenden gehört. Sie sind wie Heuschrecken. Sie schwärmen über einen Landstrich hinweg und fressen oder töten alles was sich bewegt." Silas schluckte und sah sie fragend an. „Meine Mutter hat mir von ihnen erzählt, aber sie wurden seit Jahrhunderten nicht mehr auf Aeternia gesehen. Auch wenn wir wenig Kontakt zur Außenwelt haben, hätten wir davon erfahren, wenn sie wiederaufgetaucht wären. Der Hof hätte uns informiert." Sie umrundeten die Kreatur und Silas erkannte erschrocken das Klauenbewehrte Wesen aus seiner Vision. Mit einem Schlag wurde ihm bewusst, dass es sich wirklich nicht um eine Halluzination gehandelt hatte. „Ich kenne dieses Biest." Stellte Silas fest als er das Wesen genauer betrachtete. „Irgendwann musst du mir erklären, was es mit dieser Dunkelheit von der du sprichst auf sich hat." Er wich einen Schritt zurück. Auf mehr als eine Art erinnerte ihn das Biest an ein Insekt. Die vier viel zu dünnen Arme die aus dem Torso des Monsters sprossen endeten in jeweils einer 'Hand' mit vier Klauen, von denen jede so lang war wie ein Kurzschwert. Die Chitin-ähnlichen Platten erstreckten sich auch über den Körper vorne. Die Beine wirkten lang, dürr und auch diese endeten in drei scharfen, langen Klauen die ihn an einen Raubvogel erinnerten, nur, dass die Beine mit zusätzlichen Stacheln bedeckt waren, die nach oben und unten gebogen waren. Der Kopf war ebenfalls mit den dicken Panzerplatten bedeckt, aber das ‚Gesicht' war einfach nur abstoßend. Tiefe eingefallen Augen und ein Maul das von Mandibeln gesäumt war. Das Wesen hatte zwar keine Nase, aber ganz untypisch für ein Insekt sah er Reihen von Zähen die sich in seinem Maul befanden. Vor allem eins fiel ins Auge: Die Faustgroßen Krater, die sich im Torso des Wesens befanden und aussahen, als wären Miniatur-Raketen eingeschlagen sowie die zwei Schwerter die bis zum Heft auf Bauchhöhe in dem Biest steckten und Silas verdächtig an sein eigenes erinnerten. „Es ist nicht so schwer zu erklären. korrumpiertes Mana gebärt irgendwann Kreaturen, die genau diese Aspekte verkörpern: Korruption, Verderbtheit. Es passiert selten auf dem natürlichen Weg, dass Mana so verdreht wird. Meist sind intelligente Wesen dafür verantwortlich, die entweder aus Dummheit, Unwissen, oder beidem versuchen auf diesem Weg mehr Macht zu erlangen." Nariel nickte und stimmte ihr zu. „Mana existiert in allen möglichen Formen und Arten, selbst in welchen die jemand der sie nicht kennt erst mal grundsätzlich als ‚Böse' bezeichnen würde, wie zum Beispiel Blut oder die Nacht, selbst wenn sie es nicht sind. Eine natürliche Sache ist nicht mehr oder weniger Böse wie die Natur selbst. Sie hat keinen Willen oder kein Ziel. Pervertiert man diese jedoch und gibt willentlich oder unwillentlich seine negativen Emotionen hinzu, Gier, Hass oder Zorn, entsteht korrumpiertes Mana." Silas verstand, irgendwie zumindest, und Nariel führte weiter aus. „Gerade Menschen sind sehr anfällig für diese Verlockungen, aber sie existiert in jedem Lebewesen Aeternias." Alina nickte eifrig, Stab in der Hand, noch immer auf der Hut vor dem Wesen vor ihnen. „Es gab immer Kriege mit diesen Monstrositäten, aber es passiert äußerst selten, dass jemand die Meisterschaft über sie erlangt und befehligt. Die meisten sterben, bevor sie es schaffen, werden von wortwörtlich von ihrer eigenen Verderbtheit zerrissen oder noch schlimmer." Silas schluckte. Er wollte sich nicht vorstellen, was schlimmer wäre als zu sterben, aber mit der Magie Aeternias und den Untoten vor den Toren hatte er die eine oder andere Idee. Er stockte. „Ihr sagtet die Untoten haben verderbte Magie benutzt. Können diese Wesen dadurch entstehen?" Alina wechselte einen kurzen, verunsicherten Blick mit Nariel. „Nicht… zwangsweise. Wir haben von verderbter Magie gesprochen, aber es wäre vermutlich korrekter von negativer Magie zu sprechen. Aber vielleicht reicht die Anwesenheit dieser Wesen aus, um die Magie der Untoten zu beeinflussen." Silas verstand nicht ganz. „Sind Untote nicht die Ausgeburt von verderbter Magie?" Wieder dieser Blick zwischen den zwei Frauen, als würden sie stumm eine Diskussion führen. „Das ist nicht so leicht zu beantworten. Wir begeben uns hier auf eine Seite der Magietheorie mit der weder ich noch Nariel vertraut sind. Wir lernen es im Sidhe nicht, aus gutem Grund. Von dem was ich weiß ist aber nicht jeder Untote ein Auswuchs von Verderbtheit. Es gibt Geister die nur durch ihren Willen in dieser Welt bleiben, oder durch starke Magie." Nariel nickte, auch wenn er so etwas wie Ablehnung in ihrem Gesicht sah. „Denk an Agratar. Man könnte sein Echo auch als Geist bezeichnen, oder?" Dieses Mal war es Nariel, die ihnen den fragenden Blick schenkte. Silas schüttelte mit dem Kopf, wie so oft, wenn er versuchte sich aufs hier und jetzt zu konzentrieren. Er deutete mit dem Kopf zu dem Monster vor ihnen.

„Warum bewegt es sich nicht?" Fragte die Fae vorsichtig. Auch Silas hielt noch immer sein Schwert schützend vor sich, als rechnete er jeden Moment damit, dass das Monstrum sich regte. „Ich denke... es ist eine Art Stase." Sie sah ihn fragend an. „Ich habe euch nichts erzählt, weil ich mir nicht sicher war ob es eine Halluzination war. Als ich den Schlüssel am Tor eingesetzt hab, hatte ich eine Vision." Alina sah ihn besorgt an. Er schüttelte vorsichtig den Kopf ohne die Abyssus-Ausgeburt aus den Augen zu lassen „Nein, es war nicht der Manabrand." Nariel sah ihn jetzt wieder fragend an „Manabrand?" Alina sah sie mit einem Seitenblick an. „Später." Silas legte den Kopf schief. „Erinnerst du dich daran wie wir gegen die Konstrukte im Refugium gekämpft haben?" Alina nickte. „Wie könnte ich das vergessen?" Er lächelte kurz als er sich an ihren Kuss danach erinnerte, wurde aber sofort wieder ernst. „Da hatte ich auch eine Vision. Es unterscheidet sich von den Halluzinationen. Zuerst konnte ich sie nicht wirklich auseinanderhalten, aber... ich glaube ich sehe was Agratar erlebt hat." Nariel und Alina sahen ihn beide ernsthaft an. „Was meinst du damit?" fragte die Elfe zweifelnd. „Ich glaube ich sehe Teile von Agratars Leben. Dieses Biest kenne ich, weil ich gesehen habe wie Agratar und seine Leute gegen sie gekämpft haben." Alina sah ihn besorgt an.

„Was meinst du genau?" Er sog die Luft ein als würde er sich an etwas Schmerzhaftes erinnern. „Als ich den Schlüssel vor dem Tor aktiviert habe ist es passiert. In dem einen Augenblick stehe ich neben euch, im nächsten sehe ich diese Bilder als wäre ich mittendrin. Dieses Mal haben Tausende dieser Biester hier die Stadt angegriffen. Agratar und seine Kameraden…" Er stockte als er sich an die Bilder erinnerte. Aus irgendeinem Grund schmerzte der Gedanke an die toten Freunde des Königs ihn mehr als er zugeben wollte. „Ich glaube sie haben verloren, aber die Vision hat geendet bevor ich den Ausgang der Schlacht sehen konnte." Als er geendet hatte sah Alina ihm tief in die Augen. Besorgt verharrte sie so bis er den Blick abwandte. „Mir geht's gut, wirklich." Die Elfe schüttelte mit einem Seitenblick zu Alina den Kopf. „Mit sowas ist nicht zu spaßen, Silas." Er zuckte mit den Schultern. „Glaubt mir, mir geht es wirklich gut." Alina sah ihn noch immer ernst an. „Silas, wenn so etwas noch mal passiert möchte ich, dass du mir sofort Bescheid sagst. Und du musst mir erzählen was du gesehen hast. Visionen sind… vergleichbar mit Prophezeiungen. Wenn man sie falsch interpretiert oder wegen ihnen etwas annimmt, das kann gefährlich werden. Versprich mir, dass du mir Bescheid sagst." Er hörte die Sorge in ihrer Stimme und hatte keinen Grund es ihr zu verheimlichen. „Ist gut, ich verspreche es dir." Als er dann den Blick der Elfe sah, fügte er hinzu: „Ich verspreche es euch beiden. Können wir jetzt weiter?"

Widerwillig stimmten seine Gefährtinnen zu und sie ließen das Monster im Gang hinter ihnen zurück.

„Denkst du es hat etwas mit dem Zauber zu tun, der auf diesem Ort liegt?" Fragte Alina, woraufhin er erneut nickte. „Agratar hat irgendetwas getan, vermutlich auch einer der Gründe warum die Untoten durch die Ruinen schleifen. Ich weiß es nicht genau. Die Vision endete mit den letzten Worten seines Spruchs."

Der Weg machte einen Knick und sie kamen an ein weiteres Tor, das ihn an das Tor zu der Waffenkammer im Erdgeschoss erinnerte. Das komische war nur, dass diese Tür nicht verschlossen war, sondern nur fast. Das Holz des linken Torflügels war um einige Zentimeter nach hinten versetzt, ohne eine Lücke zwischen ihm und dem rechten Torflügel zu bilden. Nach einem kurzen Blick zu Alina stemmte Silas sich mit beiden Armen dagegen. Zuerst tat sich nichts, aber als er dann fester drückte bewegte sich die Tür langsam, als wäre sie in Melasse versenkt worden. Er brauchte ein paar Sekunden bis das Tor weit genug geöffnet war um hindurchzugehen. Er ging zuerst hindurch, und kaum hatte er zwei Schritte in den Raum gemacht blieb er auch schon fassungslos stehen. Das Monster hinter ihnen war nicht das einzige was es hierhergeschafft hatte. „Was ist...?" Fragte Alina und drängte sich an ihm vorbei. „Oh." Eine Sekunde später stand auch die Elfe neben ihm und sah sich wortlos in der großen Halle um. Anders als die Halle unten war diese hier nicht leer. Dutzende der Kreaturen waren in Zweikämpfe, teilweise in größere Scharmützel verwickelt, aber auch hier herrschte absolute Stille und Regungslosigkeit. Silas sah die Krieger in ihren golden-silbernen Rüstungen, den roten Umhängen und teilweise mit Schwertern die seinem ähnelten ausgerüstet, teilweise aber auch mit langen Speeren die sie hoch überragten. „Wow!" Sagte er leise und trat weiter in den Raum hinein. Die Kreatur die ihm am nächsten war, war erstarrt. Auch hier sah er den bläulichen Schimmer um sie herum. Zwei Pfeile steckten in seinem Kopf und Silas aktivierte erneut Analyse.

Abyssus-Ausgeburt, Level ??
Klasse: Soldaten-Drohne
HP: 7%, Mana: 65%
Disposition: Hasserfüllt

Der Aufstieg in seiner Fähigkeit erlaubte es ihm nun zumindest die Klasse des Biestes zu sehen, was ihn nur noch in seinem Insektenvergleich bestätigte. Unaufgefordert schob er den Schirm zu der Elfe die abwechselnd die Kreatur und vor allem das schwarze, in der Luft erstarrte Blut und den

Schirm vor ihr ansah. „Elfenpfeile", flüsterte sie, leiser als sonst. Er folgte der Schussbahn mit dem Kopf und sah, von wem die Pfeile abgefeuert waren. Ein schlanker Elf stand vielleicht fünfzig Meter weiter und zielte gerade regungslos mit einem weiteren Pfeil auf dem Bogen auf das Wesen vor ihnen. Als sie näher herangingen erkannten sie den ernsten, entschlossenen Gesichtsausdruck des Mannes und Nariel sah ihn erstaunt an. „Das sind alles Soldaten des alten Reiches. Sie müssen in der Zeit eingefroren sein!" Er schluckte. Silas konnte sich grob vorstellen was hier abgelaufen war. Die Kreaturen hatten es irgendwie geschafft, die Verteidiger zurückzudrängen und die Soldaten hatten hier, auf diesem Stockwerk verzweifelt versucht die Biester zurückzuhalten. Der Gedanke ließ ihn erneut stocken. *Warum ist Agratar nicht hier gewesen?* Er war nicht gestorben, so viel war klar. Er hatte sich irgendwie, irgendwann in das Refugium geflüchtet. *Aber wie? Und warum?* Silas erinnerte sich an seine erste Vision. *War das Gift gewesen? Und... seine Geliebte?* Das würde sich mit den Worten Agratars über den Verrat seiner Kameraden decken. Immer mehr Fragen schwirrten in seinem Kopf umher. *Warum hatten sie Agratar hintergangen? Wie musste es sich anfühlen, wenn sogar seine Geliebte ihn betrügen würde?* Er erinnerte sich nur zu gut, an die seltsame, blonde Frau aus seinen Visionen. Silas schluckte und ein dicker Kloß blieb ihm fast im Hals stecken als er zu den blonden Haaren der Fae sah. Sein Herz rutschte ihm in die Hose. Nach einem kurzen Moment spürte sie seinen Blick und sah ihn ebenfalls an. Er versuchte sein Gesicht abzuwenden aber es gelang ihm nicht sofort. Was sie sah schien ihr gar nicht zu gefallen.

„Was ist los?" Fragte sie besorgt und er verzog das Gesicht zu einem Lächeln, oder zumindest versuchte er es, aber anscheinend ohne großen Erfolg. „Es ist nichts...", begann er, aber sofort sah er den scheltenden Blick der Fae. Er seufzte. „Ich musste an Agratar denken. Warum er nicht hier war und den Soldaten beigestanden hat." Die Fae sah ihn an, als würde sie wissen, dass er etwas nicht ausspräch. Er beugte sich ihrem Blick und auch Nariel sah ihn jetzt an. „Ich glaube... seine Geliebte hat ihn vergiftet." Schock machte sich auf ihrem Gesicht breit und dann noch etwas Anderes. *Empörung? Trauer? Wut?* Hatte sie erkannt, dass er sie angesehen hatte und daran gedacht hatte wie es sich anfühlen würde, wenn sie ihn vergiften würde? Er senkte betroffen den Blick und erwartete, dass sie wütend wurde. Sie zeigte ihm jedoch mal wieder, dass er nur ein Idiot war, der sich zu viele Gedanken machte. Er spürte eine Hand auf seiner Wange und sah in das Gesicht seiner Gefährtin. „Ich verstehe, dass du dich Agratar verbunden fühlst. Aber ich bin nicht seine Gefährtin. Und du bist nicht er." Er sah sie an und spürte die Scham in sich aufsteigen. Das war ihr gegenüber nicht fair gewesen. Er wusste es. „Entschuldigung", flüsterte er leise. Ernst sah ihn die Fae an und zog die Hand zurück. Als er seinen Blick wieder nach oben richtete... streckte ihm Alina die Zunge raus. Sie lachte leise. „Du bist ein Idiot." Stellte sie fest. Er hätte es besser wissen müssen als anzunehmen, dass so ein Gedanke ausreichte um Alina wütend zu machen. Er lächelte jetzt zurück und streckte ihr ebenfalls die Zunge raus.

Ein Räuspern ließ sie beide erschreckt zu der Waldläuferin herumfahren. „Wenn ihr mit eurem Geturtel fertig seid... wir haben hier ein kleines Mysterium zu lösen." Sagte die Elfe dramatisch und deutete auf die Vielzahl in der Zeit erstarrten Wesen, die in einem endlosen Kampf gefangen waren. Silas hüstelte unbeholfen. „Ähm, ja. Wo waren wir?" Was einen erneuten Lacher der Fae provozierte.

Er wandte sich wieder den nächsten Kämpfenden zu und lief ein paar Schritte. Seine Gefährten folgten ihm. Sie kamen in der großen Halle noch an einigen abstrusen Szenen vorbei. Da waren mehrere der Soldaten die alle gleichzeitig eins der Biester mit ihren langen Lanzen gegen eine der Säulen aufspießten.

Eine andere in der eins der Monster im Zweikampf mit einem ruppigen Zwerg lag und gerade eine gewaltige Streitaxt genau vor dem Kopf gestoppt hatte. Blut, das in der

Luft wie gefroren schien und aus dem Stumpf eines Armes kam, dass das Monster ihm gerade abgeschlagen hatte.

Es war eindeutig ein Kampf um Leben und Tod gewesen. Auch auf das neugierige Berühren seinerseits hin bewegten sich die eingefrorenen Krieger keinen Millimeter, als würde sie irgendetwas an Ort und Stelle halten. Selbst die Blutstropfen bewegten sich kein Stück. Silas hängte sich sogar mit seinem ganzen Gewicht an eine der Blutschlieren, aber sie wirkte nur kalt, wie aus Eis und hinterließ auch keine Spuren auf seiner Hand.

Als sie den Raum zur Hälfte durchquert hatten zählte Silas sechsundvierzig der Monster und neunundfünfzig der Soldaten, von denen sechs Elfen, neun Zwerge und der Rest Menschen waren. „Was das wohl für ein Zauber ist?" Sagte Alina leise. „Kein Zauber der Grundelemente." Sagte die Elfe bestimmt „Hohe Magie?" Die Fae zuckte mit den Schultern. „Vermutlich. Alte Magie auf jeden Fall." Silas unterbrach die beiden mit einem erschrockenen „Oh scheiße!" Als er das Tor erblickte, das im Halbdunkel lag. Der Licht spendende Kristall, der eigentlich an der Decke hängen sollte lag zerbrochen auf dem Boden. Das Tor hing zertrümmert nur noch in Stücken in der Halterung und Risse im Stein breiteten sich von der Tür über den Steinboden aus. Doch schlimmer als das, war die Szene vor ihm, die direkt aus einem Horrorfilm zu stammen schien.

Überall lagen die Leichen der Verteidiger, sicher zehn oder mehr. Vier der Gardisten sahen so aus als würden sie einem unsichtbaren Gegner hinterher stürmen. Einer hing mit aufgeschlitztem Bauch an der Seite des Ganges mit schmerzverzerrtem Gesicht. An den Wänden klebte nasses, rotes Blut bis zur Decke, von der es selbst tropfte. Eingeweide und Körperteile lagen überall verteilt. Sofort wurde Silas schlecht. „Was ist hier passiert?" Fragte die Elfe erschrocken, während sie die Leiche vor ihr begutachtete. Silas verspürte plötzlichen einen Drang zur Schnelligkeit, zur Eile. Als würde etwas ihm sagen, dass er nicht mehr viel Zeit hatte. Und trotz der Tatsache, dass diese Szene sich für tausend Jahre nicht verändert haben konnte begann er sofort zu joggen. „He!" Machte die Fae als er sich plötzlich in Bewegung setzte, stürmte aber sofort hinter ihm her.

Tag 38-2

Silas flog quasi den Gang entlang und immer wieder lagen schwerverletzte oder tote Gardisten in regungsloser Stase, umhüllt von einem blauen Schimmer, auf dem Gang. Er sah Männer und Frauen denen Körperteile fehlten, ihre Gesichter zu schmerzerfüllten Grimassen verzerrt. Er sah wie der ein oder andere trotz seiner Verletzungen dabei war in ihre Richtung, hinter dem Grund ihrer Verstümmelungen hinterher zu hetzen. Silas bewunderte den Heldenmut und die Pflichtverbundenheit der Männer, hielt sich aber nicht länger mit ihnen auf. Die Fae war kurz hinter ihm, aber die Elfe hatte bereits aufgeschlossen. „Was ist los, Silas?" Drängte sie ihn in ihrer leisen Stimme und Silas schüttelte mit dem Kopf. Dann sprach er so, dass auch Alina ihn verstehen konnte. „Wir müssen uns beeilen. Ich spüre es, irgendwie." Die Elfe nickte als würde das was er sagte Sinn machen und ging nicht weiter darauf ein. Er dachte kurz wie glücklich er sich über seine neue Kameradin schätzen konnte, als das Ende des langen Ganges langsam näherkam.

Auch dort war das Tor nicht mehr da wo es sein sollte, aber hing es nicht nur nicht mehr in den Angeln, sondern war anscheinend herausgerissen worden und dem Zahn der Zeit zum Opfer gefallen. Silas machte einen kurzen Endspurt und zog noch während des Rennens erneut sein Schwert, als er schlitternd durch die offene Tür rutschte. Er sog tief die Luft ein als auch seine Gefährtinnen neben ihm zum Stehen kamen.

Das Bild was sich ihm bot war... absurd. Anders als im Gang oder in den Hallen war hier alles intakt. In dem runden Raum reihten sich Bücherregale um Bücherregale an den Wänden. Große glänzende Kristalle hingen an Ketten von der Decke und tauchten den Raum in ein diffuses Licht, dass auch in der Zeit erstarrt wirkte. In der Mitte des Raumes, auf dem weißen Boden, stand eine Art Stalagmit, eine kurze Säule aus perfekt gewachsenem, rundem Stein. Um ihn herum sah er dutzende magische Runen, die in den Stein gehauen waren und anders wirkten als die, die er bis jetzt gesehen hatte. Selbst die Runen Agratars waren eckig, diese hier waren rund und schienen fast ineinander zu fließen. Schwebend über der spitzen Säule hing eine Faustgroße, weiße Kugel die, wie er jetzt sah, nicht von dem Effekt der gestoppten Zeit beeinflusst wurde, denn ihr Licht waberte und verschmolz mit dem Licht der Kristalle, warf das Licht reflektierend in alle Richtungen des Raumes. Und das schlimmste war die Kreatur, die vielleicht einen Meter vor der Kugel stand.

Eine in schwere, schwarze Metallplatten gehüllte Figur, dessen Rüstung mit Totenschädeln und verzerrten Grimassen verziert zu sein schien. Ein halbes Dutzend Lanzen ragten aus der Kreatur heraus, einige abgebrochen, einige bis zum Holz in dem schwarzen Metall steckend. Er sah Feuer in den Ritzen der Rüstung brennen, das riesige schwarze Zweihandschwert in der rechten Hand. Es war einer der Höllenkrieger aus seiner Vision, wie der, der gegen den Agratar im Duell gekämpft hatte. Der linke Arm mit den spitzen, gepanzerten Schwarzen Klauen war ausgestreckt und seine fünf überlangen Finger umschlossen fast die schwebende Kugel vor ihm.

Es war eindeutig, dass der Dämon sich bis hierher durch die letzten Verteidiger vorgekämpft und sein Ziel fast erreicht hatte, als der Zauber ihn unvorbereitet traf. Das Licht der Kugel waberte einmal und wurde durch die gepanzerte Hand aufgehalten. Die Fae keuchte. „Ein Dämon!" Auch die Elfe war wie erstarrt und sah das Biest erschrocken an.

„Silas...", begann sie, doch er hob die Hand. Vorsichtig ging er um das Wesen herum. „Sei vorsichtig...", ermahnte Alina ihn, aber folgte ihm trotzdem. Er war fast um das Biest herum, als er in das Gesicht des Dämonen schauen musste. Der schwarze, gehörnte Helm war an seinem linken Auge ein Stück weggebrochen. Unter dem Stahl sah er ein verzerrtes vernarbtes, menschliches Gesicht, dem die Augen zu fehlen schienen. Nur ein grünes, brennendes Feuer lag in seiner Augenhöhle.

Als Silas sich einen weiteren Schritt bewegte loderte das Feuer hell fauchend auf. „Ach du Scheiße!" Fluchte Silas, trat einen Schritt zurück und hob das Schwert. Auch die Fae schrie kurz laut auf und stolperte zwei Schritte zurück. Die Elfe die hinter ihnen gestanden hatte, hatte jetzt den Bogen im Anschlag und blickte sie erschrocken an. „Was ist?" Fragte sie unwissend und Silas schluckte einmal, dann ein weiteres Mal. „Das Biest. Es lebt." Die Elfe sog scharf die Luft ein und hob den Bogen höher, zielte sofort auf seinen Kopf. Ohne Vorwarnung flackerte die Flamme erneut auf und... bewegte sich. Silas war kein feiger Mann, zumindest dachte er nicht so von sich, aber in diesem Moment wäre er am liebsten davongelaufen. Am liebsten in die Arme der Untoten, die ihm zumindest ein schnelles Ende machen würden. Aber in dem Auge des Dämons vor ihm lag keine seelenlose Zerstörungswut, nein. Silas hatte solche Augen noch nie gesehen. Nicht das Feuer, sondern die Wut die darin lag. Der Hass. Er wusste, dass der Dämon sie nicht nur einfach töten würde, er würde sie foltern, wenn er die Chance dazu bekäme. Erneut trat Silas einen Schritt zurück und rempelte die Fae an. „Silas?" Hörte er ihre Stimme, doch er war kurz davor sein Schwert wegzuschmeißen und zu rennen. Er drängte sich weiter zurück, ohne das Wesen aus den Augen zu lassen. Im nächsten Moment drehte er sich hastig um, bereit zur Flucht – und wurde von einer schallenden Ohrfeige begrüßt die ihn Sterne sehen ließ.

„Was zum...?" Die Elfe stand vor ihm mit erhobener Hand. Sein Gesicht schmerzte als hätte ihn eine Peitsche getroffen. Nariel musste mit aller Macht zugeschlagen haben. Verwirrt sah er sie an, als die Furcht von ihm abfiel. „Sieh ihm nicht in die Augen." Flüsterte sie und sah ihn besorgt an. „Geht es wieder?" Er wollte gerade nicken, als die Benachrichtigung vor seinem Sichtfeld erschien.

[Achtung! Ihr seid betroffen von „Mantel der Furcht"! Die Aura des Dämons weckt Urängste in euch! Dies ist ein Verzauberungseffekt. Andere Effekte unbekannt.]

Silas schluckte. Der Dämon hatte ihn mit einem einzigen Blick unter seinen Bann gebracht. Er hatte sich gefühlt als würde er vor der Dunkelheit selbst wegrennen wollen. Als würde ihn hier der sichere Tod erwarten. Es war die Angst vor dem Unbekannten, die Angst, die jedem Mensch zu Eigen war, seitdem sie das erste Mal in Höhlen geschlafen hatten. Nein, vielleicht ging die Angst noch auf ihre Vorfahren zurück. Affen, die sich des Nachts Schutz vor jagenden Tieren suchend auf die höchsten Bäume retteten. Er hob die freie Hand an die Wange. „Danke, Nariel. Es geht schon wieder."

Plötzlich ertönte eine Stimme, eher ein Schwingen in der Luft in einem tiefen Bass, der ihnen abgehackt über das Trommelfell kratzte. „Ihr. Werdet. Sterben!" Silas keuchte erneut und auch die Frauen schauderten unter der Stimme. Silas fand als erstes seine Fassung wieder. „Was seid ihr?" Erneut kratzte die Stimme über sein inneres Ohr. „Ich. Bin. Der. Untergang!" Die Stimme erschallte durch den Raum und die Bücherregale vibrierten. Die Fae trat einen Schritt vor. „Nennt mir euren Namen, Dämon! Bei der Göttin Lunaria beschwöre ich euch!". Das Kratzen wurde schlimmer als der Dämon zornerfüllt antwortete. Es tat jetzt wirklich weh. Als würde jemand versuchen einen Juckreiz in seinem Gehirn zu kratzen. „Du. Fae! Wurm! Erdreistest. Dich?" Das Flackern im Auge wurde stärker. „Bei allen Göttern, Dämon. Nenne mir deinen Namen, ich beschwöre dich. Ich beschwöre dich dreimal! Sag uns deinen Namen!" Das

Kratzen wurde schlimmer und Silas legte den Kopf an seine Schulter und seine freie Hand auf das andere Ohr. „Alina..." sagte er schwach, aber der Dämon sprach erneut. „Ich. Bin. Der. Zorn. AETHMA." Die Elfe hinter ihm sank auf die Knie, anscheinend vor Schmerzen. Für sie, mit ihrem besseren Gehör musste das noch viel unangenehmer sein als für ihn. Auch die Fae wankte einen Schritt zurück. „Lunaria gebietet dir...", begann sie, doch ein hässliches Lachen kratzte über ihre Ohren. „Deine. Göttin. Hat. Keine. Macht. Über. Mich." Die Fae wich zurück. „Silas... er, ich glaube nicht..." Silas verstand. Was auch immer sie gerade versucht hatte, es hatte nicht geklappt.

„Was macht er da?" Fragte Silas, dessen Aufmerksamkeit zurück zu der seltsamen Kugel schwang und verzog das Gesicht durch die Nachwirkungen der unweltlichen Stimme.

Er sah wie sich der Blick des Dämons auf die Kugel vor ihm richtete, also wirkte er *Analyse* auf die Kugel. Sofort grüßte ihn eine Benachrichtigung, dass seine Analyse um ganze zwei Stufen auf einmal gestiegen war. Er blinzelte, als er die glänzende, goldene Schrift des Gegenstandes vor ihm las. Das war neu, bisher waren alle Gegenstände ihm ganz normal ohne Glanz angezeigt worden, wie alles andere auch, aber seine Augen weiteten sich als er den Seltenheitsgrad der Kugel erblickte.

[Altertümlicher Kern der Macht, Ordrins Seele (Legendär)
Haltbarkeit: Unzerstörbar
Material: Unbekannt
Alter: Unbekannt
Herkunft: Unbekannt
Mana: 43 von 112.634.000
Aktive Zauber: Zeitgefängnis, Wille des Schöpfers, Unbekannt
Beschränkung: Reisende, Unbekannt
Status: Umkämpft

Information:
Der Kern der Hauptstadt Qurians. Schon alt, als er vom jungen König Agratar gefunden wurde. Gespeist durch die Magie von tausenden Seelen. Seine Herkunft ist ein Mysterium.

Effekt Eins: Gewährt dem Besitzer des Kerns die Lordschaft über ein Stück Land.

Effekt Zwei: Gilt als Anker für Reisende.
Effekt Drei: Zauberspeicher. (Verbleibendes Mana: 43, Verbleibende Zeit des Zaubers: 7 Minuten.)

Weitere Effekte unbekannt. Korrumpierung: 89,15%]

„Oh verdammt!" Silas wusste nicht was ihn mehr einschüchterte. Das Artefakt selbst, der Manawert von über Einhundertmillionen, die aktiven Zauber, das verbleibende Mana, die fast vollständige Korrumpierung oder die ganzen sieben Minuten die ihnen noch blieben bis die Zauber sich lösten.
 Sofort wischte er den Schirm zu der Fae die ihn fragend ansah. Die Elfe schob sich mit zu dem Schirm und beide sogen scharf die Luft ein. Das Kratzen der Stimme des Dämons wurde erneut laut. „ICH. WERDE. SIEGEN." Silas

wirkte erneut Analyse, erneut kam die Benachrichtigung, dass seine Analyse in der Stufe aufgestiegen war.

Aethma, Erster der 14. Legion, Geringer Lord des Zorns?
Level: ???
Klasse: Höllenberserker?
Rasse: Dämon (Kriegerkaste)?
HP: 29.431/51.200
Mana: 13/16.335
Disposition: Hasserfüllt
Status: Zeitgefängnis, Wahnsinn, Blutdurst, Erschöpft, Blutend
Immunität: Feuer, Blut, Wasser, Eis

„Oh scheiße! Verfluchter Mist!" Etwas Besseres fiel ihm nicht ein. Sofort wischte er den Schirm zu Alina und auch die keuchte. „Was jetzt?" Angst war in ihrer Stimme zu hören und auch die Elfe sah aus als würde sie gleich in Panik verfallen. „Wir müssen weg!" Hauchte sie und Silas stimmte ihr wortlos zu. Nur eins war noch zu tun. „Wir können ihm nicht den Kern überlassen!" Sagte Silas bestimmt und die Elfe sah ihn entsetzt an. „Hast du den Verstand verloren?" Er schüttelte energisch den Kopf. „Ich weiß nicht was genau passiert, wenn er den Kern bekommt, aber ich weiß, dass wir es nicht überleben werden. Also... macht euch bereit. Wir rennen." Das Biest hörte alles mit und ließ einen wutentbrannten Schrei aus, als Silas sich ihm näherte. Das Geräusch ließ ihn fast auf die Knie sinken. Welle um Welle der Angst erschütterte ihn, wieder und wieder. Der Dämon hatte tausend Jahre auf seinen Sieg gewartet und jetzt war Silas hier und würde ihm den Preis vor der Nase wegschnappen. Silas musste sich bei jedem Schritt zwingen näher zu gehen. Jeder Tritt nach vorne kostete ihn wertvolle Sekunden. Ein weiterer Schrei drang an seine Ohren und er ging fast auf die Knie, nur um sich doch wiederaufzurichten. *Wie viel Zeit bleibt mir?*

Es kam ihm vor wie eine kleine Ewigkeit, bis er dem Dämonen genau gegenüberstand. Die wenigen Meter hatten mehr von ihm abverlangt, als die gesamte Flucht vor den Untoten in der Ruinenstadt. Er schnaufte vor Anstrengung.

Silas vermied es dem Wesen in die Augen zu sehen, aber das Biest schrie, zornerfüllt, voller Hass, wieder und wieder. Über ihm zerbarst einer der Kristallsplitter und der Raum wurde schlagartig etwas dunkler.

Vorsichtig streckte er die Hand aus, darauf bedacht das Monster nicht zu berühren. Seine Hand glitt näher an den Stein heran, immer näher. Er spürte die Wärme die von der Kugel ausging, und mit einer einzigen entschlossenen Bewegung schloss er die Hand um sie herum.

Sofort spürte er, dass es sich nicht um eine Kugel handelte, sondern um eine Art Sphäre mit hunderten flachen Seiten. Die Kugel selbst war kalt wie Eisen, trotz der Wärme die er gerade noch gespürt hatte, und wirkte schwerer, als er für die Große vermutet hätte.

Der Dämon fauchte erneut und Silas war sich sicher er hätte gespuckt, wenn er gekonnt hätte. Er zog die Hand zurück. Vorsichtig umrundete er den Dämon, dann joggte er mit großen Schritten zu seinen Kameradinnen. „Worauf wartet ihr?" Keuchte er. „Lauft!"

Sie rannten los. Wieder einmal. Sie waren vielleicht fünfzig Meter weit gekommen, als sie hinter sich ein markerschütterndes Brüllen hörten.

Plötzlich passierten erneut eintausend Dinge gleichzeitig. Die Luft bewegte sich wieder. Er spürte einen leichten Windzug an seinem Körper. Um ihn herum ertönten plötzlich Schreie. Das Klirren von Metall setzte ein. Menschen starben als sie an ihnen vorbeiliefen. Er sah Blut spritzen und von vor ihnen erklang das Geräusch eines Kampfes. Dutzende verwirrte Augenpaare sahen zu ihnen, als sie an den Gardisten vorbeieilten. Für die Soldaten musste es so ausgesehen haben, als wären sie aus dem Nichts aufgetaucht – zusammen mit dem Kern, den sie beschützen wollten.

Silas rannte einfach weiter. Er hatte keine Zeit zu erklären was hier gerade passierte. Er rannte so schnell er konnte. Dann erschallten die Schreie hinter ihm. Mark-erfüllende Schreie. Reißendes Metall und Zerberstender Stein. „LAUFT SO SCHNELL IHR KÖNNT!" Schrie Silas, als Panik sich endgültig in ihm breitmachte.

Er sah zur Seite als die Elfe ihn glatt überholte und auch die Fae an ihm vorbeischoss. Er blickte über seine Schulter nach hinten und wünschte sich sofort, dass er das nicht getan hätte. Der Dämon folgte ihm wie ein Bulldozer. Die, die sich ihm entgegenstellten wurden einfach zur Seite geschlagen oder in der Mitte geteilt, und er kam immer näher. *Okay. Zeit für Panik.* Dachte er sich nur und aktivierte seine Fähigkeit, *Strömung.* Sofort verlieh ihm der Schub mehr Geschwindigkeit und er schloss mit der Fae auf. Die Elfe war nur wenige Schritte vor ihm. Wenige Meter vor ihnen wartete die rettende Tür. Noch vielleicht zwei Atemzüge trennten ihn von der selbigen, als ein Zwerg in goldener Rüstung und mit rotem Hahnenkamm auf dem Helm sich in den Weg stellte und mit erhobener Axt auf ihn wartete.

Silas dachte nach, und er dachte schon so schnell er konnte, aber ihm fiel nur ein Wort, eine Möglichkeit ein. „Agratar!" Rief er in der Sprache des Reiches und der Zwerg schien zu stutzen. Auch die Männer hinter ihm schienen verunsichert, dann war er so gut wie bei ihm – und der Zwerg trat beiseite. Die Elfe schlitterte in einen Stand, den Bogen hebend in Richtung des Dämons, als Silas mit der Fae an seiner Seite durch die jetzt zur Seite gehaltenen Speere rannten. „Formieren!" Bellte der Zwerg sofort und ließ sich einige Schritte zurückfallen. Die Lanzen hoben sich durch die Überreste des Tores und Silas sah weiße Runen in magischen Kreisen unter den Gardisten erscheinen.

Nariel schoss einen magischen Pfeil nach dem anderen ab, aber jeder prallte vermeintlich wirkungslos an der schwarzen Rüstung ab und auch Alina wirkte bereits einen Zauber, während sie zurückwichen.

Im nächsten Lidschlag war der Dämon auch schon bei ihnen. Das schwarze Monster krachte in die vier Speere und brüllte auf, Silas wusste nicht ob vor Zorn oder Schmerz. Der Zwerg packte ihn unvermittelt fest am Arm. „Lauft. Wir können ihn nicht aufhalten!" Der Zwerg drehte sich noch einmal zu dem Biest, das jetzt mit einem einzigen Hieb zwei der Speerträger in der Mitte zerteilte.

Der Zwerg hob beidhändig seine Axt, so dass seine stahlharten, großen Muskeln hervortraten, bis weit über seinen Kopf, lehnte sich nach hinten und mit einem lauten Schrei der Anstrengung warf er sie mit aller Macht dem Dämon entgegen. „Was macht ihr? Gebt Fersengeld!" Rief der breite Gardist und rannte bereits an ihnen vorbei. Eine Dornenwand bildete sich unter dem Monster, dann flüchteten sie in die Richtung der unteren Stockwerke.

Sie spurteten durch die große Halle, in dem der Kampf immer noch tobte. Silas sah wie der Elf den sie vorhin beobachtet hatten Pfeil um Pfeil auf die Kreaturen abschoss und jeder seiner Geschosse sein Ziel fand. Er sah mehrere der Soldaten die ihre Gegner besiegt hatten und sich sofort dem nächsten Gegner zuwendeten der ihre Kameraden bedrohte, aber die Biester hielten es genauso – hatten sie einen der Gardisten besiegt sprangen sie sofort zu dem nächsten der Soldaten. Es war absolut unklar welche der beiden Seiten gewinnen würde.

Kurz vor dem Ende der Halle, zwischen den Schreien der Gardisten und dem wütenden Knurren der Monster trat ihnen eins der Biester entgegen. Der Zwerg zog jetzt das Kurzschwert an seiner Seite. Die Elfe schoss während des Rennens zwei Pfeile auf das Biest ab, die einen der vier Arme durchlöcherten, bevor sie verschwanden. Von einer auf die andere Sekunde war der Zwerg neben ihm verschwunden. Er musste eine Fähigkeit aktiviert haben, denn plötzlich befand er sich unterhalb der Klauen der Drohne und streckte ihm sein Schwert entgegen. Das Monster kreischte auf, als die Klinge durch die Metallplatten in seinen Torso eindrang. Im Gegenzug traf eine der Klauen den Zwerg am Kopf und ließ seinen Helm durch die Gegend fliegen. Der Gardist zog sein Schwert heraus, schien eine Sekunde zu zögern, vermutlich war er desorientiert durch den Schlag, dann waren Silas und die Fae an seiner Seite. Ein Zweihändig geführter Stich von Silas drang tief durch eine Lücke in den Panzerplatten und das Biest hätte ihn sicher mit seinen Klauen getroffen, wenn nicht Alina plötzlich neben dem Wesen aufgetaucht wäre. Sie schwang ihren Stab noch während die grünen Runen auflodertern und wie immer, wenn sie diesen Zauber einsetzte, knallte es laut als das Holz den Torso des Wesens traf. Das Wesen zuckte auf und noch während es zurück taumelte trafen ihn mindestens zwei Pfeile der Waldläuferin. Das Monster ging zu Boden und der Zwerg setzte sofort nach. Mit einem einzigen Hieb trennte er den Kopf des Monsters von seinen Schultern. Es waren nur wenige Sekunden vergangen, dann hörten sie den Schrei des Dämons hinter sich.

„Wir müssen weiter!" Sagte der Zwerg gehetzt, erst jetzt fiel Silas auf, dass er einen dicken Akzent hatte. „Richtig." Keuchte Silas und schon waren sie bei den großen Flügeln des Tores und durch es hindurch. Der Zwerg drehte sich um und griff in seine Tasche „Wir schließen es!" Sagte er bestimmt und zog er etwas hervor, das Silas erst nicht erkennen konnte. Der Zwerg hielt jetzt einen Stein hoch der sofort hell grau aufleuchtete und ihn an den Schlüssel in seiner Tasche erinnerte. Sofort begannen die Torflügel sich zu schließen. Das laute Kreischen des Dämons verstummte, als das Tor sich mit einem stumpfen Krachen schloss.

„Wer seid ihr eigentlich und was beim Bart meines Vaters macht ihr hier?" Wollte der Zwerg im Laufen wissen. Silas sog die Luft durch die Seiten seines Mundes ein während er die Zähne aufeinanderpresste. Konnte er dem Zwerg wirklich erklären was hier passiert war? Würde er es überhaupt verstehen? „Wir sind... Abenteurer. Irgendwie." Sagte er etwas kryptisch ohne weiter darauf einzugehen. Der Zwerg sah ihn an. „Ach scheiße." Fluchte der. „Ich will es eigentlich gar nicht wissen. Ich bin Kintrak Stahlhammer, Leutnant der

Goldenen Garde Qurians, freut mich." Silas wollte gerade etwas erwidern als sie hinter ihnen lautes Kreischen hörten. „Die anderen und das Tor werden es nicht lange aufhalten können" knirschte der Zwerg. „Wo sind die anderen Wachen?" Silas schüttelte den Kopf. „Tot, vermutlich." Der Zwerg fluchte in einer ihm unbekannten Sprache. Sie erreichten die nächste Öffnung die den Blick zur Treppe freigab. Holzsplitter knirschten unter ihren Stiefeln. „Verdammt. Das Tor." Fluchte der Zwerg kurz und Silas erinnerte sich schuldig an seinen Öffnungsversuch der in der Explosion der Torflügel geendet hatte. „Silas Westwind." Sagte er dann als sie einige Stufen genommen hatten. „Die Elfe ist Nariel, und die Magierin hier ist Alina." Die beiden die bis jetzt geschwiegen hatten begrüßten ihn freundlich. „Danke." Sagte der Zwerg knapp. „Wir haben keine Zeit zu Formalitäten. Wie sieht der Kampf sonst aus?"

Silas sah den Zwerg verwundert an. „Wisst ihr nicht was passiert ist?" Der Zwerg antwortete mit einem fragenden Blick, während sie immer zwei Stufen oder mehr auf einmal nahmen. Silas entschloss sich, dass es besser war ihm die Wahrheit zu sagen. „Der Kampf ist vorbei, Leutnant." Der Zwerg sah ihn verständnislos an, hielt aber nicht inne. „Haben wir gewonnen?" Silas zuckte mit den Schultern. „Mehr oder weniger. Schwer zu sagen." Der Zwerg legte den Kopf schief. „Was ist passiert?" Silas sah ihn an. Erst jetzt bemerkte er einige graue Haare in dem braunen Bart des Zwergs die vorher nicht dagewesen waren, wenn er sich richtig erinnerte. „Ich glaube ihr wart... in der Zeit eingefroren." Sagte Silas und es tat ihm weh die Worte auszusprechen. Der Zwerg knurrte etwas. Silas hatte nichts verstanden, als der Zwerg sich wiederholte. „Wie lange?" Silas wollte es nicht aussprechen, also nahm ihm Nariel das ab. „Wir schätzen... ungefähr eintausend Jahre." Die jetzt folgende Tirade an Flüchen hielt an bis sie die unteren Treppenstufen erreicht hatten. Silas konnte beobachten wie der Bart des Zwerges immer grauer wurde, je weiter sie die Treppen heruntersteigen. Irgendwann färbte sich auch sein

Haupthaar grau und er stöhnte leise. „Was ist los Kintrak?" Fragte Silas besorgt als sie auf den schmalen Gang hinaustraten – und direkt in den Rücken eins der Monster starrten. *Verdammt.* Es musste das Biest sein, das sie auf dem Gang gesehen hatten. Es war aus seiner Stase erwacht und suchte jetzt ein neues Opfer. Plötzlich schepperte es laut neben ihm, als die Rüstung des Zwergs zu Boden fiel. „Was zum...?" setzte Silas an doch das Wesen drehte sich blitzschnell zu ihnen um.

Es zögerte keine Sekunde. Silas trat ihm in den Weg und schaffte es gerade noch eine der scharfen Klauen abzuwehren, als ihn eine der anderen wie ein Dampfhammer in die Seite traf. Er hörte Leder reißen und Metall splittern, kurz bevor er den Stein der Wand des Ganges traf. Er ließ das Schwert und den Kern fallen, der sofort wieder zu leuchten begann. Er hörte das 'Ping' mehrerer Benachrichtigungen und sank an dem Stein zu Boden. Er spuckte Blut nach vorne und schloss für eine Sekunde die Augen. *Heiltrank.* Er griff in die große Tasche an seinem Gürtel und holte eine der Phiolen raus, setzte sie an und schüttete sie in einem Schluck herunter. Sofort merkte er wie sich etwas in seiner Seite richtete. Er wusste, dass er den Schmerz nicht ausgeblendet hatte, der Schock plötzlich einen tiefen Schnitt im Bauch zu haben, hatte ihn einfach daran gehindert etwas zu fühlen, bevor die Wirkung des Trankes eingesetzt hatte. Er sah auf seine HP-Leiste die sich nur schleppend wieder füllte. Er griff sich an seine linke Seite und schaute auf seine Hand, die komplett rot von seinem Blut war.

Er sah wieder nach vorne. Die Fae war jetzt am Kämpfen und wich grazil einer Klaue nach der anderen aus. Trotzdem konnte Silas den Ausgang des Kampfes jetzt schon vorhersehen. Es war nur eine Frage der Zeit bevor das korrumpierte Monster sie erwischen würde. Vermutlich hätte es das schon lange getan, wenn es nicht einen magischen Pfeil von Nariel nach dem anderen kassierte.

Er schob sich angestrengt hoch und sah zu dem Zwerg, der noch immer regungslos dastand. Silas spuckte den Rest des Blutes in seinem Mund aus, ergriff das Schwert und den Schlüssel die neben ihm auf dem Boden lagen und machte sich bereit. Der kurze Sprint an die Seite des Monsters konnte nicht länger als zwei Sekunden gedauert haben und er stieß das Schwert mit einer Hand nach vorne in die Seite des Wesens. Es knackte als er ein Loch in die angeschlagene Rüstung des Monsters stieß. Klauen schlugen in die Luft wo er gerade noch gewesen war. Silas hatte mit der schnellen Reaktion gerechnet und hatte seinen Plan schon gemacht bevor er angegriffen hatte. Er war bereits einen Meter weiter und stieß erneut zu. Er fand eine neue Lücke zwischen den Panzerplatten und das Biest heulte gepeinigt auf, ohne von seinem Angriff abzulassen. Sofort sprang er so weit zurück wie er konnte und die Klauen gingen erneut ins Leere. Darauf hatte er gehofft. „Kintrak!" Rief er laut und der angesprochene Grauhaarige Zwerg reagierte nicht. Damit hatte er auch nicht gerechnet. Aber... war das Monster vor ihm gerade langsamer geworden? *Keine Zeit darüber nachzudenken.* Die Abyssus-Ausgeburt kam auf ihn zu und er ließ das Schwert in seiner Hand kreisen. Es konnte nicht mehr lange dauern.

Unvermittelt erhielt das Monster einen Schlag in den Rücken. Ein Knall ertönte und das Biest fiel ihm quasi entgegen. *Alina.* Er wich den schwingenden Krallen aus, die erst links dann rechts von ihm in den Stein krachten. Mit einem Schritt war er durch die Verteidigung der Drohne. Er sah in das ekelhafte Gesicht und der Geruch von Säure stieg ihm in die Nase. Sein Schwert stieß vor und versenkte sich tief in dem, was das Äquivalent eines Mundes zu sein schien. Seine Waffe glitt zwischen den Mandibeln hindurch, über runde Zahnreihen bevor es einen Weg durch den Rachen in den Kopf fand. Ein Kreischen ertönte aus der Kehle und Silas versuchte sein Schwert zu lösen. Er zog mit aller Kraft als sich das Wesen langsam wiederaufrichtete, aber das Schwert bewegte sich keinen Millimeter.

Das Wesen sah ihn hasserfüllt an und Silas spannte sich an in Erwartung eines Schlags. Plötzlich war der Zwerg neben ihm. Ein Streich mit dem Kurzschwert entfernte ein Bein von der Kreatur, das in seiner ekelhaften Art kreischte, die Balance verlor und schrie. Sein Schwert löste sich endlich als er zum dritten Mal in kürzester Zeit den Knall des Stabes Alinas hörte. Das Monster fiel zu Boden und der Zwerg ließ dem Biest keine Zeit mehr Schaden anzurichten. Sofort war er seitlich über ihm und mit einem Kampfschrei und einem mächtigen zweihändigen Streich versenkte er sein Schwert bis zur Hälfte in seinem Kopf. Es klirrte, wie von brechendem Glas als das Schwert des Zwergs in zwei Teile brach. Das Monster erschlaffte ohne noch einen Ton von sich zu geben.

Der Zwerg sah ihn an und Silas sah jetzt tiefe Falten in seinem Gesicht. Gehetzt blickte der sich um. „Wir müssen zu den Belagerungsmaschinen... sind sie noch intakt?" Silas nickte „Ich glaube schon. Aber vielen fehlt die Munition." Der Zwerg schüttelte mit dem Kopf. „Es wird reichen. Ich habe schon eine Idee, kommt. Schnell." Erst jetzt sah er, dass der Zwerg nur noch in Lumpen gekleidet war, die aussahen als würden sie jeden Moment auseinanderfallen. Unterstrichen wurde seine Aussage nur durch das Kreischen des Dämons, das sie jetzt aus dem Gang über ihnen hörten. Sie rannten los. Alina sah ihn besorgt an. „Geht es dir gut?" Silas nickte. Er sah auf seine HP-Leiste, die bereits fast wieder ihre übliche Länge hatte. „Soweit. Die Biester hauen verdammt hart zu." Er deutete mit dem Kopf auf den Zwerg. „Was ist mit ihm?" Sie sah ihm besorgt nach, als sie auf den Gang einbogen der zu dem Tor und der äußeren Festungsanlage führte. „Ich denke die Zeit fordert ihren Tribut. Er altert. Sehr schnell." Silas verzog das Gesicht, sagte aber nichts weiter. *Was für ein grausames Schicksal.*

Kurze Zeit später erreichte die Gruppe das Tor zu den Wellen und öffnete es mit dem Stein des Gardisten. Sofort schlug ihnen kalte Luft und Regen entgegen. Kintrak schloss es sofort hinter ihnen, dann rannte er vor und ignorierte die ersten beiden Maschinen. Erst die dritte erregte seine Aufmerksamkeit. Er ging zu ihr und begann eine große Winde zu drehen. Silas schnappte sich die andere Seite als er verstand, was der Zwerg vorhatte.

Der Zwerg trat zurück, begann an mehreren der kleineren Kurbeln zu drehen und schließlich zog er an verschiedenen Hebeln. Nasser Wind schlug ihm ins Gesicht. „Was jetzt?" Fragte Silas laut und gehetzt als der Zwerg zufrieden zurücktrat. „Zur nächsten!" Das Spiel wiederholte sich bei zwei anderen Maschinen. Bei der dritten schüttelte er nach kurzer Inspektion mit dem Kopf. „Der Manazylinder ist gebrochen. Komplett nutzlos." Er ging wieder zu der vorherigen Maschine und bedeutete ihnen mitzukommen. Er setzte sich auf den Sitz an der Seite, in der kleinen Kanzel. „Hier zielen!" Er deutete auf die Rechtecke die zu einer Art Fernglas angeordnet waren. „Hier steuern!" Er drehte an einem Rad und die Maschine bewegte sich nach links und rechts. „Hier…", er deutete auf einen langen Hebel, „ziehen zum Schießen. Soweit klar?" Alle drei nickten. „Wer ist der schnellste von euch?" Silas und Alina sahen die Elfe an. „Du nimmst die erste. Wenn der Dämon das überlebt, und das wird er, renne so schnell wie du kannst zur nächsten. „Die Fae übernimmt die nächste. Verstanden?" Beide nickten und der Zwerg nickte. „Du, Reisender, übernimmst den Dämon selbst wenn er uns zu nahekommt, verstanden? Du musst ihn aufhalten." Alle drei sahen ihn mit großen Augen an. „Auf eure Plätze!"

Tag 38-3

Ein Krachen und das Splittern von Holz ertönten vom Ende des Wehrgangs. Silas stand zwischen der zweiten und dritten Belagerungsmaschine und wartete bereits auf seinen Gegner. Der Zwerg hatte vor wenigen Sekunden den letzten der seltsamen Zylinder in die nun erwachten Maschinen gesteckt und wartete, ebenso wie Silas auf das Eintreffen des Monsters.

Nervös lief er von links nach rechts und ließ sein Schwert kreisen. Das Kreischen des Dämons kratzte wieder in seinen Ohren. Erneut krachte es und Silas sah Splitter auf den Wehrgang fliegen. *Hoffentlich haben Nariel und Alina verstanden was sie tun müssen.* Er hatte einen weiteren Heiltrank genommen. Und, er würde Alina nichts davon sagen, kaute gerade auf dem Andrum. Er konnte es sich nicht leisten auch nur den Bruchteil einer Sekunde den Fokus zu verlieren. Erneut wusste er, warum es eine Droge war, als er die Leichtigkeit in seinem Geist und seinen Beinen fühlte.

Ein weiteres Krachen ertönte, dann ein letztes und die großen Holztore flogen zerbrochen auf den Gang und blieben zerstört im Regen liegen. Sofort sah er den schwarzen Schatten durch die Tür brechen. Im selben Augenblick hörte er das mechanische Surren und ein helles Blaues Geschoss flog auf den Dämon zu.

Anscheinend hatte der nicht mit dem gerechnet was jetzt passierte und selbst Silas erschrak, obwohl der Zwerg sie gewarnt hatte. Die gläserne Phiole, dick wie sein Oberschenkel und mindestens genauso lang explodierte als sie den Dämon in die Seite traf. *Ein direkter Treffer. Wie zu erwarten von Nariel.*

Die Druckwelle erreichte ihn und fegte ihn fast von den Füßen. Ein Sturm aus Energie brach los genau wo der Dämon jetzt stand. Die erste Belagerungsmaschine, eine der Ballisten die sie ignoriert hatten, hob sich hoch in die Luft, bevor sie von den wütenden weiß-blauen Tentakeln zerfetzt wurde, die aus der Mitte der Explosion herauspeitschten. Es blitzte erneut aus dem inneren der Wolke und die weiß-blauen Peitschen rissen tiefe Furchen in den Stein, wo auch immer sie hinschlugen.

Schon sah er wie die Elfe auf ihn zu rannte, anscheinend hatte sie selbst eine Sekunde gebraucht um den Schock zu verarbeiten. Einen kurzen Moment lang dachte Silas, dass der Dämon diesen Sturm aus purem Mana nicht überleben konnte, wurde aber eines Besseren belehrt als der Malstrom kurze Zeit später nachließ. Riesige Risse waren in dem Stein zu sehen, aber auch die Schwarze Gestalt des Dämons tauchte aus dem Krater in dem Wehrgang wieder auf.

Das Wesen begann durch den weiß-blauen Nebel zu schreien der noch um ihn in der Luft lag, schlimmer als bisher. Es war der Schrei eines verletzten Tieres, der Schrei von Wahnsinn und Zorn der diesmal nicht in seinem Kopf kratzte, sondern einfach nur schmerzhaft in seinen Ohren widerhallte und direkt aus dem Schlund des Dämons zu kommen schien. Die Elfe war an ihm vorbei und zog sich zur dritten Waffe zurück, als der Dämon nach vorne preschte, unnatürlich schnell. Er war jetzt vielleicht noch zwanzig Meter von der zweiten Waffe entfernt, als auch die Fae feuerte. Ein Ruck ging durch die Maschine und die gläserne Phiole schoss hervor. Bevor sie jedoch explodieren konnte nahm der Dämon die Gefahr wahr, hob sein riesiges schwarzes Schwert und versenkte es vor ihm im Boden. Das Spiel von eben wiederholte sich als die Phiole auf die breite Seite der Waffe krachte.

Ein Sturm aus Mana der alles zerstörte was er berührte, entbrannte. Alina reagierte schneller als die Elfe. Noch bevor die Phiole angekommen war, war sie aus der seltsamen Maschine aus Holz und Stahl gesprungen und war schon fast bei ihm, als der Sturm nachließ.

Im nächsten Lidschlag war der Dämon bei ihr. Silas hatte nicht genug Zeit um zu reagieren. Das Monster war einfach zu schnell um ihn wirklich wahrzunehmen. Er sah wie die Fae sich umdrehte, als der Dämon sie wie einen Fußball mit aller Macht zur Seite trat. Er sah ihren neuen Stab splittern und mit einem ekelhaften Schmatzen traf die Fae die Wand links von ihm. Ihr gebrochener Körper hinterließ eine rote Schliere auf dem weißen Stein als sie drei, vier Meter an der Wand entlang flog und dann regungslos ein Stück hinter ihm liegenblieb. Plötzlich flogen drei sich drehende, blaue Pfeile, viel schneller als er es gewohnt war über ihn weg. Alle drei bohrten sich tief in die Ritzen der Rüstung des Dämons und ein erneutes Brüllen ertönte. Silas konnte es nicht fassen. Sein Gehirn weigerte sich zu begreifen, was gerade passiert war. Er sah den verdrehten Körper seiner Gefährtin an und verstand. Die HP-Leiste der Fae war leer. Sie bewegte sich nicht. Er starrte einfach nur auf den leblosen Körper und der erste Gedanke den er hatte war, dass er ihr nie gesagt hatte wie er wirklich gefühlt hatte.

Erneut flogen Pfeile an ihm vorbei, die der Dämon mit ausgestreckter Hand in der Luft abfing. Silas regte sich immer noch nicht. Der Schock über den Tod seiner Kameradin hinterließ ein tiefes Loch in ihm, schwarz wie der Abgrund aus dem seine Gegner gekrochen waren.

Das Monster schien es zu bemerken, denn er verharrte ihm jetzt gegenüber und bewegte sich ebenfalls keinen Millimeter mehr. Er schien das Leiden des jungen Menschen zu genießen, als würde er Kraft daraus schöpfen.

Silas sah ihn an und er realisierte nebenher, wie sehr die Manastürme den Dämon angegriffen hatten, aber es war ihm egal. Die großen Risse in der Rüstung gaben den Blick auf ein unnatürliches Feuer frei, dass hell brannte und ihn blendete. Wieder kratzte die Stimme über sein Trommelfell, dieses Mal ohne Pause, als wäre der Bann über ihr verflogen.

„Ich sagte doch ihr sterbt. Gib mir den Kern!" Sagte der Dämon spöttisch und holte mit seiner Hand aus um Silas zu greifen.

In der nächsten Sekunde erfasste ihn ein Wind von hinten. Die Elfe schrie etwas und Silas drehte seinen Kopf, noch immer geschockt.

Im nächsten Augenblick wurde er ein Stück zu ihr geschleudert während der Dämon von den Winden getroffen wurde, die den Regen aufpeitschen ließen. Er landete unsanft auf dem Boden, unweit von der Waldläuferin entfernt.

Er hörte den wütenden Schrei des Dämons als der Wind an ihm zerrte und begann ihn zu bewegen, trotz des abgebrochenen Schwertes das in dem Stein vor ihm steckte.

Eine schallende Ohrfeige traf sein Gesicht. „Silas!" Sagte eine Stimme panisch und wütend, aber er sah nur in die Richtung in die sein Kopf geschleudert wurde. „Lass ihn. Ich kenne das. Entweder sie kommen von selbst wieder zu sich, oder gar nicht." Er hob den Kopf und sah den Zwerg dort stehen, grau und von Falten durchzogen. Er war innerhalb kürzester Zeit von einem Mann in seinen besten Jahren zu einem alten Großvater geworden. „Schau mich nicht so an Junge." Sagte der Zwerg ernst. „Ich muss. Die Manaschleuder hat einen gebrochenen Zylinder." Silas verstand erst nicht was der Zwerg meinte, sah dann aber die zwei großen, gläsernen Röhren die der Zwerg wie einen Kartoffelsack über der linken Schulter trug. „Lass dem alten Mann seinen Spaß, ja? Wenn du jemals den Zwergen der Eisigen Berge begegnest, richte dem Clan der Stahlhämmer aus, dass ihr Sohn ehrenhaft für das Reich gestorben ist." Die Elfe warf etwas ein, das er ausblendete als er dem Zwerg in die Augen sah. Mit einer Hand griff der Gardist unter sein zerfetztes Hemd und zog eine große, goldene Kette hervor, die er jetzt über den Kopf hob. Er trat an Silas Seite und der öffnete automatisch die Hand, in die der Zwerg die Kette fallen ließ. „Sag meiner Familie, dass ich einen der hohen Dämonen getötet habe." Er grinste und schlug dem

Reisenden auf die Schulter. „Es wird Zeit für den alten Mann!" Sagte er lachend.

Nach einer kurzen Pause begann er einen Singsang in einem tiefen, dunklen Bariton. Silas verstand zwar kein Wort aber er horchte auf. Das Lied, das der Zwerg angestimmt hatte klang melancholisch und endgültig. Eine Sekunde später verschwand der Zwerg in der Wand aus Wind und sprühenden Regentropfen, die den Dämon zurückhielt. Das Lied verzerrte sich und klang düster, fast hätte es ihm Angst gemacht, wenn er noch etwas gefühlt hätte.

Wieder einige Augenblicke später explodierte es plötzlich hell-weiß im inneren des Windes. Die Druckwelle erfasste sowohl ihn als auch Nariel und ließ sie beide nach hinten fliegen. Weiße und blaue Schlieren peitschten wie auch bei den vorigen zwei Malen durch den Boden, nur waren sie ungleich intensiver. Eins der Tentakel aus Energie schlug vielleicht einen Arm breit neben ihm über den Boden und pulverisierte den Stein unter ihm. Silas erhob sich vom Boden und ignorierte das Schauspiel vor ihm.

Er ignorierte den Todesschrei des Dämons, stattdessen lief er noch immer mit Schwert und Kette in der Hand zu der Fae, die durch die Explosion nach hinten geschleudert worden war.

Sie lag jetzt vor ihm. Er ging, noch immer starr und ungläubig, in die Knie und ließ achtlos Schwert und Kette fallen, so dass das Metall auf dem Boden laut schepperte.

Vorsichtig griff er ihr unter den Kopf und er spürte die Nässe. Vielleicht vom Blut, vielleicht vom Regenwasser, es kümmerte ihn nicht. Langsam hob er ihren Kopf und sah ihr in das Gesicht. Er sah zu ihren Armen, die beide gebrochen schienen. Mit den Zähnen öffnete er die Lederriemen an seinem Handschuh, dann zog er ihn ab und ließ ihn zu Boden fallen. Eine Hand legte sich auf seine Schulter. Die Elfe war zu ihm gekommen und versuchte ihm ihr Beileid auszudrücken, er sah zu ihr und sah die verkohlten Striemen über der Brust der Elfe. Anscheinend hatten die feineren Ableger der Tentakel sie mehrfach erwischt. Er drehte sich wieder zu der Fae, nahm seine Hand und wischte ihr vorsichtig erst eine Strähne ihres blonden Haares aus dem Gesicht, dann wischte er ihr etwas Blut aus dem Mundwinkel. Sein Blick trübte sich und erst jetzt merkte er, dass Tränen in Strömen über seine Wangen liefen. Er wischte sich verwundert mit dem Handrücken über die Augen, dann widmete er sich wieder dem Blut auf der Haut seiner Gefährtin. Sie fühlte sich kalt an und er konnte nicht glauben, dass sie tot war. Er begann stumm ein Gebet, eine Bitte nach der anderen an den Gott der Erde zu richten, mit dem er aufgewachsen war. Schließlich, als eine Reaktion ausblieb, betete er zu den Göttern Aeternias, dabei war ihm absolut egal wer ihn anhörte. Er fluchte als niemand ihm antwortete, dann zog er die Fae hoch zu ihm und umarmte sie tief.

Er verblieb für einen Moment so, als der wahnsinnige Schrei hinter ihm ertönte. Der Dämon hatte also überlebt und würde ihn gleich auch noch töten. Er hoffte nur, dass er nicht wieder auferstehen würde. Die Elfe sagte leise etwas und er sah hinter sich den blauen Schimmer ihrer Pfeile. Er wusste nicht was er tat, aber er drückte die Fae fester an sich, als die Elfe hinter ihm aufschrie. „Silas, ich kann ihn nicht aufhalten!" Er kümmerte sich nicht um ihre Rufe, als er plötzlich etwas bemerkte. Die Fae die er in den Armen hielt regte sich nicht, aber wo ihr Mund gegen seine Haut ruhte, spürte etwas. Den Hauch ihres leichten Atems. Sofort kamen alle Sinne zu ihm zurück, als hätte jemand das Licht wieder angeschaltet.

Wind zog an seinen Haaren und fuhr ihm unter die Rüstung, tief in seine Kleidung. Wasser lief ihm über die Haare, an seinem Gesicht entlang und auf den Boden. Es fröstelte ihn und die Härchen auf seinen Armen stellten sich auf.

Er spürte die Präsenz des Dämons irgendwo hinter sich. Es war als würde er aus einer Art Traum erwachen, als ihm bewusst wurde was gerade passiert war.

Der Zwerg hatte sich für sie geopfert. Die Elfe war verletzt. Und Alina... er ließ sie in seiner Armbeuge ruhen und griff mit der unbehandschuhten Hand an ihren Kiefer und öffnete ihren Mund. Zuerst spürte er nichts, aber dann einen ganz schwachen Hauch. Er zuckte mit dem Kopf nach oben und blickte über seine Schulter. Der Dämon war inzwischen an ihm vorbei und hatte ihn ignoriert. Seine Rüstung war so gut wie zerstört, nur noch Fetzen hingen wie angeschweißt von seinem Körper. Sein Schwert war weiter zerbrochen und vielleicht noch halb so lang wie vorher. Der Helm war komplett verschwunden und er sah die Narben und frischen Wunden am schwarzgrauen Hinterkopf des Monsters.

Keine Zeit. Silas griff an seinen Gürtel und nahm direkt drei der Heiltrank-Phiolen raus, was seinen Vorrat auf praktisch null schrumpfen ließ. Er entkorkte alle drei Flaschen schnell hintereinander mit den Zähnen. Dann füllte er seinen gesamten Mund mit dem Inhalt. Er sah zu der Fae herunter, öffnete ihren Mund unsanft und drückte ihr seinen Mund auf den ihren. Er ließ den Inhalt seines Mundes in ihren laufen. Zuerst wirkte es als würde sie nicht schlucken wollen oder können, also erhöhte er den Druck und legte ihren Kopf weiter nach hinten und ganz langsam lief die Flüssigkeit ihre Kehle herunter, auch wenn viel danebenging. Er beendete es und strich sich mit dem Handrücken über den Mund. Er küsste sie vorsichtig auf die Stirn und legte ihr die Kette des Zwerges auf den Bauch und gab ihr den Kern in die Hand.

Mit einem Ruck öffnete er die Fibel seines Umhangs, warf ihn über sie und schob sie soweit an die Wand wie möglich. Sein Rucksack landete unweit von ihr entfernt neben der Wand. Er griff nach seinem Schwert und stand auf. Vielleicht zwanzig, dreißig Meter von ihm entfernt kämpfte die Elfe immer noch mit dem Dämon. Silas ging langsam auf das Wesen zu.

Als er auf vielleicht zehn Meter heran war schrie er den Namen der Elfe über den tobenden Wind. „Nariel!" Es dauerte keine drei Sekunden, da sah er jetzt links von sich die Elfe - und wie sie ohne zu zögern über die Zinnen sprang, als der Dämon nach ihr schlug. Eine Windböe peitschte über den Boden und die Elfe flog wieder auf die Zinnen, dieses Mal hinter ihm. Er brauchte kurz um zu verstehen, dass der Wind sie emporgetragen hatte. Sie stolperte Silas entgegen, er ergriff ihre Hand und zog sie zu sich, woraufhin sie ihn überrascht ansah. Er erkannte jetzt auch, dass es ihr schlechter gehen musste, als er gedacht hatte, denn ihr Griff war schwach und sie zitterte. Sofort fühlte er sich schuldig. „Kümmere dich um Alina", flüsterte er ihr leise zu. Sie wollte protestieren doch er schüttelte nur bestimmt den Kopf. „Geh zu ihr. Sie lebt. Beeil dich." Die Elfe sah ihm in die Augen, zögerte nur ganz kurz und rannte dann zu ihr.

Der Dämon hatte anscheinend beobachtet was passiert war und stand ihm wieder gegenüber. *Arroganz.* Erkannte Silas. *Hass und Wut.* Spott lag in der Stimme des Monsters, als er seinen hässlichen, narbenüberzogenen Mund bewegte. „Der kleine Krieger ist aufgewacht."

Silas sah ihn entschlossen an, die Worte des Monsters prallten von ihm ab. Zur Antwort nahm eine Haltung ein, die Lara ihm gezeigt hatte. 'Eine Stellung für Duellanten' hatte sie es genannt. Der Dämon sah ihn an, dann ließ Silas das Schwert durch die Luft singen, so dass die Spitze auf das Herz des Biests zeigte.

Er holte tief Luft, dann sah er ihm mit voller Absicht in die Augen und erkannte, dass sein intaktes Auge durch den Manasturm zertrümmert worden war. „Aethma. Bis hierhin und nicht weiter." Silas spürte die Angst in sich aufwallen, aber unterdrückte sie, und jetzt gerade fiel ihm das nicht einmal schwer.

Der Dämon spuckte wütend auf und seine Stimme nahm einen bedrohlichen Ton an. „Du WAGST es?!" Der Dämon kratzte sich mit der freien Klaue über den Panzer und in das Feuer hinein. „DU WERTLOSES INSEKT!" Brüllte die Kreatur und ließ einen Schrei los, bevor er die Distanz zu ihm in einem Sekundenbruchteil überbrückte. Silas machte sich nicht einmal die Mühe den Schlag des Monsters zu blocken, sondern trat einfach nur einen Schritt zur Seite und bewegte sich zurück. Das schwarze Schwert rammte sich in den Boden und Silas spürte den Druck des Schlages wie ein Vakuum an ihm ziehen. Er machte noch drei schnelle, weitere Schritte zurück und der seitlich geführte Hieb des Dämons, den Silas vorhergesehen hatte, rasierte ein großes Dreieck aus dem Stein der Zinnen neben ihm. „WARUM HAST DU KEINE ANGST?" Kreischte der Dämon und setzte nach, diesmal mit seiner Klaue. Die Klaue fuhr über die Rüstung Silas' und riss tiefe Furchen in das Leder. Metallplatten schepperten zu Boden. Silas merkte auch, dass die Klaue sein Fleisch getroffen hatte, aber der Schmerz blieb aus.

Schnell sprang er erneut einen Meter zurück. Auch jetzt spürte er keine Schmerzen, genau wie er erwartet hatte. Schließlich hatte er sich gerade, bevor er die Elfe gerufen hatte, das restliche Andrum und eine ganze Hand voll der blauen Samen gegen die Schmerzen in den Mund geschoben. Seine Sinne waren zum Zerreißen gespannt. Er sah jeden der Tropfen des Regens die auf den Boden plätscherten, er hörte seinen eigenen Atem und auch den der Elfe hinter sich. Er hörte das leise Rauschen des Windes um ihn und die tausend stummen Skelette die sich unter ihm bewegten. Er musste sich zwingen zurück zu dem Dämon zu sehen. Die verdammte Droge war mehr als ein zweischneidiges Schwert. Auch wenn er wusste, wie das Monster sich bewegen würde, sein Körper gehorchte immer noch den physischen Gesetzen und war an die Logik dieser Welt gebunden. *Wie viel Zeit bleibt mir? Eine Minute? Zwei?*

Es wurde Zeit in die Offensive zu gehen. Der Dämon setzte wie erwartet nach und Silas sprang in den heran stürzenden Dämon hinein. Er hoffte, dass er richtig geschätzt hatte und ließ sich zu Boden fallen. Das Schwert glitt über ihn hinweg und er rutschte über den feuchten Boden, genau durch die Beine des Dämons. Sein Schwert fand eine Lücke in der zerstörten Beinpanzerung und er schnitt tief durch das brennende Fleisch. Sofort stand er auf, aber er war zu langsam. Der Dämon war bereits in der Drehung. Silas hielt das Schwert angewinkelt mit einer Hand auf der flachen Klinge vor sich um den Schlag abzuleiten. Es gelang ihm, aber die Wucht war so heftig, dass das Metall seines Schwertes klirrte und Funken warf. Er fluchte als er mit dem Rücken gegen die großen Steinzinnen gedrückt wurde. Er spürte wie etwas in seinem Arm brach, aber sofort hatte er einen der Heiltränke in der Hand und flößte ihn sich ein, während er der Klaue des Dämons auswich. „STIRB ENDLICH!" Spuckte ihm das Monstrum entgegen als Silas strauchelte und der Dämon nutzte seine Chance. Er schlug nach ihm, doch Silas hatte das taumeln nur vorgespielt. Er sprang zur Seite und hieb sein Schwert auf den Arm des Dämons. Als die Waffe tief in den Arm eindrang fühlte er diesmal den Zorn der Kreatur und wusste, dass er dem was jetzt kam nicht entkommen konnte. Also sprang er nur nach hinten ohne Rücksicht auf seine Landung zu nehmen.

Trotzdem traf ihn das zerbrochene Schwert quer über die Brust und dieses Mal spürte er die Schmerzen, als der schwarze Stahl ihn aufschlitzte und Knochen brachen. Er wurde nur durch die Kraft des Schwunges nach hinten und zur Seite weggeschleudert. Er prallte wie vorhin Alina gegen die Wand und rutschte an ihr entlang. Er spürte den tiefen Schnitt über seinem Arm der über seine Brust bis in seinen anderen Arm lief. Hätte er etwas höher getroffen oder wäre er nur eine Sekunde langsamer gewesen, hätte er wortwörtlich den Kopf oder beide Arme verloren. So rollte er sich nur ab und griff erneut an seinen Gürtel. Der letzte Heiltrank. Die anderen hatte Alina bei sich gehabt und waren vermutlich bei ihrer Landung zerbrochen. Er entkorkte ihn erneut mit den Zähnen und schluckte ihn sofort komplett. Sofort merkte er wie die Wunden sich schlossen, doch der Dämon wartete nicht auf die Heilung seines Kontrahenten. Silas ließ sich erneut fallen als das Schwert über ihn hinwegflog und krachend in der Wand neben ihm landete. Steinsplitter und Staub flogen den beiden in ihre Gesichter. Silas setzte nach und schlug wieder nach dem Dämon, der seinen Schlag mit der Rückseite der Klauenhand parierte. Er ließ die Klinge über die schwarze Hand gleiten und erwischte wieder das Fleisch des Dämons.

Plötzlich passierte etwas mit dem er nicht gerechnet hatte. Der Dämon ließ das Schwert los und schlug mit der anderen Kralle nach ihm. Silas wollte noch zurückspringen, aber zu spät. Die Kralle fuhr ihm durch die Rüstung. Er spürte die Kälte der Klaue über seine Knochen schaben. Gleichzeitig schaffte er es aber dem Dämon einen weiteren Schnitt in sein feuriges Fleisch zuzufügen. Das Biest hatte jedoch offenbar nicht mehr die gleiche Kraft wie am Anfang ihres Kampfes. Das Blut lief ihm durch die Kleidung und er nahm wieder seine Haltung ein, doch der Dämon kam nicht. Er starrte ihn nur an.

Regungslos stand er an Ort und Stelle und beobachtete den Menschen, der es wagte ihm die Stirn zu bieten. Der Wicht, der unschätzbar schwächer war als er. Der Mensch der bereits alle Hoffnung verloren hatte und nicht mehr war als ein weiteres Spielzeug für den Ersten der Legion. *Wie hatte er es geschafft seinen Kampfgeist wiederzufinden? Warum fiel er nicht? Warum hatte er keine Angst vor dem Tod?* Silas konnte die Gedanken im Gesicht des Wesens ablesen.

Der Dämon hatte eine Eingebung. Sein Kopf wirbelte herum. Es musste etwas geben, dass ihm die Kraft gab sich ihm zu widersetzen und er wusste auch was, als sein Blick auf die Elfe fiel die neben der Fae saß und ihn mit großen Augen ansah. Aethma lachte leise. Er würde die Frauen zerquetschen, damit würde er den Mut des Menschen brechen und ihn quälen. Er würde den Schlüssel erobern und endlich zu einem Höheren Dämon aufsteigen. Er sah sich über seine eigene Legion herrschen. Er lachte lauter. Der Kampf war vorbei.

Silas beobachtete den Dämon, der jetzt seinen Kopf gedreht hatte und leise in sich hineinlachte. Er erkannte zu spät was der Dämon vorhatte als er lauter lachte und sich umdrehte. *Alina, Nariel!*

Entsetzt starrte er zu dem Dämon – und der drehte sich um. Die Muskeln des Monsters spannten sich an, Silas spürte die Schockwelle und sah den Fußabdruck in dem Stein. Er würde es niemals rechtzeitig schaffen. Er war langsamer und weit zurück, zusätzlich hatte das Biest einen Vorsprung. Aber Silas konnte jetzt nicht aufgeben.

Die Zeit schien plötzlich stillzustehen. Er durfte die Fae nicht verlieren. Er sah zu ihnen herüber und die Augen der Elfe waren geweitet und er sah die Angst in ihnen. Wie eigensüchtig er gewesen war. Er hatte den Mut verloren und hätte fast die Elfe sterben lassen, die bisher ohne Grund absolutes Vertrauen in ihn gezeigt hatte. Wegen ihm war der Zwerg gestorben. Hatte er ihm nicht eine Aufgabe anvertraut? Grimmige Entschlossenheit legte sich über die Gedanken Silas.

Er erinnerte sich an die Haltung Agratars aus seiner Vision, die er ähnlich der des Dämons auch als arrogant bezeichnen würde. Das Schwert deutete rechts von ihm auf den Boden.

„SILAS!" Hörte er eine weibliche Stimme schreien und das Bild vor ihm nahm wieder die normale Geschwindigkeit an. Sofort platschte ihm wieder der Regen ins Gesicht, dass er zu der Quelle der Stimme drehte. *Nariel.* Er sah wie die Elfe sich klein machte, den Schlag des Dämons abwartend der nur ein paar Sekunden davon entfernt war zuzuschlagen.

Er konzentrierte sich auf seine Fähigkeit, nein, seinen Zauber. Der zweite Funke in seinem Geist. Ein Blitz erhellte die Szenerie und Silas sah in seinem Augenwinkel wie sich seine gesamte Manaleiste komplett leerte und der Zauber kurz innehielt. Sofort setzten die Kopfschmerzen des Manabrandes ein, aber er wusste, dass das nicht genug sein würde. Er benutzte seinen gesteigerten Fokus durch das Andrum und zwang den Zauber in seine Bahnen.

Plötzlich begann sich seine HP-Leiste genauso schnell zu leeren wie die Manaleiste vorher. Dann, endlich, tauchten die silbrig-weißen Runen vor ihm auf. Anders als bei Alina oder der Prinzessin erschien unter ihm nicht nur ein magischer

Zirkel, eine Komponente des Zaubers wie er wusste, auf dem sich viele, wenn nicht alle Runen des Zaubers widerspiegelten, sondern ein Dutzend, fast wie bei dem Windzauber Nariels, die sich im Bruchteil einer Sekunde auf den Steinen ausbreiteten.

Silas zog die Mundwinkel nach oben und sprach die Worte der Macht. Die Kopfschmerzen die ihn früher zur Ohnmacht getrieben hatten sowie das Fieber schüttelten ihn jetzt nur kurz und trieben Schweißperlen auf seine Stirn. Silas ließ den Zauber frei. Er wirkte *'Gespaltener Pfad'*.

Die Zeit schien stehen zu bleiben. Regentropfen froren vor ihm ein. Das Donnern selbst rumpelte kontinuierlich, als wäre es genauso erstarrt. Silas fühlte förmlich wie er in zwei Teile gerissen wurde. Nicht nur sein Körper, sondern auch sein Geist. Es war als würde er jeden Gedanken doppelt denken. Jeden Schmerz doppelt fühlen, gleichwohl waren seine Teile wie eins. Er ertrank fast in dem Schmerz der seinen Kopf flutete aber trotzdem zwang er seinen Gedanken irgendwie sich erneut zu teilen und die Schmerzen erhöhten sich auf das Vierfache.

Er stöhnte und Adern traten auf seiner Stirn und seinem Hals hervor. Blut quoll wie Schweiß aus seinen Poren als er seinem Körper das Vierfache Pensum eines normalen Menschen auferlegte.

Er selbst, alle vier von ihm, spürten wie Muskeln rissen und Bänder sich lösten. Aber es gab nur diese eine Chance wie er wusste. Ihm blieb nichts übrig als den Schmerz zu ertragen. Also schrie er, stumm in der realen Welt und doch so laut in seinem Kopf, dass jedes Geräusch um ihn herum ausgeblendet wurde. Rote Warndreiecke mit einem großen roten Ausrufezeichen erschienen vor seinem Sichtfeld. Erst eins, dann zwei, plötzlich waren es fast zwanzig, fünfzig. Er ignorierte sie alle.

Die Welt verzerrte sich vor ihm. Der Magische Kreis breitete sich weiter aus. Er sah wie sich die Luft vor ihm in Illusionen seiner selbst verwandelte. Schlieren tauchten hinter den Trugbildern auf und hunderte, tausende verschiedene Wege öffneten sich ihm. Alle führten zu dem Dämon, der jetzt mit erhobener Klaue über der kauernden Elfe stand. Mit einem einzigen Gedanken entschloss er sich vier Pfade zu nehmen, die alle direkt zu dem Dämon führten.

Hätte jemand den Kampf beobachtet, hätte er gesehen, wie Silas in der einen Sekunde noch in der Kampfhaltung Agratars abwartete, und in der nächsten wie der Regen auf den leeren Boden fiel, an dem Silas gerade noch gestanden hatte. Die Druckwelle des Starts knallte erst eine Sekunde später durch die Luft und ließ die Welt auf dem Wehrgang erzittern.

Im Bruchteil einer Sekunde war er bei dem Dämon. Viermal versenkte sich seine Klinge bis zum Heft in brennendes Fleisch. Sie durchstoß schwarzes Metall, Knochen aus Stahl und das reglose, verkümmerte Herz unter der Rüstung.

Viermal brachen Silas' Knochen unter der Belastung. Viermal platzten Venen und Adern, während der Schmerz von rotglühendem Eisen durch seinen Körper jagte.

Viermal spürte er, wie er durch die enorme, unnatürliche Belastung seines Starts abnormen Kräften ausgesetzt war und wie sich seine Innereien in Brei verwandelten.

Mit einem Mal zog sich die Welt wieder zusammen als wäre sie aus Gummi. Vier Körper formten sich zehn Meter hinter dem Dämon auf dem Regennassen Wehrgang zu einem.

Der Regen der durch die Bewegung verdrängt worden war, setzte wieder ein. Metallplatten zischten heiß unter den Wassertropfen und glühten. Leder verkohlte und Rauch stieg in die Luft. Das Schwert in seiner Hand verwandelte sich zu Asche, die von einer stummen Windböe fortgetragen wurde.

Das letzte was er vor seinen Augen sah, bevor alles Schwarz wurde, war die große, rote Nachricht, die auftauchte noch während er auf die Knie fiel:

[Du bist gestorben.]

Erwachen 2.0

Silas schlug die Augen auf. *Weißer Raum. Keine Fenster. Keine Klamotten.* Er hatte ein unangenehmes Gefühl von Déjà-Vu.
Er setzte sich auf, genau wie er es vor Wochen bereits getan hatte, und das weiße, klinisch reine Zimmer kam ihm jetzt so fremd vor, wie damals als er erwacht war Aeternia selbst. Im nächsten Augenblick erinnerte er sich an die Schmerzen die er soeben gefühlt hatte und zuckte zusammen. Reflexartig betrachtete er seine Arme, halb erwartend die gebrochenen Knochen, geplatzte Haut und Blut zu sehen, aber seine Arme schienen beide unversehrt.
Was zum Teufel war gerade passiert? Er kam nicht dazu groß darüber nachzudenken, als plötzlich eine Nachricht vor seinen Augen erschien.

[Eine Person verlangt Zutritt in ihr privates Domizil. Einlass gewähren?]

Er zog eine Augenbraue hoch, wählte aber ohne zu zögern [Ja].
Wie damals schon leuchtete die Luft vor ihm auf, und kaum zwei Sekunden später erschien wieder die streng aussehende Frau, die ihn schon beim letzten Mal an eine Sekretärin erinnert hatte, vor ihm. Er kümmerte sich diesmal nicht um seine Nacktheit, sondern wartete einfach ab, bis die Frau einmal ein und ausgeatmet hatte. Ihr scharfer Blick fiel

auf Silas. Sofort wurde ihr Blick streng und abschätzend. Ernst sprach sie ihn an.

„Tristan, das ging schneller als erwartet. Du hast nur einige Stunden gebraucht." Silas sah sie verwirrt an, als er verstand, dass sie seinen alten Namen benutzt hatte. „Janette", sagte der langsam. „Es ist lange her." Sie nickte knapp, bevor wie von Zauberhand ein Stuhl unter ihr erschien und sie sich setzte. „Für dich vermutlich wesentlich länger als für mich".
Netter Trick. Wenn sie ihn beeindrucken wollte, könnte er das auch. Besonders wenn sie hier tatsächlich in seinem Kopf. Er konzentrierte sich, schloss kurz die Augen. Im nächsten Moment spürte er den Stoff, der um seinen Körper wallte. Die weiße Robe, eine Mischung aus Krankenhausgewand und Altertümlicher Tunika, die er sich vorgestellt hatte flatterte jetzt um seinen Körper. *Besser. Im Vergleich zu dem Zauber und dem Zugriff auf den Funken ein Kinderspiel.*

Die Mitarbeiterin von Fulcrum starrte ihn einen Moment an und Silas meinte sowas wie Erstaunen oder Erschrecken zu sehen, aber nur für einen Bruchteil einer Sekunde, bevor ihre Miene wieder stoisch wurde.

„Was wollen Sie hier, Janette?" Fragte er nach einem Moment der Stille und läutete mit seiner Höflichkeitsform absichtlich den offiziellen Teil des Gespräches ein. Die Frau legte den Kopf schief, als wüsste sie was er wollte und tat es ihm gleich. „Sie sind im Spiel gestorben. Ich habe Sie damals gewarnt, dass ein Tod ernsthafte Konsequenzen für ihren Körper haben kann." Tristan wartete, dass sie noch etwas sagte, als er sah, dass da nichts mehr kommen würde, nickte er jedoch. „Das haben sie gesagt."

Unangenehme Stille breitete sich zwischen ihnen aus, die schnell peinlich zu werden drohte.

Janette antwortete nicht sofort, sondern sah ihn weiter an, als würde sie auf etwas warten. Als nichts kam seufzte sie. Sofort wechselte sie wieder die Anrede. „Nicht gut. Du hattest einen Schock. Wir mussten dich in den letzten

Stunden mehrfach wiederbeleben. Auch wenn die Heilung deines Körpers nur langsam voranschreitet, wenn dein Gehirn langfristigen Schaden nimmt..." Tristan unterbrach sie und winkte ab. „Ich weiß, ich weiß. Dann ist es aus. In diesem Leben", er deutete mit den Händen nach außen, „und im anderen." Janette nickte zur Antwort. „Sei froh, dass wir dich reanimieren konnten. Aber das ist nicht der Hauptgrund, weswegen ich hier bin."

Jetzt war es an Silas fragend zu schauen. „Was sollte es sonst Wichtiges geben?" Janette sah ihn ernst an. „Es gibt eigentlich keinen Grund, dass wir dich für deinen Tod aus dem Spiel ausloggen müssten. Nur gibt es aber... einige Ungereimtheiten, man könnte sagen, Lücken, in deinen Logs." Tristan sah sie weiterhin verständnislos an, bemerkte aber natürlich ihr Stocken und ihre vorsichtige Wortwahl.

„Wir wissen, dass du deine Zeit genutzt und mehrfach in der Stufe aufgestiegen bist." Vor ihr erschien wieder ihr Klemmbrett und sie blätterte einige Seiten nach hinten, die in einem blauen Licht verschwanden, anstatt sich zu sammeln. „Wir wissen auch, dass du nicht alleine reist. Eine Fae, richtig? Aber das war es dann auch schon." Tristan zuckte mit den Schultern. „Ich weiß von nichts", antwortete er ehrlich.

Sie sah ihn kurz eindringlich an, dann seufzte sie. „Du weißt, dass du dich vertraglich dazu verpflichtet hast uns jegliche Informationen zur Verfügung zu stellen. Solltest du dich weigern oder irgendwie die Datensätze manipulieren, würde das einem Vertragsbruch gleichkommen. Ich denke du weißt auch was das bedeuten würde?" Tristan nickte erneut. Es war ja nicht so, als hätte er sich den Vertrag überhaupt nicht durchgelesen. *Aufhebung der Lizenz für das ‚Spiel', Ende der Behandlung...*

„Ich habe keine Ahnung warum die Lücken in meinen Logs existieren." Sagte er ernsthaft mit fester Stimme. Sie sah ihm in die Augen, länger als nötig gewesen wäre, und nickte dann abschließend. „Gut. Ich werde alles für den Relog in die Wege leiten." Sie stand auf und wandte sich zum Gehen. Hatte er sich gerade vertan oder hatte sie ihn mitleidig angesehen? Warum bohrte sie nicht nach, wenn sie ein solches Fehlverhalten vermutete?

„Viel Glück, Tristan." Hörte er die Frau leise sagen, bevor sie in einem erneuten Lichtblitz verschwand.

Verblüfft ließ Tristan sich zurück auf das Bett sinken. Es blieb ihm nichts Anderes übrig, wie beim letzten Mal auf das Licht zu warten, dass ihn zurück nach Aeternia bringen würde.

Nach nicht einmal zwanzig Minuten, in denen Silas nur dalag und versuchte an nichts zu denken, begann das leuchten um ihn herum. Wenige Sekunden später leuchtete das Licht so hell, dass er die Augen schließen musste. Er erwartete die kurze Periode der Bewusstlosigkeit wie beim ersten Mal, doch die kam nicht. Erst stockte Silas, doch dann öffnete er erst zögerlich ein Auge, dann beide.

Er fühlte sich wie Neo in der Matrix als er die Augen aufschlug. Er blickte auf eine leere weißgraue Fläche soweit das Auge reichte. Er drehte sich einmal im Kreis und außer den weißen Rauchfäden die überall vom Boden ausgingen war hier einfach *nichts*. Keine Sonne, keine Sterne - nicht Mal ein Himmel an dem sie hätten scheinen können.

Hatte der Transport versagt? War er hier gefangen? Oder wurde er langsam einfach wahnsinnig?

„Nein, du bist nicht wahnsinnig. Und es hat alles funktioniert." Silas bekam fast einen Herzinfarkt als er die rauchige Stimme hinter sich hörte, die von einem klaren Glockenklang begleitet wurde. Reflexartig griff er an seine Seite zu seinem Schwert als er herumwirbelte, nur um festzustellen, dass er immer noch die weiße Robe trug und sonst nichts.

„Entspann dich, Silas." sagte die Stimme des Mannes vor ihm. Der angesprochene sah an seinem Besucher hoch und blickte auf einen alten Mann, in einfacher grauweißer Robe. In der Hand hielt er einen Stab aus weißem Holz, das um sich selbst zu drehen und um das ätherische Ranken zu wabern schienen.

Das Gesicht des Mannes war wettergegerbt, und seine grauen Haare waren schulterlang geschnitten. Der Vollbart des Mannes war gut gepflegt, nicht zu lang, nicht zu kurz.

„Ich bin Siros. Ich glaube wir müssen uns unterhalten, Tristan."

Glossar

Ardleigh	Die Welt in der Sprache der Fae.
Wald Hadria	Der Wald der Fae, aus dem Alina kommt.
Qurian	Untergegangenes Hochreich, Magisch und technisch fortgeschritten.
Ordrin	Die Hauptstadt des alten Reichs.
Agratar	Der alte König des Reichs, Mensch und Reisender.
Blauwurz	Verbreitete Pflanze die in der Nähe von Wasser wächst. Stellt geringe Mengen Mana wieder her.
Weißmoos	Ungewöhnliche Pflanze, die nur im Wald von Hadria wächst. Stellt mindere Mengen Mana wieder her.

Andrum	Droge die aus einer Mohnart gewonnen wird. Steigert Konzentration und Fokus. Macht schnell abhängig.
Tiefenstahl	Stahl aus Tiefeisen, gewonnen aus den tiefsten Schluchten. Selten. Wertvoll.
Höhere Magie	Magie, die nicht den Basis- oder Fortgeschrittenen Schulen zugeordnet werden kann.
Teich der Wahrheit	Magischer Ort im Wald von Hadria. Sein Wasser heilt Gifte und Statusveränderungen.
Brambelsamen	Blaue Samen einer Silas unbekannten Frucht. Haselnussgroß. Moderates Schmerzmittel.
Alina	Waldfae. Ehemalige Heilerin in Ausbildung, Gefährte von Silas. Vierundzwanzig Jahre alt.
Janette Hayes	Angestellte von Fulcrum Systems. Verantwortlich für Tristan.
Fulcrum Systems	Megakonzern. Eine der größten Firmen der Erde.

Marat	Königreich der Menschen, beinhaltet den Wald von Hadria und das Dorf Waldkreuz
Tholstus	Königreich der Menschen, grenzt an Marat im Süd-Osten
Idris	Größter Fluss der drei Königreiche
Alva	Menschliches Königreich, grenzt Nördlich an Tholstus
Nariel	Elfische Waldläuferin, hat Lebensschuld bei Alina und Silas. Ungefähr Ende zwanzig, vermutlich älter.
Lara'ishtial	Bezeichnung Nariels für Lara, Ehrenhafte Anrede für Krieger
Garan	Wirt des Gasthauses „Zur roten Walküre"
Lara	Kriegerin des Nordens, Frau Garans, Mutter Mareks und Sinas
Amrath'niel	Altes, untergegangenes Elfenreich

Fay'thrie	Ehrerbietende Ansprache. Grob übersetzt "Ehrenvolle der Fay"
Lunaria	Hauptgöttin der Fae. Göttin von Mond und Natur.
Kintrak Stahlhammer	Zwerg, Leutnant der Goldenen Garde

Printed in Poland
by Amazon Fulfillment
Poland Sp. z o.o., Wrocław